DuMonts Kriminal-Bibliothek

Leslie Thomas ist einer der populärsten Schriftsteller Großbritanniens. Er wurde 1931 in Newport, Großbritannien, geboren und lebt in Salisbury. Neben zahlreichen anderen Romanen veröffentlichte er mehrere Krimis, in denen Dangerous Davies, ein Detective Constable der Londoner Polizei, Verbrechen aufklärt. Mit seinem skurrilen Helden Dangerous Davies stellt sich der Autor nicht nur in die beste Tradition des britischen Humors, er liefert darüber hinaus auch eine exzellente Studie des Lebens in einem der ärmeren Londoner Stadtviertel. Von Leslie Thomas sind in DuMonts Kriminal-Bibliothek bereits erschienen: »Dangerous Davies, der letzte Detektiv« (Band 1028), »Dangerous Davies … Bis über beide Ohren« (Band 1045) und »Dangerous Davies … Auf eigene Faust« (Band 1065).

Herausgegeben von Volker Neuhaus

Leslie Thomas

Dangerous Davies und die einsamen Herzen

Aus dem Englischen von Monika Schurr

DuMont

Für Charlie und Joe Faulkner

Die Deutsche Bibliothek – CIP-Einheitsaufnahme

Leslie Thomas:
Dangerous Davies und die Einsamen Herzen / Leslie Thomas. Monika Schurr (Übers.). –
Köln : DuMont, 2001
(DuMonts Kriminal-Bibliothek ; 1102)
ISBN 3-7701-5613-7

Aus dem Englischen von Monika Schurr
Die Originalausgabe erschien 1998 unter dem Titel *Dangerous Davies and The Lonely Heart* bei William Heinemann, London

Umschlagmotiv von Pellegrino Ritter
Umschlag- und Reihengestaltung: Groothuis & Consorten
Satz: Greiner & Reichel, Köln
Druck und Verarbeitung: Clausen & Bosse, Leck
Printed in Germany
ISBN 3-7701-5613-7

Komm, Liebste, geh mit mir zur Neasden Lane,
wo Schmutz und saurer Regen der Fabriken
gegraben ihre Spur in den Zement,
und weißer Gräber Marmor streifig ward …

John Betjemann
»Auf dem Friedhof von Willesden«

Kapitel 1

Als Detective Constable Davies eines späten Sommernachmittags an dem modrigen Kanal entlang spazierte, begann er sich zu fragen, was wohl passieren mochte, wenn das Wasser wirklich zu fließen begänne. Ein Plastikbecher lümmelte sich auf der zähen Wasseroberfläche und nahm Schluck für Schluck aus der schmutzigen Brühe. Irgendwann würde er zum Grund herabsinken und sich dort möglicherweise für immer zum Plunder ganzer Zeitalter gesellen. Wenn der Kanal sich jedoch zu *wälzen* begänne wie auch nur die breitesten und trägsten aller Ströme; und wenn alle Kanäle des Landes es ihm gleich täten – spontan und zur selben Zeit –, was für einen Unterschied würde dies für das Land bedeuten! Davies atmete eine Nase voll ein.

Auch er selbst bewegte sich gemächlich. Er war untersetzt und in den mittleren Jahren vorangeschritten. Während er trottete, schnaufte er beschwerlich. Als er am Morgen von seiner Bleibe aufgebrochen war, hatte es geregnet. Nun mußte er den lästigen Regenmantel anbehalten, da er beide Arme für den Transport zweier Autobatterien brauchte; Diebesgut, das er, wie zu erwarten gewesen war, unter einer der Brücken gefunden hatte. Es war nicht das erste Mal in seiner Laufbahn, daß er Verbrecher verfluchte, die schwere Gegenstände stahlen.

Gigantische, fast tropisch anmutende Sommersträucher – saftstrotzender Rhabarber und wilder Kohl – wucherten zu beiden Seiten des Fußpfades. Aus dem dichteren Gebüsch stiegen Dämpfe auf, um sich mit den giftigen Substanzen zu vermischen, die in der Luft Nordwest-Londons hingen. Die Wolken hatten einen gelblich-ockerfarbenen Stich; Chemikalien hatten sich darunter verfangen. Jemand hätte die Szenerie malen sollen. Turner wäre dies sicher meisterlich gelungen. Davies fragte sich, ob es jemals jemanden wie Constable nach Willesden verschlagen hatte. Seinem Auge hätte sich allerdings ein anderes

Bild dargeboten – richtige Felder, üppige Waldinseln, sanfte Hügel und wohl kaum ein Bulle oder ein Verbrechen in Sichtweite.

Obwohl der Kanal nicht eigentlich floß, beschrieb er gelegentlich doch eine sanfte Kurve. Während Davies eine solche Kurve entlangschlurfte, bot sich ihm die wohl hübscheste Aussicht, die er an einem Tag wie diesem erwarten durfte. Vor dem Hintergrund der graugrünen Stadt zeichnete sich ein Zigeunerwagen ab, der am Fußpfad stand; ein Pferd rupfte zwischen Grasresten herum, und ein riesiger schwarzer Kessel balancierte köchelnd und dampfend auf einem Campinggasherd. »Ma Daliloquay«, murmelte Davies in einem Anflug von Freude. »Ist den Sommer über zu uns nach Süden runter.«

An der Wohnwagentür erschien eine alte Dame in farbenblinden Kleidern. Davies konnte sich gut an die Zeit erinnern, als der Wagen noch in leuchtenden Farben gestrichen und um den Holzrahmen herum mit Ornamenten verziert gewesen war; doch die Farben waren verblaßt, seit Fred Daliloquay ins Zigeunerparadies eingegangen war. Es hatte eine ziemliche Beerdigung gegeben damals; die Männer veranstalteten auf dem Rücken halbwilder Pferde halsbrecherische Rennen durch die Industriestraßen.

»Dangerous!« rief die alte Dame, als sie ihn sah. »Sie kommen, um mich einzubuchten, was?«

»Kommt drauf an, was Sie gerade so ausbrüten«, rief Davies in ihre Richtung zurück. »Ich befasse mich nur mit Kapitalverbrechen.«

»*Ausbrüten*?« wiederholte die Zigeunerin, während er näherkam. Ihre Runzeln kräuselten sich nachdenklich. »Nix brüte ich aus. Bin diesmal bis nach Yorkshire hoch, sonst nichts. Aber *aufbrühen* tu ich. Möchten Sie ne Tasse Tee, bevor ich das Wasser für den Hausputz nehme?«

Davies nickte. Wie ein gebogenes, dampfendes Eisenrohr schoß der Strahl aus dem riesigen Kessel in eine zerbeulte

Kanne. Ma Daliloquay brauchte beide Hände, um ihn anzuheben, verbat sich aber jede Hilfe. »Wenn ich keinen Tee mehr eingießen kann«, erklärte sie, während ihre knochigen Beine leicht ausgrätschten und zitterten, als sie das Gewicht stemmte, »dann kann ich gleich ganz einpacken.« Sie beäugte seine Traglast. »Sind die Batterien noch in Ordnung?«

»Soweit ich weiß, ja.« Davies wußte, daß er hier einen beinahe anständig zu nennenden Tee bekommen würde, und er behielt recht. »Aber der Kerl, der sie gemopst hat, nicht.«

Sie betrachtete die Batterien, als erinnere sie sich besserer Tage. »Sie haben ja gesagt, Sie befassen sich nur mit Kapitalverbrechen.«

Sie reichte ihm den Tee in einem gesprungenen Becher, der der königlichen Hochzeit von Charles und Diana gedachte; ihren eigenen Tee schlürfte sie aus einem trüben Wasserglas. Prinz Charles' Gesicht sah aus wie ein Puzzlespiel. Nebeneinander hockten sie auf den rissigen Stufen des Wohnwagens.

»Bis nach Yorkshire hoch bin ich«, wiederholte sie. Dann fixierte sie ihn lauernd. »Wie wär's mit Ihrer Zukunft?«

»Sie sind noch immer im Geschäft?« Davies erhob sich und schritt zur Breitseite des Wagens. ›Madame Daliloquay‹ prangte in girlandenartigen Buchstaben darauf. »Wahrsagerin ...« Den Rest des Schriftzugs überdeckte aggressive graue Farbe.

»Sie haben mich dazu gezwungen«, sagte Ma Daliloquay.

»Ich wußte ja, daß dem Chief Inspector das übel aufstoßen würde. ›Wahrsagerin der Londoner Polizei‹ ist nicht gerade nach seinem Geschmack.«

Die alte Dame schüttelte ihren dunklen Kopf. »An ihm hat's nicht gelegen«, raunte sie düster. »Warn meine eignen Leute. Cousins. Sie meinten, ›Londoner Polizei‹, das wär ihnen zu unanständig. Ich dachte aber schon, daß ich mir das verdient hätte. Sie erinnern sich doch, wie ich den Bullen prophezeit habe, wem all das Zeugs gehören würde, das sie gefunden hatten. Und alles nur aus der Kristallkugel.«

»Schon«, nickte Davies, obwohl er dies eher Insiderkenntnissen als hellseherischen Fähigkeiten zuschrieb.

Sie erhob sich umständlich und schwankte im Seitwärtsgang ins Innere des Wohnwagens. Davies betrachtete das ausgezehrte Pferd, das zwischen den Brennesseln herumschnupperte.

»'yperion macht's nicht mehr sehr lange«, weissagte sie, während sie mit ihrer Kristallkugel in der Hand zurückkam. »Einen von uns wird's erwischen, aber ich kann nicht klar erkennen, wen. Die Kugel wird dann trübe. Entweder klappert er mit mir hintendrauf weiter, und ich halt noch mausetot die Zügel, oder ich sitze hier, und er fällt plötzlich um.«

Der Gaul schien zu wissen, daß von ihm die Rede war, und ließ einen heftigen Furz. »Brennesseln«, kommentierte Ma Daliloquay.

Sie hockte sich gesellig neben Davies auf die Stufen des Wohnwagens. Der süßlich faulige Geruch des Kanals und seiner zugewucherten Ufer hüllte sie ein. Hyperion schmatzte friedlich; der Himmel hing niedrig und warm über ihnen. Die Zigeunerin befingerte ihre Kristallkugel und bat Davies, ihr nachzutun. Er hielt die Kugel kurz und gab sie ihr zurück. Sie bettete die Kugel in ihren karierten Schoß. »Das ist nicht meine richtige«, sagte sie. »Letzten Winter wurd's verdammt eng, Dangerous, und ich mußte meine alte verkaufen.«

»Jammerschade.«

»Es gibt keinen großen Markt für Kristallkugeln. Ich hab sie einem Antiquitätenhändler verkauft. Die war noch von meiner Großmutter.« Sie hob den rotgeäderten Blick. »Ich hoffe nur, sie verzeiht mir.«

»Sie haben ja immerhin ne neue.«

Sie klackte mit ihren künstlichen Zähnen. »Schlecht isse nicht. Bißchen trüb. Ein Schwimmer von Schleppnetzen. Aus Grimsby. Die benutzen die nicht mehr so viel.« Sie seufzte, und ihre Augen schlossen sich fast, als sie hineinblickte. »Es kommt auf den Seher an, nicht auf die Kugel.«

Davies saß da und wartete ab, bis sie seine Zukunft zu sehen begann. Sie blieben ungestört. Hyperion entließ einen weiteren Fanfarenstoß, und Ma Daliloquay murmelte: »Brennesseln.«

Nun schien sie sich auf etwas in der Kugel zu konzentrieren. »In Ihrem Leben wird es Veränderungen geben, Dangerous.«

»Zum Besseren?«

»Kann ich nicht sagen. Liegt an dieser Kugel. Unterdurchschnittlich. Aber irgendwas wird passieren, und zwar bald.«

Davies dachte an das Pferd.

»Und«, fügte die Zigeunerin hinzu, »na, also das ist jetzt interessant. Ich sehe ein Schiff.«

»Ich werde eine Kreuzfahrt machen?«

»Nein, sowas nicht. Es ist ein altes Schiff. Mit Segeln.«

Zwei Jungen kamen herangeradelt. Sie hielten und bestaunten die Szenerie. »Geht Cricket spielen, Jungs«, sagte Davies. Sie fuhren davon und johlten über ihre Schultern hinweg.

»Freches Geschimpfe«, brummte die alte Dame. »Meine Großmutter hätte die beiden in Kröten verwandelt.« Wieder starrte sie in die Kugel. »Nu isses fort«, murmelte sie ein wenig traurig. »Das Schiff ist davongesegelt.«

Seit Jahren wohnte Davies in einer Pension namens Bali Hi, Furtman Gardens, Willesden. Auch seine ihm fremd gewordene Angetraute Doris wohnte dort, wenn auch auf einer anderen Etage. Sein Freund und Vertrauter Mod Lewis, ein arbeitsloser Philosoph aus Wales, der nach Tschaikowskys Bruder auf den Namen Modest getauft war, gehörte gleichfalls zu den Dauerbewohnern. Es gab jedoch auch etliche Gäste, die nur vorübergehend eine Bleibe suchten; sie kampierten in den Zimmern entlang der Flure. (Mod nannte sie »Zugvögel«.) Herrin über das heruntergekommene, klobige viktorianische Haus war die verwitwete Eigentümerin Mrs. Fulljames.

Nachdem er die Autobatterien in seinem alten Rover verstaut hatte, der an einer Kanalbrücke parkte (und dessen Windschutzscheibe inzwischen ein Strafzettel zierte), war Davies nach Bali Hi zurückgefahren und hatte das schnaubende und paffende Vehikel auf dem Grundstückteil hinter dem Haus abgestellt. In alten Zeiten waren auf dem Hof die Ställe der Brauereipferde untergebracht gewesen, und an manchen Tagen schien eine Ahnung vom deftigen Geruch nach Bier und Pferden noch in der Luft zu hängen. Der Wagen diente ihm als Ersatz für einen uralten Vanguard, der seine Gase schließlich mitten im dicksten Berufsverkehr auf der North Circular Road am Brent Cross ausgehaucht hatte.

Ein gespenstisches Heulen wehte von hinter den zersplitterten Holztüren der alten Stallungen herüber. »Is ja gut, is ja gut«, murmelte Davies. »Hab dich gehört.« Ein trommelfellerschütterndes Bellen echote im Hof herum. Früher hatte er das Tier ein kleines Stück entfernt unter einem Eisenbahnbogen geparkt; er war nach Protesten von in ihrem Schlaf gestörten Anwohnern – der Hund heule die nächtlichen Züge an – jedoch gezwungen gewesen, ihn woanders unterzubringen.

Davies erspähte Mrs. Fulljames' Gesicht, das ihn von einem der oberen Fenster aus wie ein Spotlight fixierte. »Schon gut!« rief er in Richtung Kitty, seines Hundes, der dem Namen zum Trotz männlichen Geschlechts war.

Zumindest wenn man zurückblaffte, überlegte es sich das Tier anders. Davies stemmte sich gegen die Tür. Sie gab stets nur mit scharrendem Geräusch nach, und ihre Langsamkeit bewahrte ihn regelmäßig vor dem Ansprung eines Yaks, der gegen das gesplitterte Holz krachte. »Ist ja gut«, rief er wieder. »Zurück mit dir, komm schon, zurück! Oder es gibt *kein* Gassi und *kein* Freßfreß.«

Kitty nahm die Drohung ernst und wich so weit zurück, daß Davies die Tür aufdrücken konnte. Er ging hinein; und der Hund täuschte eine eingeschüchterte Kriechbewegung seitwärts zu seinem riesigen Körbchen vor, um dann flugs zu wenden und Davies beinahe von den Beinen zu reißen. Davies kämpfte sich vom Boden hoch und es gelang ihm, sich den Überschwang des großen Hundes gerade so vom Leib zu halten, daß er wieder auf die Beine kam.

»Ma Daliloquay ist wieder da«, keuchte Davies und fuchtelte mit dem Zeigefinger vor Kittys Schnauze herum. »Ich werde dafür sorgen, daß sie sich einen besonders guten Fluch für dich ausdenkt, du Scheißkerl!«

Diese Drohung ging Kitty völlig am Hinterteil vorbei; aber die Herausforderung der Kraftausdrücke machte ihm sichtlich Spaß. Er nahm seine geballte Kraft zusammen, stürzte sich erneut auf Davies, riß ihn zu Boden und brach ihm einen Arm zweifach.

Auf dem Polizeirevier rief Davies' Armschlinge kaum einen Hauch von Interesse oder gemurmelte Mitleidsbekundungen hervor. Man nannte ihn Dangerous Davies, weil er, obschon von sanftem Gemüt, regelmäßig zu Einsätzen geschickt wurde, für die kein anderer verfügbar war – oder genauer: die kein anderer übernehmen wollte, da die Gegenseite im Ruf stand, vor Gewalttätigkeiten nicht zurückzuschrecken. So war er mehr Treppen hinuntergestoßen worden als irgendein anderer Londoner Polizist.

»Wer war's diesmal?« fragte der Polizeibeamte Westerman, der unter gelegentlich auftretendem unstillbarem Nasenbluten litt und daher körperliche Versehrtheiten eher bemerkte als die meisten anderen. »Der Kilburn-Mob?«

»Mein Hund«, erwiderte Davies düster. Es war sein rechter Arm, den es getroffen hatte, und das Erledigen von Papierkram bereitete ihm Schwierigkeiten. Ein großer, eisig dreinblickender Mann in Zivil, den er noch nie zuvor gesehen hatte, betrat das Ermittlungsbüro, beobachtete ihn ein paar Minuten lang aus der Distanz heraus und machte dann einen sorgfältigen Eintrag in seinem Notizbuch. Davies hielt den Kopf gesenkt. Solche Szenen verhießen nichts Gutes.

»Zumindest mußt du diesmal nur ambulant behandelt werden«, bemerkte Mod, als er am Tag nach dem Vorfall aus der öffentlichen Bibliothek zurückkam. »Sie müssen dir dein Stammbett nicht freimachen.«

Beim Dinner beobachtete seine getrenntlebende Frau mit einem Gesichtsausdruck, aus dem er bösartige Genugtuung herauslas, wie er versuchte, seine Suppe mit links zu löffeln, ohne sie zu verschütten, und Mrs. Fulljames nutzte seine Behinderung als Vorwand, ihm eine kleinere Portion vom Lammfleischeintopf auszuteilen. »Sonst landet das alles ja doch nur auf der Tischdecke.«

Jemma, seine karibische Freundin, die als Sozialarbeiterin tätig und daher mit Kummer vertraut war, insbesondere mit seinem, half da schon mit ihrem professionellen Mitleid, als er sie in ihrer Wohnung besuchte. Jemma war eine junge Frau von herausragender Schönheit – mit wundervollen Augen, vornehmer Stirn und Wangenknochen und einer störenden Lücke zwischen den Schneidezähnen. Sie stammte von der Insel Martinique, auf der Napoleons Josephine zur Welt gekommen war. Abends, vor dem Abteilungsdinner, das im Restaurant Jubilee Clock stattfand, half Jemma seinem sperrigen Arm in einen Ärmel seiner ausgeblichenen Smokingjacke. »Trinken werde ich mit links müssen«, sagte Davies.

»Langwierige Sache«, murmelte Mod, der gekommen war, um sich das Schauspiel anzusehen.

»Sieht es okay aus?«

»Völlig in Ordnung so«, erklärte Jemma in demselben Tonfall, in dem sie mit kaputten Familien sprach.

»Wie ein Känguruh«, nickte Mod. »Mit Jungem im Beutel.«

Dumpf gekalauert und scharfsinnig gewitzelt wurde denn zuweilen auch bei Tisch. Die Herrenklubatmosphäre war wegen des angekündigten Komikers und der barbusigen Bauchtänzerin schlicht unvermeidlich. Doch noch bevor das Spektakel begann, erwischte es ihn kalt. Der Kommissar erhob sich, um seine übliche lahme Rede zu halten, und dankte zum Schluß einer Reihe von Beamten, die kurz vor der Pensionierung standen. Besondere Erwähnung fand der unermüdliche, tapfere und aufopferungsvolle Dienst des Detective Constable Davies, dem er für die Zukunft alles Gute wünsche. Die Anwesenden schlossen sich mit guten Wünschen an.

»Das ist das erste, was ich höre«, sagte Davies.

»Pensioniert?« explodierte Jemma. »Sie können dich nicht einfach so in Pension schicken! Nicht in deinem Alter!«

»Sie können und sie haben.« Untröstlich hockte er am Fußende ihres Bettes. Manchmal kam er nach einer Spätschicht bei ihr vorbei; heute nacht jedoch hatte sie nicht mit ihm gerechnet. Bereits an der Tür hatte sie erkennen können, wie niedergeschlagen er sein mußte.

»Du kannst damit vor den Europäischen Gerichtshof gehen«, schnaubte Jemma.

»Bullen ist das nicht gestattet«, entgegnete er. »Bullen ist kaum je was gestattet.«

»Aber die haben nie ...«

»... ein Sterbenswörtchen gesagt. Nein. Haben sie nicht. Wahrscheinlich kriegen die ihren Verwaltungsschlamassel mal wieder nicht auf die Reihe. Sie hätten mir einen freundlichen Brief schicken sollen.« Er wackelte mit dem Arm in der Schlinge. »Der ist dran schuld. Einmal Selbstverstümmelung zuviel.«

»Aber ... aber du *mußt* Einspruch erheben. Was ist mit deiner Gewerkschaft? Du bist doch in einer.«

»Ich zahle meine Beiträge. Aber die Gewerkschaft wird nicht viel machen können. Ich kriege meine Pension, also was soll's. Die werden mir ein Geschenk machen. Bestimmt das Übliche. Ein Säckchen voll altmodischer Pennies. Hundert Stück. Soll'n Scherz sein – ›Coppers‹, verstehst du?«

»Die Polizei, soso«, erwiderte sie angeekelt. »Selbst Verbrecher behandeln einander nicht so.«

»Das versteht sich von selbst.«

»Komm ins Bett.« Ihr Blick schweifte über sein kümmerndes Selbst. »Laß es mich wieder gut machen.«

»Das ist nett von dir«, antwortete er und stand von ihrem Fußende auf. »Ich muß nur noch aus diesen Klamotten raus. Wenigstens muß ich jetzt nie mehr eine Smokingjacke tragen.«

»Und auch keine Armschlinge, hoffe ich. Die haben dich immer als Prügelknaben benutzt.«

»Aber du tust meinem Arm nichts, oder?«

Sie zog ihn in ihr Bett und legte sich mit funkelnden Augen auf ihn. Seinen Arm hielt er aus der Gefechtsszone.

»Ich hab die alte Zigeunerin getroffen, Ma Daliloquay«, begann Davies danach, während sie friedlich Seite an Seite lagen und einander anatmeten. Selbst in Willesden roch Jemma ein wenig nach Karibik, besonders bei Nacht. »Sie hat mich gewarnt, es würde in meinem Leben eine Veränderung geben. Schon bin ich meinen Job los. Und das ist alles, was ich je war – ein Bulle.«

»Was hast du denn davor gemacht?« fragte Jemma. »Das hast du mir nie erzählt. Du mußt doch irgendwas gemacht haben, nachdem du mit der Schule fertig warst.«

»Laufbursche. Das kann ich aber doch kaum wieder anfangen.«

Sie lachte ihr kehliges Lachen, doch lag ein Bedauern darin. »Das Leben ändert sich ständig, Dangerous«, sagte sie und rollte neben ihm auf den Rücken. »Es kann jederzeit passieren. Jedem von uns.«

»Du hast mir was zu sagen.« Halb ahnte er bereits, was es sein würde. Wie so manches Glück umgab ihre Beziehung eine Aura der Zerbrechlichkeit.

»Du bist ein guter Detektiv, da gibt's keinen Zweifel.«

»Was ist es?«

»Ich fliege heim, Dangerous. Zumindest für ein Weilchen. Ich wollte es dir schon früher sagen, aber du hast ja erstmal genug Sorgen gehabt. Und nun hast du noch eine mehr. Es tut mir leid, daß ich es dir jetzt sagen muß. Ich fliege nächste Woche.«

Er brauchte nicht zu fragen warum. »Dein Sohn«, sagte er. »Und dein Mann.«

»Zweimal ins Schwarze. Ich muß nach Anthony sehen. Er wächst ohne mich auf.«

»Und dein alter Herr will jetzt, daß du zurückkommst.«

»Das sagt er. Aber wahrscheinlich will er es nicht wirklich.«

»Und du wirst es herausfinden.«

»Ich werde herausfinden, was *ich* will«, protestierte sie. In seinen Ohren klang es wie eine Entschuldigung. »Und das weiß ich im Moment nicht.«

Davies rollte auf seinen wuchtigen Rücken. Jemma stieß versehentlich an seinen Arm. »Ich hab eine großartig beschissene Woche hinter mir«, stöhnte er.

Er hatte immer gewußt, daß ihre Beziehung in der Schwebe hing. Sie hatten sich nie aneinander gebunden. Da war ihr Sohn und ihr Taugenichts von Ehemann auf Martinique; und da war seine langweilige Ehefrau Doris in der Willesdener Pension.

»Ich habe nie kapiert, warum du nicht was an der Situation *änderst*«, bemerkte Mod, als sie in ihrem angestammten Pub namens ›Babe In Arms‹ hockten. Er sprach nur gelegentlich mit walisischem Akzent, denn er lebte seit Jahren in London; bei Worten wie ›Situation‹ schlich er sich jedoch wieder ein. Er versuchte, sich ein paar originelle, weise Worte abzuringen, versagte jedoch. »Wer nicht wagt, der nicht gewinnt.«

»Ich bin schon seit Jahren verloren«, erwiderte Davies.

»Es will mir einfach nicht in den Schädel«, insistierte Mod, »daß du auf der einen Seite eine Ehefrau hast, die du nicht ausstehen kannst und sie dich nicht, und auf der anderen Seite eine attraktive Frau, die du heiraten könntest ...«

»Wer sagt, daß ich das könnte?«

»Na, du könntest doch, wenn du dich nur von Doris scheiden ließest. Die würd's wahrscheinlich nicht einmal merken.«

»Jemma würde das vielleicht gar nicht wollen. Um ehrlich zu sein, habe ich sogar sehr starke Zweifel, ob sie ja sagen würde, wenn ich sie fragte. So ist es nun mal. Und es geht uns gut dabei.« Er kippte sein Bier hinunter. *»Ging.«*

Mod starrte bereits in die Abgründe seines leeren Krugs, als frage er sich, ob jemand anders das Bier getrunken hatte. Die Überweisung der Sozialhilfe war erst in einer halben Woche fällig; also stand Davies auf und schleppte die beiden Krüge, beide in der Hand des ungebrochenen Arms, zum Tresen. »Ich helf dir auf dem Rückweg«, sagte Mod. »Damit du nicht soviel verschüttest.«

Er schaute besorgt zu, und als Davies nickte, nahm er beide Gläser und kehrte zum Tisch zurück. »Ham wir ja noch nie gesehn, Mod, daß du am Montag ne Runde ausgibst«, bemerkte ein Mann in einer Ecke des Pubs.

»Ich trag nur die Gläser rüber.«

Er und Davies saßen schlecht gelaunt an ihrem Tisch. »So *sind* die Dinge nunmal«, wiederholte Davies. »So bin *ich.* So ist *Jemma.* Und so ist *Doris*, was das betrifft. Es wäre viel zu schwierig, das alles ins Wanken zu bringen und neu zu ordnen. Wenn Doris und ich uns scheiden ließen, würde das ein Erdbeben bedeuten ...«

»Du siehst sie doch eh nur beim Dinner.«

»Ich müßte ausziehen und mir irgendwo was mieten oder gar *kaufen*, und das wäre ein furchtbarer Gedanke, und dann würden Jemma und ich natürlich auf der Stelle heiraten.«

»Und wenn sie nicht gestorben sind ...«

»Wer sagt das? Hör zu, mein Lieber, sie geht, weil sie gehen will. Sie ist sich ebenfalls nicht sicher. Ganz bestimmt nicht, was mich angeht. Sie sagt, es sei wegen ihrem Sohn, und das glaub ich ihr auch. Aber vielleicht ist es ja auch genauso wegen ihrem scheißfaulen Macker. Wie auch immer, sie geht. Sie hat sich entschieden und geht.«

»Vielleicht kommt sie ja zurück.«

»Vielleicht. Ich weiß es nicht. Sie weiß es auch nicht. Es ist ihr Leben, in das sie Ordnung zu bringen versucht.«

»Und was hast du vor?«

»Wenn der Kanal nicht so stinken würde, wäre ich längst reingesprungen.«

Mod hatte sich schon seit langem einen Stammplatz in der öffentlichen Bücherei gesichert; der Sessel war so durchgeschlissen wie sein Hosenboden. Seine blumengemusterte Fliege paßte so überhaupt nicht zur staubtrockenen, gelehrten Atmosphäre. Sogar seine Hauslatschen nahm er dorthin mit und trug sie als Studierhilfe. Als Davies hereinkam, ließ Mod den Blick über seinen Riesenstapel von Wälzern gleiten, rückte einige Bände beiseite und bot ihm wie ein Gastgeber den Sessel gegenüber an. »Selbst im Krankenhaus hast du schon fröhlicher ausgesehen«, bemerkte er.

Davies sackte schwer in den Sessel und starrte stirnrunzelnd auf die Bücher. »Wie kannst du die nur alle auf einmal lesen?«

»Es umgibt sie eine Aura. Sie kommunizieren miteinander.« Mod hielt inne. »Und sie verteidigen mich gegen die Welt da draußen.« Er senkte seinen großen Kopf. »Ich kann hier in Deckung gehen, während draußen die Schlacht tobt, wenn du verstehst.«

Davies drehte den Kopf zur Seite, um die goldene Beschriftung auf dem Rücken eines der dickeren Bände entziffern zu können. »*Die Venezianer*«, murmelte er.

»Die ehrwürdige Republik«, sagte Mod und faltete seine fetten Hände selbstzufrieden auf dem Tisch. »Eine Zivilisation, die ihrer Zeit wohl voraus war.« Anteilnahme legte sein Gesicht in Falten. »Sie ist also geflogen.«

»Gestern abend«, erwiderte Davies. »Wird jetzt längst da sein. Springen nun Hand in Hand in die warme Gischt.«

»Was hast du gemacht seither?«

»Etwa das gleiche. Bin im Sprühnebel die Harlesden Street hochgelaufen und dann die andere Route zurück ... Immerhin bin ich ja jetzt Pensionär.«

»Ich versteh dich nicht, Dangerous. Du hast Zeit, du hast ein bißchen Geld. Warum fährst du nicht weg? Budapest, Eastbourne ...«

Davies lehnte sich zur Seite und blickte sich um. Nur einer der anderen Tische war besetzt; eine rotäugige Frau sah auf, als habe man sie beim Heulen erwischt. Er dämpfte seine Stimme. »Ich kenne niemanden in Eastbourne«, brummte er. »Oder in Budapest.«

»Du könntest dort aber Leute *kennenlernen.*«

»Mensch Mod, egal, was auch passiert – ich bleibe hier! Hier gehöre ich hin! Nach London NW10.«

»Und tigerst diese armseligen Straßen hier auf und ab«, murmelte Mod. Einen Augenblick lang wirkte er nachdenklich; dann jedoch wurde ihr Gespräch von einer Bibliotheksangestellten unterbrochen, einem dünnen, nett anzuschauenden Mädchen in engem Rock.

»Ein Fax ist gerade gekommen«, erklärte sie und legte ein Blatt Papier auf den Tisch. »Für Mr. Davies.«

Davies blickte sich um, als müsse es noch einen zweiten Mann dieses Namens geben. »Danke, Millicent«, sagte Mod, als wäre er ihr Chef. »Wir haben hier ein Faxgerät«, erklärte er Davies. »Ganz zu schweigen vom Internet. Ich stehe mit Gelehrten in allen Erdteilen in Kontakt. Bezahlt alles der Gemeinderat.«

Längst las Davies das Fax. Mod beobachtete sein Gesicht. »Es ist von ihr«, sagte Davies. »Von Jemma. Sie schreibt: ›Während der ganzen Reise habe ich darüber nachgedacht, was du jetzt machen könntest. Nun endlich habe ich's. *Werde Privatdetektiv.*‹«

Es war ein paar Wochen her, daß Doris, seine getrenntlebende Frau, einen ganzen Satz an ihn gerichtet hatte, die notwendig intimere Nähe an der Dinnertafel des Bali Hi eingeschlossen. Jetzt jedoch, während sie auf Mrs. Fulljames und ihren Sirup-pudding warteten, lehnte sie sich herüber, wenn auch nur in Winkelbruchteilen zu messen; im Grunde neigte sich eher der Mund, und sie zischte: »Haben sie dich also endlich gefeuert.«

Davies bemühte sich, schockiert auszusehen. Es saßen noch drei andere Leute mit am Tisch, Mod und zwei Iren, die seit ein paar Wochen da waren und daran arbeiteten, den Kabelsalat zu entwirren, den zwei ihrer Landsleute angerichtet hatten. »Schlimme Sache, Feuern«, sagte einer der Iren.

»Entlassung«, nickte der zweite.

»Ich bin nicht rausgeschmissen worden«, insistierte Davies. Er wandte sich an Mod. »Sag es ihr. Ich weiß sonst nicht, was ich tue.«

»Er hat sich frühpensionieren lassen«, erklärte Mod.

»Pensionieren«, erwiderte einer der Iren. »Naja, Pensionieren ist in Ordnung.«

»Vollkommen in Ordnung«, sagte der andere. »Mein Vater ist pensioniert worden.«

»Und er war ein hochanständiger Mann.«

»Und was gedenkst du jetzt zu tun?« fragte Doris, während sie die anderen nicht eines Blickes aus dem Augenwinkel würdigte. »Den ganzen Tag rumsitzen?«

»Mir stehen vielerlei Türen offen, Mrs. Davies«, entgegnete Davies. »Ich könnte Physik studieren oder im Co-op aushelfen. Den Möglichkeiten sind keine Grenzen gesetzt. Vielleicht könnten du und ich uns auch ein rosenumranktes Häuschen kaufen, und wenn wir nicht gestorben sind …«

»Hübscher Schluß«, bemerkte der erste Ire.

»Find ich auch, Colm«, sekundierte der zweite.

»Süßer Pudding«, verkündete Mrs. Fulljames, während sie aus der Küche heranbalancierte und der Dampf unter ihrem

Kinn hing wie ein Bart. (Passend zur Saison zu kochen, war ihr fremd, obwohl sie im Sommer zuweilen Stampfkartoffeln auf den Tisch gebracht haben soll.) Sie stellte das blubbernde Tablett ab und begann, den Pudding, indem sie in den Dampf hineingriff, in Portionen aufzuteilen. »Ich hoffe, Sie finden bald was«, sagte sie zu Davies. »Sie können hier nicht den ganzen Tag herumlungern.«

»Aber ich bräuchte *Räumlichkeiten*«, sagte er zu Mod, als sie im Babe In Arms hockten. Kitty, seinem Hund, war wieder Zutritt gewährt worden, nachdem die Erinnerung an den Abend verblaßt war, an dem er die Bar auf der Jagd nach einer eingedrungenen Katze auseinandergenommen hatte. Kitty mochte die Kneipenatmosphäre und saß scheinbar der Unterhaltung lauschend da, während er heimlich nach der Katze Ausschau hielt.

»Die bräuchtest du wohl«, nickte Mod. »Du kannst als Privatdetektiv nicht in den Straßen herumschleichen.« Ihm kam ein Gedanke. »Vielleicht könntest du ja auf die Bücherei zurückgreifen, irgendein Plätzchen versteckt zwischen den hinteren Regalen. Dann müßtest du dir allerdings so'n Handy anschaffen.«

»Das sehe ich nicht«, erwiderte Davies.

»Die brauchen einen Hausdetektiv. Kommen immer wieder Bücher weg.«

»Ich beginne meine Laufbahn als Privatdetektiv nicht damit, Leute zu schnappen, die Catherine Cookson klauen.«

Davies ging zur Bar. Als er zurückkehrte, saß ein vertraut aussehender Mann mit zurückgegeltem schwarzem Haar neben Mod; der Hund beschnüffelte seine Hosen. Davies schob Kitty mit dem Knie beiseite; sein Knurren verstummte erst, als er eine Packung Kartoffelchips unter die Nase gehalten bekam. Er brauchte stets zwanzig Minuten, um sie zu öffnen.

»Er mag wohl gern Chips«, bemerkte der Mann.

»Er reißt gern die Packung auf.«

»Du kennst Mr. Austen«, sagte Mod. »Shemmy.«

Davies schüttelte ihm die Hand und sah seinen traurigen Blick. »Ich erinnere mich. Es gab mal Ärger wegen fehlender Kontobücher«, sagte er.

»Jahre her«, entgegnete Shemmy. »Ein Irrtum, alles ein einziger Irrtum.«

»Er hat noch Platz in seinem Büro«, erklärte Mod. »Er hat unser Gespräch mitbekommen.«

Der Mann gab ihm seine Visitenkarte. »Austen, Austen und Austen«, las Davies. »Buchhalter. Wenn es drei von Euch gibt, kann wohl kaum viel Platz übrig sein.«

»Keine drei«, sagte Shemmy. »Es gibt nur einen Austen, und der bin ich. Unser richtiger Name lautet Austenbacher oder so ähnlich. Ich erinnere mich nicht mehr genau, aber meine Mutter weiß es noch. Ich habe die anderen zwei hinzugefügt, damit es nach einer größeren Firma aussieht. Der Raum ist ziemlich langgestreckt; ich könnte ein Ende gut vermieten. Sagen wir, für 50 die Woche. Wir könnten sofort hingehen, und Sie schauen es sich an, wenn es Ihnen recht ist. Es ist nur die Straße runter.«

Als sie mit der Runde fertig waren, marschierten sie aus dem Pub heraus; Davies brachte Kitty, für den die Schlafenszeit gekommen war, nach Hause; und dann geleitete Shemmy sie mit beflissenem Eifer die abendliche Straße hinunter. Es war noch immer hell, obgleich der Himmel sich mit der Farbe von Spülwasser und einem roten Schmierstreifen über den Dächern schmückte, wo die Sonne – vielleicht dankbar – untergegangen war. Davies und Mod trotteten hinter Shemmy her, der vorauseilte und ihnen über die Schulter etwas zurief oder auf der Seite ging wie ein ungeduldiger Junge. »Für mich ist es zu groß«, betonte er immer wieder, »zu luxuriös.« Er blieb auf dem Bürgersteig stehen, um zwei streitende Pakistanis vorbeizulassen. »Ich bin *kein* Luxusmensch«, ergänzte er. »Nie gewesen.«

Davies kannte die Gegend; und Mod, der jede Entfernung entweder von der Bibliothek oder dem Pub aus maß, war dort vorbeigekommen, als er sich vom einen zum anderen Ort begeben hatte. Das Arbeitsamt, die andere Seite seiner physikalischen Welt, deutlich unterschieden von seiner Existenz als Philosoph, war ebenfalls nicht weit. Es gab also eine willkommene Fluchtroute, wenn es der stets lauernden Gefahr einer angebotenen Arbeitsstelle zu entrinnen galt. »Liegt ziemlich zentral«, bestätigte er.

»Inwiefern? Von wo aus?« fragte Davies.

Sie waren stehengeblieben. »Da oben«, sagte Shemmy und wies zum zweiten und obersten Stockwerk des heruntergekommenen Gebäudes hoch.

Davies' Blick wanderte hoch und wieder hinunter zum Erdgeschoß. »Das Welsh Curry House«, las er auf einem Schild über dem beschlagenen Parterrefenster. Willesden war multikulturell. »Cymru Hindu. Das ist mal was anderes.«

»Früher hieß es nur Curry House, wenn Sie sich erinnern«, bemerkte Shemmy, »aber dann ist dieser Inder aus Cardiff gekommen und hat es übernommen.«

Mod kramte ein kleines Notizbuch hervor und schrieb mit einem Bleistiftstummel etwas hinein. Sie warteten, bis er fertig war, fragten jedoch nicht, was er sich notiert hatte. »Walisische Asiaten«, erklärte Mod schließlich, »Waliaten.«

»Was ist mit dem Küchenmief?« fragte Davies. Die Tür des Lokals öffnete sich, und ein Jugendlicher schlurfte mit seinem Essen zum Mitnehmen hinaus; eine Wolke scharfen Currygeruchs wehte hinter ihm her.

»Im obersten Stock kriegt man davon kaum was mit«, erklärte Shemmy besorgt. »Das verfliegt, bevor es hochzieht. Sophia in ihrem Friseursalon trifft es schlimmer.«

»Dann schaun wir mal rein«, sagte Davies. Neben der Tür

zum Restaurant befand sich eine weitere Tür, die Shemmy eifrig aufschloß. »Das ist nur abends. Mittags ist es überhaupt nicht schlimm. Ehrlich.«

Sie stiegen die düster beleuchteten Stufen hoch. Der Flur hing voll schwerer Gerüche. »Gibt dem Ganzen sowas Gewisses, meinst du nicht, Dangerous?« sagte Mod, der hinter ihm herstapfte. »Was Geheimnisvolles. Du mußt als Privatdetektiv eine geheimnisvolle Aura haben.«

»Aber nicht unbedingt dank Tandoori«, brummte Davies. Er erschnupperte seinen Weg nach oben. Durch eine Glasscheibe konnten sie die stummen Haartrockner in Sophias Salon (»Willesden und Florida«) sehen. Sie standen in einer Reihe, die Köpfe gesenkt wie in tiefem Gebet oder Meditation. »Hier kommen öfter ziemlich attraktive Frauen vorbei«, sagte Shemmy, der jeden Winkel inspizierte. Er schloß noch eine Tür auf und geleitete sie eine weitere Treppe hoch. »Wenn Sie auf Frauen stehen.«

Davies schnaufte müde weiter wie eine Lok, die einen Berg hochstampfte. Der Buchhalter öffnete eine Tür mehr und führte sie in einen Raum, der sich erst als lang und kahl zu erkennen gab, als er eine einsame Lampe angeknipst hatte. »Ich sitze an diesem Ende«, sagte er eifrig zu Davies und zeigte auf einen verschatteten Schreibtisch, auf dem sich Akten stapelten. »Und Ihr Platz ist drüben.«

»Noch nicht«, warnte Davies. »Könnten Sie etwas mehr Licht machen?«

»Licht? Licht? Ach so, ja, Licht.«

»Das, worin man sehen kann«, bemerkte Mod hilfreich. Shemmy betätigte einen anderen Schalter; eine weitere Niedrigvoltbirne erwachte widerstrebend zum Leben. »Im Sommer bin ich nach Einbruch der Dunkelheit nicht mehr hier«, sagte er. »Daher brauche ich die Beleuchtung kaum.«

Davies ging zum anderen Ende des Raumes. Dort standen ein zweiter, viel kleinerer Schreibtisch und ein trostloser Stuhl;

dahinter befand sich ein Fenster mit Spitzengardine, die grau geworden war. Er schob sie zur Seite.

In der herankriechenden Dämmerung erkannte er die Dächer und Satellitenschüsseln des Londoner Nordwestens. »Und wenn jetzt ein Mordanschlag ...« sagte Mod.

»... dann befände ich mich auf dem Präsentierteller«, erwiderte Davies.

Shemmy krauste die Stirn. »Mo... Mordanschlag? Sie rechnen doch nicht etwa mit einem Mordanschlag?«

Davies sah ihn ernst an. »Nicht sofort. Aber in diesem Geschäft weiß man nie.«

Der Buchhalter wirkte auf einmal erheblich weniger enthusiastisch. »Die Versicherung deckt keine Mordanschläge«, bemerkte er. »Da bin ich mir fast sicher.« Er schaute zuerst Mod, dann Davies an. »Das ist doch bloß ein Scherz. Oder?«

»Hoffentlich.«

»Natürlich war es ein Scherz«, sagte Mod.

Shemmy seufzte so erleichtert wie um Verständnis bemüht und breitete die Hände aus, als wolle er den ganzen trüben Raum umarmen. »Nun, was meinen Sie? Am Treppenabsatz ist eine Toilette; und Sie können Ihr eigenes Telefon bekommen. Meines klingelt nicht allzu oft. Ich erledige die meisten Telefonate in den Abendstunden, wenn die Leute zu Hause sind. Vom Haus meiner Mutter aus.«

»Wieviel?« fragte Davies?

»Fünfzig, sagte ich ja.«

»Vierzig.«

»Okay, vierzig.«

»Ich brauche einen Sessel für die Klienten, ein Telefon, ein Handy auch, eine Schreibmaschine und ...«

»Eine Sekretärin«, sagte Mod.

»Ich wollte sagen, ein paar Fälle. Business.« Sie saßen wieder in ihrem Pub. Shemmy war gegangen, um die Telefonrechnung seiner Mutter zu strapazieren. »Es ist sinnlos, eine Sekretärin zu beschäftigen, wenn man nichts zu tun hat.«

»Du mußt eben eine Anzeige aufgeben. Der *West London Observer* wäre am geeignetsten. ›Ace Detectives. Wir kriegen alle‹.«

»Irgendwann mal jedenfalls«, fügte Davies milde hinzu. »Nicht soviel Wortgeklimper. ›Davies Investigations‹ reicht, denk ich.«

»Wie wär's mit ›*Dangerous* Investigations‹ ...«

»Damit würde ich den Ärger geradezu heraufbeschwören.«

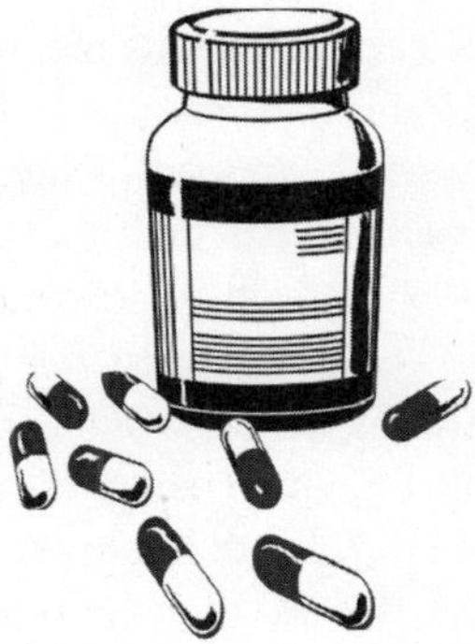

Kapitel 2

Drei volle Tage hockte er bereits in seinem Büro, als endlich das Telefon klingelte. Am Apparat war jemand, der Essen zum Mitnehmen bestellen wollte. Tief unglücklich legte er wieder auf. »Dauerwellen machen wir auch nicht«, grummelte er, als die Leitung tot war. Es hatten Damen angerufen, die Sophias Salon zu sprechen wünschten. Shemmy am anderen Ende des Raumes murmelte geschäftig Zahlen vor sich hin. Der Möblierung hatte Davies eine Trennwand aus Rattan hinzugefügt, die er zusammen mit anderen Kleinigkeiten bei Murphy's Möbelwelt erstanden hatte; denn es machte wenig Vergnügen, einem Buchhalter bei der Arbeit zuzusehen.

Es war so deprimierend, dort zu hocken, daß er jeden Morgen zwei Kaffeepausen machte und nach dem zweistündigen Lunch in seinem Pub eine Teepause einlegte. Ein Handy hatte er sich zugelegt; die Batterie erwies sich jedoch als unzuverlässig. Er vergaß immer wieder, sie am Stromnetz aufzuladen; zudem hatte er ohnehin niemanden zum Anrufen. Bei ihm meldete sich ebenfalls keiner. Eines Morgens schnitt ihm Sophia, die Eigentümerin des Frisiersalons, die Haare, weil sie im Augenblick nichts Besseres zu tun hatte. »Als ich aufgemacht habe, war es genauso«, tröstete sie ihn. Sie war eine glattgesichtige, fette Blondine, die eine Brust gesellig auf seiner Schulter ruhen ließ, während sie schnibbelte. »Ganze Ewigkeiten hat keiner gewußt, daß ich einen Laden eröffnet hatte. Und es gibt mehr Leute, die ihre Haare gemacht haben wollen, als solche, die einen Mörder suchen.«

»Ein Mord müßte es nicht sein«, sagte Davies. »Dazu habe ich gar nicht die Möglichkeiten. Ein geklauter Fernseher würde es vollauf tun.«

Sie hielt inne. »Warten Sie, Dangerous. Ich habe da gerade eine Idee. Vielleicht kann ich Ihnen ja den ersten Job verschaffen. Ich habe nämlich immer herausfinden wollen, wohin mein Vater gegangen ist.«

»Wann haben Sie Ihren Vater zuletzt gesehen?«

»Noch nie«, erwiderte sie mit plötzlicher Ernsthaftigkeit. »Ich weiß nicht, wer er ist. Meine Mutter hat ihn mehr oder weniger vergessen. Aber ich hätte nichts dagegen, ihn zu finden. Nur, um ihn einmal zu sehen.«

Sie spürte, wie Davies' Stimmung sich aufhellIe. »Das wäre ein Anfang«, sagte er. Ihre Schere schnibbelte geschäftig in der Luft herum. »Wenn ich erstmal mit was anfange, wird sich der Rest schon von selbst ergeben. Sucht vielleicht eine ihrer Kundinnen jemanden?«

»Oh, einige, nehm ich an«, lachte sie herzhaft. »Würde das denn viel kosten?«

»Wenn ich ihn gefunden habe, reden wir weiter. Bis dahin können Sie mich ja mit Frisiersitzungen entlohnen.«

Davies' Schlafzimmer lag im obersten Stock des Hauses. Doris und er waren im Bali Hi eingezogen, als ihre ehelichen Gefühle füreinander sich dem Nullpunkt näherten. Er hatte gedacht, ein Tapetenwechsel würde vielleicht etwas verändern, aber das war nicht der Fall gewesen. Sie waren nicht weitergekommen und schließlich in getrennte Zimmer gezogen; zunächst in angrenzende, so daß ihre Köpfe, wenn sie im Bett lagen, nur etwa 20 cm voneinander entfernt waren und sich so näher kamen als in Jahren. Doch Doris war eine kraftvolle Schnarcherin; und die Trennwand zwischen ihnen vibrierte oft heftig unter ihren Atemstößen. Davies zog in ein Zimmer ganz oben, nachdem Minnie Banks, eine weinerliche Lehrerin, schließlich das Haus verlassen hatte, um sich um ihre alte Mutter zu kümmern, die dringend der Aufheiterung bedurfte. Sein Zimmer lag direkt unterm Dach, brüllend heiß im Sommer und im Winter heimgesucht von Böen und eisig pfeifender Zugluft, wenn er unter sämtlichen Jacken und Decken im Bett steckte, die er nur aufzutürmen vermochte. Jetzt lag er da und schwitzte, fest im Griff schwerer Sorgen, und lauschte von Ferne johlenden Betrunkenen und halsbrecherisch gefahrenen Wagen.

Er machte sich ernste Sorgen um seine Zukunft. Wie sollte er sich über Wasser halten? Wie Doris? Er zahlte ihr noch immer Haushaltsgeld, obwohl sie keinen Haushalt führte, sondern ihre Zeit zwischen Klatschrunden mit ihren Freundinnen, der Glotze, dem Kino und der Bingohalle aufteilte. Aber er war ein Ehrenmann, selbst wenn er untreu gewesen war; und der Gedanke daran, ihr die finanzielle Lage erklären zu müssen, trieb ihn um.

Unter der Dachrinne begann ein Täuberich zu gurren. Er hatte ihn klar vor Augen – prahlerisch aufgeplustert, und das ganz ohne Publikum, dem er imponieren konnte. Er hob seinen Schuh auf und knallte ihn wütend gegen die Zimmerdecke. »Eingebildeter Scheißkerl!«

Was sollte er nur tun? Es war ja ganz okay, Privatdetektiv zu sein – nur, wo bekam man seine Fälle her? Wahrscheinlich dauerte das Jahre, und Sophias Phantomvater war kein Einstieg. Mods Kommentar war vorhersehbar entmutigend gewesen: »Sie bezahlt dich also mit Haareschneiden?« hatte er gefragt. »Und was kriegst du am Ende? Eine Gratisdauerwelle?«

Jetzt war es drei Uhr morgens, und er war allein. Gott, in diesem Land florierte das Verbrechen nur so. Jedesmal, wenn man die Zeitung aufschlug, hatte man es wieder. Bestimmt würde davon einiges zu ihm durchsickern. Mußte man vielleicht auf der Wache betteln gehen, ob sie nicht ein paar Fälle übrig hätten?

Ihm wurde schmerzlich bewußt, wie sehr er es vermißte, Polizist zu sein, obwohl er neuerdings an keinen Blessuren mehr herumdoktern mußte. Wochenlang dahinzuleben, ohne zusammengeschlagen zu werden, das war schon ungewöhnlich. Aber selbst darin lag wenig Trost. Er fragte sich, ob er würde schlafen können, wenn er vorher zur Toilette ging. Er kletterte in seinen zerknüllten Morgenmantel.

Eine finstere blaue Birne erhellte den Treppenabsatz unter ihm. Mrs. Fulljames bestand darauf; sie raunte stets, die Birne gebe ihr ein Gefühl der Sicherheit.

Davies mußte selbst in diesem trüben Licht blinzeln und arbeitete sich die Stufen bis zum Flur hinunter. Die Tür ächzte, wie sie es tat, seit er sich erinnern konnte. Jeder im Haus wußte, wann jemand zur Toilette ging. Die Spülung klang, als erwürge man eine alte Frau. Als er herauskam, stand Mod in seinem fürchterlichen türkisch gemusterten Nachthemd vor seiner Schlafzimmertür.

»Gestern abend war ich bei einem Vortrag über die geistigen Fundamente des Empire«, begann Mod in seiner umständlichen Art.

»Davon willst du mir aber doch nicht erzählen? Nicht jetzt?«

»Nein, nein. Ein andermal. Dennoch hochinteressant! Da greift eins ins andere.«

»Kann ich ins Bett zurück?«

»Warte, warte, Dangerous.« Mod zog einen schemenhaften Umschlag hervor. »Das hat unter der Haustür gelegen, als ich reinkam. Ich hatte vergessen, ihn dir unter die Tür zu schieben. Mein Verstand ist immer mit so vielen Dingen befaßt.«

»Was ist drin?« Er wußte, daß Mod es wußte.

Mod runzelte im Zwielicht milde die Stirn. »Ich hatte das Gefühl, ich sollte ihn besser öffnen, falls es was Dringendes ist.«

Er hatte ihn wieder zugeklebt und gab ihn nun Davies. »Komm besser rein«, sagte er, »die kommen sonst alle raus in den Flur.«

Davies wußte, was er meinte. Er schlich in Mods Zimmer, in dem sich Säulen zerfledderter Bücher um das Bett stapelten, manche davon riesig und alt. In einer Ecke stand ein Globus; an der Wand hing ein Foto von Bertrand Russell. Der Raum stank so nach Staub, daß er sich einen Finger unter die Nase hielt, als er sich aufs Bett setzte. Während Mod hinter ihm kauerte wie ein übergroßer Buckel, öffnete er das Kuvert und zog einen Zettel heraus. Im Briefkopf stand ›Sophias Salon‹, und seine unwillkürliche Reaktion war Enttäuschung. Dann jedoch las er: »Lieber Dangerous, Ihr Telefon hat geklingelt und ich bin drangegangen. Sie hatten vergessen, die Tür abzuschließen; und das war gerade kurz bevor wir zumachen und die Pubs öffnen. Ich rechnete also nicht damit, daß Sie nochmal zurückkommen würden. Es war ein Mann namens Swanley oder so ähnlich dran. Er hat einen *Auftrag* für Sie, sagt er! Er ruft morgen nochmal an.«

Davies war endgültig klar, daß er diese Nacht keinen Schlaf mehr finden würde.

»Er klang wie ein Amerikaner«, sagte Sophia. »Ein bißchen wie ein Filmstar sogar.« Sie schaute Davies an und wurde ein wenig rot. »Diese tiefe Art von Stimme, die mein Innerstes zum Schmelzen bringt.«

»Was Sie nicht sagen. Na, danke jedenfalls. Soll ich ihnen nicht einfach meinen Zweitschlüssel geben?«

»Gern«, erwiderte sie leicht geistesabwesend. »Solche Stimmen hört man hier einfach nie. Nicht mal in West Hampstead. Ich fliege bei Männern zuallererst auf die Stimme.«

Ihre kissenartigen Brüste unter dem Sommerkleid – Übergröße – hingen fast über dem Schreibtisch, während sie das sagte. Davies hatte nie aufgehört, über die geheimsten Gedanken und Sehnsüchte ganz alltäglicher Leute zu staunen. Ihr feister Hals verströmte starken Parfumduft. Als das Telefon klingelte, war er so froh wie erleichtert. Er ließ es absichtlich zweimal klingeln und griff dann mit der Hand in seine Richtung. Sophia war schneller. »Davies Investigations«, verkündete sie mit kehliger Stimme.

Davies blinzelte und saß still. Sie rollte mit ihren in Mascara gebetteten Augen und hielt eine Patschhand vor die Muschel. »Er ist es«, wisperte sie zittrig. »Ach, ja, Mr. Swanley«, sagte sie ins Telefon. »Sie haben gestern abend schon einmal angerufen. Ich werde mal schaun, ob er zu sprechen ist.«

Davies griff gierig nach dem Hörer, doch sie schob seine Hand mit Nachdruck beiseite. »Warten Sie«, flüsterte sie. »Zählen Sie bis zehn.«

Sie taten es gemeinsam. Er war bereits bei zehn, als sie die Acht noch nicht erreicht hatte. Wieder streckte sich seine Hand nach dem Hörer, und wieder hielt sie ihn zurück, bis sie mit dem Zählen fertig war. Dann gab sie ihn aus der Hand.

»Davies am Apparat. Kann ich Ihnen helfen?«

»Das hoffe ich.« Seine Stimme klang *tatsächlich* nach John Wayne. »Ich bin gerade erst aus Montreal angekommen. Ich habe Ihre Anzeige in der Zeitung gesehen. Ich brauche Hilfe. Ich möchte Sie darum bitten, zu mir zu kommen.«

»Selbstverständlich«, erwiderte Davies. Er versuchte, so zu klingen, als blättere er durch seinen Terminkalender. »Wo und wann?«

»Ich wohne im Savoy. Ich würde mich mit Ihnen gern treffen, sobald es Ihnen paßt.«

»Ich hätte heute noch Zeit, später«, sagte Davies. Sophia machte beschwichtigende Bewegungen mit den Händen. Er nickte. Er blieb cool. »Wie wäre es mit 16 Uhr?«

»Gut. 16 Uhr. Ich werde Sie in der Lobby treffen und ein Exemplar des *West London Observer* dabei haben.«

»Das werde ich auch, Mr. Swanley.«

»Mein Name ist Swanee.«

»Ah, Swanee. Wie der Fluß.«

»Äh … ja, genauso.«

Mod füllte seinen Stammsessel in der öffentlichen Bibliothek aus. Die *Willesden Gazette* lag über den Tisch gebreitet. »Lese die Todesanzeigen«, murmelte er. »Man muß auf dem laufenden bleiben.«

Davies blickte sich kurz um.»Jemand Bekanntes dabei?«

»Flüchtige Bekannte«, sagte Mod. »Nun ja, sehr flüchtige.«

Davies nickte in Richtung Zeitungsseite. »Ich finde nicht, daß es eine besonders gelungene Idee ist, die Todesanzeigen neben der Rubrik ›Was macht eigentlich …?‹ zu plazieren.« Er setzte sich. »Er ist im Savoy.«

Mod strahlte. »Dein erster Fall, Dangerous. Das Savoy im Strand?«

»Ich glaube nicht, daß er Acton meinte.«

»Was für ein Fall isses?«

»Weiß ich noch nicht. Er hat die Anzeige im *West London Observer* gesehen.«

»Und du fährst zu ihm hin, anstatt ihn bei dir zu empfangen? Vielleicht gar nicht so unklug.«

»Um vier heute. Ich muß mir Zeit lassen.«

»Die nächste U-Bahnstation ist Strand, wenn ich mich recht entsinne.«

Davies wußte, daß Mod nicht mehr in der Londoner Innenstadt gewesen war, seit Prinzessin Anne das erste Mal geheiratet hatte. Zweifel legte beide Gesichter in Falten. »Ich sollte das besser für dich nachprüfen.« Der massige Philosoph erhob sich, schlurfte zu einem Eckbereich der Bibliothek und kam mit einem dicken, verstaubten Atlas von London zurück. Mit einem Seufzen und einem Wölkchen, das sowohl vom Atlas als von Mod aufstieg, setzte er sich wieder und begann zu blättern. »Da«, zeigte er. »Sozusagen um die Ecke. Die U-Bahnhaltestelle Strand, und da haben wir dein Savoy.«

Millicent, die Bibliotheksassistentin, schaute Mod im Vorbeigehen über die Schulter. »Gibt's nicht mehr«, bemerkte sie.

»Was gibt's nicht mehr?« fragte Davies. Mod versuchte, sie über dieselbe Schulter hinweg in den Blick zu bekommen. »Das Savoy?«

»Die Haltestelle. Die Haltestelle Strand. Haben sie vor Jahren dichtgemacht. Von Charing Cross aus ist es am günstigsten.«

Sie ging weiter. »Die wissen alles heutzutage«, grummelte Mod. »Das ist diese Datenautobahn.«

Davies klappte den Buchdeckel auf. »1959«, sagte er und sah genauer hin. »Die Themse wird's aber wohl noch geben.«

Der Mann, der zum Treffen erschienen war, stand in der Lobby des Savoy. Es wäre schwer gewesen, ihn zu übersehen. Er hatte ein wettergegerbtes Gesicht, breit und derb wie ein Baum, mit kurzgeschnittenem schwarzem Kinn- und einem gepflegten Schnurrbart. Er war fast einsneunzig groß und hielt ein Exemplar des *West London Observer* entfaltet vor sich. Seine Augen blitzten betont suchend über den Papierrand hinweg in Richtung Schwingtüren. Davies betrat das Gebäude und wedelte sofort mit seiner Zeitung.

Davies' Hand, die keineswegs zierlich zu nennen war, verschwand in Swanees Hand. »Warum nehmen wir nicht einen Tee?« regte Swanee an. »Wie Sie hier in England sagen.« Er guckte entschuldigend. »Etwas Stärkeres darf ich leider nicht trinken. Wegen meiner Medikamente.«

Während Davies sich fragte, was mit der Gesundheit des Mannes nicht stimmen mochte, folgte er ihm die breiten Stufen hinunter. Er mühte sich, unbeeindruckt zu wirken. Ein Kellner balancierte ein Silbertablett auf einer Hand vorbei; und Davies konnte sich gerade noch daran hindern, höflich beiseite zu treten. Auf der Ebene unterhalb der Treppe befand sich eine noble Lounge, in der gutangezogene Leute saßen und sich über runde weiße Tischtücher und klingende Teetassen unterhielten. Jenseits des breiten Fensters sah er, wie die Bäume in der Sonne leuchteten. Der Sommer war anders hier.

Sie saßen in einer runden Sitzecke »Ich habe dies hier reservieren lassen«, sagte Swanee. »Ich möchte nicht belauscht werden.«

Mit leicht verengten Augen musterte Davies den Raum. »Scheint mir nicht besser oder schlechter als anderswo.«

Der Mann stellte sich mit seinem vollen Namen John Robert Swanee vor, und sie gaben sich noch einmal die Hand. »Es war wie ein Gottesgeschenk«, erklärte Swanee. »Ich wußte, daß ich Hilfe finden mußte, einen Detektiv. Ich habe Anwälte hier, aber die möchte ich da nicht reinziehen. Je weniger Leute davon wissen, mit denen ich Geschäftsbeziehungen pflege, desto besser.

Sofort, nachdem ich eingecheckt hatte, habe ich mir alle Zeitungen gekauft, die ich kriegen konnte. In manchen davon fand ich Anzeigen von Privatdetekteien – aber die klangen alle zu groß. Ich konnte mir nur zu gut vorstellen, wie diese heikle Angelegenheit in großen Büros herumgereicht, ins Computernetz eingespeist und so am Ende in den Zeitungen landen würde. Und das wollte ich nicht.» Der Kellner erschien, und Swanee bestellte Tee und Sandwiches. Er fragte Davies, ob er lieber ein Stück Kuchen mochte.

»Ihre Annonce, der Ton, schien mir der richtige zu sein. Sie haben doch nichts mit solchen Großfirmen zu tun?«

Davies hatte nichts damit zu tun, aber er *brauchte* etwas zu tun. Er schüttelte den Kopf. »Wir sind ein kleines Team. Handverlesen.«

»Gut, großartig«, sagte Mr. Swanee nahezu atemlos. »Wie ich schon sagte, Mr. Davies; je weniger Leute die Details kennen, desto besser.« Seine großen Augen flackerten auf wie Warnlichter. »Ich glaube nicht einmal, daß Sie die Sache mit den anderen Mitgliedern Ihres Teams besprechen sollten.«

»Das läßt sich machen«, erwiderte Davies mit vertraulichem Unterton.

Swanee schien zu zögern. Seine Augen wanderten durch den großen Raum, der Unterhaltungen allein durch seine schiere Größe dämpfte. »Ich steige immer im Savoy ab«, sagte er schließlich. »Für mich ist es, als käme ich nach Hause.«

Der Kellner erschien abermals, und Davies begriff, daß es sein Erscheinen gewesen war, auf das sie gewartet hatten. Der Tee wurde serviert, und jeder biß in sein Sandwich mit Räucherlachs. Swanee schlang seins hinunter wie ein Mann, der Holzfällerportionen gewöhnt war. Davies bemühte sich, manierlich zu essen. Der Tee schmeckte ein wenig fade.

Und nun war der Zeitpunkt gekommen. »Mein Bruder Carl, 42 Jahre alt, ist mit einer Frau namens Sestrina verheiratet.« Er blickte Davies direkt in die Augen, als argwöhne er, man glaube ihm vielleicht nicht. »Sie leben seit zwanzig Jahren in London, obwohl Carl wie ich gebürtiger Kanadier ist und seine Frau ursprünglich aus der Schweiz kommt. Sie wohnen – oder besser wohnten – in Hampstead, das, wie ich auf dem Stadtplan erkennen kann, nicht weit von Ihrem Büro liegt.«

»Willesden«, sagte Davies und fügte unsicher hinzu: »Ja. Das ist recht nah. Geographisch gesehen. Nur eine Busfahrt.«

Swanee lachte und zuckte mit den Schultern. »Nur eine Busfahrt. Ihre Landsleute sind ja bekannt für ihr Understatement.«

»Oh ja. So heißt es.«

»Carl verschwand vor etwas über einem Monat. Eine junge Frau namens Anna Beauchamp – spricht sich Beecham aus – ist mit ihm verschwunden.«

Davies schluckte den letzten Bissen seines zweiten Sandwichs hinunter und bemerkte unpassenderweise: »Das kommt vor. In Hampstead ist das nichts Ungewöhnliches.«

»Es ist wichtig, daß sie gefunden werden«, beharrte Swanee. »Aber sagen Sie das der Polizei, und die notieren nicht einmal ihre Namen. Die Vermißten sind erwachsen. Es gibt keine mysteriösen Umstände. Keine Blutflecken.«

»Sie glauben, es könnte Blut geflossen sein?«

»Das hoffe ich nicht.« Der große Mann lehnte sich mit ernstem Gesicht vor; sein kurzer, quadratischer Bart ragte wie die Spitze einer Axt nach vorn. »Ich muß sie finden, *ihn* zumindest, Carl, Mr. Davies. Wir sind in einige sensible Geschäftsangelegenheiten verwickelt; und er kann nicht einfach so von der Bildfläche verschwinden.«

»Was für Geschäftsangelegenheiten, wenn ich fragen darf?«

»Das ist sehr kompliziert. Wir sind im Pharmageschäft, und Carl ist Spezialist für neurologische Medikamente. Er arbeitet an etwas so Wichtigem, so Herausragendem, daß es den ganzen Aspekt geistiger Gesundheit revolutionieren könnte, insbesondere, was die Alten betrifft.«

Davies fragte sich, ob er hier abbrechen würde. Er konnte sehen, daß er mit sich rang. Dann jedoch lehnte sich der wuchtige Mann noch weiter vor und flüsterte: »Alzheimer könnten wir vergessen.«

Davies leerte seine Tasse.

»Sie verstehen, was das bedeutet.«

»Kann ich mir vorstellen.«

»Millionen von Dollar«, sagte Swanee. Er schlug sich die Pranken vors Gesicht. »Und nun ist er verschwunden.«

»Was sagt denn seine Frau … äh, Sestrina … dazu?«

»Sie sagt, Carl habe angefangen, mit Anna rumzubumsen, und daß sie zusammen abgehauen seien. Aber das reicht nicht. Andere Leute – Geschäftsleute, Geldgeber – werden eine Erklärung verlangen. Die Finanzierung dieser Sache steht auf Messers Schneide, wenn Sie mich verstehen.«

Er nahm sich die drei letzten kleinen Sandwiches, türmte sie zu einem ordentlichen Happen auf und stopfte sie sich in den Mund. »Ein Mann verschwindet nicht einfach so. Er *kann* nicht verschwinden. Nicht, wenn er ein Mittel gegen Alzheimer gefunden hat.«

Davies war klar, daß er nun etwas sagen mußte. »Ich sollte mir einige Notizen machen.«

»Sie übernehmen den Fall also?«

Davies nickte. Ihm war es nie in den Sinn gekommen abzulehnen.

»Fangen Sie gleich an«, sagte Swanee. Er blickte sich um, noch immer unsicher. »Ich muß Sie, Mr. Davies, um absolute Diskretion bitten. Niemand darf erfahren, daß ich damit zu tun habe. Jeder Verdacht, glauben Sie mir, wäre eine Katastrophe für mich als Geschäftsmann, möglicherweise auch als Privatmann. Sestrina, meine Schwägerin, ist Geschäftspartnerin. Aber sie ist eine seltsame Lady. Unnahbar, könnte man sagen. Ich komme nicht an sie ran.«

Davies legte sein Notizbuch vorsichtig auf den Tisch. »Ich werde mit ihr sprechen müssen. Ich kann doch da nicht einfach vorbeischneien und ihr sagen, ich würde mich gern über ihren verschwundenen Gatten unterhalten.«

»Natürlich können Sie das nicht«, nickte Swanee. »Aber ich werde dafür sorgen, daß eine Person meines Vertrauens bei ihr anruft und ihr Ihren Besuch ankündigt. Sie *muß* meinen Bruder genauso dringend finden wie alle anderen. Immerhin ist er mit einer Frau abgehauen, die nur halb so alt ist wie er selbst. Sestrina hat ja auch ihre Finger ... ach was, eine ganze Hand im Geschäft drin. Sie muß Gewißheit haben. Es geht um Millionen von Dollar, wenn Sie sich erinnern.«

»Ist sie zur Polizei gegangen, nachdem sie sich aus dem Staub gemacht hatten?«

»Wäre zwecklos gewesen. Ohne verdächtige Umstände, Blut zum Beispiel, wie wir sagten, ist die Polizei nicht bereit zu helfen. Nicht einmal in diesem Land. Ist Familienangelegenheit. Mann haut mit Jüngerer ab; Ehefrau bleibt heulend zurück.«

»Glauben Sie denn, daß sie viel weint?«

Swanee warf ihm einen anerkennenden Blick zu. »Nein, Mr. Davies, das bezweifle ich stark. Aber wissen will sie es trotzdem, aus den anderen Gründen, die ich genannt habe – das Geld, das Geschäft. Sie nimmt das Ganze noch immer zu leicht. Nur kommt sie ohne ihn an keinen lumpigen Heller ran.«

»Sofern er nicht tot ist«, wandte Davies vorsichtig ein.

»Natürlich«, erwiderte Swanee gedämpft. »Sofern nicht sowas passiert ist.«

»Ihr Freund, Ihr gemeinsamer Vertrauter, wird ihr also sagen, er habe einen Privatdetektiv gefunden?«

»Richtig. Sie braucht Sie. Sie wird froh sein, Sie zu sehen.« Swanees Hand glitt in seine Innentasche, und er zog ein Scheckheft heraus. Davies entzifferte die auf dem Kopf stehenden Buchstaben als ›Bank of Canada‹. Noch immer verdrehte er seinen Hals, während Swanee ihm einen Scheck über 3000 Dollar schrieb. Er riß ihn heraus und gab ihn Davies. »Ich hoffe, dies wird als Vorschuß genügen«, sagte er. »Über Ihr Endhonorar sprechen wir dann später, wenn Ihnen das recht ist.«

»Kein Problem«, erwiderte Davies und nahm den Scheck staunend an sich. »Das ist völlig in Ordnung.«

»Nur Sie und ich, klar?« sagte Swanee. »Und Sestrina. Versuchen Sie, sie davon zu überzeugen, daß es ernst ist.«

»Sie, ich und Ihr Freund, der mich anrufen wird«, erwiderte Davies. »Und Sestrina.« Er klemmte seinen Stift wieder an seinem Notizbuch fest. »Wo kann ich Sie erreichen, Mr. Swanee? Hier?«

»Nein.« Die Antwort kam schnell und schneidend. »*Sie* werden mich nicht kontaktieren, Mr. Davies. Ich melde mich bei *Ihnen*. Das ist sehr wichtig.«

»Klingt so«, sagte Davies.

»Wie war der Tee?« fragte Mod. »War früher immer sehr gut.«

Davies fixierte ihn über die beiden Bierkrüge hinweg, seinen und Mods. »Teuer.«

»War er immer. Kostete 25 Shilling.«

»Jetzt kostet er mehr als 25 Pfund. Ich sah, wie er die hingeblättert hat. Und fünf Pfund Trinkgeld dazu.«

Mod stellte sein Bier langsam ab. »Nur für Tee?«

»Und Sandwiches. Räucherlachs. Ich hätte auch einen Kuchen bestellen können, wenn ich gewollt hätte.«

Er griff in seine hintere Hosentasche und zog den Scheck hervor, den John Swanee ihm gegeben hatte. Nachdem er die schmuddelige Tischplatte mit der Handkante gesäubert hatte, legte er ihn zwischen sie. Dann drehte er ihn so, daß Mod ihn lesen konnte. Mod riß die Augen auf. »Jesses«, keuchte er. »Ist der echt?«

»Das weiß ich noch nicht, woher auch. Die Lachssandwiches allerdings waren echt, dann wird er das wohl auch sein.«

»Worum geht's in dem Fall? Sag schon.«

»Ich habe mein Wort gegeben, das mit niemandem zu diskutieren. Das ist Teil des Geschäfts.«

Mod runzelte die Stirn; schnell jedoch wurde sein Gesicht wieder glatt. »Diskussion«, intonierte er. »Eine Unterhaltung zwischen zwei oder mehr Teilnehmern über ein feststehendes Thema.«

»Wenn du es so ausdrücken willst.«

»Nun, Dangerous.« Mod beugte sich vor. Davies hatte den Scheck mit einem verstohlenen Blick in den Barraum wieder in seine Hosentasche gesteckt. »Wenn du mir davon erzählst, in groben Zügen, und ich gebe keinerlei Kommentare dazu ab und stelle auch keine Fragen, dann stellt das keine Diskussion dar. Und seine Bedingungen beziehen sich doch auf eine *Diskussion.*«

»Ich soll es für mich behalten.«

»Du könntest mich brauchen. Und wenn es nur ist, um mit deinem Hund Gassi zu gehen, während du deine Ermittlungen anstellst.«

»Schon gut. Ich erzähl's dir auf dem Weg.«

Mod schaute besorgt auf die Uhr über der Bar, widersprach jedoch nicht. Sie wünschten allen eine gute Nacht und traten in die mildgraue Großstadtdämmerung hinaus. »Er ist Kanadier«, begann Davies, während sie zu seinem Büro bummelten. »Er könnte bei den Canadian Mounties sein.«

»In *Rose Marie*«, murmelte Mod. »Ich hab das auf der Bühne gesehen, weißte.«

Davies warf einen Blick in seine Richtung. »Keine Diskussion.«

»Oh ja, richtig.«

»Er wohnt im Savoy. Er hat hier Geschäfte laufen. Pharmazeutische Produkte, die mit der Psychiatrie verquickt sind. Sie glauben, ein Mittel gegen Alzheimer gefunden zu haben.«

»Wie tröstlich zu hören«, sagte Mod. »Und was ist mit der Vorbeugung?«

»Ich beantworte keine Fragen. Also gut. John Swanees Bruder Carl lebt – oder lebte – in Hampstead; und es sieht ganz so aus, als sei er mit ner Frau durchgebrannt, die jünger ist als seine Ehefrau.«

»Älter sind sie selten.«

»Hältst du endlich die Klappe?«

»Tschuldigung.«

»Mrs. Swanee – Sestrina – ist offenbar nicht allzu betrübt darüber, ihren Mann verloren zu haben. Dennoch steckt sie mit beiden Brüdern drin im Geschäft. Da kommen andere Interessen ins Spiel. Finanzielle. Die werden ne Menge Kohle machen. Wenn aber einer der Geschäftspartner – insbesondere Carl, der am direktesten mit der medizinischen Seite zu tun hat – plötzlich verschwindet, wird die Angelegenheit zwangsläufig zu einer Riesenblamage. Und er ist bereits seit einem Monat verschollen.«

»Die müssen ihn schon um jeden Preis finden wollen, wenn sie einfach so 3000 Dollar lockermachen, bloß als Vorschuß.«

Sie waren an der Bürotür angelangt. Das Fenster des indischen Restaurants war schlierig beschlagen. Davies schnupperte grüblerisch. »Heute geht Madrashühnchen offenbar besonders gut.« Er schloß die Tür auf und knipste den Lichtschalter am Fuß der Treppe an.

»Da oben ist jemand«, flüsterte Mod. Davies hatte das Stöhnen auch gehört. Sie erklommen eine Treppe. Vom Treppenabsatz aus konnten sie einen schwachen Lichtspalt unter der Bürotür erkennen. »Jemand hat Shemmy zusammengeschlagen«, mutmaßte Mod. Davies schüttelte den Kopf, preßte ein

Ohr gegen den Türspalt und wedelte hinter seinem Rücken mit dem Arm, um Mod unnötigerweise zu signalisieren, er solle bleiben wo er war, obwohl dieser »Ich bin bei dir, Dangerous« flüsterte. Davies drückte die Klinke halb herunter. Die Tür war unverschlossen. Er drückte sie ganz herunter, öffnete sie vornehm, wenn auch gebückt wie einst Groucho Marx, und ging hinein. Shemmys Bereich lag in fast völliger Dunkelheit; am anderen Ende jedoch brannte die Schreibtischlampe. Er kroch zur Trennwand. Mit einem entschlossenen Schritt und zwei geballten Fäusten ging er um die Wand herum und sah Sophia halb liegend, halb sitzend in seinem Sessel, alle Viere von sich gestreckt. Sie brachte stöhnende Schnarchgeräusche hervor. Unter ihrer Bluse sah man ihre Brüste zu beiden Seiten herunterbaumeln, und ihr Gesicht erschien im harten Licht der Schreibtischlampe traurig und voller Falten. Ihr Haar jedoch sah hübsch aus.

»Ahem … äh … Sophia«, räusperte sich Davies.

Ihre Augenlider, die tief in Mascara gebettet waren, lösten sich langsam voneinander. »Dangerous«, sagte sie. Sie schmatzte mit den Lippen und lehnte sich nach vorn, so daß die Gewichte an ihrer Vorderseite auf die Schreibtischunterlage plumpsten. »Wo sind Sie gewesen?«

»Im Pub.«

Als Mod klar wurde, daß keine Gefahr bestand, kam er aus Shemmys verschatteter Ecke hervor und stellte sich hinter Davies.

»Ich hätt's ja wissen sollen«, sagte sie. »Ich geh nicht gern rüber zu Ihrem Haus, weil ich diese Mrs. Fulljames nicht ausstehen kann und Ihre Frau auch nicht, wo ich schon mal dabei bin.«

»Das ist verständlich«, erwiderte Davies.

»Absolut«, sagte Mod.

»Und ich komm auch nicht in diesem Pub suchen. Schreckliche Spelunke. Können Sie sich nicht ne bessere aussuchen?«

»Sie liegt am nächsten.«

Sophia schaute auf die glänzende Golduhr an ihrem plumpen Handgelenk.

»Ich muß eingenickt sein. Ich wollte eine halbe Stunde warten, für den Fall, daß Sie nochmal zurückkämen.«

»Das ist sehr nett von Ihnen«, sagte Davies. »Sie arbeiten mehr für mich als ich selbst.«

Sie lächelte süßlich. »Schon gut, Dangerous. Frisieren ist nicht besonders aufregend, außer wenn komische Unfälle passieren; und es hält mich fit, die Treppe hochzustürmen, um Ihre Anrufe entgegenzunehmen. Tippen kann ich auch. Billig bin ich dazu. Naja, nicht billig auf *diese* Art ...«

»Gab es denn einen Anruf? Von Mr. Swanee?« fragte Davies.

»Nein, nicht von Mr. Swanee. Sie haben Kontakt mit ihm aufgenommen, nicht wahr?«

»Ja, danke. Ich hätte den Job ohne Sie nie ergattert.«

»Nun, da hätten wir noch etwas anderes«, sagte Sophia und rollte mit den Augen. »Es ist so schrecklich aufregend.« Sie griff sich vorne in die Bluse und zog mit einer Andeutung von Erröten einen Zettel hervor. »Ich hab ihn da reingesteckt, weil es vertraulich ist.«

»Worum geht es?«

»Nun, Sie wissen von den Mordfällen ›Einsame Herzen‹?«

»Ähm ... oh ja. Ich erinnere mich. War das nicht letztes Jahr?«

»Einer davon. Und auch im Jahr davor. In dem davor ebenfalls. Alle im Juli oder August. Es hat bisher drei in London gegeben und ein paar andere weiter nördlich. Nie jemand gefaßt worden.« Sie genoß ihre erwartungsvollen Blicke in vollen Zügen. »Nun, mich hat ein Mr. Harold Jenkins angerufen, von ...« Sie kniff die Augen zusammen, um ihre eigene Handschrift besser lesen zu können. »Ich war ein bißchen aufgeregt; vielleicht habe ich es mir falsch notiert. Meine letzte Kundin saß auch noch gerade unter der Haube ... das Happy Life Bureau. Die sitzen in Hammersmith, wie es scheint; und sie haben die Frauen vermittelt, die ermordet worden sind.«

Sophia ging völlig im Augenblick auf. »Erinnern Sie sich nicht an die Schlagzeilen? Ich meine, ein Liebesabenteuer ist eine Sache, aber es gehört ja wohl nicht dazu, daß man sich die Kehle durchschneiden läßt.«

»Sehr schön ausgedrückt«, bemerkte Mod.

»Wie auch immer; diesen Mr. Harold Jenkins quält die Sorge, daß es jetzt vielleicht wieder losgeht. Es passiert immer um diese Jahreszeit. Er ist bei der Polizei gewesen, und sie haben ihm versichert, sie würden alles tun, was in ihrer Macht stünde; aber er ist wenig glücklich damit. Er will nicht auf das nächste Mal warten.«

»Sie sind ja sehr detailliert informiert«, sagte Davies.

»Naja, wir haben uns lange unterhalten«, erwiderte Sophia. »Ich … ich habe ihm erzählt, ich sei Ihre Sekretärin … ich hoffe, das war okay.«

»Sieht ganz so aus, als ob Sie das wären. Möchte er zurückgerufen werden?«

»Ja. Er hat mir sogar seine Privatnummer gegeben.«

Sie erhob sich aus dem Sessel. Seine Sitzfläche war noch warm von ihrer, als Davies ihren Platz einnahm. Sie und Mod standen über ihn gebeugt, während er telefonierte. Nach einer fünfminütigen Unterhaltung legte er den Hörer auf und sah sie an. »Gestern nichts«, sagte er. »Und heute nicht nur ein Auftrag – sondern gleich *zwei*. Ich werde einen Mitarbeiter einstellen müssen.«

»Das muß doch gefeiert werden«, schlug Mod vor.

»Philip Marlowe hätte jetzt ne Flasche Scotch im Schreibtisch«, sagte Davies. Er zog eine Schublade auf, als hoffe er, darin eine zu finden, zog jedoch nur eine Dose Möbelpolitur heraus, so alt, daß sie um den Rand herum verrostet war. »Es wird Zeit, daß ich nach Hause gehe und nen Happen esse«, erklärte Sophia. »Den Salon habe ich schon dichtgemacht.«

Sie stiegen die spärlich beleuchteten Stufen hinab. Auf dem Treppenabsatz darunter spingste Sophia durch die Glasscheibe ihrer Tür. Die Haartrockner standen in einer Reihe, mit gesenkten Köpfen. »Todestrakt«, murmelte sie.

»Hört mal«, sagte Davies. »Der Inder hat noch offen. Laßt uns reingehen und bei einem Currygericht feiern.«

»Und bei Bier«, ergänzte Mod und rieb sich im Halbdunkel die Hände.

Sophia willigte zögernd ein. »Vermutlich ist es nicht so umwerfend, wie es riecht.«

Sie öffneten die Tür. Als hätte er es geahnt, fanden sie Raschid Hopkins, den Eigentümer, würdevoll hinter der Theke, der sie sogleich überschwenglich begrüßte. Niemand sonst war noch im Laden. »Kein Problem«, sagte er schwärmerisch, als Davies fragte, ob er noch Curry übrig habe. »Ich werde selbst für Sie kochen, hiermit, mit meinen eigenen Händen.«

Er breitete seine Hände aus und schüttelte dann hocherfreut die seiner Gäste. »Meine Nachbarn«, sagte er. »Welche Ehre. Ich hatte schon gefürchtet, Sie kämen von der Mafia.« Er geleitete sie zu einem Tisch, zog die beschmutzte bräunliche Tischdecke weg und ersetzte sie mit einer schwungvollen Bewegung. »Ich hoffe, die aufsteigenden Düfte stören Sie nicht.«

»Sophia kriegt das Schlimmste ab«, erwiderte Davies.

Raschid lachte. »Mr. Davies, Sie haben einen walisischen Namen und walisischen Humor. Sind Sie aus Wales?«

»Nein, aus London. Aber er ist von dort – Mod.«

»In Wales geboren«, konzedierte Mod. »Aber schnell aus dem Staub gemacht.«

Raschid eilte geschäftig Richtung Küche, rief jedoch noch über die Schulter: »Zauberhafte Stadt, Cardiff. Meine Familie lebt schon seit Jahren in Wales. Deshalb heißt das hier auch das ›Welsh Curry House‹ – Cymru Hindu.«

Sie konnten hören, wie er jemanden in der Küche mit Tiraden überschüttete. Ein kleines, verärgertes braunes Gesicht erschien in der Tür und verschwand mit einem Zungenschnalzen. Sofort wurden drei riesige Vindaloos mit Chapattis, Poppadums und einer Schale mit Chutney serviert. Sie aßen und tranken. Sophia wollte partout nur Wein; als Raschid jedoch später verlegen eine Flasche Whisky hervorzauberte, ließ sie sich überreden.

»Heute ist der Geburtstag von Thomas Hardy«, verkündete Mod, als sie anstießen. Sie tranken auf den Tag. Mod rezitierte einige Gedichte, die sein Gedächtnis noch hergab. Es wurde ein Uhr, bevor sie auf die Straße traten. Zwei Eingänge weiter hockte ein Westindier und spielte auf einer Konzertina. Beiläufig schloß er sich ihnen an, während sie die Straße hinunter gingen, beobachtet von schrägäugigen Katzen, Leuten, die spät ins Bett fanden, und ihren in den Schaufenstern von Möbel- und Bekleidungsgeschäften tanzenden Spiegelbildern.

Ein Streifenwagen fuhr neben ihnen her. »Hallo Dangerous«, rief einer der Beamten. »Feiern?«

»Heute ist der Geburtstag von Thomas Hardy«, erwiderte Davies.

»Na, klasse«, sagte der Polizist. »Und wer von denen ist er?«

Der Wagen fuhr neben dem Bürgersteig weiter und wirkte im Licht der Straßenlaternen unheimlich. Der Westindier, der seine Konzertina flugs hinter seinem Rücken versteckt hatte, sobald die Polizei erschienen war, verkündete, er müsse nun nach Hause, und sie wünschten sich freundlich eine gute Nacht. An der nächsten Ecke blieb Sophia stehen. »Hier wohn ich.« Sie gab Davies und Mod einen Kuß auf die Wange, wobei sie ihren Busen unter Mühen auf diskreter Distanz zu halten suchte.

»Ich werde Ihren Vater nicht vergessen«, versprach Davies.

»Was soll's«, erwiderte sie. »Er hat mich vergessen.«

Kapitel 3

Nach Hammersmith gab es von Willesden aus eine direkte Busverbindung die Scrubs Lane hinunter. Man fuhr am Gefängnis Wormwood Scrubs vorbei, und Davies winkte vom oberen Deck aus jedem grüßend zu, von dem er wußte, daß er dort zur Zeit einsaß.

Das Happy Life Bureau befand sich im ersten Stock gegenüber dem Tanzsaal des Hammersmith Palais; sein neonrotes Firmenschild glühte verlockend im Waschküchenwetter.

»Sie würden sich wundern, wieviel Betrieb wir hier hatten, nur weil wir hier unser Büro haben – und mit dem Schild«, sagte die Empfangsdame. Ihr rötliches Haar war strähnig und verblaßte bereits. Sie seufzte, als erinnere sie sich knapp verpaßter Chancen. »Die Leute kommen aus dem Palais, enttäuscht, wissen Sie, daß sie wieder einmal allein nach Hause fahren müssen. Sie sehen das Schild und sagen sich, daß sie das doch glatt mal ausprobieren und nochmal ein Abenteuer erleben sollten. Zumindest war das mal so. Jetzt hat das Palais dichtgemacht. Die Zeiten ändern sich eben.«

»Ein Abenteuer«, wiederholte Davies.

Sie wirkte peinlich berührt, als habe er sie bei einer Lüge ertappt. »Naja, Abenteuer meist nicht. Das passiert selten. Aber zumindest haben sie dann jemanden, mit dem sie sich unter der Uhr vor Waterloo Station treffen können.«

»Die meisten treffen sich unter Uhren, nicht wahr?«

»Viele. Nun ja; eine Uhr übersieht man nicht so leicht, oder? Auf den Stufen des British Museum oder dem Nelsondenkmal kann man sich verpassen. Aber eine Uhr ist eine Uhr.«

»Ein guter Ort, um die Meßfühler auszufahren«, sagte Davies. »Eine Uhr.«

»Das kann man wohl sagen. So allerdings habe ich das noch nie gesehen.« Es wirkte, als würde sie verstummen, nach einem

Augenblick jedoch sprach sie weiter. »Es ist fast immer der Mann, der zuerst kommt und versucht, einen guten Eindruck zu machen. Wenn die Frau dann kommt, kann sie ihn sich aus der Distanz ansehen und, wie Sie sagen, die Meßfühler ausfahren, ihn umrunden, ihn sich genau anschauen und sich entscheiden. Manchen Leuten ist das allerdings zu öffentlich. Die treffen sich lieber in einem Hotel – in der Lobby natürlich.«

Sie hatte ihm versichert, Mr. Bertie Jenkins, der das Geschäft leitete, werde bald aus seiner Mittagspause zurück sein. Er kam oft zu spät zurück, was die übrige Familie, alle Geschäftspartner, sehr empöre. Sie glaubte, er mache das absichtlich.

Davies saß in einem Korbsessel, der dem Büro gemeinsam mit einer ebensolchen Couch und einem leicht mürrisch wirkenden Gummibaum eine Atmosphäre tropischer Trostlosigkeit verlieh. »Den hat uns ein dankbarer Kunde verehrt«, sagte die Rezeptionistin, die ein verschmiertes Namensschild auf dem Schreibtisch als Fenella Fitt auswies. »Ein Gentleman von den Fidschi-Inseln, der sehr zufrieden war. Bei solchen Leuten ist das Problem nicht die *Hautfarbe* oder *Rasse*, und wir müssen pragmatisch damit umgehen. In einer Partnervermittlung kann man nur sehr begrenzt politisch korrekt sein. Nein, das Problem ist nicht die Hautfarbe, es ist die *Größe*. Es gibt einfach keinen 2,10 Meter großen Fidschi für eine 40-Kilo-Frau aus Godstone. Is einfach nicht.«

Davies versuchte so zu tun, als höre er nur beiläufig zu. Er durchblätterte ein Exemplar des *Family Chronicle*; und sie bemühte sich, in die Kundenregisterkarten auf ihrem Schreibtisch Ordnung zu bringen. »Wir sind nicht computerisiert«, fuhr sie fort. »Wir dürften die einzige Agentur sein, die noch nicht auf der Datenautobahn ist. Dafür sind wir auf dem Hammersmith Broadway.« Sie schaute flüchtig auf, um zu sehen, ob der Scherz angekommen war, und Davies grinste amüsiert. »Der ist von Mr. Bertie Jenkins«, erklärte sie. »Der ist fix mit sowas.«

»Wie hoch ist Ihre Erfolgsquote?« fragte Davies. »Wieviele Paare werden tatsächlich draus?«

Sie preßte die Lippen zusammen. »Darüber geben wir grundsätzlich keine Auskunft. Bei der Hälfte der Leute wissen wir nicht, was aus ihnen wird.« Sie lehnte sich nach vorn, um die Entfernung zwischen Davies und ihr zu verringern, und auch Davies beugte sich vor. »Obwohl ein paar von uns ja umgebracht worden sind – drei, um genau zu sein. Deshalb sind Sie natürlich auch hier. Es passiert immer um diese Jahreszeit. Ich sag ja immer, es liegt am heißen Wetter.« Sie wandte sich wieder ihren Registerkarten zu und wühlte lustlos darin. »Ich war auch mal Kundin«, seufzte sie. »Nicht nur einmal, um ehrlich zu sein, sondern mehrmals. Aber geklappt hat es keinmal. Einer wollte, daß sein Hund zwischen uns schläft. Und nun bin ich mit den Enttäuschungen anderer Leute befaßt.«

Durch den Verkehrslärm direkt von unterhalb des Fensters hörte er Stimmen von Leuten, die die Treppe hoch kamen. »Sie sind vor ihm da«, sagte Miss Fitt mit einem Schmollen. »Das schätzen die gar nicht, denn er macht es absichtlich. Er ist derjenige, der den Zirkus am laufen halten soll. Die anderen sind nur Direktoren.« Sie stand auf, strich ihr dünnes Kleid über ihren dünnen Beinen glatt, ging zur Tür und öffnete sie.

»Mr. Davies ist bereits hier«, verkündete sie. »Mr. Bertie allerdings nicht.«

»Natürlich nicht«, sagte eine Frau mit dunkler Stimme. »Er und sein Leben im großen Stil. Jede Wette, daß er nur noch einen zweiten Nachtisch vertilgt.«

Den Raum betrat sie fast watschelnd, ihre Wangen waren gerötet, und ihr folgte ein stattlicher, blühend wirkender Mann mit einer Rose im Knopfloch. »Mein Name ist Harold Jenkins«, sagte er. »Ich hatte Sie angerufen. Und dies ist Minnie Jenkins, meine Schwester.«

Sie gaben sich die Hand, wobei die Frau kaum weniger fest zudrückte als ihr Bruder. »Mr. Bertie wird bald vom Lunch zurück sein.«

Mr. Harold öffnete eine innere Tür, nachdem er den Schlüssel herumgedreht hatte. Davies fiel auf, wie Miss Fitt daraufhin das Gesicht verzog. »Wir haben beschlossen, alles hinter Schloß und Riegel zu halten«, erklärte er Davies, als sie drinnen waren. »Weil wir fürchten, dieses Ungeheuer könnte sich erneut erheben.«

»Das weißt du doch gar nicht«, tadelte seine Schwester. »Bis jetzt ist niemand erwürgt worden. Nicht in diesem Jahr.«

»Aber es wird Juli«, entgegnete Jenkins.

Draußen vor der Tür hörten sie Stimmen. Mr. Bertie, groß und ergrauend, kam lächelnd herein. Er war einmal gutaussehend gewesen und hielt sich wahrscheinlich noch immer dafür. »Tut mir schrecklich leid«, sagte er. »Aber das Essen war mal wieder zu gut, fürchte ich.«

Etwas gravitätischer nahm er dann, von den anderen flankiert, am Schreibtisch Platz und setzte sich eine kleine, randlose Brille auf die Nase, die er aus einem Etui mit Schildkrötenmuster nahm. Er war es, der zu sprechen begann.

»Sie wissen zweifellos über die Hintergründe der unglücklichen Umstände Bescheid, die uns veranlaßt haben, Sie heute herzubitten, Mr. Davies. Wir sind sehr in Sorge.«

Sein Bruder und seine Schwester nickten synchron, sagten jedoch nichts. »Ein Beamter der Londoner Polizei hat Sie uns empfohlen. Er glaubt, Sie seien die Art von Mann, die unter diesen Umständen am ehesten geeignet wäre.«

Davies fühlte sich geschmeichelt. »Und wer war das?«

Mr. Bertie spitzte die Lippen und schielte auf die Rose in seinem Knopfloch herab. »Ich fürchte, ich kann seinen Namen nicht preisgeben«, sagte er. »Er hat auf strikter Diskretion bestanden, selbst Ihnen gegenüber. Das müssen wir respektieren.«

»Absolut«, nickte Davies, noch immer verwundert. »Es reicht ja, wenn man weiß, daß man geschätzt wird.«

»Sie haben sich erst vor kurzem aus dem Polizeidienst zurückgezogen, Mr. Davies, nicht wahr?« fragte Minnie.

»Vor ein paar Wochen.«

»Das war unsere Überlegung«, sagte Mr. Harold. »Wir dachten, wir brauchen jemand Frischen.«

»Und Ehrgeizigen«, ergänzte Minnie.

Ungeduldig schaute Mr. Bertie erst seinen Bruder, dann seine Schwester an. »Also gut. Laßt uns fortfahren. Mr. Davies wird ein vielbeschäftigter Detektiv sein.«

Davies machte ein Geräusch, das sowohl Verneinung als auch Bejahung hätte ausdrücken können. Mr. Bertie griff seitlich in einen Aktenschrank und holte zwei große Bücher hervor. »Unsere Sammelordner«, sagte er. »Was die Morde betrifft.«

»Sollten wir Mr. Davies nicht«, warf Minnie ein, »bevor wir zu den blutigen Details kommen, erst einmal Hintergrundinformationen zum Happy Life Bureau geben?« Ganz offensichtlich lag ihr sehr daran; sie neigte sich, ohne eine Antwort abzuwarten, nach vorn und begann zu sprechen. »Gegründet hat das Geschäft unser Vater, William Jenkins, kurz nach dem Krieg. Sie wären überrascht gewesen, wie viele Leute, besonders heimgekehrte Soldaten, nach dem Ende der Kampfhandlungen labil und unglücklich waren. Als wären sie traurig darüber, daß der Krieg vorbei war.«

»Einer von ihnen war unser Vater«, sagte Mr. Bertie wie ein Schauspieler, der auf ein Stichwort hin einsprang. »Er war nach Jahren aus einem japanischen Gefangenenlager zurückgekehrt; und seine Frau, unsere Mutter, schien spurlos verschwunden. Er hatte sogar versucht, sie vom Dock aus anzurufen, als das Schiff, mit dem er heimkam, in Southhampton anlegte. Aber er erreichte niemanden.«

»Sie hatte versprochen, dort zu sein«, sagte Mr. Harold.

»Er hatte davon geträumt«, sagte Minnie.

»Er mußte sich irgendwie durchschlagen«, fuhr Mr. Bertie fort. »Ihm wurde klar, daß es eine Menge Menschen gab, denen es ging wie ihm. Strandgut des Krieges. Unsere Mutter fand er dann zwar, und sie haben sich kurze Zeit versöhnt; aber es hat nicht gehalten. Von da an steckte er alle Zeit und Energie in dieses Geschäft, das Happy Life Bureau. Das war in diesem Land eine ziemlich revolutionäre Sache. Es gab zwar in Amerika schon Heiratsinstitute, aber nicht hier.«

»Er hat in diesem Raum begonnen«, sagte Minnie. »Und hier sind wir noch immer.«

»War das Geschäft immer erfolgreich?« fragte Davies, als er glaubte, auch einmal etwas beitragen zu müssen.

»Wir haben uns auf London und Südostengland konzentriert«, erklärte Mr. Bertie.

»Wir haben bis nach Selsey Bill erfolgreich vermittelt«, fügte Minnie hinzu.

Mr. Harold lachte, als sei er froh über die Gelegenheit. »Wenn ich mich recht entsinne, haben wir diesen Klienten sogar Selsey Bill *genannt*! Eines Tages haben wir ihn dann unter die Haube gekriegt.«

Mr. Bertie übernahm. »Aber seit kurzem haben wir einigen Ärger gehabt, wie Sie wissen, Mr. Davies. Drei schreckliche Morde in den letzten drei Jahren. Und nie ist jemand gefaßt worden. Und es hat auch noch andere Morde gegeben, in anderen Teilen des Landes.«

»Die Polizei hat keine Spur«, sagte Minnie. »Wir hoffen, daß es Ihnen vielleicht gelingt, eine zu finden.«

»Daß diese Person ein weiteres Mal zuschlagen könnte, das ist unsere ganze Sorge, unsere ganze Furcht«, ergänzte Mr. Bertie. Er stützte das Kinn in seine Hände. »Es ruiniert das Geschäft.«

»Kann man sich denken«, nickte Davies.

»Wir wissen zwar nicht, wie Sie vorgehen wollen, aber sicher haben Sie Ihre Methoden. Wir möchten, daß dieser Mörder gefaßt wird, bevor er das nächste Mal zuschlagen kann.«

»Oder so schnell wie möglich danach«, sagte Minnie.

Plötzlich erstarb das Gespräch. Davies blickte der Reihe nach in die hoffnungsvollen Augen der Geschwister im mittleren Alter. »Ich hoffe, Ihnen helfen zu können«, sagte er. »Aber versprechen kann ich nichts.«

»Lassen Sie uns Ihnen berichten«, bat Mr. Harold.

Es dauerte eine halbe Stunde. Davies stellte Fragen und machte sich vorläufige Notizen. Am Ende saßen sie in einer Reihe vor ihm und wirkten alle drei seltsam verlegen. Es war Bertie Jenkins, der am meisten geredet hatte. Er sah recht angenehm aus; seine Stimme jedoch quiekte leicht. »Ich muß betonen, Mr. Davies«, sagte er, »daß keine der Unglücklichen ihr Schicksal durch irgendwelche Arrangements ereilte, die unser Büro getroffen hat.« Er unterbrach sich und blickte Bruder und Schwester an, die ihre Augen ebenfalls auf ihn richteten. Dann fuhr er, mit etwas gesenkter, aber noch immer quiekender Stimme fort: »Nicht, soweit wir wissen jedenfalls.«

»Aber wir hatten ihnen Vorschläge geschickt«, bemerkte Minnie.

Bertie wirkte, als ob er wünsche, sie hätte ihn nicht unterbrochen. »Laß es Bertie erzählen, Minnie«, sagte Harold. »Er weiß es am besten.«

»Sie waren beim Happy Life Bureau registriert«, räumte Bertie ein. »Und wir hatten Arrangements für sie getroffen. Wir nennen uns nicht gern »Flirtagentur« – so ist es nämlich nicht. Wir hoffen, daß unsere Vorschläge zu etwas Bleibenderem führen. Wir wissen nicht, welche Kontakte zu diesen abscheulichen Verbrechen geführt haben. Sie hatten alle selbständige Annoncen in den Zeitungsrubriken ›Kontaktanzeigen‹ aufgegeben – auch diesen Begriff meiden wir. Jede von den dreien – Debbie Scarlett, Jo Pereira und Sandra Dawes – war ebenso bei anderen Instituten registriert.«

»Die davon nichts wissen wollen«, sagte Minnie und warf ihrem Bruder einen trotzigen Blick zu.

»In der Tat, das wollen sie nicht.«

»Wir haben uns an jede dieser Agenturen gewandt«, erklärte Harold, »und gefragt, ob wir uns nicht in dieser Sache zusammentun sollten – aber die haben sofort abgeblockt. Das würde sie ins Gerede bringen und ihrem Ruf schaden.«

»Wir möchten unseren guten Ruf wahren«, fuhr Bertie fort. »Deshalb haben wir etwas unternommen – und Sie hergebeten, Mr. Davies.«

»Minnie und ich haben darauf bestanden«, betonte Harold. Er schaute seinen Bruder an. »Und dann hat Bertie es übernommen, jemanden ausfindig zu machen, der helfen könnte.

»Nun sind Sie hier«, ergänzte Bertie, als beseitige er damit unterschwellige Spannungen, die das Thema auslöste.

»Die anderen«, sagte Minnie traurig, »wollen es einfach der Polizei überlassen. Wir mögen ja altmodisch sein, aber wir glauben, wie ehrbare Bürger zu handeln.«

»Dennoch«, warf Bertie ein, »übernehmen wir nicht die *geringste* Verantwortung. Wir möchten nur, daß der Fall, die Fälle, aufgeklärt werden.«

Wieder verfielen sie in Schweigen. Schließlich fragte Harold Jenkins: »Sollten wir Mr. Davies nicht unsere Kartei zeigen?«

»Doch, natürlich, unsere Kartei muß er sich ansehen«, sagte Minnie.

Alle erhoben sich, Bertie nahm einen Schlüssel aus seiner Westentasche, und sie gingen zu einer Tür an der hinteren Wand. Er schloß auf und knipste ein kaltes Licht an. Bertie signalisierte Davies, er solle ihm folgen und trat in das Hinterzimmer, in eine Luft, stickig von Feuchtigkeit und Verfall.

Auf zwei langen Tapeziertischen reihten sich schmale hölzerne Karteikästen; jeder von ihnen enthielt Packen von Karteikarten. An den Wänden entlang standen schäbige Büroschränke. »Wir haben das hier immer Leichenhalle genannt«, sagte Bertie.

»Jetzt allerdings nicht mehr«, betonte Minnie.

»War nur ein Scherz«, fügte Harold hinzu.

»Wie weit reichen diese Karteikarten zurück?« fragte Davies. Der Staub kitzelte ihm in der Nase. Am liebsten hätte er geniest.

»Bis zur Gründung«, antwortete Minnie mit einem Anflug von Stolz.

»Die Karten in den Büroschränken«, erläuterte Bertie, »das waren die ersten Kunden meines Vaters.«

»Klienten«, sagte Harold. Er öffnete eine der Schubladen. Noch mehr faulige Luft entwich. Davies ging hinüber und besah sich das vergilbte Namensverzeichnis. Harold schloß die Schublade und wies auf die Karteien auf dem Tisch. »Die reichen Ewigkeiten zurück«, sagte er. »Für heutige Ansprüche ein bißchen primitiv. Alle arbeiten jetzt mit Computern. Das werden wir auch bald müssen.«

»Man möchte sich richtig schämen«, bemerkte Minnie. »Computer und Liebe passen doch nicht zusammen.«

Davies betrachtete die Tröge voll moribunder Karteikarten und nickte in der Hoffnung, dies würde als Zustimmung verstanden.

»Einige von diesen Leuten werden inzwischen tot sein«, sagte Minnie mit leichtem Schniefen.

»Diese hier bestimmt«, fügte Bertie mit Nachdruck hinzu. Er nahm drei Karten aus dem letzten Kasten und reichte sie Davies. »Debbie Scarlett, Jo Pereira und Sandra Dawes.«

»Die Frauen, die in den Midlands gestorben sind, hatten Sie nie in den Unterlagen?«

»Nie. Gottseidank«, erwiderte Harold. »Drei reichen völlig.«

»Und wer weiß, wohin das noch führt«, sagte Bertie. »Es passiert immer im Sommer.«

»Etwa um diese Zeit«, sagte Minnie düster.

Davies sah sich die Karten genau an. Bei jeder war ein Foto in eine Ecke geheftet, drei jüngere, aber erschöpft wirkende Frauen. Eine war 28, eine 29 und die dritte 31 gewesen. »Was bedeutet der Buchstabe ›s‹?« fragte er. Ihm war der makabre Gedanke gekommen, dies könne ›stranguliert‹ bedeuten.

»›Selbst geworben‹«, antwortete Minnie. Sie wirkte ein wenig beschämt. »Wir haben uns bei ihnen gemeldet, nachdem sie auf eigene Initiative Anzeigen in den Zeitungen aufgegeben hatten.«

»Auf eigene Faust«, erklärte Harold. »Ob das ethisch nun in Ordnung ist oder nicht, da waren wir uns nie so sicher.«

»Und wir wollten es auch gar nicht erst wissen«, fügte Bertie nachdrücklich hinzu. »Wir haben das oft gemacht. Mußten es einfach, um das Geschäft am laufen zu halten. Sie werden den Buchstaben ›s‹ auf vielen Karten finden, Mr. Davies.«

Zögerlich, offenbar seiner Sache noch nicht ganz so sicher, händigte er Davies die beiden Bücher aus, die er unter dem Arm getragen hatte. »Sie sollten die Sammelordner besser mitnehmen«, sagte er, während er Bruder und Schwester ansah. »Sie könnten sich als nützlich erweisen.«

Davies nahm die schweren Bücher und legte sie auf den Tisch neben die Karteikarten. Er schlug den Deckel des obersten Buches zurück. Ein Frauengesicht starrte aus einem Zeitungsausschnitt. Es sah so entsetzt aus, mit fliegendem Haar und aufgerissenen Augen, daß es wirkte, als sei es im Augenblick des Todes aufgenommen worden. »Sie suchte Liebe und fand den Tod«, verkündete die Schlagzeile.

»Debbie Scarlett«, erläuterte Bertie. »Unser erstes Opfer.«

»Die Leute nudeln dich ja regelrecht mit Geld«, sagte Mod. »Ein Riese ist nicht schlecht als Vorschuß.«

»Ich löse den Scheck noch nicht ein«, erklärte Davies. »Aber meine Weigerung haben sie einfach nicht akzeptiert. Sie wollten unbedingt verhindern, daß ich ablehne.«

»Das wird verzwickt.«

»Verzwickt? Das wird unmöglich, Junge, ohne eine außergewöhnliche Portion Glück. Wenn die Londoner Polizei den Kerl nicht kriegt – welche Chancen habe ich dann?«

Sie schlenderten vom Pub zum Bali Hi. Es hatte eine Stunde lang so geschüttet, daß die Straßen dampften; Dunstwolken stiegen an ihren Knöcheln hoch. Mod schleppte die üblichen Bücher mit sich. Davies trug die Tüte mit den zwei Sammelordnern. »Komische alte Sippschaft. Einer von denen, Bertie Jenkins, schmeißt den Laden, und Bruder und Schwester lassen ihn mehr oder weniger machen«, sagte Davies. »Als wäre die Zeit stehengeblieben. Armseliges altes Büro, Aktenschränke. Alle diese Partnervermittlungen, wie die sich nennen, arbeiten heute mit Computer. Und diese Leute da haben kaum begonnen, darüber nachzudenken. Behaupten, ihr Service sei persönlicher, was immer das heißen mag. Wenn es heißen soll, daß man seine Träume auf eine Karte schreibt und sie in ein Register mit ein paar tausend anderen steckt, dann heißt es das wohl.«

»Die müssen eine Menge Kundschaft gehabt haben, wenn sie sich seit 50 Jahren halten. Und sie haben dir die Sammelordner gegeben.«

Davies gab seiner Tüte einen kurzen, triumphierenden Schwung. Im Pub hatte er mit ihr auf dem Schoß gesessen. »Sie haben sämtliche Zeitungsartikel und alles sonstige über die Morde aufbewahrt, und das ganze Zeug ist hier drin.« Er tätschelte die Tüte.

»Warum mußten es gerade diese sein? Diese Frauen?« fragte Mod. »Rache vielleicht. Rache am weiblichen Geschlecht.«

»Ein unzufriedener Kunde«, sagte Davies. »Man sollte meinen, das wäre ganz einfach – die Polizei müßte nur die Kontakte der jeweiligen Frauen rekonstruieren. Die Männer, die die Agentur vorgeschlagen hat.«

»Das sollte man meinen.«

»Aber so eine Routinegeschichte ist das nicht. Diese Frauen hatten ihr Glück zuvor schon versucht. Sie hatten Anzeigen in Zeitungen aufgegeben und sich bei anderen Agenturen eintragen lassen. Sie sind einer Menge Männern begegnet.«

Sie erreichten Bali Hi. Davies gab die Tüte dem bereits beladenen Mod. Sogar während er nach seinem Hausschlüssel kramte, lehnte er sich näher an die Tür und lugte durch das bunte viktorianische Glas der oberen Scheibe; sie trug ein Blumenmuster, durch das das jungfräuliche Gesicht eines Mädchens durch sie hindurch sah. Manchmal gab Davies dem Mädchen einen Kuß und wünschte ihr einen guten Abend. Diesmal tat er das nicht. »Da ist etwas im Flur«, sagte er.

Mod bückte sich und starrte ebenfalls hinein. »Sieht aus wie ein Kamel.«

»Kamele haben keine Hörner.«

Davies begann, den Schlüssel im Schloß zu drehen. »Es ist seltsam ruhig. Sofern es nicht schläft.«

Er drückte die Tür auf. Der Platz reichte gerade aus, um sie ganz zu öffnen. Fast den gesamten Durchgang versperrte ein riesiges, silbern glänzendes Motorrad. Ihnen am nächsten war seine aufgebäumte Lenkstange, die von Tapete zu Tapete reichte. Jenseits davon lehnte das massige Hinterteil der Maschine – respekteinflößend, breit, chromblinkend, kraftvoll, still und schweigsam. »Von Doris ist das nicht«, befand Mod.

Sie standen aneinandergedrängt und starrten auf die Blokkade. »Da kommen wir nie drum rum«, sagte Mod.

Davies versuchte, sich unter dem Lenker hindurch zu dukken, wurde dabei jedoch so gegen die Tapete gequetscht, daß er aufgeben mußte.

»Aus dem eigenen Heim ausgesperrt«, grummelte Mod.

»Wir müssen hinten rum gehen«, sagte Davies.

Sie gingen durch das Holztor in den verwilderten Garten. Durch das beschlagene Küchenfenster konnten sie Mrs. Fulljames' Kopf erkennen; er bewegte sich nicht, also wurden sie beobachtet. Sie riß die Küchentür auf. »Sind Sie nicht dran vorbeigekommen?« fragte sie. »*So* viel Platz nimmt es nun auch wieder nicht ein. Ist doch nur ein Motorrad.«

»Jahre Ihrer Kochkunst, Mrs. Fulljames, haben es sowohl für mich wie für Mr. Davies schwierig gemacht, Hindernisstrecken zu überwinden.«

Sie konnten sehen, daß sie besorgt war, obwohl ihre Stimme ungerührt blieb. »Lange steht es da nicht«, versprach sie. »Sie sollten besser mal mit Olly reden. Er ist mein Neffe.«

Sie verschwand im Eßzimmer. Ein Türke, der mit seinem Englisch rang, hatte die beiden Iren ersetzt und brütete nun trübsinnig über seinem Teller. Ein Teenager von etwa 1,85 m in einer weiten, silberbesetzten Lederjacke saß am anderen Platz. Keine Spur von Doris.

»Das ist mein Neffe Oliver«, verkündete Mrs. Fulljames entschlossen. »Er besitzt ein teures Motorrad.«

»Eine Harley Davidson«, erklärte Olly.

»Das haben wir bemerkt«, sagte Davies.

»Der Mann meiner Schwester ist vor kurzem verstorben«, fuhr Mrs. Fulljames fort. »Also hat Lily Olly ein Motorrad gekauft, um ihn zu entschädigen.«

»Guter Tausch«, bemerkte Olly.

Der Türke, der trotz seines kaum existenten Englischs mitreden wollte, wiederholte: »Ein guter Tausch.«

Die innere Tür wurde übellaunig aufgerissen, und herein stürzte eine erhitzte Doris. »Also wirklich«, fauchte sie in der Weise, die Davies nur zu vertraut war. »Ist das hier neuerdings ein Parkplatz?«

»Tut mir leid, Mrs. Davies«, erwiderte Mrs. Fulljames steif. »Aber das stellt nur eine vorübergehende Unannehmlichkeit dar.« Davies und Mod verzögerten den Gang zu ihren Tischplätzen, um dem Disput genüßlich lauschen zu können; doch Mrs. Fulljames wandte sich brüsk ab und marschierte in die Küche zurück, um dort mit Töpfen und Pfannen zu klappern. Doris funkelte ihren getrenntlebenden Ehemann und Mod kriegslüstern an: »Ihr braucht gar nicht so blöd zu grinsen.«

Sie stellten ihr Grinsen ein und nahmen Platz.

»In England viel schöne Schloß«, sagte der Türke.

»Ich würde sie ja woanders hinstellen«, sagte Olly. »Wenn ich nur wüßte, wo.«

»Er kann sie nicht auf der Straße lassen«, erläuterte Mrs. Fulljames, die wieder im Türrahmen erschienen war; ein Sieb rauchte in ihren Händen wie eine Opferschale. »Es wäre schneller weg, als man gucken könnte.«

»Und der Garten?« fragte Davies.

»Sie würden es über den Zaun hieven«, antwortete Mrs. Fulljames. »Ich kenne die Burschen in der Gegend.«

Das taten sie bis auf Olly und den Türken alle. »In Türkei«, sagte der Türke, »gibt viele Motorrad.«

Jeder nickte in seine Richtung. »Wie wäre es mit dem Verschlag, den Sie mieten, Mr. Davies?« fragte Mrs. Fulljames dann. Ihre Stimme klang ungewohnt lieblich. Sie hielt ihm das Sieb hin, als biete sie ihm Extraportionen an. »Wo Sie den Hund haben.«

»Ungünstig.«

Mod wirkte alarmiert.

»Erstens«, sagte Davies, »würde Kitty kein Auge zukriegen, wenn sowas da neben ihm stünde. Er würde sich vor Angst ins Körbchen machen.« Er blickte der Reihe nach in die Gesichter und spielte dann seine Trumpfkarte aus. »Er würde die ganze Nacht jaulen zum Steinerweichen.« Er wußte, daß er gewonnen hatte, fuhr aber dennoch fort. »Zweitens sind die Schlösser kaputt und das Holz der Türen splittert ab. Ich hab furchtbare Angst, eines Nachts könnte *Kitty* gestohlen werden.«

»Wir haben ein Kitty in meine Fabrik«, sagte der Türke. »Ist ein Katze.«

Mrs. Fulljames kehrte in die Küche zurück und kam mit dem Gulasch wieder. Der Türke, der auf seinen leeren Teller gestarrt hatte, wenn er sich nicht gerade an der Unterhaltung beteiligte, beobachtete ängstlich gespannt, wie sie austeilte. Die anderen wußten ja, was sie erwartete.

»Es kann nicht dauernd den Flur versperren«, sagte Doris. »Ich muß an meinen Rücken denken.«

Davies enthielt sich mit Mühe eines Kommentars und warf Mod einen warnenden Blick zu. »Da wäre noch das vordere Zimmer«, bemerkte Mod.

»Aber ... aber das ist das ruhige Zimmer«, protestierte Mrs. Fulljames.

»Die Harley macht nich so viel Lärm«, erklärte Olly. »Außer wenn sie läuft.« Er ließ seine Hand über den Tisch sausen. »Brrimmmmm!«

»Das würde es aus dem Weg schaffen«, nickte Davies.

»Das wird es«, sagte Doris. Es war das erste Mal in Jahren, daß sie ihm zustimmte.

Mrs. Fulljames schien sich geschlagen zu geben. »Vielleicht ist das vordere Zimmer ja der beste Platz, Olly. Solange du das Ding hinein- und herausrollen kannst.

»Null Problem«, sagte Olly. Er untersuchte seinen Gulasch, als frage er sich, wo die Fritten geblieben waren. »Die Harley schafft jede Strecke.«

»Hier in der Gegend schafft sie sie vielleicht schneller, als du es dir vorstellen kannst«, warnte Davies freundlich. »Das vordere Zimmer ist okay; da draußen allerdings ...« Er verstummte mit einem Löffel voll Gulasch auf halbem Wege zum Mund. Der Türke saß entzückt lauschend da, schaute von einem zum andern und versuchte, sich die Wörter zu merken. »... in der Großstadt geht's zu wie im Dschungel, Junge«, schloß Davies.

Mrs. Fulljames setzte sich mit dem üblichen Seufzen; und alle füllten gierig ihre Mägen. Es war kein Haus für verwöhnte Gaumen; aber das Essen war warm und sättigend. »Haben Sie schonmal ein Motorrad gehabt, Mr. Davies?« fragte Olly. Seine

Anwesenheit hatte die Tischrunde um denkbare Konversationsthemen bereichert. Sogar Doris beteiligte sich an der Unterhaltung, wenn auch auf ihre unleidliche Art.

»Ich erinnere mich an sowas«, sagte sie.

»Ich hatte mal eine Norton«, antwortete Davies.

»Waren gute Maschinen«, bemerkte Olly. »Die Nortons.«

»Leider hat sich meine Frau« – er wies dezent in Doris' Richtung – »nie dafür interessiert.«

»Schreckliches Ungetüm«, sagte Doris. »Ich mußte immer hintendrauf sitzen. Einmal bin ich auch runtergefallen.« Sie nickte in Davies' Richtung. »Nicht, daß er was gemerkt hätte.«

»Ich persönlich hatte mal eine Vincent Black Shadow«, behauptete Mod. Sehr langsam legte Olly seine Gabel hin. »Echt? Sie hatten eine Vincent? Eine Black Shadow?«

Der Türke schaute noch immer fasziniert zwischen beiden hin und her. »So viele Sprechen«, murmelte er. »Viele, viele Wort.«

»Nicht lange«, sagte Mod kleinlaut. »Geld war knapp in diesen Tagen. Aber es war eine wunderschöne Maschine … ein richtig wildes Biest.«

Olly schüttelte den Kopf. »Die waren toll.« Er löcherte den Philosophen derart mit Blicken, daß der errötete. »Hätte Lust, mit Ihnen über die Öfen zu reden.«

»Ach, das ist lange her.«

»Nachher geben wir mal richtig Gas«, erklärte Olly, der Mod direkt ins herabsinkende Gesicht sah. »Zuerst die North Circular, dann die M4 und die M25.«

»Aber … äh … das ist viele Jahre her.« Mod war aschfahl geworden.

»Komm schon, Mod«, sagte Davies ermutigend. »Laß deine Jugend nochmal aufleben.« Er hätte eine Monatsmiete verwettet, daß Mod niemals ein Motorrad besessen hatte, und schon gar keine Vincent Black Shadow. Vermutlich hatte er auch nie auf einem gesessen.

»Ja, komm«, säuselte Doris boshaft.

Mod schickte die kurzen, stechenden Blicke schierer Verzweiflung in die Runde. »Ich wollte eigentlich zu einem Vortrag gehen«, murmelte er. »›Der Rückzug der Römer aus Britannien und seine Nachwirkungen‹. Im Bürgersaal.«

»Ich haben Frauen in Türkei«, sagte der Türke.

»Komm, dreh ne Runde«, erwiderte Davies unnachgiebig.

»Also gut, also gut. Wenn ihr's unbedingt wollt. Ich fahre mit.« Ein leiser Hoffnungsschimmer erschien auf seinem Gesicht. »Einen Sturzhelm habe ich allerdings nicht. Und der ist Vorschrift ...«

»Ich hab einen Ersatzhelm«, winkte Olly ab. »Gehörte meinem Alten. Ist nur ein bißchen verbeult.«

»Deinem verstorbenen Vater«, sagte Mrs. Fulljames.

Sie versammelten sich vor dem Haus; es war ein solch rares Ereignis, daß die Nachbarn sich aus den Fenstern lehnten und dann auf die Straße hinausströmten, um sich ihnen anzuschließen. Olly schob seine Harley Davidson mit enormem Besitzerstolz hinaus. In seinen Lederklamotten sah er wie ein Krieger aus, und er bewegte seine lautlos rollende Maschine mit routinierter Leichtigkeit. Er ließ sie durch die Haustür gleiten, den kurzen Weg entlang, über den Bürgersteig und schließlich auf die Straße.

Sie gemahnte an einen Jaganath, einen Streitwagen, ein Göttergefährt. Die tief am Himmel stehende Abendsonne schickte einen Strahl, der sich im chromsilbrigen Tank brach.

Olly stand bereits wartend neben seiner Maschine, als Mod erschien. Davies erschien es notwendig, sich abzuwenden und in die entgegengesetzte Richtung zu blicken. Mod war in seinen uralten Wintermantel gehüllt und trug einen Schal um den Hals gewickelt, den er wie ein Bankräuber über den Mund gezogen hatte. Auf seiner Stirn prangte eine Schutzbrille; das Plexiglas sah aus, als sei es mit einem Hammer malträtiert worden. Unter dem Arm trug er so würdevoll, als sei es der Helm eines Ritters, einen scharlachroten Sturzhelm. Spärlicher Anfeuerungsapplaus brandete auf.

Davies half Mod, der die Sprache verloren zu haben schien, dabei, den Helm über den Kopf zu ziehen. Olly entschuldigte sich für die kaputte Schutzbrille. »Mein Alter hat die auf seiner Kawasaki getragen«, sagte er. Seine Stimme wurde leiser. »Beim letzten Mal.« Er schwang sich in den Sattel.

Mod wollte es hinter sich bringen. Er hebelte sein massives rechtes Bein über den Soziussitz und kippte beinahe auf die andere Seite. Davies und der Türke verhalfen ihm zu einer aufrechten Sitzhaltung. Mrs. Fulljames schien nicht so recht zu wissen, wie sie sich verhalten sollte, und Doris hielt sich erwartungsvoll die Hand vor den Mund. »Adieu, Mr. Lewis«, stammelte sie.

»Halten Sie sich an mir fest«, rief ihm Olly über die Schulter zu.

Mod nickte leidenschaftlich. Langsam richtete er seinen Blick – angstgeweitete Augen hinter zerkratztem Plexiglas – auf Davies. »Halt dich gut fest«, rief Davies. »Wird dir nen Mordsspaß machen.«

»Ja, sicher, danke«, nuschelte Mod in seinen Knebel. »Bist sowas von aufmerksam.«

Olly drehte den Schlüssel herum, trat den Kickstarter, und sie fielen rückwärts, als der Motor ohrenbetäubend durch die Straßen röhrte. Noch mehr Leute schauten aus den Fenstern, und einige von ihnen kamen auf den Bürgersteig hinaus.

Die Umdrehungen verdoppelten sich noch einmal; und der Auspuff spie wie ein Revolver blauen Rauch. Mit einem schicksalsergebenen Schrei fiel Mod gegen Ollys Rücken; und der junge Mann winkte bedeutend, als er die Harley Davidson die Mitte der abendlichen Straße hinunterjagte. Einige Leute hielten sich die Ohren zu. »Ich weiß noch, wie es hier im Bombenkrieg war«, sagte ein Mann zu Davies.

Die chromblitzende Maschine mit ihrem windschnittig vorgebeugten Fahrer und seinem kauernden Passagier erreichte die Hauptkreuzung der Straße und verschwand mit einer dramatischen Kurve aus ihrem Blickfeld. Zurück blieb eine Art verlegene Stille. Mrs. Fulljames und Doris gingen nachdenklich ins Haus zurück; und Davies nahm den Türken mit ins Babe In Arms.

Eine halbe Stunde später, nach zwei Pints und einigen Konversationsphrasen, vernahmen sie das überlaute Gegurgel des Motorrades wieder und hasteten zur Bartür, um es in die Straße einbiegen zu sehen. Der Türke, hager und schnell, war Davies um einiges voraus, als sie die Maschine erreichten. Die Köpfe von Mrs. Fulljames und Doris ragten aus einem oberen Fenster. Fremde quollen aus ihren Haustüren. Davies schnaufte zum Tatort. Olly schob seine Schutzbrille hoch und grinste sie an. »Es hat ihm gefallen«, sagte er, »glaube ich.«

Sie mußten Mod gewaltsam vom Soziussitz loseisen. Jeden einzelnen Finger mußten sie von Ollys Rücken lösen, während Davies tröstete: »Ist ja gut, Mod. Du bist wieder daheim. Schau doch, du bist wieder hier.« Es erforderte drei Mann, um ihn vom hinteren Teil des Motorrads zu hieven. Seine Zähne waren aufeinandergebissen und seine Augen zugekniffen. Sie setzten ihn auf den Bürgersteig, wo er einige Zeit regungslos verharrte, bis er sich schließlich langsam zu strecken begann. Davies nahm ihm Helm, Schutzbrille und den Schal ab und knöpfte ihm den Mantel auf. Eine Schweißwolke entwich. Zuguterletzt öffnete Mod mit Mühe die Augen. »Es war großartig«, sagte er.

»Von der alten Vincent unterscheidet sie sich«, erklärte er später im Pub. Mod glühte nun vor Stolz und schwang seinen Bierkrug emphatisch. In ihrer engen Nische stieß er beinahe an beide Wände. »Die Black Shadow war der Fürst unter den Motorrädern.«

»Und wohin hat er Sie geführt?«

»Och, hierhin und dorthin.«

»Möchten Sie gern nochmal fahren?«

Das Gesicht des walisischen Philosophen schien zu zerbröckeln. »Niemals«, erwiderte er mit einem heftigen Stöhnen. »Nie, nie, nie.« Seine Augenlider flackerten. »Oh, Dangerous, ich hatte so schreckliche Angst.«

»Wir haben ein Brecheisen gebraucht, um dich loszubekommen.«

»*Du* fährst das nächste Mal. Du hattest mal ein Motorrad.«

»Ohne mich. Die Zeiten sind vorbei, Kumpel. Ich hab einfach zuviel am Hals ...« Seine Stimme wurde plötzlich leiser. »Du hast doch hoffentlich die Tüte an einem sicheren Ort deponiert.«

Mod hob gerade seinen Bierkrug, hielt jedoch kurz vor seinen Lippen inne. »Tüte?«

»Die Tüte mit all dem Zeug über die ›Einsamen Herzen‹ drin – die Sammelordner«, erwiderte Davies ruhig.

»Die hatte ich nie, Dangerous«, erwiderte Mod ebenso ruhig. »Du hattest sie.«

Davies war halb aufgesprungen. »Ich habe sie dir gegeben, als ich die Tür aufschloß. Als wir das Motorrad im Flur sahen.«

»Aber ich war doch über und über bepackt mit Büchern.«

»Trotzdem habe ich sie dir gegeben.«

»Daran erinnere ich mich nicht.«

»Himmel!« Davies stürzte zur Tür. Mod kippte sein Bier hinunter und folgte ihm. Zu dem Zeitpunkt, an dem er die Frischluft erreichte, war ihm Davies bereits fast 50 Meter voraus. Er stolperte ihm hinterher, schlug fast hin und holte erst auf der Türschwelle mit ihm auf. »Hier ist sie nicht«, sagte Davies bitter. »Wenn du sie hier abgestellt hättest, dann wäre sie hier.«

»Ich erinnere mich einfach nicht«, verteidigte sich Mod. »Wenn du sie mir gegeben hättest, dann hätte ich sie vielleicht hier abgestellt. Aber was wäre dann mit den Büchern ...«

»Guck in deinem Zimmer nach«, befahl Davies. Er schloß die Tür auf. »Herrgott, wenn die verschwunden ist ... Die geben mir einen fetten Scheck und das, was als Beweismaterial gelten könnte, und ich verliere es!«

Der Flur war dunkel. Das Motorrad war ins vordere Zimmer umgezogen. Davies knipste das Licht an und durchsuchte flugs alles. Es gab nur wenige Stellen, an denen nachzuschauen war. Schweigend nahm Davies zwei Stufen auf einmal die Treppen hoch. Mod ging in sein Zimmer, an dessen Tür Davies erschien.

»Und?«

»Nichts«, druckste Mod elend und machte hilflose fuchtelnde Bewegungen durch den Raum.

»Gott steh mir bei«, brummte Davies und zog sich zurück.

Auf dem Treppenabsatz erschien ihm Mrs. Fulljames im Nachthemd und ihrem Nudelholzgesicht. »Mr. Davies, was haben Sie hier zu suchen? Sie stören die Nachtruhe.«

»Gut. Ich meine, es ist gut, daß Sie hier sind, Mrs. Fulljames. Ich bin in Schwierigkeiten. Haben Sie vielleicht eine Tüte gesehen, mit zwei schweren Sammelordnern drin?«

Mrs. Fulljames' Neugier schien geweckt. »Sowas haben Sie verloren? Kann das nicht bis morgen früh warten?«

»Nein, kann es nicht, Mrs. Fulljames. Sie könnte irgendwo im Haus sein.«

»Ich werde um diese Zeit bestimmt nicht danach suchen.«

Davies traf einen schnelle Entscheidung; er polterte die Treppen hinunter.

»Wohin wollen Sie?« fragte Mrs. Fulljames.

»Zur Polizei«, antwortete Davies. »Meine einzige Hoffnung.«

Er galoppierte, so schnell er konnte, die Hauptstraße hinunter und keuchte bereits vor Seitenstechen, als er an der Treppe zur Wache ankam. Wie ein Betrunkener klammerte er sich ans Geländer, während er halbwegs wieder zu Atem kam. Von innen drang ein ockerfarbenes Licht nach draußen. Verbissen erklomm er die Stufen.

»Hallo, Dangerous«, grüßte der Sergeant mit rosigem Teint hinter dem Schreibtisch. »Was führt Sie her?« Seine Stimme wurde leiser; und er hielt sich die Hand vor den Mund, während er sprach. »Wir haben hier ne größere Sache laufen. Warten noch auf den Chef. Arnold. Der Verdächtige ist mit Barney Hiscock im Verhörraum. Haben diesmal einen großen Fisch am Haken.«

»Cheery«, unterbrach Davies mit flehender Stimme. »Nur ganz kurz. Ich habe da …«

Ihm blieb keine Zeit, den Satz zu vollenden. In einem überdimensionierten Smoking erschien Detective Superintendent Arnold. Davies bemerkte er kaum. »Okay«, sagte er zu dem Sergeant. »Wo ist er?«

»Bei Detective Hiscock, Sir. Ich werde …«

»Hoffentlich kein falscher Alarm«, unterbrach Arnold grantig. »Komme nämlich gerade von nem verdammt tollen Abend.« Er sah Davies an. »Viele verdammt tolle Abende sind einem in diesem Job nicht beschieden.«

»Sie sagen es«, nickte Davies.

»Da kommt Hiscock, Sir«, sagte Cheery. Der Detective kam aus der inneren Tür; seine dünne Haut wirkte fast gelb in dem ungünstigen Licht, die Augen schwarz unterschattet, als habe sich eine Tragödie abgespielt. In seiner Hand hielt er Davies' Tüte. »Sieht ganz so aus, als hätten wir ihn diesmal«, erklärte er stolz seinem Vorgesetzten. »Den Mörder der ›Einsamen Herzen‹.«

»Jesses«, sagte Arnold. »Das ist wirklich ein fetter Brocken. Großartig.«

Davies stand sprachlos da und hielt eine zögerliche Hand in Richtung Tüte. Er öffnete den Mund, aber nur ein paar Laute entwichen. Cheery fixierte ihn warnend.

»Was ist in der Tüte?« fragte Arnold.

In stillem Triumph stellte Hiscock sie auf den Tisch des Sergeants. »Er hat alle Presseberichte aufgehoben«, sagte er. »Zu jedem einzelnen der Morde.« Er wirkte, als erwarte er eine umgehende Beförderung. »Diesmal haben wir das Schwein.«

In seinem trostlos matten Gesicht leuchteten die Augen auf. »Und das auch noch im eigenen Haus.«

»Was hat er bislang gesagt?« fragte Arnold.

»Nicht viel. Behauptet, er hätte die Tüte gefunden. Ein ganz Ausgekochter. Vorstrafen. Diebstahl, Überfälle auf Frauen. Wird ihm beides nicht gerade nützen. Er ist nicht aus der Gegend.«

Ein nur zu vertrautes Gefühl kroch Davies den Rücken hoch. Würde es ewig so weitergehen? Todtraurig tippte er, daß es das wohl würde.

»Er will die Tüte *gefunden* haben? Was lassen die sich eigentlich noch alles einfallen?« mokierte sich Arnold. »Also gut. Ich rede mit unserem Freund ein paar Takte.

Wir müssen so schnell wie möglich Anklage erheben. Rechtzeitig zu den Fernsehnachrichten morgen. Die gucke ich immer.«

Er ging zur inneren Tür. Hiscock nahm die Tüte. Davies, der sich vorkam wie in einem Alptraum, zwang sich, einen Schritt nach vorn zu machen. »Sir«, sagte er zu Arnold.

»Ich dachte, Sie wären pensioniert«, murmelte Arnold, als er ihn schließlich erkannte.

»Schon, Sir. Aber … aber bevor Sie sich den Kerl da vornehmen, könnte ich da wohl noch was sagen?«

Fast die ganze Nacht hindurch saß er aufrecht im Licht seiner finsteren Schreibtischlampe und las sich die grausigen Artikel durch. Die Grausamkeit des Menschen dem Menschen gegenüber, genauer gesagt, die Gewalt, die Männer Frauen zufügten, hatte nie aufgehört, ihn zu verwundern und anzuwidern. Und das trotz all seiner Berufsjahre als Polizeibeamter. Die Leute machten sich lustig über die Welt der Partnervermittlungen – eine Scherzbranche, Zufluchtsort für zum letzten Mal oder gar nicht mehr Hoffende. Doch jede der Geschichten handelte von einer zurückgewiesenen Frau, die Liebe – oder etwas ähnliches – gesucht und lediglich den Tod gefunden hatte. Erschöpft, wie sein Körper war, und schwer wie seine Lider, so las er doch durch, bis es längst sommerlich hell war. Er wußte, daß es nun zu spät war, um noch an Schlaf zu denken, stand auf, machte sich – so leise er konnte – im Badezimmer fertig und trat auf die fahle, im Licht des sehr jungen Morgens schaurig wirkende Straße.

Sein Hund war höchst erstaunt, ihn um diese frühe Stunde schon zu sehen. Kitty öffnete das eine Auge, dann das andere und schließlich beide. Er entsprach sogar Davies' flehentlicher Bitte um Ruhe und stand, nach einem müden Kratzer, still da, während Davies ihn anleinte. Es schien fast so, als glaube der Hund, sie würden endlich gemeinsam fliehen.

In den Straßen hing graues Dämmerlicht. Davies' Schritte auf dem Bürgersteig hallten wider, und ein paar Stadtvögel beklagten sich in den regungslosen Bäumen. Es war noch nicht fünf. Irgendwo in der dichtbesiedelten Gegend krähte ein Hinterhof-Hähnchen. Kitty war noch immer nicht ganz wach, und einmal schien es Davies so, als sei der Hund wieder eingepennt, während er sein Bein am Baum hob.

Er selbst hatte den Kopf voller Sammelordner. Das Tatmuster der Morde war seltsam; da waren die drei in den Midlands, in Wolverhampton, Birmingham und Derby, die sich mit den Londoner Morden abwechselten. Frauen, die in der Hoffnung, bei irgend jemandem ihr Glück zu finden, auf Kontaktanzeigen geantwortet hatten, waren erwürgt worden, in vier der sechs Fälle während des Geschlechtsverkehrs. In einen alten Kalender hatte er sich ein Diagramm gezeichnet und es eingehend studiert, doch es sagte ihm nichts. Im Geiste ging er die Zeitungssausschnitte durch. Es war traurig, daß Einsamkeit diese Art von Preis forderte, und er fragte sich, wie es wohl sein mochte, einer dieser tragisch hoffnungsvollen Menschen zu sein. Mit plötzlichem Entsetzen, das ihn kurz aus dem Takt brachte, ging ihm auf, daß aus ihm sehr leicht einer von ihnen werden konnte; und er dachte sich seine eigene Annonce aus. »Gut erhaltener, sympathischer Mann in den Fünfzigern mit ungesichertem Job und Pension, Führerschein, partiell getrenntlebend, eigener Wagen, eigener Hund, kaum Interessen ...« Jemma war gegangen. Er vermißte sie tief, Tag und Nacht – ihre Gelassenheit, ihre Zärtlichkeit, ihre Weisheit. Sie hatte ihm Ansichtskarten mit tropischen Motiven geschickt, doch er hatte nicht geantwortet. Er bangte dem Augenblick entgegen, in dem er merkte, daß keine mehr kamen. Würde sie jemals nach Willesden und zu ihm zurückkehren? Er hatte da seine Zweifel.

Der Hund wußte, daß sie zum Kanal oder zum Friedhof unterwegs waren. Der Friedhof war noch nicht in Betrieb, und sie stiegen die schmutzigen Stufen zum Treidelpfad hinunter. Davies kickte eine Whiskyflasche und eine Einwegspritze zur Seite, letztere mit mehr Nachdruck als erstere. Etwas ansteckend Fiebriges lag über dem Wasser; trüber Dunst verdeckte die Aussicht auf den Müll, der an der Oberfläche der schauerlichen Brühe dahintrieb. Nahe dem Ufer schwamm ein Kondom wie ein blasser Aal, ein weiteres Überbleibsel der Sünden letzter Nacht. Kitty, nun hellwach, reckte sich danach, um es zu beschnüffeln, doch Davies zog ihn müde zur Seite. »Damit will ein braver Hund nichts zu tun haben.«

Nach jedem der Midland-Morde hatte der Mörder der Einsamen Herzen seine Aufmerksamkeit London zugewandt; die drei waren das Ergebnis jeweils eines Rendezvous an Euston und Paddington Station und einer Begegnung in einem Hotel in Bayswater. Alle Taten folgten dem gleichen Muster: ein Treffpunkt, ein Stelldichein und ein gnadenloser Mord, in zweien der Fälle während des Liebesaktes selbst. Jetzt kannte er die Namen aller Opfer – Helen Scoby, Mary Murdoch und Beatrice Bunny in den Midlands; Debbie Scarlett, Jo Pereira und Sandra

Dawes in London. Jede der Frauen hatte ihre eigene Anzeige in Zeitungen aufgegeben. Diejenigen aus den Midlands hatten sich nicht an eine Partnervermittlung gewandt; sie hatten sich die Falle selbst gestellt. Debbie Scarlett, Jo Pereira und Sandra Dawes hatten ebenfalls aus eigenem Antrieb annonciert, waren dann jedoch über diese Anzeigen vom Happy Life Bureau als Kundinnen geworben worden. Sie zahlten eine Gebühr und kamen in die Kartei. Helen, Mary, Beatrice, Debbie, Jo und Sandra. Man konnte beinahe einen Kinderreim, ein Liedchen oder einen Jingle aus den Namen basteln.

Über die schmutzigen Dächer der Häuser hinweg, die nahe am Kanal standen, hörte er die Jubilee Clock fünf Uhr schlagen, mit langen Pausen zwischen jedem Schlag, als müsse man sie erst dem Schlaf entreißen. Dann ertönte eine bescheidene Kirchenglocke; das war Pfarrer Rourke, der beim Gewissen wie beim Bewußtsein seiner Schäfchen anbimmelte – ein neuer Tag voller Mühen stand bevor. Davies war drauf und dran, einen Umweg zu nehmen und seinen Kopf zur Kirchenpforte hineinzustecken. Er wußte zwar, daß alles dagegen sprach, daß auch nur ein Mensch anwesend war, mit Ausnahme des Priesters, der vermutlich einen Schock erleiden würde, wenn er dort erschien. Kitty jedoch, den Meßgewänder schon immer verstört hatten, fühlte sich dort unwohl, und der Weihrauch brachte ihn zum Niesen. Davies trottete weiter.

Seine Gedanken wanderten erneut zu den Ordnern. In ihnen schien alles an verfügbaren Zeitungsartikeln über die Morde enthalten zu sein, die erschienen waren, seit das erste Opfer, Debbie Scarlett, seinen Tod fand. Er fragte sich, was Minnie dazu bewogen hatte, sie in solch gewissenhafter Detailliertheit aufzubewahren, geradezu, als wäre es ihr Hobby. Ebenso befanden sich darin einige Faxe; Berichte der Polizei und des Coroners, die der Familie Jenkins und dem Happy Life Bureau offenbar zugänglich gemacht worden waren. Sein Polizisteninstinkt sagte ihm, daß es unmöglich sein würde, den Killer zu fassen, bevor er wieder zuschlug und irgendwie in flagranti erwischt wurde.

Es wurde heller, während er vor sich hin schlenderte. Im Zustand nunmehr vollständiger Wachheit genoß Kitty die ungewohnten Gerüche des frühen Morgens. Ein roter Bus überquerte die Kanalbrücke, die vor ihnen lag. In seinen Fenstern waren die plumpen Silhouetten der Frühschichtarbeiter zu erkennen; der Fahrer kauerte über dem Lenkrad. Dann stöberte Kitty eine Wasserratte auf, die durch das Ufergras flitzte und sich mit einem Plumps in den Kanal in Sicherheit brachte. Es war das erste Mal, daß Davies jemals etwas annähernd Lebendiges in der Brühe gesichtet hatte. »Das neue Umweltbewußtsein bringt doch was«, murmelte er.

Als er der Kurve des Kanals folgte, erblickte er zu seinem Erstaunen Ma Daliloquays Wohnwagen. Kitty zögerte und blinzelte erstaunt den Gaul an. Pferde bekam er nicht viele zu Gesicht.

Die untere Hälfte der Wagentür war geschlossen, die obere jedoch geöffnet. Hyperion rupfte hoffnungsvoll im Gras herum, und Kitty setzte sich, um ihn zu beobachten. Ein Tier, das größer war als er selbst, bellte er niemals an. Er schaute nun sehr angestrengt, als versuche er herauszufinden, was der Gaul so emsig verputzte. Hyperion hob den Kopf, furzte eine beiläufige Begrüßung und fraß weiter. Die obere Hälfte von Ma Daliloquay erschien in der Wohnwagentür. »Morgen, Dangerous«, krächzte sie. »Hab's furchtbar auf der Brust.«

»Das tut mir leid. Könnte am Kanal liegen.«

»Nein, nein. *Der* ist okay. Deshalb bin ich ja auch wieder hierhin zurückgekommen. Ich war runter nach Süden ...« Sie begann, gequält zu keuchen, und Davies runzelte die Stirn. »... runter nach Süden, aber das schlägt mir immer auf die Bronchien. Und oben im Norden kriege ich Schwindelanfälle. Hier geht's mir besser, bis sie mich halt wegjagen. Sie haben also noch immer den Hund?«

»Werd ihn einfach nicht los.«

»Ich mach mir Sorgen um 'yperion«, sagte die Zigeunerin. »Wenn's mich erwischt, wer nimmt dann *ihn*? Ich möchte nicht, daß sie ihn zu Hundefutter verarbeiten, so gern ich Hunde mag.«

»Dazu wird es nicht kommen«, erwiderte Davies. Er fragte sich, ob er sein Versprechen würde einlösen können. Ein Pferd würde Mrs. Fulljames' Toleranzschwelle überschreiten.

Sie nahm ihren großen Kessel; aber er nahm ihn ihr sanft ab. »Da ist auch viel drin«, sagte sie. »Kommen Sie mit dem Ofen zurecht?«

Er erklärte, er würde das schon hinkriegen und pumpte den Primusofen. Bald saßen sie im warmen grauen Morgen, jeder von ihnen mit einer großen Tasse voll kräftigem Tee. »Ich gehe nirgendwohin«, sagte Ma Daliloquay im Brustton der Überzeugung. »Die kriegen mich nicht. Diese Heime, in diese dich stekken, sind voll mit alten Weibern und stinken nach Desinfektionsmitteln. Und so eine wie mich sehnse da eh nicht gern.«

»Sie könnten denen die Zukunft voraussagen.«

»Die haben keine.«

»Bei mir haben Sie zumindest goldrichtig gelegen. Letztes Mal, erinnern Sie sich? Sie sagten, mein Leben würde sich verändern. Nun, das hat es allerdings – bin rausgeschmissen worden.«

»Die haben Sie gefeuert? *Sie*?«

»Mich«, nickte er. »Nun ja, pensioniert. Aber das läuft aufs Gleiche raus. Auf die Kreuzfahrt bin ich allerdings noch nicht gegangen. Sie erinnern sich; Sie haben ein Schiff gesehen.«

»Ich habe nie etwas von einer Kreuzfahrt gesagt. Ich habe ein Schiff gesehen, das habe ich. Ein Schiff mit Segeln.«

»Irgendwann läuft jedes in den Hafen«, lächelte er.

»Warten Sie ab. Warten Sie einfach ab.«

»Wenn ich Ihnen ein paar Namen nennen würde, ein paar Namen von Frauen, würden Sie mir sagen, was Ihnen dazu einfällt?«

Die Frage schien sie nicht zu überraschen. »Bitte. Legen Sie los.«

»Helen, Mary, Beatrice.« Er hielt kurz inne. »Debbie, Jo, Sandra.«

Ma kaute eine Weile auf ihrem Zahnfleisch herum. »Ich komm mit diesen modernen Namen nicht mehr mit«, erklärte sie schließlich. »Wie von diesen Popstars. Als ich jung war, hatten wir noch richtige Namen. Damals hieß keine Debbie.« Er hatte das Gefühl, daß sie ihm damit etwas sagte, aber er war nicht sicher. »Meine Namen lauten Rose Anna Fairy Cooper«, fuhr sie fort.

»Fairy – Elfe«, schmunzelte er.

»Sie haben immer gesagt, ich wäre wie eine Elfe. Nicht daß ich jetzt noch so wäre. Ich weiß nicht, was aus mir werden soll, Dangerous.«

»Was ist denn mit Ihrer Familie? Mit Ihren eigenen Leuten, Ihrem Volk?«

»Ach die. Die wollen mich nicht. Viel zu beschäftigt damit, Autos auseinanderzunehmen. Die Roma waren besser, als es noch nicht so viele Motoren gab. Man hatte mehr Zeit für einander damals.«

Er verabschiedete sich von ihr. Kitty, der noch immer wie gebannt das Pferd anstarrte, ließ sich zum Aufbruch bewegen. Sie stiegen die Stufen zur Straßenbrücke hoch und schlenderten die Straße hinunter. Plötzlich klatschte ihm etwas Flüssiges auf den Kopf, und er befühlte sein Haar in der Furcht, es könnte von einem bereits munteren Vogel stammen. Aber es war nur lauwarmes Wasser. Er schaute auf. Das Haus des Doktors hatte ein flaches Dach; David Colson war draußen und goß gerade seine Pflanzen. »Tut mir leid«, rief er von der Brüstung herunter. »Oh, tut mir leid, Dangerous. Sie sind das.« Er war der Polizeiarzt. »Wie geht's denn so?«

»Nicht schlecht«, erwiderte Davies. Kitty starrte zu dem Mann auf dem Dach hoch. Dieser Morgen steckte voller Überraschungen.

»Ich habe gehört, Sie hätten sich selbständig gemacht. Wenn Sie irgendwann mal Hilfe brauchen sollten, rufen Sie einfach an. Aber das wissen Sie ja.«

»Ich danke Ihnen, David.« Er schwieg einen Moment. »Da wäre in der Tat eine Kleinigkeit, die Sie für mich tun könnten.«

»Die alte Zigeunerin, Sie wissen schon, Ma Daliloquay …«

»Die kenn ich.«

»Ihr Wagen steht unten am Kanal. Es geht ihr nicht gut. Bronchien und so.«

»Ich geh mal hin und schau nach ihr. Heute habe ich eh frei.«

»Sehr hilfsbereit von Ihnen. Aber sagen Sie ihr nicht, daß ich Sie geschickt hätte.«

Der Doktor lachte. »Keine Sorge. Ich nehme die Angel mit.«

»Sumpffieber ist das einzige, was Sie dort fangen werden.«

»Weiß ich.«

Wieder mußte Davies Kitty wegzerren. Der Hund blickte sich um und wunderte sich noch immer über den Mann auf dem Dach. Sie gingen an der Jubilee Clock vorbei, die gerade sechs schlug, und zurück zum Bali Hi. Er brachte den Hund in die große Garage im Hof, gab ihm zu fressen und zu trinken und versprach, später zurückzukommen, um mit ihm auf dem Friedhof Gassi zu gehen. Er schloß auf und öffnete die Tür zum vorderen Zimmer, um einen Blick auf die Harley Davidson zu werfen. Sie nahm den gesamten Platz zwischen dem verblaßten Blumensofa und den beiden ausgefransten Sesseln ein.

Er ging in die Küche und machte sich selbst Tee und einen Toast. Er war nicht daran gewöhnt, zu so früher Stunde dort zu sein und fragte sich, ob er sich die Radionachrichten anhören sollte, entschied sich jedoch dagegen. Zu seinem Erstaunen erschien Doris.

»Konntest du nicht schlafen?« fragte sie.

»Nach der Aufregung mit dem Motorrad nicht, nein.«

Sie schüttete Tee in ihre Tassen und steckte zwei Scheiben Brot in den Toaster. Dann setzten sie sich an den Küchentisch, und beiden wurde klar, daß dies die erste Mahlzeit seit Jahren war, die sie gemeinsam einnahmen, ohne daß jemand sonst anwesend war. »Deine schwarze Lady scheint nicht da zu sein«, sagte Doris.

»Meine Bekannte ist in die Karibik geflogen, um ihre Familie zu besuchen.« Er beäugte sie. »Du als Frühaufsteherin hast doch sicher die Postkarten gesehen, die sie geschickt hat.« Doris begann, schuldbewußt dreinzuschauen, erklärte dann jedoch: »Ich habe die nicht gelesen. Ich habe mir nur die Bilder angeschaut.«

Beide schlürften ihren Tee. »Vielleicht kommt sie nicht mehr zurück«, bemerkte Doris.

»Vielleicht nicht.«

»Ich habe einen Mann kennengelernt«, sagte sie. »Erst vor kurzem.«

»Was du nicht sagst.« Er war ehrlich überrascht.

»Beim Bingo. Wir sind zweimal aus gewesen. Er hat mich in ein Restraurant oben in der Finchley Road ausgeführt, aber weiter habe ich ihn nicht gehen lassen.«

Nicht weiter als bis zur Finchley Road, dachte er. Dann sprachen sie nichts mehr. Er nahm seinen letzten Bissen Toast, lehnte eine weitere Tasse Tee ab, verließ das Haus und ging durch die noch immer verschlafenen Straßen zu seinem Büro. Es war ein schrecklicher Gedanke, aber manchmal wollte es ihm so scheinen, als sei Doris das einzig Verläßliche, das ihm geblieben war.

Vor dem Büro war der Geruch des frühen Morgens überlagert vom schalen Currymief aus dem Lokal im Erdgeschoß. Ein Mann schrubbte den Bürgersteig vor dem angrenzenden Pub; und der Gestank nach ebenfalls altem Bier wehte herüber, um sich dazuzugesellen. Als er die Haustür öffnete, konnte er sein Telefon klingeln hören.

Kapitel 4

Davies näherte sich Hampstead mit Vorsicht. Obwohl selbst sein betagter Rover nur 40 Minuten gebraucht hatte (einschließlich eines Stops wegen Überhitzung des Motors) fühlte er sich wie ein Kundschafter, der sich auf unsicheres Terrain wagt. Er parkte außerhalb der Grenze, unter dem Hügel, und arbeitete sich dann zu Fuß vor zur Auberge Française, wo er mit Sestrina verabredet war.

»Meistens ist sie im Restaurant«, hatte der Unbekannte am Telefon ihn instruiert. »Und auch morgen wird sie dort sein.«

»Sie wird mich erwarten?«

»Gewissermaßen.«

»Und Sie handeln im Auftrag von Mr. John Swanee?«

»Er hat mich gebeten, Sie anzurufen.«

»Können Sie mir Ihren Namen verraten?«

»Nein.«

»Gut, das ist klar genug. Also fahre ich zu dieser Auberge Française und warte, bis Mrs. Swanee erscheint.«

»Exakt.«

Er hatte die Auberge Française im Telefonbuch gefunden und dann die Straße in der Bibliothek auf einer Karte ausfindig gemacht. »In Hampstead tut sich nicht viel«, hatte Mod beiläufig gesagt. »Hat sich kaum verändert seit den Tagen von Keats … und ähnlichen Figuren …«

»Dann bist du da öfter?«

»Nicht in letzter Zeit«, erwiderte Mod, ohne ihm in die Augen zu sehen. »Aber wie ich schon sagte, da verändert sich nicht viel.«

Jahre zuvor war Davies selbst an einem Feiertag auf dem Jahrmarkt am Hampstead Heath gewesen, als er und Doris noch jung und Autoscooter gefahren waren. Später, als Detective Constable, war er noch einmal dort gewesen, um einen bekannten Taschendieb zu stellen, aber er hatte ihn verfehlt und sich abreagiert, indem er für ein Pfund an einem Wurfstand Bälle warf.

Die vornehmen, künstlerisch berühmten Anhöhen, die die Heide überblickten, waren wie ein anderes Land, diese viktorianischen und edwardianischen Villen mit ihren Rosengärten und ihrem Ausblick auf London, die sich an diesem Morgen vor ihm in der Ferne ausbreiteten, über ihnen ein Smogschleier, auf dem das Sonnenlicht schimmerte wie auf einem verzauberten See. Die Bäume, die seinen Weg säumten, wirkten elegant; die schmucken Gehsteige waren makellos gepflastert und und die Gärten gepflegte Anlagen. Er kam am Hampstead Pond vorbei, einem Teich, an dessen Ufer die Leute standen und ins grüne Wasser schauten, das vermutlich noch immer Molche, Kröten und andere Tiere aus dem Paradies der Kindheit beherbergte. Ein Pärchen, das Mädchen im langen blauen Rock und mit Strohhut, spazierte wie edwardianische Gespenster am gegenüberliegen Ufer entlang. Niemand schien in Eile, niemand in Sorge. Alles war anders als in Willesden.

Die Auberge Française lag abseits der High Street mit ihren hübschen Lädchen, Fahrrädern mit Körben hintendrauf und ruhigen Menschen, einige davon mit etwas im Blick, was für ihn als Inspiration durchgehen mochte; schließlich war dies Treffpunkt und Heimat der Dichter, Maler und Schauspieler. Während er dort entlangschlurfte, sah er einen Mann, den er entweder aus dem Fernsehen oder aus Fahndungsakten zu kennen glaubte. Davies trug seinen besten blauen Anzug, ein Hosenbein allerdings wies eine doppelte Bügelfalte auf, die an Straßenbahnschienen erinnerte, und die Krawatte des Londoner Polizeiklubs, die er eigens mit heißem Wasser gesäubert hatte. Einige der Flecken waren noch immer sichtbar, obwohl er glaubte, das als Krawattenmuster wiederholte Emblem müsse davon ablenken. Der Anzug saß steif und die Schuhe waren ihm schwer. Er fühlte sich weit weg von zu Hause.

Am Eingang des Lokals fing ihn der Oberkellner bereits mit nahezu unanständiger Hast ab: »Ja?«

»Ja«, erwiderte Davies.

»Was wollen Sie hier?«

»Naja, Lunch einnehmen zum Beispiel.« Davies blickte umher. Es war noch früh; nur zwei Tische waren besetzt. »Das ist doch ein Restaurant hier – oder bin ich zur falschen Tür reingekommen?«

Der Mann lenkte ein. »Ah, *oui*«, sagte er mit einem steifen Diener. »Das ist es in der Tat. Ich dachte, Sie wären wegen etwas anderem gekommen, *monsieur*.«

»Ich bin nicht von der Gesundheitsbehörde, also machen Sie sich nicht ins Hemd, mein Freund. Ich nehme an, Sie hätten dann doch einen Tisch?«

»Ja, ja, natürlich. Für eine Person?«

»Für zwei. Ich erwarte eine Dame.«

»Natürlich«, erwiderte der Mann, nun völlig in die Defensive gedrängt.

»Am Fenster?«

Davies rümpfte die Nase. »Lieber nicht. Wir möchten nicht beobachtet werden.«

»Oh, verstehe.« Der Kellner geleitete ihn zu einem Ecktisch. »Möchten Sie einen Drink, während Sie warten, Sir?«

Davies konnte es gerade noch verhindern, ein Bier zu bestellen. »Gleich«, sagte er und wedelte leicht mit der Hand. »Wenn Madame erscheint.«

»Selbstverständlich.« Der Kellner legte zwei Speisekarten auf den Tisch und zog sich zurück, um ihn aus der Distanz heraus beobachten zu können. Davies schlug eine der Karten auf. Die Gerichte waren in französisch aufgelistet und die Preise in englisch. Er mußte blinzeln und schlucken; war es möglich, daß man irgendwo sechseinhalb Pfund für eine *soupe de poisson* verlangen konnte?

Als es auf ein Uhr zuging, begann sich das Lokal zu füllen.

Davies war beeindruckt und schämte sich dessen, daß zwei aufgetakelte Damen und ein Herr, der nicht aufhörte, sein Taschentuch zu zücken, sich an einen nahen Tisch setzten und sich über die königliche Familie unterhielten, wobei sie Vornamen benutzten. Dann erschien ein weiterer Herr mit einem riesigen Manuskript unter dem Arm, nahm an einem reservierten Tisch Platz und begann, darin zu lesen, während er blasiert die Lippen bewegte. Eine alte Dame setzte sich zwei Tische weiter und schneuzte heftig und wiederholt in ein kleines Taschentuch. Niemand schien ihr auch nur die geringste Beachtung zu schenken; und Davies fragte den Kellner, als er einen Gin Tonic bestellte, ob er glaube, daß die Dame möglicherweise unglücklich sei.

»Das ist sie immer«, sagte der Kellner achselzuckend.

Jedesmal, wenn jemand das Lokal betrat, hob Davies halb den Blick, um nach einem Zeichen Ausschau zu halten. Die Leute gingen jedoch zu offenbar vertrauten Tischen und bestellten ihren Lunch. Davies trank noch einen Gin Tonic. Eine Frau, die allein in der Ecke gesessen und ihn beobachtet hatte, kam nun an seinen Tisch. »Ich glaube, wir sollten ein Glas Wein miteinander trinken«, sagte sie.

Sie war alles andere als das, was er erwartet hatte – sie war rosig und überbordend und trug einen Strick mit eiergroßen Perlen um den rötlichen Hals. Er stellte sich nicht vor, und sie tat es auch nicht. Sie schlug einen guten Chablis vor, und während er sich mühte, den Blick vom Preis fernzuhalten, bestellte er ihn. Danach bestellten sie Spargel, Kalb mit *champignons* und einen Salat, dessen Geheimnis offenbar nur der Küchenchef kannte. Davies fragte sich, was an einem Salat wohl geheim sein konnte.

»Möchten Sie nun reden?« fragte er.

»Nicht jetzt. Wir reden später. Dann sage ich Ihnen alles, wirklich alles. Aber dies hier ist nicht der richtige Ort.«

Sie schien gar nicht zu bemerken, wie er sie über den Tisch hinweg fixierte, so sehr war sie auf ihr Essen konzentriert. Am

Wein nippte sie nur, stopfte dafür jedoch den Mund so voll, wie es nur ging. Ihre Konturen waren nicht klar erkennbar; alle die Zierbänder und Rüschen an ihrem Oberteil dienten dem Zweck, sie unkenntlich zu machen. Als sie den Blick vom Teller hob, blickte er in Augen von der Farbe des Teiches in der Nachbarschaft. »Ich würde mich gern über Schizophrenie unterhalten«, sagte sie.

Davies blinzelte und nickte. »Es ist mein Spezialgebiet«, erklärte sie, hin- und hergerissen zwischen dem Drang, ihm dies mitzuteilen, und dem Verlangen, den nächsten Riesenhappen auf der Gabel hinunterzuschlingen. »Was denken Sie darüber?«

»Ich würde sagen, man kann das aus zweierlei Sicht betrachten.«

»Aus vielerlei Sicht«, verbesserte sie. Mit übertriebenem Eifer lehnte sie sich über den Tisch, ein rotes Gemüsestück baumelte prekär an ihrem Mundwinkel. Ihr Blick verlor sich ins Träumerische. »Jeder«, verkündete sie, »ist schizophren.«

»Ach ja?«

»Jeder. Alle auf der Welt, alle in diesem Restaurant, sogar *Sie* und sogar *ich*. Alle schizophren. Oder haben Sie kein geheimes Selbst?«

Sie aß vor allem für zwei; dennoch nickte er und räumte ein, daß er sowas vermutlich habe. »Sogar *ich*«, fuhr sie fort, »wo ich doch fast alles weiß, was es unter der Sonne zu wissen gibt, selbst *ich* merke manchmal, daß ich nicht immer diejenige bin, als die ich erscheine.«

Sie setzte ihren Vortrag das ganze Essen hinweg fort. Ein Dessert wollte sie nicht, bat jedoch um einen Nachschlag vom Hauptgang. Davies saß still da und sah ihr beim Essen zu. Wie konnte diese Frau mit John Swanees Bruder verheiratet sein? Aber vielleicht hatte er ja gerade in diesem Augenblick den Grund des Verschwindens von Carl Swanee vor Augen.

»Nun muß ich Sie verlassen«, erklärte sie schließlich. Der Protest blieb ihm im Hals stecken. »Ersticken Sie nicht«, sagte sie, erhob sich ausladend, wobei sie das Licht des nahegelegenen Fensters nahezu vollständig verdeckte. »Leben Sie wohl und Dankeschön.«

Davies blieb klein und häßlich mit der Rechnung zurück, die fast ebenso umfangreich war wie die Frau. Unglücklich zahlte er, gab Trinkgeld und war durch die Tür. Kaum war er hinaus auf die Straße getreten, als er bemerkte, wie sich die Tür hinter ihm ein zweites Mal öffnete und eine schlanke Hand nach seinem Ellenbogen griff. »Mr. Davies, wie ich annehme?«

Er drehte sich mit einem Schock der Erleichterung um. Sie war ihm im Restaurant nicht aufgefallen. »Ich habe in einer Ecke gesessen«, lächelte sie. »Und alles beobachtet.«

»Hatte diese ... diese Dame ... irgend etwas mit Ihnen zu tun?«

»Ja, sicher, die habe ich vorgeschickt.« Sestrina Swanee war eine blonde Schönheit, mittelgroß mit makelloser Figur und leicht gebräuntem Gesicht. Ihre Augen waren grün und ihr Ausdruck rätselhaft. Sie hielt ihm eine schlanke Hand hin, die er mit Vergnügen schüttelte. »Die *wahre* Mrs. Swanee, wie ich annehme.«

Sie lachte. »Tut mir leid. Ich mußte halt auf Nummer Sicher gehen. Also habe ich sie geschickt. Sie ist bekannt dafür, die Geduld der Leute zu strapazieren.« Ihr amerikanischer Akzent hatte einen kontinentalen Beiklang.

»Und deren Gelüste.«

Wieder lachte sie ihr leichtes Lachen, und während sie den Hügel hinuntergingen, verwandelte sich der Tag, als habe er nur darauf gewartet, hellwach und sonnig zu werden. Davies ging es schlagartig besser. »Die kann reinhauen«, sagte Sestrina. »Und sie weiß über Schizophrenie Bescheid.« »Ich auch. Seit eben.«

»Sie sind doch heil aus der Situation herausgekommen. Ich wollte nur sehen, wie Sie auf eine schwierige Situation reagieren.«

»Da bin ich ja froh, daß ich bestanden habe. Aber tun Sie das nicht wieder. Bitte. Ich sehe mich außerstande, dieser Fresserei noch einmal zuzusehen. Wo werden wir uns nun unterhalten?«

»Auf der Stelle. Das heißt fast. Wir müssen nur zu meinem Haus zurück, und dann können wir spazierengehen. Dabei läßt es sich sehr gut reden. So ist es am besten, Mr. Davies, glauben Sie mir.«

Zusammen flanierten sie unter den Bäumen von Hampstead, sie eleganten Schrittes, gelassen, gewöhnt an teures Pflaster. Er drückte das Kreuz durch, strich sich übers Haar, nestelte an seiner Krawatte und fragte sich, warum ihr Mann sie verlassen hatte.

»Ist sehr hübsch hier«, sagte er.

»Oh ja. Sehr exklusiv. In der Hälfte der Häuser sitzen Dichter, die mit Epigrammen ringen. Sie treffen sich regelmäßig, um sich gegenseitig kübelweise mit Haß zu überschütten.«

»Vielleicht ist das ja gar nicht so übel«, erwiderte Davies. »Eine deftige Haßsitzung könnte alle möglichen Probleme lösen.«

»Wenn es doch nur so simpel wäre.«

Sie schritten die Prachtallee hinunter; jedes der Häuser war groß, stand aber auf einem kleinen Grundstück. Alle waren sie in verschiedenem Stil gehalten, das meiste davon Imitation. Im Licht der Nachmittagssonne schimmerten die Fenster. Bei einem Flügeltor, das bereits geöffnet war, als erwarte man ein Fahrzeug, das dort parken sollte, bog sie ein. »Sie sind mit dem Wagen gekommen?« fragte sie.

»Ich habe ihn am Hügel unten stehenlassen. Dachte, mir täte ein Fußmarsch ganz gut.«

Die Fassade des Hauses war weiß und mächtiger als die meisten in der Allee; seine Fassade beschattete ein großer Lindenbaum. Von drinnen drang ein Bellen heraus. »Die erwarten mich schon«, schmunzelte sie. »Mögen Sie Hunde, Mr. Davies?«

»Aber ja. Ich habe einen großen, etwas ungewöhnlichen Hund. Er heißt Kitty.«

»Das ist *allerdings* ungewöhnlich.«

Sie öffnete die eindrucksvolle Eingangstür; ihr Messingtürklopfer ähnelte einer goldenen Zunge. Als sie die Eingangshalle betraten, erschien ihnen ein Geist von einer Frau, der im trüben Hintergrund lauerte. »Schon gut, Hannah«, sagte Sestrina. »Sie können sich zurückziehen.«

Die Frau verschwand.

»Sie schläft, wenn sie nicht gebraucht wird«, erklärte Sestrina. »Sie hängt den Träumen vergangener Zeiten nach. Einst, sagt sie, war sie mit einem Grafen aus Europa verheiratet; eine Fabrikantenfamilie, die Bleistifte herstellte.«

Das Gebell war verstummt, und als sie eine weitere Tür öffnete, waren zwei Hunde zu sehen, einer hoch und einer niedrig, wobei der niedrige einen Plastikeimer um den Hals trug. »Der Tierarzt sagt, sie muß das tragen«, erklärte Sestrina. »So kann sie sich nicht am Ohr kratzen. Sie trägt den Eimer gern, weil er ihr Bellen verstärkt.«

Sie holte zwei Leinen hinter der Tür vor und gab eine davon Davies. »Sie nehmen Susie, die kleine«, sagte sie. »Es ist mir peinlich, wenn ich sie mit diesem Eimer Gassi führe.« Sie studierte seinen feierlichen Gesichtsausdruck. »Während wir gehen, reden wir.«

In einem Versuch, Bereitwilligkeit zu demonstrieren, nahm Davies die Leine und machte sie am Halsband des kleinen Hundes mit einiger Mühe fest, die der Plastikeimer verursachte. Sestrina befestigte ihre Leine am Halsband des großen Hundes. »Sie heißt Rockefeller. Wie ein Wolkenkratzer. Carl, mein Mann, hat sie so genannt. Er hatte schon seltsame Ideen.«

»Hatte?«

Sie sah ihn durchdringend an. »Oder hat noch. Wenn er noch unter uns weilt. Ich weiß nicht, wo er ist. Darum sind Sie ja hier.«

»Sie glauben aber nicht, daß er tot ist oder so ähnlich?«

»Oder so ähnlich? *Nichts* ähnelt dem Tod.«

Er hätte schwören können, daß sie spöttelte, sich über ihn lustig machte. John Swanee hatte ja angedeutet, daß sie merkwürdig sei.

»Also ist er einfach weggegangen?«

Sie warf einen flüchtigen Blick in den Flur. »Hannah schläft längst nicht so fest, wie sie behauptet«, erwiderte Sestrina. »Lassen Sie uns losgehen.«

Für einen kleinen Hund – noch dazu mit dem Windschutz um den Hals – zog Susie erstaunlich stark an der Leine; und sie war es, die anführte, als sie das Haus verließen, den Pfad durch die vorschriftsmäßigen Rosen unter der schattenspendenden Linde nahmen und hinaus auf die Allee spazierten. Wie jemand, der zu spät zu einer Verabredung kommt, zerrte sie ihn übers Pflaster. »Das wird nicht lange dauern«, versprach sie. »Dann wird sie müde.«

Der größere Hund galoppierte nahezu anmutig neben ihnen her. Er hatte müde Augen und schien kaum in der Lage, sich um die Welt der Gerüche zu kümmern. »Rockefeller macht im Haus viel Lärm«, sagte Sestrina. »Aber sobald sie draußen ist, will sie wieder heim. Sie hat Angst vor der Welt.«

»So sind auch manche Menschen.«

»Solchen sind Sie bestimmt schon begegnet.«

Sie hatten den Rand der Heide erreicht. Fast unter ihren Füßen fiel das grüne Gelände ab und kippte auf London zu, das sich unter seiner Dunstglocke verbarg. »Jetzt können wir reden.«

Sie holte tief Luft; entweder inhalierte sie den Heideduft, oder sie sammelte Kraft für das, was sie ihm zu sagen hatte. »Ich nehme an, daß Sie nichts oder nur sehr wenig über mich oder die anderen Leute wissen, die involviert sind.« Sie sah ihn an, während sie gingen. »Aber Sie haben Carls Bruder John kennengelernt.«

»Ja, im Savoy.«

»Mein Mann«, fuhr sie mit Entschiedenheit in der Stimme fort, »ist gemeinsam mit einer jungen Frau verschwunden, einer gerissenen Person; und offengestanden würde ich mir kaum Sorgen machen, wenn es nur das wäre. Wir arbeiten jedoch auf dem Gebiet der klinischen Psychologie und sind Geschäftspartner einer Firma, die Pharmaprodukte für psychiatrischen und neurologischen Gebrauch entwickelt. Gerade jetzt stehen wir kurz vor einem entscheidenden Durchbruch.« Sie blieb stehen, dachte nach und ging dann weiter. »Wir haben ein Mittel gegen senile Demenz.«

»Und der Mann, der die Geheimnisse kennt, ist verschwunden.«

»Es gibt da keine Geheimnisse«, sagte sie, »von denen ich nicht wüßte oder die ich nicht lüften könnte. Ich weiß nicht, ob Carl möglicherweise entführt worden ist. Dieses Mädchen, Anna Beauchamp, könnte ein schlichter Köder gewesen sein. Oder sie diente als Tarnung. Vielleicht hat er das alles auch selbst geplant. Er könnte noch am Leben, er könnte aber auch tot sein. Ich muß es wissen.« Sie berichtigte sich. »John Swanee und ich müssen es wissen. Wir mögen uns nicht besonders, aber wir sind Geschäftspartner. Der dritte im Bunde ist Carl.«

»Soweit ich verstanden habe, wird es gewaltige finanzielle Veränderungen geben.«

»Wirklich gewaltige. Wir wollen diese Leute nicht verscheuchen. Wenn Carl sich verliebt hat, ist das okay. Wenn er jedoch aus einem anderen Grund verschwunden ist, dann ist das nicht okay.«

Beide Hunde liefen nun im Gleichschritt. Fremde Spaziergänger blieben stehen und schmunzelten über den Plastikeimerkopf des kleineren Hundes, und zwei Jogger lachten laut. »Roboter«, zischte Sestrina.

Abrupt drehte sie sich um und begann, auf dem Weg, auf dem sie gekommen waren, wieder umzukehren. »Ich fürchte, Susie kann den Eimer nicht allzu weit tragen.«

»Er ist schwer.«

»Und peinlich.«

Der untere Rand des Eimers schlug in regelmäßigen Abständen auf den Boden auf, was so ausah, als durchzuckten den Körper des kleinen Hundes Stromstöße. Davies war kurz davor anzubieten, den Hund zu tragen, als ein Koloß von einem Hund über dem Grashügel erschien und wild auf sie zupreschte. Er war schwarz wie die Nacht mit einem Maul, rot wie ein Schmelzofen, und er knurrte, während er rannte. Sestrina brüllte wütend und zog an der Leine ihres Hundes. Davies versuchte tapfer, Susie in Sicherheit zu bringen; doch sie bedurfte seiner Hilfe nicht. Das kleine Tier bellte den Angreifer nach Kräften an, ein zähnefletschendes Kläffen, das durch den Plastikeimer immens verstärkt wurde, als belle der Hund in ein Megaphon. Der schwarze Hund bremste so scharf ab, daß seine Hinterläufe die Vorderläufe überholten und er fast auf die Seite fiel, als er zu wenden versuchte. Noch einmal kläffte Susie widerhallend, und der Angreifer drehte sich um und verschwand hinter dem Hügel.

»Ich wußte ja, daß das Ding mal für was gut sein würde«, sagte Sestrina.

Sie kehrten zum Haus zurück. Der kleinere Hund schleifte nun seinen Eimer nicht mehr über den Boden, sondern wedelte im anhaltenden Hochgefühl des Triumphes mit dem Schwanz. Als sie die die Haustür erreichten, wurde ihnen von der schweigenden Gräfin geöffnet. »Sie brauchen hier nicht zu klingeln oder zu klopfen«, erklärte Sestrina. »Sie beobachtet. Alles.«

Ohne ein Wort führte die Haushälterin die beiden Hunde in die Küche, und Sestrina geleitete Davies in ein großes, opulent ausgestattetes Wohnzimmer. Es war in Pastelltönen gehalten –

braun und cremefarben mit strategisch eingesetzten Orangeeffekten; die Möbel wirkten weich und bequem. Es handelte sich um einen Raum, der mit Bedacht eingerichtet worden war. Davies entschied sich für einen tiefen Sessel. Sie setzte sich ihm gegenüber und schlug zwei bemerkenswerte Beine übereinander, rehfarben und wohlgeformt, und das Licht berührte ihre Knie. Die Haushälterin erschien mit einem Tablett und Tee.

»Um Ihnen die sich aufdrängenden Fragen zu ersparen, erzähle ich Ihnen einfach die Geschichte«, sagte Sestrina. Sie balancierte ihre Teetasse so elegant, daß ihr gesamter schlanker Körper, von den gewinkelten Beinen bis hin zum Nachmittagslicht, das sich an ihr blondes Haar und eine Gesichtshälfte schmiegte, wie eine von Künstlerhand hingeworfene Pose wirkte. Ihr gesamtes Gewicht lastete allein auf dem Ballen ihres linken Fußes. »Ich habe meinen Mann in St. Petersburg kennengelernt.«

»Oh.«

»In St. Petersburg, Florida, natürlich. Er war Facharzt für Psychiatrie im Krankenhaus, und ich bin ihm dort begegnet, als wir die Klinik mit einer Ärztedelegation besuchten. Ich hatte ebenfalls Psychiatrie studiert, war aber zu diesem Zeitpunkt noch nicht fertig. Examen habe ich später gemacht, als wir schon verheiratet waren. Wir sind nach Palm Beach gezogen und haben dort eine Praxis aufgemacht.«

»Eine Gemeinschaftspraxis?«

»Nein. Wir hatten uns entschieden, die Praxen getrennt zu führen. Auf diese Weise ließ sich mehr Geld rausholen. Wir haben nicht denselben Namen benutzt. Manchmal mußten wir uns auf Parties ignorieren und so tun, als seien wir Fremde.«

»Ich nehme an, die Gegend ist für diese Sache günstig. Psychiatrie.«

»Es ist die beste Gegend. Die Leute in Kalifornien sind verrückt. Die Leute in Florida glauben nur, sie seien verrückt und geben eine Menge Geld aus, um den Beweis dafür zu bekommen.«

»Verstehe. Wann sind Sie nach England gekommen?«

»Vor etwa zehn Jahren. Wir hatten in Palm Beach Probleme bekommen – Eifersüchteleien und sowas. Dann hat diese Scheißzeitung versucht, uns wegen unserer Methoden auseinanderzunehmen, und wegen der Tatsache, daß wir unsere Verbindung partiell geheimhielten.« Das Fluchwort war ihr ohne Zögern oder Wimperzucken über die Lippen gegangen. »Wir haben zusammengelebt, Himmel nochmal. Das hätte jeder nachprüfen können, der sich bemüßigt fühlte.«

Davies wußte, daß er rot geworden war, während sie von der ›Scheißzeitung‹ gesprochen hatte, und sie hatte es registriert.

»Ich bin nicht so sympathisch, wie ich ausehe«, sagte sie.

»Das wäre auch schwierig.«

»Danke. Wir sind also hergekommen und haben hier eine Gemeinschaftspraxis eröffnet, diesmal. Ihr Engländer hier habt genauso viele Fimmel und Komplexe, sie sind nur nicht so teuer.«

»Wie war Ihre Ehe? Tut mir leid, daß ich das fragen muß, aber wenn ich …«

»Sie brauchen sich nicht zu entschuldigen. Am Anfang war sie okay. Dann allerdings hat er begonnen rumzumachen, also habe ich mir auch meinen Spaß woanders geholt. Ich sage ja, daß ich mich nicht hinsetze und heule, nur weil er weg ist. Außerdem glaube ich, daß er HIV-positiv ist.«

»Ach ja?«

Ihr plötzliches Lachen war voller Bitterkeit. »Nein, nicht im Ernst. Ich erzähle das nur den Leuten.«

»Ich dachte, Sie seien mehr mit Alzheimer befaßt.«

»Das sind wir.« Sie lächelte nachdenklich. »Ich frage mich, ob es jemals jemanden gegeben hat, der sowohl Alzheimer als auch Aids hatte. Der Fluch des Buchstaben A.«

»Was ist mit dem Medikament gegen senile Demenz? Wie ist es dazu gekommen?«

»Durch so einen Forschungsheini hier. Henry Winton. Ein Professor. Er ist vor zwei Jahren damit aufgekreuzt. Es ist gut. Es ist sehr gut.«

»Vielleicht sollte ich ihm einmal einen Besuch abstatten.«

»Das könnte schwierig werden. Er ist tot. Das war vor drei Monaten. Anscheinend Selbstmord. Man hat ihn aus einem Fluß gefischt.«

»Waren Sie und ihr Mann in der Lage … nun ja, dieses Medikament zu vermarkten?«

»Wir wären sehr bald soweit gewesen. Zusammen mit meinem Schwager. Und natürlich mit den anderen Leuten, die finanziell daran beteiligt sind – oder hoffentlich sein werden.«

»Sie sind darauf vorbereitet, an die zu verkaufen?«

»Zu einem ordentlichen Preis, ja. Wir wollten mit anderen Sachen weitermachen.«

»Können Sie und Ihr Schwager die Geschäfte denn weiterführen?«

»Vermutlich schon. Vorausgesetzt, Carl ist aus einem … sagen wir … legitimen Grund verschwunden. Wir wollen diese Leute, die Investoren, auf keinen Fall verscheuchen.«

Er blickte ins Leere, dann wieder zu ihr hin und vesuchte, seinen Blick einige Etagen über ihren Beinen zu halten.

»Sie werden von dem Mann bezahlt, der sich telefonisch bei Ihnen gemeldet hat«, sagte sie. »Er organisiert alles.«

»John Swanee hat mir bereits einen Vorschuß gegeben.«

»Von nun an bleiben Sie in Kontakt mit dem anderen Herrn.«

»Ich kenne ihn nicht.«

»Nennen wir ihn Fred.« Sie schien geradezu übertriebene Freude an ihrer Erfindung zu haben. »Fred Zinna.«

»Das ist leicht zu behalten«, erwidete Davies. Ich werde regelmäßig bei Ihnen vorbeischauen müssen.«

»Ich werde sicherstellen, daß es dann Zeit zum Gassigehen ist.«

»Damit ich Ihnen aber nicht Fragen umsonst oder wiederholt stellen oder Ihnen zu viel Zeit stehlen muß, möchte ich Sie, wenn möglich, bitten, die Geschehnisse schriftlich zusammenzufassen, alles über Ihre Ehe, den generellen Hintergrund, den medizinischen oder psychiatrischen Kram, Details über Ihre Familie, alles, wovon Sie glauben, es könnte in diesem Fall von Bedeutung sein. Dazu einen Zeitplan vom Verschwinden ihres Mannes und alles, was Sie über die junge Frau wissen, mit der er verschwunden ist.«

Sie erhob sich anmutig und ging zu einem antiken Schreibtisch, der im hinteren Teil des Raumes stand, direkt neben der Verandatür. Sie nahm eine Mappe aus einer Schublade. »Hausaufgaben längst gemacht«, lächelte sie, kam nah an ihn heran und gab ihm die Mappe. Er konnte ihr Parfum riechen. »Ich wußte, daß das erforderlich sein würde.«

Er öffnete die Mappe. Es handelte sich um zwanzig engzeilig beschriebene Seiten. »Ich bin gut in Fallstudien«, sagte sie.

»Das ist Ihre eigene Fallstudie.«

»Ja, schon. Ich hatte das auch noch nie machen müssen. Nicht, was mich selbst oder Bekannte angeht. Das waren immer Patienten. Das war schon urspannend.«

Steif stand er auf. »Möchten Sie noch einen Drink, bevor Sie gehen?« fragte Sestrina. »Es ist fünf.«

»Nun … oh ja, gern.«

»Einen Cocktail? Wodka?«

»Danke, sehr gern.«

Kaum hatte er den Satz vollendet, da erschien bereits die Haushälterin mit einem neuen Silbertablett und zwei gekühlten Gläsern an der Tür. »Die ist fix«, sagte Davies, nachdem die Frau sich zurückgezogen hatte.

»Sie weiß alles«, erklärte Sestrina.

»Ist das ein Foto Ihres Mannes?« fragte er.

»Ja. Ich wollte es schon aus dem Fenster werfen, aber dann dachte ich, daß es vielleicht noch gebraucht würde.«

»Ich würde es mir gern ansehen.«

Sie ging zu einem dunklen Tisch und reichte ihm das gerahmte Foto. Der Mann auf dem Bild war unverkennbar John Swanees Bruder, obgleich jünger und bartlos. »Es ist vor ein paar Jahren aufgenommen worden«, bemerkte Sestrina. »Er hat seitdem schwer nachgelassen.«

Von dort, wo er stand, konnte er nun eine Zimmernische sehen, die ihm bislang verborgen geblieben war. An der Wand hing ein Gemälde, darauf war ein stattliches Segelschiff in ruhigem Wasser vor arktischer Szenerie zu sehen. Seine Segel wirkten vor dem eisigen Hintergrund blutrot. Er ging zu dem Bild hin.

»Das war ein Handelsschiff, das in der Gegend der Hudson Bay verkehrt hat«, erklärte Sestrina, während sie ihm folgte. »Es war ziemlich berühmt. Genauer gesagt, hat es der Familie meines Mannes gehört, vor etwa 200 Jahren.« Davies wußte bereits, was sie als nächstes sagen würde, denn er hatte die Inschrift unter dem Gemälde gelesen. »Das Schiff hieß die *Lonely Heart*.«

»Sie haben sich in St. Petersburg kennengelernt«, sagte Davies. »In Florida natürlich.«

»Natürlich«, nickte Mod, der an seinem Tisch in der Bücherei hockte. »Wo auch sonst?«

»In einer psychiatrischen Klinik. Er war Facharzt und sie gehörte zu einer Ärztedelegation.«

»Und wo kam die andere Lady her? Diejenige, die verschwunden ist.«

Davies blätterte in der Mappe, die Sestrina ihm gegeben hatte. Er selbst hatte seine Anmerkungen dazugekritzelt. »Anna Beauchamp«, las er vor. »Etwa 30. Sestrina wußte es nicht genau. Sie waren nicht sonderlich intim.«

»Also war sie, sagen wir, 25.«

»Anzunehmen. Sie ist Psychologiestudentin.«

»Das Ganze wimmelt nur so von Leuten, die sich mit dem Paranormalen beschäftigen«, beobachtete Mod.

»Sie studierte an der Universität von Nottingham. Hat dort mit Carl Swanee zusammen Forschungen betrieben.«

»Und er mit ihr?«

»Klingt so. Sie war mehrmals bei ihm zu Besuch, obwohl sie die meiste Zeit, die Nächte also, woanders verbrachte. Sie hatte im Westen von London ein Appartement oder Zimmer.«

»Ich werde nie verstehn, warum die *Nächte* immer so wichtig sind«, bemerkte Mod. »Wenn Leute miteinander rummachen wollen, können sie das doch jederzeit tun – morgens, nachmittags, immer.«

»Die Nächte sind romantischer«, sagte Davies. »Habe ich mir zumindest erzählen lassen. Ihre Eltern wohnen in Stockbridge, in Hampshire.«

»Wann fahren wir?«

»Du willst mitkommen?«

»Aber sicher. Wie willst du denn ohne mich klarkommen?«

»Also gut. Je eher, desto besser.«

Mod stand auf und schlurfte in den Schlappen, die er in der Bibliothek immer trug, zu einem Regal am anderen Ende der Wand. Mit einem roten Nachschlagewerk kam er wieder, bereits darin blätternd und summend. »Stockbridge«, rezitierte er. »Hampshire: bekannt fürs Forellenangeln in der Trest.«

»Ich nehme meine Angel mit.«

»Hat sie … diese Sestrina … hat sie dir gesagt, daß Anna Beauchamps Familie dort wohnen soll?«

»Nein. Das hätte sie bestimmt nicht. Sie wußte auch nicht, wo die junge Dame in London wohnte. Übermäßig versessen auf Miss Beauchamp ist sie nicht gerade.«

»Es könnte ihr doch aufgegangen sein, daß Miss Beauchamp aufzuspüren uns auch ihrem Mann näherbringen könnte, auf dessen Auftauchen sie doch allerdings versessen ist.«

»Sie will ihren Ehemann nicht unbedingt finden. Sie will nur *wissen*, was mit ihm los ist. Aber von Anna Beauchamp will sie überhaupt nichts wissen. Wir müssen unsere Informationen schon woanders zusammenklauben.«

»Und wann triffst du dich mit diesem Herrn Sowieso wieder, dem Kerl, den du im Savoy getroffen hast? Dem Bruder.«

»John Swanee. Erst, wenn er sich bei mir meldet. Das hat er unmißverständlich klargemacht. Rufen Sie nicht an, ich melde mich.«

»Keiner von denen ist besonders kooperativ, findest du nicht?«

»Das sind sie oft nicht. Jeder verfolgt seine eigenen Zwecke, seine persönlichen Interessen. Ich weiß überhaupt nichts über den Mann, der mich angerufen und beauftragt hat, Sestrina aufzusuchen. Sie nannte ihn Fred Zinna. Der werde mich bezahlen. Ein weiteres Rätsel.«

»Wie hast du herausgefunden, daß Anna Beauchamps Familie aus Stockbridge kommt?«

»Heute morgen habe ich den Registrar der Uni in Nottingham angerufen. Der immerhin *war* hilfsbereit.«

An der Drehtür zum Lesesaal entstand ein Tumult. Beide drehten sich um, Mod mit gereizter Hausherrenmiene. Millicent, die spargelförmige Bibliotheksangestellte, reckte ihren langen Hals. In den Flügeln der Tür hatte sich eine schwere Gestalt festgerammt. Sie riß sich aus ihrer Falle los, indem sie der Tür einen kräftigen Schubser versetzte, so daß sie weiterschnarrte. Olly, rot angelaufen vor Kummer, stolperte ihnen entgegen. »Dangerous, Dangerous«, jammerte er. Die Bibliotheksangestellte war schon halb auf den Beinen und fuchtelte mit wütend erigiertem Zeigefinger in seine Richtung. »Tschuldigung, Tschuldigung«, flötete er. In seinen flatternden Lederklamotten schritt er auf die beiden am Tisch zu. »Dangerous, sie haben's getan! Sie haben meine Harley geklaut!«

Sie standen draußen vor dem Sozialamt. »Es war hier«, schniefte Olly und zeigte auf den leeren Rinnstein. Er bückte sich und schien etwas mit der Fingerspitze loszukratzen. »Schaun Sie«, sagte er, indem er Davies den Finger vor die Nase hielt. »Öl.« Er schnüffelte. »Beste Qualität.« Eifrig tauschte er seinen Finger gegen sein Gesicht aus. »Ist das ein Hinweis?«

»Möglich«, sagte Davies.

»Ich wollte hier nur meine Stütze abholen«, erklärte Olly. »Ich hab sie extra hierhin umbestellt. Ich wollte denen nur ersparen, sie mir mit der Post zuzuschicken.«

»Manchmal kann man nicht anders als helfen«, stöhnte Davies. »Und du hast sie draußen geparkt, während du reingegangen bist, um deine Almosen zu kassieren.«

»Sozialhilfe«, berichtigte Olly. »Stütze.« Davies war es so, als würde der Teenie gleich losheulen. Er tätschelte seine Lederschulter. »Ich werde Nachforschungen betreiben«, versprach er. »Irgendwo.«

Sie gingen ins Babe In Arms. Mod war bereits dort und schob seine Stütze über den Tresen. Olly ging augenreibend aufs Klo. »Vielleicht hat das Sozialamt die Maschine geklaut. Um was von ihrem Geld zurückzukriegen.«

»Ist da Pearly?«

»Gates am Apparat.«

»Hier spricht Davies, Pearly. Dangerous.«

»Ah.« Die Stimme machte einen Satz. »Also Dangerous, Sie sind's. Tut mir leid, Kumpel, aber ich dachte, es wäre die Bullerei.«

»Nicht mehr«, erwiderte Davies. »Warum? Was haben Sie ausgefressen?«

»Nichts. Nicht die Bohne, Dangerous. Es geht immer nur darum, was die Leute *meinen*, daß ich es getan hätte. Wie lebt's sich so in Rente? Ich habe aus der Zeitung davon erfahren und dachte, wenn ein Kerl es verdient hat, pensioniert zu werden, dann Sie.«

»Danke, Pearly.«

»Ich meine das doch nicht *so*. Ich verkorkse immer alles, wenn ich nur den Mund aufmache. Deshalb taugen auch meine Aussagen nichts. In eigener Sache, meine ich. Gegen andere Gauner allerdings bin ich ganz gut ...«

»Pearly. Haben Sie eine Harley Davidson gesehen?«

»So wie das Motorrad?«

»Ein Rasenmäher ist es nicht.«

»Natürlich ist es das nicht. Ich werde doch den Unterschied kennen, oder?«

»Vor allem Sie.«

»Ich habe keine gesehen, ehrlich nicht. Das würde ich Ihnen verraten, Dangerous. Ich bin Ihnen schließlich was schuldig. Wo ist sie geklaut worden?«

»Vor dem Sozialamt in Willesden.«

»Haben einfach kein Mitleid, manche Leute.« Er hielt inne, und Davies ließ ihm die Pause. »Ich werde die Augen offenhalten, Dangerous. Ich hör mich mal ein bißchen um.«

»In Ordnung, Pearly. Tun Sie das nur.«

»Hören Sie, ich mach das ganz bestimmt.«

Davies legte den Hörer auf. Regen rann an den Fensterscheiben seiner Bürofenster hinunter. »Putzt die Fenster umsonst«, sagte Sophia, die soeben keuchend aus ihrem Salon hochkam. »Schade, daß der Regen die Innenseiten nicht abwaschen kann.«

Sie hockte auf dem Rand des kleinen Holzstuhls, wahrlich ein Kunststück für eine Frau ihres Umfangs. Ihr Gesicht glänzte feucht, eine Haarsträhne pappte an ihrer Stirn wie eine Briefmarke auf einem Kuvert. »Kommt vom Frisieren«, seufzte sie. »Ist wie im Kongo da unten.«

Davies hatte sich in seinem Heft ›St. Petersburg‹ notiert, groß genug, daß Sophia das Wort verkehrt herum lesen konnte. »Da bin ich schon gewesen«, bemerkte sie. »Ich meine in Amerika, nicht in Rußland.«

»Natürlich«, nickte Davies.

»Meine Schwester lebt sein achtzehn Jahren in Florida.«

»Und wie war dieses St. Petersburg?«

»St Pete nennen die es da«, sagte Sophia. »Heiß, Dangerous, sehr heiß. Fast so heiß wie da unten. Aber unterhaltsamer, hübscher anzuschauen.« Sie sah ihn besorgt an. »Sie sehen nicht gerade aus, als hätten Sie in letzter Zeit besonders viel Schlaf bekommen.«

»Das liegt an meiner Bettlektüre«, erwiderte Davies. Er tippte auf die beiden Sammelordner, die am Rand seines Schreibtischs lagen.

»Sind die gruselig?«

»Gruselig genug, um einen wachzuhalten.«

»Sie brauchen jemanden, der sie mit Ihnen zusammen liest.«

»Dazu ist das Bett nicht breit genug.«

Sie grinste und stupste ihn neckisch-verschämt mit der Hand an. »Jetzt werden Sie nicht ordinär. Ich meine *hier*, hier am Schreibtisch. Ich würde mich mit Ihnen zusammensetzen.«

Er nickte in Richtung Tür. Radio 1 dröhnte aus dem Salon darunter.

»Die halten noch eine Weile aus da unten«, erklärte Sophia. »Es sind nur zwei da, und eine davon ist Mrs. Maple, deren Haar es hinter sich hat. Sie sitzt unter dem Trockner. Wenigstens kann man so nicht sehen, in welchem Zustand es ist. Um ehrlich zu sein, sollte man sie wohl besser gleich kahlscheren. Und die andere ist Hilda Dodson, die Dicke aus Harlesden. Sie ist eingenickt. Ich geh nur mal schnell runter nachschaun, dann bin ich wieder da.«

»Kann nicht schaden«, murmelte Davies, als sie fort war. Er legte den ersten Ordner auf seinen Schreibtisch und schlug ihn an beliebiger Stelle auf, um bei den grellen Schlagzeilen über den Mord an Beatrice Bunny in Birmingham zu landen. Sophia, noch immer erhitzt, aber deutlich zufriedener, erschien wieder im Türrahmen. Shemmy Austen saß nicht an seinem Schreibtisch. Seit einigen Tagen schon war er nicht aufgetaucht. »Urlaub wahrscheinlich«, befand Sophia. »Muß wohl mal raus aus Willesden.« Man konnte ihr ein gewissen Talent, mit dem Patschfinger auf die Wahrheit zu deuten, nicht absprechen.

Sie zwängte sich um den Schreibtisch herum. Davies hatte seinen eigenen Stuhl zur Seite gerückt und den anderen Stuhl neben sich gestellt. Sie saß nun mit vollem Gewicht darauf; ihr Sommerkleid quoll über die Tischkante. »Beatrice Bunny«, sagte sie. »Was für ein Name, um damit ins Bett zu gehen.«

»Aber genau das hat er getan. Das hat er mit fast allen gemacht.« Er schwieg einen Moment. »Einmal.« Er blätterte zum Anfang des Ordners zurück und fuhr mit dem Finger eine Liste entlang, die einem Inhaltsverzeichnis ähnelte.

»Das ist praktisch«, sagte Sophia.

»Helen Scoby, Mary Murdoch, Beatrice Bunny«, rezitierte Davies. »Und die Londoner Frauen: Debbie Scarlett, Jo Pereira und Sandra Dawes.« Jeden Eintrag berührte er mit dem Finger. »Bei allen das Gleiche. Eine Kontaktanzeige in der Regionalzeitung. Eine Antwort, ein Treffen unter einer Uhr oder sonstwo, ein heftiger Flirt, ein Hotel, ein Tod durch Erwürgen, eine Leiche.«

»Abscheulich«, sagte Sophia. Sie befühlte ihren eigenen vollen weißen Hals. »Wenn Antwortschreiben auf diese Anzeigen kommen, werden die nicht irgendwo registriert, bei diesen Vermittlungen, meine ich?«

»Doch schon. Aber jeder kann gefälschte Papiere vorlegen; und einige der Institute überprüfen nicht jeden oder können nicht jeden überprüfen. Manchmal haben sie es außerdem schon zuvor versucht, über Monate oder vielleicht Jahre hinweg. Das Happy Life Bureau – was für ein Firmenname auch! – hat sogar selbst auf Annoncen geantwortet, um Klienten zu werben. Unter einer Uhr konnte jeder X-Beliebige auftauchen.

Vielleicht auch jemand, dem das Opfer schonmal begegnet war.«

»Sie tun es also nicht beim ersten Mal.« Sophia schlug die Hand vor den Mund und errötete. »Ich meine, sie umbringen.«

»Ich weiß es nicht. Wäre eine Möglichkeit. Sobald die Gebühr bezahlt ist und der Kontakt vermittelt, hat das Institut damit oft nichts mehr zu tun. Sie hoffen einfach, daß es geklappt hat. Doch diese Frauen haben vielleicht schon lange gesucht.«

»Je einsamer man ist, desto weniger wählerisch wird man«, sagte sie.

Sie arbeiteten sich durch die Zeitungsausschnitte, von denen einige bereits zu vergilben begannen. »Dreimal in den Midlands«, sagte Sophia. »Und dreimal unten in London. Als ob er ein Fahrrad hätte.«

Sie rümpfte über den Seiten die Nase. »Nicht gerade besondere Schönheiten«, sagte sie. »Die Fotos von denen aus London sehen besser aus. Die Frauen sind jünger, und sie sind immerhin Londonerinnen. Das macht schon einen Unterschied. Sie sind besser frisiert ... oh Gott ... Hilda Dodson ist noch immer unter der Haube!« Als sie sich mühsam aufrichtete, warf sie ihren Stuhl nach hinten um.

»Lassen Sie nur«, sagte Davies und griff danach. »Laufen Sie lieber schnell runter.«

Sie war längst losgeeilt. Von unten ertönte ein Schrei. Davies vergrub sein Gesicht in den Händen. Mod schleppte sich gerade die Stufen hoch, als Sophia eben hinuntergesaust war. »Da kommt Rauch aus dem Laden«, keuchte er.

»Keine Sorge«, erwiderte Davies. »Nur ein kleinerer Brand.«

Davies stieg die Stufen hinab; Mod drehte sich um die eigene Achse und folgte ihm. Sophia hatte ein Handtuch um den Kopf einer kleinen alten Dame gewickelt, die steif und schweigsam im Frisierstuhl saß. Eine kleine Rauchfahne entwich dem zur Seite geschobenen Haartrockner. Sophia tätschelte energisch das Handtuch, als wolle sie sicherstellen, daß die

Prozedur ordnungsgemäß überstanden war. »Alles in bester Ordnung«, versicherte sie ihrer Kundin. Sie wickelte das Handtuch auf. Davies und Mod sahen genau hin. Ganze Büschel des ohnehin äußerst schütteren Haares waren ingwerfarben versengt.

»Sieht richtig hübsch aus so«, schwärmte Sophia wenig überzeugend. Sie tätschelte Hilda Dodsons Wange. »Vielleicht haben wir so einen neuen Trend kreiert.«

Ihre Kundin blickte in den Spiegel, sah dort aber offenbar nichts, was sie übermäßig bekümmerte. »Riecht ein bißchen«, sagte sie.

Davies und Mod zogen sich nach oben zurück. »Wo steckt der alte Shemmy?« fragte Mod und nickte dem leeren Schreibtisch zu.

»Auf Weltreise«, antwortete Davies.

Mit schweren Schritten ging Mod zu Davies' Schreibtisch und sah auf die Zeitungsartikel herab. »Nicht gerade Schönheitsköniginnen«, bemerkte er. »Aber das ist es ja gerade, weshalb sie annoncieren mußten. Die armen Dinger.«

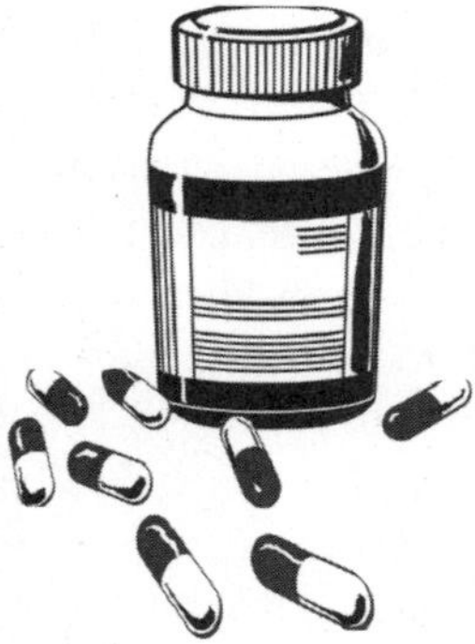

Kapitel 5

Davies traute seinem angejahrten Rover auf Autobahnen nicht; so fuhren sie auf der alten Route hinunter nach Hampshire, die A30 über Egham umd Hartley Wintney nach Basingstoke, dann auf der geraden Römerstraße nach Sutton Scottney und durch sattgrüne Landschaft mit sanften Hügeln und dichtem Wald nach Stockbridge. Mod und Kitty saßen auf dem Rücksitz, der Hund aufrechter als der Mann.

»Er mag es, auf Reisen zu gehen«, sagte Davies. »Es gefällt ihm, aus dem Fenster zu schauen und mal was anderes zu sehen.«

Mod, der das Tier einmal von Bournemouth zurück nach London hatte bringen müssen – ein Abenteuer von 40 Stunden, Übernachtung und Frühstück inklusive – hatte ein Trauma davongetragen (er würde niemals vergessen, wie er die Rollbahn des Flughafens von Southhampton entlanggeprescht war) und gab folglich nur einen Grunzlaut von sich. Immerhin lag der Vorfall lange zurück.

Der Wagen klapperte, schepperte, rauchte und spuckte hin und wieder empört; aber im großen und ganzen war Davies mit seiner Leistung zufrieden. »Braucht ab und zu frische Luft, genau wie wir«, erklärte er, während er schwerfällig das Steuer bediente. Als sie gerade eine Kurve nahmen, hüpfte ein Fasan quer über die Straße. Davies bremste verzweifelt; Mod und der Hund flogen vorwärts, wobei der mit dem Kopf auf Davies' Schulter landete und ihm vor Schreck ohrenbetäubend ins Ohr jaulte. Der Fasan spazierte gemütlich zur anderen Straßenseite, ohne den Wagen eines Blickes zu würdigen, und verschwand im Buschwerk. Kitty warf sich wutschnaubend und laut bellend gegen das Autofenster. Mod zog den Hund zurück auf den Rücksitz. »Eigentlich ist er ein Jagdhund«, bemerkte Davies. »Das hat er einfach im Blut. Kriegt nur um Willesden herum kaum Gelegenheit.«

Mod hockte mürrisch auf dem Rücksitz und schob den Hund zur Seite, um sich selbst mehr Platz zu schaffen. »Zumindest sollten wir zur Mittagszeit in einem Pub sein«, brummte er. »Ein paar Landbier, dazu Wildpastete könnten mir schon schmecken.«

Alle drei waren erstaunt, daß sie so viele Kilometer auf der Straße zurücklegten und nur an so wenigen Häusern und einigen weiter entfernten Farmen vorbeikamen, daß England so nah an London so dünn besiedelt sein konnte. »So war es, als ich noch ein Junge war«, erklärte Mod. »Gute Luft, grüne Felder, offene Landschaft.«

»Ich dachte, du kommst aus Ebbw Vale«, erwiderte Davies. »Mit all diesen Kohlengruben.«

»Die unberührte Natur war nicht weit weg. Kleinere Berge und so. An einem schönen Tag konnte man sie sehen. Außerdem bin ich so lange nicht geblieben.«

Davies war in den heruntergekommensten Straßen des Londoner Nordwestens geboren und aufgewachsen. »Ich bin einmal bei einem Ausflug mit der Sonntagsschule dabei gewesen«, sagte er. »Ich wäre fast in Ohnmacht gefallen, als ich eine Kuh sah.«

Gegen zwölf erreichten sie Stockbridge, ein offenbar wohlhabender und großzügig in die Landschaft geschmiegter kleiner Ort; die Geschäfte lagen entlang der Hauptstraße unter uralten Dächern, es gab eine spitztürmige Kirche, ein Flüßchen, das parallel zur Straße rauschte, und die Wagen parkten mit der Nase am alten Bordstein. Die Menschen wirkten vornehm, sie gingen mit ihren Hunden spazieren, unterhielten sich und nickten, trugen feine Kleider im rustikalen Stil – eine Studie ländlicher Oberschicht-Idylle.

»Kennen Sie die Familie Beauchamp?« fragte Davies den Barmann in dem Pub, den sie sich ausgeguckt hatten. Das Innere war hübsch urig mit Balken und rauhem Verputz ausgestattet; ausgestopfte glubschäugige Fische zierten die Wände.

Mod schnurrte beinahe über seinem Bierkrug. Der Hund ließ sich friedlich nieder, als erwarte er einen längeren Aufenthalt.

»Sollte ich wohl«, antwortete der Mann. Er war drahtig und seine Arme gebräunt. Davies hatte ihm ein Tanglefoot ausgegeben. »Hab mal für die gearbeitet. Beecham, obwohl sie das anders schreiben. Ihre Tocher ist verschwunden, glauben sie. Mit irgendnem Kerl nach London abgehauen.«

Er füllte ihre Krüge. »Leckeres Zeug«, sagte Davies.

»Absolut annehmbar«, murmelte Mod von seinem Hocker neben dem Hund. »Man schmeckt richtig die Würze der Landluft.«

»Sie kennen sie dann also«, fragte der Barmann Davies, »die Beauchamps?«

»Nein, aber ich werde sie noch kennenlernen. Bin für heute nachmittag bei denen angemeldet.«

»Das Haus ist es nicht wert«, riet er vertraulich. »Jedenfalls nicht den Preis, den sie verlangen.«

»Ach, glauben Sie nicht?«

»Nee, bestimmt nicht. Ich habe nichts gegen die, obwohl sie mich einfach so gefeuert haben, für nichts und wieder nichts. Aber das Haus zerfällt in seine Grundbestandteile. War schon immer baufällig. Es ist nicht annähernd diesen Preis wert. Seien Sie vorsichtig.«

Er ließ Mod mit Kitty im Wagen zurück. Sie standen auf einem Parkplatz an der Straße, beide beobachteten sie hochaufgerichtet aus dem Auto heraus – der Mann dem Hund nicht unähnlich –, wie er davontrottete; aber Davies wußte, daß sie diese Pose nicht lange durchhalten würden. Kitty würde ins Freie wollen, in den Feldern herumschnüffeln, vielleicht ein Kaninchen erspähen und sich fragen, was das sein mochte, ob es ihm gefährlich werden konnte, oder hoffnungslos einer Hummel hinterherjagen. Dann mußte Mod ihn an die dicke Leine nehmen und versuchen, das andere Ende festzuhalten.

Davies stapfte eine Spur hoch, die die Reifen von Fahrzeugen hinterlassen hatten und die nun im Sommer zementhart waren. Der Nachmittag war schwül und drückend. Das rotgeziegelte, in der Mitte durchgesackte Dach eines Farmhauses rückte hinter dem ansteigenden Gelände ins Blickfeld, wie der Rumpf eines alten Schiffes. Es schien zu steigen, während er ging; oben auf dem Hügel angelangt, mußte er wieder herablaufen. Ein flinkes Zucken in den Gardinen im Fenster über dem Eingang. Er heftete seinen Blick auf diese Tür, fort vom spionierenden Fenster. Die Frau öffnete es, während er näherkam.

»Kommen Sie wegen dem Haus oder wegen dem Mädchen?«

Davies sah sich in der Lage, etwas direkter zu beginnen. »Miss Beauchamp«, sagte er. »Ich komme ihretwegen. Ich hatte angerufen.«

»Sie haben mit ihm gesprochen, mit meinem Mann, aber der ist jetzt angeln. Das isser meistens.«

Sie schien die Tür zunächst nicht öffnen zu wollen, tat es schließlich aber doch, und Davies trat in den Flur. Das Haus war innen so schäbig wie außen. Die Holzbalken bogen sich müde; auf einer eichenen Sitzbank stapelten sich vergilbende Zeitungen. Sie bemerkte seinen Blick. »Wir haben noch nicht verkauft, aber ich packe das Zeug schonmal zusammen.« Sie betrachtete ihn ernst. »Ich hoffe, Anna kommt bald zurück, denn sonst findet sie uns hier nicht mehr. Sie hätte dann kein Zuhause mehr, in das sie zurückkehren könnte.«

Sie führte ihn in ein unordentliches Wohnzimmer. Er fragte sich, ob sie jemals auch nur den Versuch unternahm, wenigstens für potentielle Käufer aufzuräumen. Auf dem Boden lagen Kissen und Hundenäpfe herum; die Näpfe waren verstaubt und wirkten, als seien sie seit einiger Zeit nicht mehr gebraucht worden. Die Blumen auf der niedrigen Fensterbank waren vertrocknet; vielleicht war das aber auch so gedacht. Ein Bild lehnte schräg gegen die hintere Wand; an der Wand war deutlich zu erkennen, wo es einmal gehangen hatte. Auf einem niedrigen Tisch standen alte, schmutzige Tassen, und auf einem anderen Tisch die Überreste einer Mahlzeit, die nicht danach aussahen, als sei sie erst kürzlich eingenommen worden. »Ich war gerade dabei aufzuräumen«, sagte die Frau.

Davies stellte sich mit Namen vor. »Ich bin Mrs. Bagley«, erwiderte die Frau, »Stella. Ich bin die Schwester ihrer Mutter. Ihre Mutter lebt nicht mehr hier.« Davies nickte, als ob damit alles gesagt sei. Die Frau war eher rundlich, ihr Gesicht jedoch hager und der Blick aus ihren dunklen Augen – über bemerkenswerten Wangenknochen – fest und geradeaus. Sie war nachlässig, aber sauber angezogen, sauber genug jedenfalls, um im Zimmer aufzufallen.

»Jervis hat gesagt, ich soll mit Ihnen reden. Ich weiß genauso viel darüber wie er, und er ist angeln, wie ich schon sagte. Sie ist nicht das erste Mal abgehauen. Wir waren nicht überrascht.«

»Aber vielleicht besorgt?«

Die Frau zögerte nur einen Moment. »Sie ist stur. Sie haut einfach ab. Irgendwo wird sie schon sein. Wahrscheinlich mit diesem Kerl. Sonnt sich irgendwo am Strand, während alle sich fragen, wo sie steckt. Das macht ihr einen Heidenspaß.«

Davies bat, sich setzen zu dürfen. Sie wies auf das Sofa, und er spürte, wie Staub aufwirbelte, als er darauf Platz nahm. Sie ließ sich steif auf einem Holzstuhl ihm gegenüber nieder und räumte mit derselben Bewegung eine Weinflasche vom Tisch. Die Flasche hielt sie weiter in der Hand und untersuchte das Etikett, als wolle sie sich vergewissern, aus welchem Jahr sie stammte. »Wer genau hat Sie geschickt?« fragte sie.

»Ich bin ehemaliger Polizeibeamter«, erwiderte Davies, dem es als günstig erschien, diesen Umstand gleich einzuflechten. »Inzwischen arbeite ich als Privatdetektiv.«

»Haben Sie denn nichts getaugt?«

»Ich habe mich pensionieren lassen«, sagte Davies, als ob das irgend etwas erklärte. »Und diesen Fall übernommen. Die Familie des Gentleman, mit dem Anna verschwunden ist, Carl Swanee, hat mich beauftragt. Es geht dabei nicht nur um private Gefühle; seine Verwandten sind im Pharmageschäft und wollen aus geschäftlichen Gründen unbedingt herausfinden, wo er sich aufhält.«

»Also hier ist er nicht«, sagte die Frau. »Das hätte ich bemerkt.«

Er fragte sich im stillen, ob sie das tatsächlich hätte, sagte jedoch nichts. »Natürlich. Ich dachte nur, Sie hätten vielleicht eine schwache Ahnung, wo Anna Beauchamp sich aufhalten könnte. Das würde möglicherweise, vielmehr sehr wahrscheinlich, zu ihm führen. Und zu ihr selbst natürlich, was Sie doch sicher freuen würde.«

Die Frau dachte darüber nach. »So lange war sie bisher noch nie weg«, räumte sie ein. »Müssen jetzt etwa zwei Wochen sein.«

»Fünf«, sagte er. »Mit dem heutigen Tag fünf.«

»So lang?«

»Wann haben Sie sie zuletzt gesehen?«

»Och, das ist Monate her. Zu Weihnachten. Sie ist mal kurz reingeschneit. Gerade lange genug, um sich Geld von ihrem Vater zu leihen und sich mit mir zu streiten.«

»Hat es oft Streit gegeben?«

»Jedesmal. Sie hat mir nie verziehen, daß ich ihr die Mutter ersetzt habe.«

»Ihre Schwester.«

»Ja.«

»Was war mit ihrer Mutter?«

»Sie ist verschwunden, Mr. Davies. Einfach so verschwunden. Scheint in der Familie zu liegen.«

Zehn Minuten später war Davies auf dem Rückweg den Hügel hinunter. Er schaute zum Haus zurück, bevor es hinter der Anhöhe wieder verschwand, versank wie ein altes Schiff, und wieder sah er das kurze Zucken der Gardine in dem Zimmer über dem Eingang. Sie war nicht nach oben gegangen um aufzuräumen.

Als er den Wagen auf dem Parkplatz erkennen konnte, sah er, daß die hintere Tür sperrangelweit offenstand und die massige, gekrümmte Gestalt Mods mit den Beinen im Gras auf dem Trittbrett hockte. Instinktiv suchte Davies den Horizont ab und erspähte Kitty sofort, wie er sich übers offene Feld schleppte und dabei taumelte wie vor totaler Erschöpfung. Er rief den Hund; der sah nur kurz auf und kroch weiter in Richtung Auto.

»Mistvieh«, grummelte Mod. Sein Gesicht war noch immer glühend rot, und Davies schloß scharf, daß es ein paar Minuten zuvor noch mehr geglüht hatte. »Hat mich gezwungen, ihm nachzurennen.« Er blickte vorwurfsvoll auf. »Er rannte im Kreis rum, hinter einem Kaninchen her. Beide immer im Kreis rum. Ich weiß nicht, ob er das Kaninchen jagte oder das Kaninchen ihn.« Er sah Kitty mühsam herankriechen. »Guck ihn dir nur an. Völlig erledigt.«

»Ich geb dir ein Bier aus, sobald sie öffnen.«

»Ich kann nicht warten.« Seine Stimme versagte. »Vielleicht brauche ich erst einen kräftigen Tee.«

Mod blieb gekrümmt auf dem Trittbrett hocken; selbst für einem Mann, dessen Erholungsphase nach der geringsten körperlichen Anstrengung enorme Zeit beanspruchte, kam es Davies sehr lange vor. Kitty schleppte sich zum Wagen und setzte sich zu Mods Füßen, als hätte ein erinnerungswürdiges Abenteuer sie zusammengeschweißt. »Scheißköter«, schnaufte Mod.

Davies stand dumm in der Gegend herum, wie es ihm oft passierte, wenn es um seinen Hund ging. »Wie ist es nun gelaufen?« fragte Mod schließlich. »Das Gespräch. Mit diesen Beauchamps.«

»Ebenfalls im Kreis rum. Ich habe nur mit ihr gesprochen; er war angeln. Wir müssen ihn finden.«

»Was hat sie über das Mädchen gesagt?«

»Sie kommen nicht miteinander klar. Sie ist nicht die Mutter, die Mutter war ihre Schwester.« Mod und Kitty sahen ihn beide erstaunt an. »Und die Mutter ist vor Jahren abgehauen. Verschwunden.«

»Verdammt.«

»Genau. Und diese Lady, Stella Bagley, scheint sich nicht die geringsten Sorgen um Anna zu machen. Soweit es sie betrifft, ist Anna eben einfach weggegangen. Hat sie schließlich schon oft gemacht. Auf Nimmerwiedersehen denn.«

»Aber die Mutter ist verschwunden? Das ist doch was.«

»Das machen Leute ständig. Es ist lange her. Ich sehe nicht, wie das etwas mit dieser aktuellen Sache zu tun haben sollte. Wenn man einmal anfängt, Leute auszuquetschen, dann kommt halt sowas ans Tageslicht, kleine Geheimnisse, kleine Skandale. Interessant, aber nicht von Belang.«

»Aber nicht von Belang«, sang Mod nachdenklich.

»Was war das?«

»Gilbert und Sullivan. ›Wenn die Frühlingsblumen blühn‹.«

»Soso. Ich glaube, wir sollten jetzt mal besser den Angler Beauchamp finden.«

Mod erhob sich; der Hund tat es ihm nach. Sie kletterten vorsichtig auf die Rücksitze des Wagens. Kitty schien geläutert und rutschte sogar etwas, um Mod mehr Platz zu machen. »Sie sagte, er sei draußen am Fluß an einer Stelle namens Ben's Bend, wo immer das sein mag. Er hat ein Auge auf einen ganz bestimmten Fisch geworfen und versucht schon seit Monaten, ihn zu fangen.« Davies ließ den alten, lärmigen Motor an. Er schien die Landluft förmlich zu sprengen.

»Nur um ihn dann wieder reinzuwerfen«, brummte Mod. »Ich weiß nicht, warum die das machen!« Wegen des Motors mußte er brüllen, und das nahe am Ohr des Hundes, der noch weiter zurückwich und ihn mit einem vorwurfsvollen Blick strafte.

Davies begann ungelenk, den Wagen zu wenden. Er war nicht für enge Sträßchen gebaut und brauchte daher mehrere Anläufe. Schließlich stand das Gefährt mit der Nase in der richtigen Richtung, und sie begannen versuchsweise, auf dem Sträßchen voranzukommen. Dort, wo es auf die Hauptstraße traf, lehnte ein rotgesichtiger Mann an einem Tor und sah so aus, als habe man ihn schon vor Monaten dort festgeklemmt. Davies hielt an und fragte nach dem Weg zu Ben's Bend.

»Am Fluß«, sagte der Mann.

»Ja, weiß ich. Welcher Teil genau?«

»Stromabwärts.«

»Ah ja, danke. Welche Richtung wäre stromabwärts?«

Der Mann stierte ihn an, als sei er der Dorftrottel.

»Stromaufwärts geht's da lang«, sagte er und zeigte über seine Schulter.

Davies dankte ihm überschwenglich und tippte auf links. Der Mann blieb ans Tor gelehnt stehen, als halte er es so aufrecht. Plötzlich begann er wie ein Bulle loszubrüllen, und Davies sah im Rückspiegel, wie er in die umgekehrte Richtung zeigte. Er wendete und begann nach weiteren Dankesbekundungen zu fahren. »Ich fände es grauenhaft, hier unten Polizist zu sein«, sagte er. »Stell dir bloß mal vor, den vernehmen zu müssen.«

Immer wieder sahen sie den Fluß durch die Bäume blitzen, hinter Mauern, von niedrigen Brücken herab. »In diesem Teil des Landes«, sagte Mod, »gibt es so viele Flüsse. Die Test«, begann er zu rezitieren, »Meon, Avon, Nader, Stour, Wylye …«

»Wo ist Ben's Bend?« murmelte Davies über sein Lenkrad geduckt. Ein Junge lümmelte sich unter einem Baum, und ein Stückchen weiter saß eine alte Frau auf einer Bank. Jeder schien sich auszuruhen. Er entschied sich für die alte Dame.

»Ben's Bend«, wiederholte sie. »Ich wußte mal, wo das ist, irgendwann. Jahre her.« Mit einem überraschend energischen

Ruf fing sie die Aufmerksamkeit des Jungen ein. »Ben's Bend, Onky?« rief sie. Onky schaute auf, als ob selten jemand mit ihm sprach.

»Den Fluß runter!« brüllte er.

»Den Fluß runter«, sagte die Frau zu Davies.

Schließlich fanden sie die Stelle selbst. Der Fluß wand sich unter einer seiner alten Brücken, und ein kleines Schild, das vor langem an einen Baum genagelt worden war, teilte dem besonders Aufmerksamen mit, dies hier sei Ben's Bend. Davies stellte den Wagen an einem kleinen Platz unter den Bäumen ab, und er und Mod stiegen aus. Kitty, noch immer schuldbewußt und verschüchtert, folgte ihnen. Sie stiegen eine kleine, bemooste Treppe zum Ufer hinab. Ein einsamer Mann angelte. Er wandte ihnen den Rücken zu, und er blickte so konzentriert aufs Wasser, daß er sie nicht kommen hörte. Dennoch schien er ihre Anwesenheit zu spüren, denn er flüsterte, ohne sich umzudrehen: »Haun Sie ab.«

»Tut mir leid«, flüsterte Davies zurück. »Ich wollte Ihnen ein paar Fragen zu Ihrer Tochter Anna stellen.«

»Haun Sie ab«, wiederholte der Angler. »Anna ist verschwunden.«

Er hielt den Blick weiterhin auf die silbrige Oberfläche gerichtet und zuckte verführerisch – den Bruchteil einer Sekunde lang – mit der Angelschnur, die im Wasser hing und verursachte so eine Andeutung von Wellen. »Darauf hab ich gewartet«, zischte er. »Wagen Sie es ja nicht.«

Davies hielt Mod mitten im Schritt an. Der Philosoph setzte schweigend den Fuß auf. Er hielt Kitty, der die Szene beobachtete, als wohne er einem unbekannten, interessanten Ritual bei. »Ich rede später mit Ihnen«, flüsterte Beauchamp über seine Schulter hinweg. »Sie müssen warten.« Seine Stimme näherte sich der Lautlosigkeit, als er nicht zu ihnen, sondern zu sich selbst sprach. »Ich hab ihn. Ich hab ihn.«

Er hatte ihn in der Tat. Fast. Davies bewegte seinen Kopf zu einer Seite, um an den runden Schultern des Mannes vorbeisehen zu können. Er konnte dicht unter der schimmernden Oberfläche den Schatten der kapitalen Forelle ausmachen, direkt hinter der winzigen Wellenbewegung, die die Köderfliege verursachte. Alle waren sie wie zu einem stummen Standbild gefroren – irgendwo im Grünen an einem Flußufer; das einzig Vernehmbare war das Rauschen des Flusses. Dann begann Kitty, der die zum Zerreißen gespannte Stille nicht mehr ertragen konnte, zu springen und zu bellen. »Halte ihn!« Während er rief, schnellte Davies' Hand vor und griff nach der Leine, an der Mod bereits zog wie ein Matrose, der einen Zweikampf mit einem Tau verlor.

»Ein Hund!« bellte Beauchamp, ohne sich umzudrehen. »Keine Hunde! Keine verdammten Hunde! Nehmen Sie das Viech weg!«

Aber es war zu spät. Er zuckte mit der Angelschnur, während er brüllte. Die Forelle stellte sich seitlich und flitzte davon. Der Mann saß gekrümmt und wie vor den Kopf gestoßen da. »Keine Hunde«, wiederholte er diesmal murmelnd. »*Kapiert* das denn keiner? Keine verdammten Hunde.«

»Ich wußte nicht, daß Fische hören können«, sagte Davies lahm. »Man lernt jeden Tag dazu.«

»Fische können alles«, erklärte Beauchamp und drehte sich auf seinem Hocker, langsam und wie jemand, der eine Schlacht verloren hatte. Trotz seiner Fülle hatte er ein langes, trauriges Gesicht. Davies fragte sich, ob er sich dies erst in jüngster Zeit erworben hatte. Der Mann war nicht wütend, nur am Boden zerstört.

In entschuldigendem Ton stellte Davies sich selbst und Mod vor. »Und das ist Kitty«, schloß er und zeigte auf das Tier, das nun leicht schwanzwedelnd saß, im Blick der Ausdruck reinster Unschuld. »Der Hund.« Er vermied es, »mein Hund« zu sagen.

Mod sah ihn trotzig an und erklärte dem Angler: »Es ist seiner.«

»Tut mir leid wegen dem Fisch«, sagte Davies.

»Schon gut«, erwiderte Beauchamp überraschend. »Der wird morgen wieder da sein. Wartet ab und spannt mich auf die Folter. Manchmal glaube ich, nicht *ich* bin derjenige, der den *Fisch* fängt, sondern es ist genau andersrum. Ich könnte schwören, er weiß Bescheid.« Er betrachtete sie einzeln nacheinander, den Hund eingeschlossen, und dann als Gruppe. »Etwas, worauf man sich freut. Ich kann morgen mein Glück wieder versuchen.«

Er begann, seine Ausrüstung zusammenzupacken.

»Ich frage mich«, wagte Davies sich vor, »ob ich Ihnen wohl ein paar Fragen zu ihrer Tochter stellen dürfte.«

»Ich erinnere mich an Ihren Anruf«, sagte Beauchamp. »Bitte, stellen Sie sie. Sonst gibt es jetzt nichts mehr zu tun. Ich muß nach Hause.«

»Ist irgendwo ein Pub in der Nähe?« fragte Davies, während Mod nickte.

»Ich würde lieber hier reden.«

Er begann, seine Angel in Einzelteile zu zerlegen. »Da gibt es nicht viel zu erzählen. Ich nehme an, den Hintergrund kennen Sie bereits, wo Sie Privatdetektiv sind.«

Davies fühlte sich geschmeichelt, ließ sich jedoch nichts anmerken. »Es könnte da einiges geben, was mir bisher entgangen ist.«

Beauchamp richtete sich auf. »Wie ich schon sagte, da gibt es nicht viel zu erzählen. Ihre Mutter ist vor ein paar Jahren weggegangen. Verschwunden, könnte man sagen. Sie soll zwar an ein paar Orten gesehen worden sein, aber das waren vielleicht nur Gerüchte. Sie könnte auch tot sein.« Er sah langsam auf, mit schweren Lidern. »Ich weiß es einfach nicht.«

»Anna ist schon oft verschwunden, habe ich gehört? Ganz nebenbei bemerkt, habe ich mit der Dame bei Ihnen zu Hause gesprochen, Stella Bagley.«

»Das habe ich mir gedacht. Nur so konnten Sie wissen, wo ich bin.« Er hielt inne. »Ich habe nie ganz verstanden, was Anna eigentlich wollte. Wir blieben zwar in Kontakt, aber gerade mal so. Sie gibt mir wohl die Schuld dafür, daß sie keine Mutter hat. Ganz sicher sogar.«

»Hat sie Ihnen das je gesagt?«

»Nein. Nicht direkt. Aber ich weiß es trotzdem. Und ich verstehe es auch. Ich bin einmal zu diesem Haus in Hampstead gefahren, wo sie ... na, wo sie studiert hat. Wir sind spazierengegangen und haben uns ein bißchen unterhalten, aber nichts wies daraufhin, daß sie was mit dem Ehemann gehabt hätte, daß sie planten, zusammen abzuhauen.«

»Sind Sie Mr. Swanee begegnet?«

»Nein. Er war nicht da. Aber ich kenne seine Frau.«

»Sestrina.«

»Ja, so hieß sie.« Die Angel hatte er mittlerweile zerlegt, nahm nun seinen Anglerkorb und seinen Kescher und verstaute die Angel in ihrem Kasten. »Ich muß jetzt los«, sagte er.

Davies wußte, daß er nicht mehr aufzuhalten war; der Mann wollte gehen, bevor er zuviel ausplauderte. Davies machte einen letzten Versuch. »Was für einen Eindruck hatten Sie von Sestrina, Mr. Beauchamp? Konnten Sie sich ein Urteil bilden?«

Beauchamp sah auf. Er hatte seine Habseligkeiten zusammengepackt und strebte dem Weidetor zu. »Allerdings«, erwiderte er.

»Und?«

»Sie ist böse, Mr. Davies.« Wieder blickte er auf, diesmal zögerlich. »Das sind viele Frauen.«

Es war bereits spät am Nachmittag, als sie zurückfuhren. »Was wäre gewesen, wenn Kitty in den Fluß gesprungen und mit der Forelle wieder herausgekommen wäre?« fragte sich Mod laut.

»Oder nur mit ihrem Kopf?«

Sie mußten lachen. Kitty, der zwar vorgab zu schlafen, hörte der Unterhaltung dennoch mit einem Ohr zu und wedelte kurz mit dem Schwanz.

»Von der Lady hielt er wohl nicht viel«, sagte Mod. »Von dieser Sestrina.«

»Aber er wollte nicht sagen, warum. Ich kriege hier haufenweise Halbwahrheiten zu hören, und das ist alles, Kumpel.« Davies fuhr nachdenklich. »Tatsache ist, daß ich mit nichts irgendwie weiterkomme, oder etwa nicht? Mit keinem der Aufträge. Wenn du bei der Polizei bist, dann ist das was anderes; am Ende durchläuft alles das System, und wenn man dann den Falschen hat oder ein Fall lange ungeklärt bleibt, dann scheint das nicht soviel auszumachen. Die Akte bleibt offen, und das ist es dann. Wenn du einen Vermißten nicht findest oder den Mörder der Einsamen Herzen nicht schnappst, dann geht der Trott weiter, bis du ihn eben hast. Oder auch nicht, wie dem auch sei. Du hast ne Menge Jungs um dich herum, die alle in derselben Mühle stecken. Wie Soldaten. Irgendwie ist keiner verantwortlich. Wenn du aber auf dich selbst gestellt bist, dann ist das alles allein deine Sache. Du fühlst dich verantwortlich.«

»Ich habe versucht zu helfen.«

»Ich weiß. Tut mir leid, Mod. Es ist nur so, daß sich überhaupt nichts zu bewegen scheint. Ich würde gern den Kerl noch mal sehen, mit dem ich mich im Savoy getroffen habe, diesen John Swanee, Sestrinas Schwager; aber er hat mich ja gebeten, ihn nicht zu kontaktieren, er würde sich bei mir melden. Gestern haben sie einen zweiten Scheck geschickt. 2000 Dollar.«

Mod schien beeindruckt.

Davies spannte die Lippen an. »Ich muß unbedingt mal länger mit ihr reden, mit dieser Sestrina. Was sie mir aufgeschrieben hat, war okay, aber auch nicht mehr. Hintergrundinformationen, die letztlich nicht viel besagen. Aber ich kann da schließlich nicht einfach hinfahren, sie aufs Sofa setzen und zwingen, mir die Wahrheit zu erzählen.«

»Mr. Beauchamp meinte, sie sei böse.«

»Das könnte er auch bloß so behauptet haben.« Sie kamen gerade durch Hartley Wintney; wieder mied Davies die Autobahn.

»Wir könnten uns ein Bierchen gönnen«, schlug Mod vor. »Zumindest ich. Du könntest ein kleines trinken.«

»Wenn ich an all das denke, was du so weißt«, sagte Davies, »und dann dran denke, daß es nicht mal für einen Führerschein gelangt hat … aber gut.«

Er lenkte den alten Rover auf den Vorhof einer Landgaststätte. Ein Pärchen, das in einen silbernen BMW einstieg, kicherte, als die beiden aus dem Rover kletterten. »Zumindest habe ich in meinem mehr Platz«, grummelte Davies. »Besonders viel Spielraum haben die in dem Ding bestimmt nicht.«

Sie setzten sich in eine Ecke, über ihnen eine Sammlung alter Nachttöpfe. »Es ist noch eine Karte von Jemma für dich gekommen«, bemerkte Mod, als sie ihre Getränke hatten. »Ich habe sie auf dem Ständer im Flur gesehen. Madame Davies war gerade dabei, sie zu lesen.«

»Doris hält sich gern auf dem laufenden, was meine Affären angeht«, seufzte Davies. »Nicht daß da irgendwas Interessantes drinstünde. Schönes Wetter, gehen oft schwimmen und so weiter. Was sonst würde man von den West Indies erwarten?«

»Hurrikane?«

»Es bräuchte wahrscheinlich einen, um sie zurückzubringen.«

»Hast du ihr geschrieben?«

»Nein. Warum sollte ich? Würde ihr nur Ärger machen.«

»Mit ihrem Mann.«

»Und ihrem Sohn. Denk dran, sie hat nen Sohn. Das eine nicht ohne das andere. Wahrscheinlich will sie keinen Streß.«

»Also machst du einfach gar nichts?«

Wieder seufzte Davies über seinem kleinen Bier, sein Atem riffelte kurz die Oberfläche. »Gott, ich hasse kleine Biere«, sagte er. »Halbe Portionen. Genau wie ich zur Zeit.«

»Dann bestell doch noch eins. Seit Mittag hast du nichts mehr getrunken. Ich würde auch noch ein zweites nehmen.« Mod stand auf, und Davies gab ihm das Geld. Zurück kam er mit einem großen und einem weiteren kleinen Bier in einem großen Krug. Davies schüttete das, was von seinem ersten Bier übrig war, in den größeren Krug. »Ich bezahle am Donnerstag«, sagte Mod. Davies wußte, daß er Wort halten würde. Mod war nicht geizig, nur völlig mittellos. Immer bis zu dem Tag, an dem er die Stütze bekam.

»Wenn man drüber nachdenkt«, begann Davies melancholisch, »gibt es so viele ungelöste Rätsel. Jemma ist das einzige, das sich auf die eine oder andere Weise von selbst zu lösen scheint.« Er zählte an seinen Fingern ab. »Nehmen wir die weniger dramatischen Fälle zuerst. Da wäre Ollys Motorrad. Geklaut und auf dem Weg nach Deutschland, möchte ich wetten. Die sind völlig verrückt nach Harleys da unten.«

Er tippte auf den nächsten Finger. »Sophias Vater. Ich habe versprochen, ihn zu finden. Der wird wahrscheinlich früher oder später auftauchen.«

»Warum glaubst du das?«

»Weil ich überall rumgetönt habe, daß ich ihn suche. Es wird ihm zu Ohren kommen, er wird sich herbemühen und alles zugeben. Kostet ihn schließlich keinen Pfennig Unterhalt oder so. Sie ist groß und stark inzwischen.«

»Kann man wohl sagen«, nickte Mod. Er tippte auf einen seiner eigenen fleckigen Finger. »Und Shemmy.«

»Abgehauen«, sagte Davies. »Mit dem Geld anderer.«

»Er ist seit zwei Wochen nicht dagewesen. Wenn jemand in seinem Geschäft einfach verschwindet, muß man kein Buchhalter sein, um zwei und zwei zusammenzuzählen.«

»Richtig, Mod. Der wird zurückgekrochen kommen, wenn er sein Quentchen an Wein, Weib und Gesang intus hat.«

»Und dich bitten, ihm aus der Patsche zu helfen.«

»Möglich.«

Eine Weile lang versanken sie in Schweigen. Dann fuhr Davies fort. »Kommen wir also zu den Einsamen Herzen. Ich habe alles darüber gelesen, was ich nur in die Finger bekommen konnte. Ich bin sogar an einige Polizeiunterlagen aus der Zeit des letzten Londoner Mordes drangekommen.«

»Alte Kumpels?«

»Dafür hat man sie schließlich. Trotzdem – wenn es nicht bald … sagen wir, neue Entwicklungen gibt, steck ich fest. Ich habe vor, ihnen morgen ihr Geld zurückzugeben.«

»Das kannst du nicht machen.«

»Und ob. Ich kann es doch nicht einfach einstecken und nichts bringen.«

»Es handelt sich um einen Vorschuß«, gab Mod zu bedenken. Er blickte auf. »Vielleicht gibt es ja bald einen … eine Entwicklung. Wenn auch vielleicht eine tragische.«

»Dann wird es überall nur so von Bullen wimmeln. Die alle Beweise zertrampeln.«

»Und mit dem Fall Sestrina bist du auch nicht weiter.«

»Nein, kaum. Komisch, daß du Sestrina sagst und nicht Swanee oder Hampstead oder ›vermißte Anna‹ … oder sogar Fall Beauchamp.«

»Der Schlüssel zu allem ist Sestrina«, beharrte Mod weise. Er hatte seinen Krug fast geleert. Nun trank er den letzten Schluck. »Sie ist böse, denk dran.«

Kurz vorm Zapfenstreich kamen sie in Willesden an und schauten mit Kitty im Babe In Arms vorbei. »Ihr seid zu spät«, sagte Barmann Fergus.

»Waren unterwegs«, erwiderte Davies. »In West Country.«

»Mehr in Wessex«, korrigierte Mod.

»War auf jeden Fall ne ziemliche Reise.«

»Es war ein Mann da, der nach Ihnen gefragt hat«, sagte der Barmann. Er zog das Gitter über die Bar. »Ziemlich früh.«

»Oh. Wie sah er aus?«

»Ich hatte zu tun. Er hat Michael gefragt, und der ist schon gegangen.«

»Hat er einen Namen hinterlassen?«

»Nicht, wenn er ihn nicht Michael verraten hat. Der hat morgen Schicht.«

»Könnte jeder gewesen sein«, sagte Davies, als sie nach Hause trotteten.

»Ein neuer Klient. Ein neuer Fall.«

»Ich komme schon mit den Fällen nicht zu Rande, die ich übernommen habe.«

Sie brachten den Hund in den Verschlag; er war müde und kaum noch in der Lage, eine Pfote vor die andere zu setzen. »Tragen tu ich dich nicht«, sagte Davies, als das Tier am Hoftor plötzlich kollabierte. »Ich hol dir dein Abendessen.«

Kitty erkannte das letzte Wort und schleppte sich selbst zum alten Stall. Mod verkündete, er werde nun zu Bett gehen, und wünschte beiden eine gute Nacht. Davies nahm Kittys Napf mit ins Haus, öffnete eine Dose und fügte deren Inhalt ein paar große Kekse hinzu. Noch immer gingen ihm die Sorgen nicht aus dem Kopf.

»Soo, komm schon«, sagte er zu seinem Hund, als er zum Verschlag zurückkehrte. »Gutenacht-Freßfreß. Mjamjam.« Kitty schlief bereits, die Worte drangen jedoch weit genug in sein Bewußtsein, um ein schläfriges Auge zu öffnen. ›Stell es auf den Boden‹, sagte sein Ausdruck. ›Ich fresse später.‹

Davies hütete sich davor zu streiten. Wenn Kitty hin- und hergerissen war zwischen Schlaf und Fressen, konnte er aggressiv werden. Davies schloß die Tür und ging in den Hof hinaus. Er konnte in Mods Fenster und dem von Doris Licht sehen. Vermutlich las sie gerade *Mein wahres Erlebnis*. Er beschloß spazierenzugehen.

Die wohlanständig leeren Straßen halfen ihm, seine Gedanken zu ordnen. Die Nacht war warm, und ein schwermütiger Mond beschien riesige träge Wolken. Er trottete eher als daß er ging und ließ im Geiste die Gedanken, Fragen und Rätsel ungehindert Revue passieren. Sestrina: Was wußte sie noch? Was konnte sie ihm, wenn sie geruhte, verraten? Was fing man mit einem Haufen nicht mehr ganz frischer Einsamer Herzen an? Vielleicht sollte er allen ihr Geld zurückgeben, irgendwo hingehen, wo die Erde flach war, und Gemüse anbauen. Nicht daß er gewußt hätte, wie man Gemüse zieht; nicht im Detail jedenfalls.

Bevor er das jedoch tat, sann er, würde er versuchen, Ollys Motorrad zu finden. Vielleicht auch Sophias Vater. Handhabbare Fälle – ohne Tote. Dann würde er aufgeben. Der Gedanke an Olly ließ ihn in eine Straße einbiegen, die von der High Street wegführte. An ihrem Ende, direkt neben der Bahnlinie, befand sich der Hof, wo Pearly Gates hofhielt. Er sah ein schwaches Licht über dem verrosteten Zaun. Mit scharrendem Geräusch öffnete er das hohe Tor.

Er war dort gelegentlich schon gewesen, wenn er nach verlorenem Eigentum suchte. Um ihn herum, wie Schatten in einem Museum, standen die Gerippe von Autos und Motorrädern. Metallische Geräusche drangen aus der Werkstatt und in periodischen Abständen das Aufglühen eines Schweißbrenners. Er öffnete die Tür. Pearly lag auf der Seite, sein Gesicht erhellt vom Widerschein der Blitze, und beobachtete einen anderen Mann, der mit dem Schweißgerät unter einem aufgebockten Sportwagen zugange war. Er kroch hervor, als Davies erschien. »Mensch Dangerous«, jammerte er. »Sie haben mir einen Scheißschrecken eingejagt.«

»Sie dachten, ich sei der Eigentümer?« bemerkte Davies und nickte dem Wagen zu.

»Nix da«, protestierte Gates und setzte sich halb auf. Der andere Mann hörte auf zu schweißen und schob seine Schutzbrille hoch. »Ich war es nicht«, sagte er.

»Schnauze, Ginger«, fuhr ihn Gates an. »Der muß immer den Clown spielen.«

»Spielen?«

»Nein, im Ernst, Dangerous. Das hier ist okay. Blitzsauber. Nur ein später Auftrag. Ich kann Ihnen die Papiere zeigen. Wir würden hier doch wohl nix Krummes drehen, oder? Da würden wir uns schon ein versteckteres Plätzchen aussuchen.« Gates war ein dicker kleiner Mann; sein Glatzkopf war wie bei einer Kriegsbemalung mit Mustern ölverschmiert, und er trug eine gelehrt wirkende Brille.

»Haben Sie die Harley schon aufgetrieben?« fragte Davies.

Gates rollte die Augen und nickte als eine zweite Warnung nach hinten in die Garage, wo Ginger noch immer auf dem Boden saß; die klobige Schutzbrille verdeckte die obere Hälfte seines Kopfes, als wäre sie ein abgedunkeltes Dachfenster. Davies folgte Gates. Er öffnete eine ölverschmierte Tür, die dennoch quietschte. Sie kamen in ein hamsterkäfiggroßes Büro, wo ebenfalls alles, selbst die auf dem Schreibtisch liegenden Papiere, mit Ölspuren verziert war. Gates knipste die Schreibtischlampe an, deren Licht nur zu erahnen war. Autozubehör stapelte sich an der gegenüberliegenden Wand und in einer Ecke um Gleichgewicht bemühte Tassen und – erstaunlicherweise – Untertassen. Das einzig unverschmierte Einrichtungsstück war ein bei Februar stehengebliebener Kalender, auf dem ein nacktes Mädchen provozierend spreizbeinig auf einem Motorrad saß. »Die wisch ich jeden Morgen ab«, erklärte Gates.

»Wo ist die Harley?« Davies entschied sich dagegen, auf dem einzelnen Stuhl Platz zu nehmen, obwohl Gates bereits in geschäftmäßiger Manier hinter dem Schreibtisch saß und mit seinen schmutzigen Fingern in Briefen und anderem Schriftkram wühlte.

»Ich weiß es nicht, Dangerous«, sagte er. »Und das ist die reine Wahrheit.« Er reichte Davies einen Lappen, mit dem Davies den Stuhl abwischte und sich setzte.

»Sicher?«

»Schwöre beim Leben meiner Mutter«, erwiderte Gates. »Das heißt, bei ihrem Grab.«

»Das ist kein Zweitakter. Nicht leicht zu verstecken.«

»Sie können hier ruhig rumsuchen. Ich habse nicht gesehen.«

»Haben Sie denn ne Ahnung, wer sie gesehen hat?«

Gates antwortete nicht sofort. »Ich weiß nur, daß sie noch immer in London sein muß, Dangerous. Ich kenne alle Umschlagplätze, und da isse nirgendwo aufgetaucht. In dem Moment aber, wo sie versuchen, sie hier rauszuschaffen, bin ich derjenige, der davon hört. Versprochen.«

»Sie müssen sie ja irgendwann rausschaffen.«

»Na klar. Es ist gar nicht so einfach, eine Harley zu tarnen, selbst wenn das Nummernschild ausgewechselt ist und so. Ich nehme an, er hat das der Polizei gemeldet, der offiziellen Polizei, mein ich.«

»Er hat es denen gemeldet, bevor er zu mir gekommen ist.«

»Klar hat er das wohl.« Gates schaute auf. »Das ist jetzt nich beleidigend gemeint, aber die haben doch den … die ganze Logistik zur Verfügung, oder etwa nicht. Sie allein haben doch sowas gar nicht.«

»Ach nee.«

Gates beäugte ihn mitleidig. »Läuft es schlecht, Dangerous?«

»Schlecht, Pearly.«

»Die sagen immer, Verbrechen lohnten sich nicht«, sinnierte Gates. »Aber sie aufzuklären am Ende wohl auch nicht?«

»Bislang nicht.«

»Hören Sie, sobald ich mitkriege, daß was im Busch ist, geb ich Ihnen Bescheid.«

»Dann hängen Sie aber mit drin. Die können ganz schön brutal werden.«

»Allerdings. Aber ich kann auf mich aufpassen. Und mit einem oder zweien von den Schweinehunden habe ich sowieso noch ein Hühnchen zu rupfen.«

Davies fuhr mit dem Finger über den schlierigen Schreibtisch und hinterließ eine klare, breite Spur auf der Glasplatte.

»Und wenn sie Ihnen die Werkstatt abfackeln?«

Gates lachte. »Dazu fehlt eh nicht mehr viel.«

Er hatte noch keine Lust, nach Hause zu gehen. Die mitternächtlichen Uhrschläge der Jubilee Clock hallten in den Straßen wieder, und zwei Kater begannen, als hätten sie nur auf den Einsatz gewartet, auf einer Mauer miteinander zu raufen. Davies fauchte sie an; sie funkelten nur frech zurück, sprangen von der Mauer und führten ihren Kampf auf der anderen Seite fort.

Sie waren nun im Friedhof, einer entlegenen Ecke nahe dem Kanal; und obwohl er Kitty recht oft nachmittags zwischen den Grabsteinen gassigeführt hatte, konnte er sich nicht entsinnen, jemals zuvor an genau dieser Stelle gewesen zu sein. Am Hauptweg schlossen sich die großen viktorianischen Pforten um acht (im Winter um fünf); aber hier war ein halbverstecktes kleines Tor, das, wie er selbst in der Finsternis erkennen konnte, ein wenig offen stand.

Dies war eine Einladung, der er auch sonst kaum hätte widerstehen können – der Zugang zu einem gespenstischen, nachts verbotenen Ort. Er spürte einen kindlichen Schauer auf dem Rücken, als er das Tor aufdrückte und es mit einem Scharren nachgab, als ob jemand im Grab hustete (das klang wie das übliche Hüsteln auf Friedhöfen). Er schaute vorsichtig um die Ecke, als fürchte er, einen Geist aufzuschrecken; aber die einzigen Geräusche kamen vom Rascheln der Zweige über den Grabsteinen, dem rastlosen Hin- und Herfegen alter Blätter und dem andauernden Fauchen der Kater.

Vom Tor führte ein Trampelpfad zu einem Schuppen, in dem Schubkarren und Leitern lagerten. Er fragte sich, von welchem Nutzen Leitern wohl auf einem Friedhof sein mochten. Leitern führten nach oben. Vermutlich brauchten sie sie manchmal, wenn sie die Bäume stutzen mußten. Als er den Schuppen hinter sich gelassen hatte, kam er auf dem üblichen Kiesweg aus; seine Schritte knirschten unheimlich zwischen den Gräbern und steinernen Grabfiguren.

Gräber fand er immer interessant, mit ihren Dächern und Vorhallen, verschlossenen Türen und manchmal selbst kleinen Scheinfenstern, als ob der Tote vielleicht gelegentlich nach dem Wetter oder der Welt schauen wolle. Es war, wie durch eine kleine, von der Umgebung abgeschottete Stadt zu laufen.

Auch Engel gab es da, die eher wie Hoffende als wie Helfende wirkten mit ihren von Vogelmist geweißten Schwingen und ihren halboffenen Mündern – in alle Ewigkeit sprachlos.

Die Inschriften interessierten ihn ebenso, obgleich er sie um diese dunkle Stunde nicht entziffern konnte. Manchmal, wenn er den Hund tagsüber spazierenführte, während er sein verkorkstes Leben überdachte oder einen verkorksten Fall, dann las er die Grabinschriften so sorgfältig wie ein Decoder, und Kitty saß in Gedanken versunken am anderen Ende der Leine.

Der Friedhof war es nicht, der ihn betrübte, auch nicht um diese Geisterstunde. Es war eine Gemeinschaft, die sich gleich blieb, ohne Fälle, Verbrechen oder Sorgen. Es gab keinen Streit, keine Angst und nicht einmal Trauer. All das war vergangen. Sogar die Liebe.

Wie er seine Gedanken so weiterschweifen ließ, bemerkte er gar nicht, daß ihm zwei Männer folgten, die in dieser Umgebung spürbar nervös wirkten. Als er stehenblieb und in eine für den nächsten Tag frisch ausgehobene Grube starrte, holten sie ihn ein; sie rückten zusammen, einer schlug ihm mit dem Griff einer Spitzhacke in den Rücken, während der andere auf seinen Hinterkopf zielte. Der niederschmetternde Effekt des ersten Schlages schwächte jedoch die Wucht des zweiten ab, so daß er ihn nur am Ohr streifte; dennoch ging er kreiselnd zu Boden. Er sackte auf die Knie. Seine Angreifer schubsten ihn in das leere Grab und rannten davon.

Der Totengräber der Frühschicht war es, der ihn fand. Der Ire, dessen Gedanken noch um den Football und das Bier von gestern kreisten und dessen Füße wie immer schmerzten, trottete um sieben Uhr in der Frühe unter einem gleichgültigen Himmel den Kiesweg hoch, während Saatkrähen in den Buchen krächzten. Er machte einen wenige Meter langen Umweg zu der Grube, die er am Vortag ausgehoben hatte, als wolle er sichergehen, daß sie noch immer da war. Sein Vorarbeiter konnte ausfallend werden, wenn die Abmessungen nicht genau stimmten.

Zunächst blickte er nur beiläufig hinein, schaute jedoch plötzlich sehr viel genauer hin, als er eine auf dem Rücken liegende menschliche Gestalt am Grunde der Grube erblickte, als ob man irgendwie den Sarg vergessen hätte. »Heilige Mutter Gottes«, krächzte er und bekreuzigte sich. Er kniete am Rand nieder und lehnte sich ein wenig weiter und verängstigter vor. Jetzt konnte er erkennen, daß es sich nicht um eine Leiche handelte; der Mann atmete. Er lehnte sich noch weiter vor und plumpste wie in Zeitlupe in das Grab, direkt auf Davies drauf.

Davies schlug die Augen auf und stöhnte furchterregend. Der Mann versuchte, an der schlammigen Seite der Grube hochzuklettern. Aber erst, als er Davies' Brust als Steigbügel benutzte, gelang es ihm, sich auf den Rand zu hieven, und er rollte dankbar ins feuchte Gras. Während er sich wie ein Hund auf alle Viere stützte, wagte er noch einmal einen Blick nach unten. »Mister, sind Sie tot?« fragte er mit belegter Stimme. »Oder sollten Sie noch am Leben sein?«

Davies konnte ihn so gerade erkennen, als er über den Rand stierte. »Holen Sie mich hier raus«, stöhnte er. »Und zwar fix bitte.«

Der Tötengräber faßte sich an die Stirn. »Mach ich ja, Sir«, erwiderte er. Er riskierte noch einmal einen Blick, als wolle er sichergehen, daß der Körper wirklich in der Grube lag, polterte zum Geräteschuppen und kehrte mit einer Leiter und einem großgewachsenen Westindier zurück.

»Wie ist der da reingekommen?« fragte der zweite Mann. Davies lag nun ausgestreckt auf dem Rücken, die Arme auf der Brust und die Augen geschlossen.

»Wird ihn jemand dahinbefördert haben«, schlug der Ire vor. »Wenn er nur einfach reingefallen wäre, würde er nicht so bluten. Ein Grab ist schön weich.«

Mit Hilfe der Leiter schafften sie es gemeinsam, Davies wieder nach oben zu hieven. Der Wagen des Vorarbeiters hielt vor der weiter entfernt liegenden Kapelle. Dann sah er das Gerangel und setzte seine Fahrt den Kiesweg entlang fort. »Was ist hier los?« fragte er durchs offene Fenster. »Wir brauchen das Grab doch heute mo–« Seine Stimme wurde leiser. »Wo kommt denn der her?«

»Von da unten«, antwortete der Westindier.

»Was hatte der denn im Grab zu su-« Wieder blieb sein Satz unvollendet. Der Vorarbeiter bemerkte den Zustand von Davies' Schädel. »Ich rufe einen Krankenwagen.«

Die Sanitäter der Ambulanz konnten sich nicht entsinnen, jemals von einem Friedhof aus gerufen worden zu sein, obwohl der geschwätzige Mann in der Zentrale sich erinnerte, jemand habe einmal einen Herzinfarkt gehabt, allerdings während einer Beerdigung. Sie brachten Davies ins Krankenhaus, wo er kein Unbekannter war; und nach der Unfallstation, der Röntgenabteilung und weiteren Untersuchungen endete er schließlich in seinem Stammbett.

»Da hast du Glück gehabt, daß es frei war«, sagte Mod.

»Habe es im voraus gebucht«, brummte Davies. In seinem Kopf hämmerte es wie in einem Hammerwerk. Er schloß vergeblich die Augen, um den pulsierenden Schmerz auszusperren.

»Wer, glaubst du, hat das getan?«

»Weiß der Himmel. Jemand, der es ernst meinte. Könnte mit den Einsamen Herzen zu tun haben, oder mit Sestrina. Aber wenn ich tippen sollte, würde ich sagen, es hängt mit Ollys Scheiß-Davidson zusammen.« Er betastete seinen bandagierten Kopf. »Ich habe keine Ahnung.«

»Es konnte auch Sophias lang vermißter Vater gewesen sein«, bemerkte Mod.

»Schnauze«, sagte Davies.

Als er so im Krankenbett lag, die Außenseite des Schädels schmerzend, die Innenseite pochend und die Moral schwindend, da fragte sich Davies einmal mehr, ob es dies alles wert war. Er hatte zwei größere und zwei kleinere Fälle und bei keinem davon irgendeine Spur. Jemand hatte versucht, ihn umzubringen, und er wußte nicht, wer ihm nach dem Leben trachtete oder warum. Er fragte sich, ob er wohl einen Job bei einem Sicherheitsdienst bekommen würde. Um endlich sicher zu sein.

Nachmittags kam Sophia vorbei, um nach ihm zu schauen. Ihr Busen schaukelte wie eine Hängematte, als sie die Station entlanggelaufen kam; sie verlangsamte jedoch ihren Schritt, als sie ihn erblickte.

»O Dangerous, Sie sehen aber gar nicht gut aus.«

Vorsichtig testete sie den Stuhl neben dem Bett, bevor sie ihr Hinterteil darauf postierte. Nach einer weiteren Probebewegung vorwärts beugte sie sich voll zu ihm hinüber und küßte ihn auf die Stirn. Ihr Parfum stieg brennend in seine wehe Nase. »Sie armer Kerl«, schnaufte sie. »Wer konnte Ihnen nur so etwas antun?«

»Ich wünschte, ich wüßte es«, bekannte Davies. »Früh zugemacht?«

»Ich hab ein paar Leute verlegt. Müssen sie's mit ihrem Sauerkraut auf dem Kopf halt noch ein Weilchen länger aushalten. Ich hab die Schnauze voll davon, um ehrlich zu sein. Ich fahre bald in Urlaub. Ich brauch Tapetenwechsel.«

»Wohin?«

»Wohin ich jedes zweite Jahr fahre. Ich fliege zu meiner Schwester nach Amerika, und wir gehen ins Disneyland. Sie hat etwa meine Figur. Wir fühlen uns dort immer wie zu Hause.«

Er konnte die Traurigkeit in ihren Augen sehen. »Wo wohnt sie?« fragte er.

»Kissimmee. Lustiger Name, nicht? Liegt ziemlich in der Nähe von Disneyland, darum ist es sehr bequem. Sie ist mit nem Amerikaner verheiratet. Er arbeitet dort beim Sicherheitsdienst.«

Davies versuchte zu lächeln, aber sein Gesicht tat ihm weh. »Könnte mir glatt gefallen«, sagte er. »So ein Job. Zugucken, wie einer Schneewittchen klaut.«

Eine Krankenschwester kam herein und blieb am Fußende des Bettes stehen. »Er erholt sich schnell«, bemerkte sie zu Sophia. »Aber seine Genesungsphase war ja immer so kurz wie sein Schädel dick.« Sie sah, daß Sophia auf dem Stuhl unbequem saß. »Warum gehen Sie nicht in den Aufenthaltsraum runter? Mr. Davies darf für ein paar Minuten das Bett verlassen.«

»Das ist ein Angebot, das ich nicht ausschlagen kann«, sagte Davies. Sie reichte ihm einen Bademantel, und Sophia half ihm hinein. Langsam gingen sie in der Mitte des Stationsflurs. Ein alter Mann, der ihm vage bekannt vorkam, winkte ihm zu, als sie an seinem Bett vorbeikamen. »'allo Dangerous. Erinnernse sich an mich? Die Richter waren oft so von meiner Schuld überzeugt, dasse mich dauernd verknackt haben.«

Davies winkte feierlich zurück. »Ich wünschte, ich wäre auch von etwas überzeugt. Von irgend etwas.«

Sie erreichten den Aufenthaltsraum. Dort befanden sich einige Sessel, ein paar Bücher (einschließlich eines Bandes mit dem Titel *Tod auf Station zehn*), einige Spiele, ein Webrahmen und ein Puzzlespiel, beide halbfertig, sowie ein Fernseher. »Diesen Raum hier nennen sie das Spielzimmer«, scherzte eine Frau, die in einem der niedrigen Sessel saß, eine ältere Dame, die ein riesiges Hörgerät trug, aber dennoch munter entschlossen war, eine Unterhaltung zu beginnen. »Oder das Krabbelzimmer.« Sie lachte glucksend. »Nicht daß es hier drin viele gäbe, die fit genug wären zum Krabbeln.« Sie linste aufmerksam nach dem Bildschirm. »Zeit für die Nachrichten«, erklärte sie. »Mal sehen, was außerhalb dieses runtergekommenen Kastens passiert.«

Außerhalb des heruntergekommenen Kastens war ein weiterer Mord der Serie Einsame Herzen passiert.

Die Vorschau kündigte den Bericht für Platz fünf in der Reihenfolge der Nachrichten an. Mit Desinteresse unterschiedlichen Grades folgten sie den anderen Berichten; Politiker, die um Erklärungen rangen, Protestler, die wie Obst in den Bäumen hingen; für die Jahreszeit außergewöhnliche Stürme, die die Ostküste verwüstet hatten. Schließlich verkündete die Nachrichtensprecherin mit spürbar gestiegener Motivation: »Eine Frau, die man in einem Hotel in Lichfield, Staffordshire, tot aufgefunden hat, ist das mutmaßlich jüngste Opfer eines Serienmörders, dem Frauen zum Opfer fallen, die zuvor auf Kontaktanzeigen geantwortet haben. Jennifer Potts, 43 Jahre alt, wurde gestern abend erwürgt in einem Hotelzimmer gefunden ...«

Davies und Sophia saßen regungslos da. »Großer Gott«, sagte Davies schließlich, und die alte Dame, die mit ihnen zusammen ferngeschaut hatte, bemerkte: »Das war das Beste von den ganzen Nachrichten.«

Er stand auf und begann, zur Station zurückzuschlurfen. Sophia stützte ihn am Arm. Weiterhin pochte es heftig in seinem Kopf. Sie führte ihn zum Bett zurück. »Ich muß hier raus«, sagte er. Während er noch sprach, blickte er den Flur hinunter und sah Bertie Jenkins vom Happy Life Bureau in Hammersmith fast auf sich zustolpern; seine Gesichtszüge waren beinahe entgleist vor Angst.

Davies winkte ihm matt; und Sophia starrte in die Richtung, in die er gewinkt hatte. Bertie rang die Hände, als er sich dem

Bett näherte. »Ich habe auf der Polzeiwache gefragt«, begann er. »Man sagte mir dort, Sie seien hier zu finden. Es tut mir leid, Mr. Davies, aber ich mußte Sie unbedingt sprechen.«

»Setzen Sie sich«, sagte Sophia, die wohl glaubte, der Mann habe einen Stuhl nötiger als sie. Dankbar ließ er sich darauf fallen. Sophia verabschiedete sich von Davies und gab ihm einen Kuß auf die Wange. Sie verschwand im Flur; ihr geblümtes Sommerkleid erinnerte an einen wandelnden Steingarten.

»Ich hatte bei Ihnen angerufen, aber niemand ging dran«, sagte Bertie. »Und Ihr Büro war geschlossen. Wissen Sie schon, was passiert ist?«

»Abgesehen davon, daß ich zusammengeschlagen worden bin, hat es einen weiteren Einsame-Herzen-Mord gegeben.«

»Ja. Das fürchte ich auch. Wir sind in einer schrecklichen Lage.«

»Sie war nicht zufällig eine Ihrer Klientinnen?«

»Nein. Nein, Gott sei Dank. Unser Operationsgebiet beschränkt sich auf London und den Süden. Aber wenn der erste passiert ist, kommt der zweite gleich hinterher. Ich hoffe ja, daß ich mich irre, Mr. Davies, aber wir fürchten uns entsetzlich. Wir alle.«

Davies klopfte Bertie tröstend auf die Schulter, obwohl bereits das schmerzte. Dann kletterte er umständlich und dankbar ins Bett zurück. Eine vorbeihuschende Schwester machte einen Umweg, um sein Kissen wieder in die richtige Lage zu bringen und gab kokett selbstkritische Laute von sich. »Ist schwierig mit diesem Kopf«, sagte sie, während sie die Kissen neu arrangierte. »Einen Kopf wie diesen kann man nur schwer betten.«

»Was war denn los?« fragte Bertie, dem man anmerkte, daß er schnellstmöglich wieder auf sein Thema zurückkommen wollte.

»Ich bin um Mitternacht auf dem Friedhof angefallen, mit den hier gebräuchlichen Spitzhackengriffen niedergeschlagen und dann in ein offenes Grab gestoßen worden«, erläuterte ihm Davies. »Also weiter nichts Ernstes.«

»Aber, aber«, sagte Bertie mitleidig. »Haben Sie denn wirklich gesehen, daß es Spitzhackengriffe waren?« fragte er dann seltsamerweise.

»Ich weiß, wie die sich anfühlen.«

»Ich hoffe ... ich hoffe, das hat nichts mit unserem Fall zu tun. Mit dem Happy Life.«

»Eher mit denen von der Abbey Life-Versicherung. Könnten hinter meiner Pension hergewesen sein.«

»Ha«, erwiderte Bertie düster. »Wie gut, daß Sie noch scherzen können.« Er preßte seine teigigen Hände zusammen. »Wir sind sehr in Sorge. Sie *müssen* etwas tun.«

»Das werde ich auch. Ich springe sofort aus diesem Bett hier raus und düse hoch nach Lichfield ... das war es doch, oder? ... Gut, Lichfield. Ich komme dahin und löse den Fall auf der Stelle. Hey presto! Genauso.« Er sah das bestürzte Gesicht seines Gegenübers und änderte den Ton. »Ich möchte den Vorschuß, den Honorarvorschuß zurückgeben, Bertie.«

»Oh nein, bitte nicht, was immer Sie sonst tun! Meine Geschwister würden davon nichts hören wollen. Wir glauben an Sie. Wir wollen nicht irgendeinen nehmen. Nur die Polizei. Und die schreiten nicht ein, bevor etwas passiert ist. Erneut.«

»Hier unten. In London.«

»Dann ist es bereits zu spät. Dann ist es wieder einmal zu spät!« Bertie lehnte sich so weit vor, daß der Stuhl zu rutschen begann und er sich hastig wieder richtig hinsetzen mußte. »Mr. Davies, wenn es nochmal passiert, einer unserer Klientinnen, wenn es einen weiteren Mord gibt, dann weiß ich nicht, was wir machen sollen. Wir können doch diesen Kerl nicht weiter mit Opfern beliefern!«

Sein faltiges Gesicht begann zu zittern. Davies drehte sich besorgt zu den Nachbarbetten herum, streckte einen Arm aus und tätschelte Bertie noch einmal. »Diese armen Mädchen«, sagte Bertie. »Ich kann es nicht beschreiben, Mr. Davies. Das Schicksal hat sie von vornherein nicht verwöhnt, deshalb kommen sie ja zu uns. Und sie suchen nur ein bißchen Glück.«

Davies nickte melancholisch und sah ihn dann direkt an. »Sie sagen, Sie könnten es nicht beschreiben. Ich befürchte, genau darum muß ich Sie bitten. Warum nicht gleich jetzt? Ich habe sonst nichts Besseres zu tun, außer meinem Kopf einzubleuen, er soll aufhören wehzutun. Warum erzählen Sie mir nicht einfach alles, was Ihnen einfällt? Dinge, über die Sie vielleicht nachgedacht, aber über die Sie bislang kein Wort verloren haben.«

Bertie blinzelte. Davies blickte den Stationsflur hinunter. »Lassen Sie uns ins Spielzimmer gehen«, sagte er. Wieder kletterte er aus dem Bett, und Bertie folgte ihm den Flur entlang. Die alte Dame mit dem Hörgerät war eingenickt. Der Fernseher war aus. Sie setzten sich. »Ich werde Ihnen alles erzählen, woran ich mich entsinnen kann«, erklärte Bertie Jenkins. »Ich nehme an, Sie haben die Sammelordner durchgeguckt?«

»Mehrmals«, erwiderte Davies. »Warum haben Sie die eigentlich angelegt?«

Bertie wirkte besorgt. »Sie haben recht«, sagte er dann. »Warum haben wir die angelegt? Ursprünglich damit angefangen hat Minnie, meine Schwester. Sie hat nach unserem ersten Mord jede Erwähnung in der Presse ausgeschnitten. Fragen Sie mich nicht, warum. Warum basteln sich die Leute überhaupt solche Sammelalben? Sogar über Mordfälle, muß man sich mal vorstellen! Als unser zweiter Mord passierte, beschlossen wir, die Zeitungsausschnitte systematisch zu sammeln, in der Hoffnung, sie könnten eines Tages bei der Aufklärung helfen.«

»War ich der erste Detektiv, an den Sie sich gewandt haben?«

»Aber ja, Mr. Davies. Wir haben zunächst gezögert, aber schließlich sind wir dann doch überein gekommen, daß es das einzig Richtige sei. Sie haben ja auch diesen anderen Kram in den Ordnern gesehen. Die Polizei hat uns die offiziellen Berichte zur Verfügung gestellt – ihre Versionen – von den Verbrechen.«

»Aber keine Zeugenaussagen?«

»Nein. Die wollten sie nicht rausrücken. Nicht daß wir gefragt hätten. Wir sind mit dem Procedere polizeilicher Ermittlungen nicht sehr vertraut.« Er hielt inne. »So wie es wirklich abläuft.«

»Schön«, sagte Davies. »Lassen Sie uns noch einmal auf den Anfang zurückkommen. Versuchen Sie mir alles zu sagen, woran Sie sich erinnern … Daten, Tageszeiten, sogar das Wetter. Alles, was Ihnen einfällt, ganz gleich, wie banal es sich anhört.«

Bertie holte tief Luft. »Alles, woran ich mich erinnern kann«, wiederholte er. Er begann zu reden und redete noch immer, als die Schwester um zehn das Licht im Flur löschte. Sie erschrak, als sie Bertie neben Davies im Aufenthaltsraum sitzen sah. »Sie hätten um neun gehen müssen«, sagte sie. »Das hier ist kein Hotel, wie Sie vielleicht wissen.«

Bertie erhob sich verlegen. »Psst!« sagte die Schwester. Sie nahm Davies bei der Hand und strebte dem Ausgang zu. Nervös verstaute sie Davies wieder im Bett. »Was hat denn der hier gewollt?« fragte der Mann von gegenüber.

»Er hat mir seine Lebensgeschichte erzählt«, flüsterte Davies.

»Muß ja mächtig interessant gewesen sein.«

Nach drei Tagen entließ sich Davies selbst aus dem Krankenhaus. Den Ärzten gefiel das gar nicht, und sie baten ihn, sie in Zukunft mit seinen Besuchen zu verschonen. Er bemühte sich fit zu wirken, obwohl sie ihn darauf hinwiesen, er habe ein Loch im Kopf und Beulen am ganzen Körper. »Tut mir leid«, erwiderte er. »Aber ich muß in den Norden … naja, in die Midlands, um exakt zu sein. Hinter Birmingham. Lichfield.«

Er fühlte sich nicht so, als ob er fahren könne; also nahm er an diesem Nachmittag den Zug. Er hatte Schmerzmittel mit einem doppelten Scotch hinuntergespült, um sicherzugehen, daß er sie auch wirklich runterbekam. Jennifer Potts … schon wieder solch ein altmodischer Name. Klang nach einer Frau, die Kinderbücher schrieb. Und 43 …

Auf der Polizeiwache tat ein Sergeant namens Brent Dienst, der sich als hilfsbereit erwies. »Wir wissen noch nicht viel«, sagte er. »Aber das ist ja meistens so.« Er betrachtete Davies, als verstehe der. »Sie hat auf Anzeigen geantwortet, und sie ist bei drei … ja, bei drei Partnervermittlungen, so nennt man das heute wohl, registriert. Einsame Herzen. Sie suchte einen Mann.«

»Sieht so aus, als hätte sie einen gefunden«, bemerkte Davies.

Brent nickte. »Aber den Falschen. Die arme Frau.«

»Und jetzt suchen Sie ihn.«

»Ich wette, wir finden den nicht so leicht wie Sie.« Er zeigte auf die Abendzeitung von Birmingham, schlug sie auf und breitete sie vor Davies. »Ich glaube, Sie sollten besser wieder runterfahren«, sagte er und tippte auf die Schlagzeile. Davies las: ›London: Mörder der Einsamen Herzen wieder zugeschlagen.‹

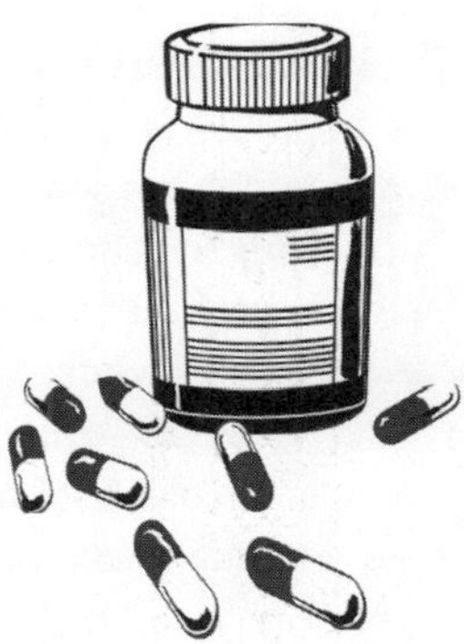

Kapitel 6

Ihr Name war Natalie Szora, genannt Connie; sie war 28 Jahre alt und während des Geschlechtsverkehrs erwürgt worden.

Ihre Leiche hatte man in einem Hotel im Rotlichtviertel gefunden. »Sie hat dort angeschafft, zumindest Teilzeit sozusagen«, erklärte Detective Sergeant Josh Reynolds. Er war ein alter Freund, und Davies war dankbar, ihn zu sehen. »Aber verpetz mich nicht bei meinem Chef«, bat Reynolds. »Ich kann dich schließlich nicht dran hindern, mir zu folgen und meine Selbstgespräche mitanzuhören. Und ich rede oft mit mir selbst.«

»Das tun die besten Polizisten immer.«

»Sonst würde man schließlich nie was Vernünftiges hören«, nickte Reynolds. »Oder?«

Sie saßen in einer fast leeren Bar, knapp 200 Meter vom Rambling Rose Hotel entfernt, wo Natalie Szora gefunden worden war. »Nackt bis auf die Strümpfe«, sagte Reynolds mit seiner tonlosen Polizistenstimme. »Sie hat Verkehr gehabt. Sieht so aus, als sei sie währenddessen erwürgt worden.« Er klappte sein Notizbuch zu, obwohl er es, wie Davies wußte, gar nicht erst zu öffnen gebraucht hätte. Er kannte die Details. Es war lediglich die Art des Polizisten, eine gewisse Distanz zum Verbrechen zu wahren. Das kam erst mit der Erfahrung.

»Sie kam aus Kroatien, oder von irgendwo da unten.« Wieder schaute er in sein Notizbuch. »Ja, Kroatien. Ich habe Schwierigkeiten, auf dem laufenden zu bleiben, was da unten jetzt was ist. Über Deutschland. Viel hatte sie nicht. Versuchte, einen Job zu finden, aber ihr gebrochenes Englisch machte es ihr unmöglich. Sie war 28 und sah recht flott aus. Da ist sie dann auf den Strich gegangen. Wie ich schon sagte: nicht regelmäßig. Nur so oft, wie es sein mußte. Sie hat ein Kind.«

»Und es ist definitiv ein Einsame-Herzen-Fall?«

»Sieht ganz so aus. Vielleicht wollte sie nicht allzu lange anschaffen gehen, es war schiere Notwendigkeit. Vielleicht hat sie ja jemanden gesucht, den Richtigen.«

»Und hat den Falschen gefunden.«

»Kann mal wohl sagen. Armes Ding. Nun ja; ihrer Vermieterin hat sie erzählt, sie hätte auf etliche Kontaktanzeigen geantwortet. Auch beim Happy Life Bureau in Hammersmith, deinen Klienten, hat sie sich eingetragen.«

»Als hätt ich's geahnt.«

»Seltsames altes Geschäft, nicht wahr?« sagte Reynolds. Er steckte sich eine Pfeife an. Als er sie anzündete, hielt er in altmodischer Manier eine Hand über den Pfeifenkopf und sog am Stiel. Davies erinnerte sich daran, wie er selbst so geraucht hatte, als sie zehn Jahre zuvor in derselben Abteilung gearbeitet hatten.

»Du meinst, per Anzeige Gesellschaft zu suchen?«

»Ja. Bis man soweit ist, muß man doch unglaublich einsam und verzweifelt sein.«

»Manche Leute können einfach nichts Interessantes erzählen«, erwiderte Davies. »Haben ne Redehemmung. Sie können nicht auf andere Menschen zugehen. Haben immer Angst.«

»Davor, daß man ihnen sagt, sie sollten sich verpissen«, ergänzte Reynolds. Er zog an der Pfeife und stampfte auf die Bartür zu wie eine Rangierlok. »Willst du sehen, wo sie gewohnt hat?«

»Gern«, antwortete Davies. »Danke, Josh. Ich muß etwas unternehmen, um etwas näher ranzukommen.«

Sie gingen die Straße hinunter. Ein Zivilwagen, der in der Gegend herumgekurvt war, als hätte er nichts Besseres zu tun, fuhr neben ihnen ran, und sie stiegen ein. »Pelham Grove, Fulham«, sagte Reynolds zum Fahrer. »43.« Er wandte sich Davies zu. »Haste viel zu tun, Dangerous?«

»Genug, um es gerade noch gebacken zu kriegen.«

»Reicht also zum Leben.«

»Ich habe gerade erst angefangen, Josh. Vor zwei Monaten. Ich weiß nicht, wie lange das so anhält. Und ich weiß auch nicht, wie lange ich das *aushalte*. Bislang fische ich absolut im Trüben.«

»Du warst immer ein guter Kripomann«, sagte Reynolds. »Bißchen unfallträchtig. Aber ich erinnere mich, daß du manch gute Arbeit geleistet hast.«

»Den Trost, Polizeibeamter zu sein, habe ich jetzt nicht mehr«, erwiderte Davies. »Ich habe vorne und hinten nichts, keinen Rückhalt, wenn du verstehst, was ich meine. Keine Computer, keine Akten. Damals konnte man sich noch in der Kantine drüber unterhalten. Es sich von der Seele reden. Jetzt habe ich nicht einmal mehr eine Kantine.« Sie manövrierten sich durch die Londoner Straßen. »Um ehrlich zu sein«, fuhr Davies fort, »habe ich ein schlechtes Gewissen dabei, von den Leuten Geld anzunehmen. Wie ich schon sagte, ich komme nicht weiter. Da ist dieser Fall und noch ein anderer, ein verschwundenes Pärchen, aber ich bin heute nicht weiter als an dem Tag, an dem ich angefangen habe. Es ist nur eine Frage der Zeit, bis die das blicken.«

Reynolds murmelte etwas Mitfühlendes durch seinen Pfeifenrauch hindurch. Der Fahrer begann ostentativ zu husten. »Schon gut, schon gut«, grummelte Reynolds. »Ich will dein Leben und deine Gesundheit nicht ruinieren, Eddie.« Er klopfte die Pfeife aus. »Man hat ja gar nichts mehr vom Leben.«

»Am Pfeifenrauch kann man sterben«, sagte der Fahrer leicht entschuldigend.

»Ihre Lunge liegt mir am Herzen«, nickte Reynolds. Er gab Davies einen Schubs. »Hier wären wir.«

Es war eine Straße mit Reihenhäusern aus den Zwanzigern; roter Ziegel mit wuchtigen Fenstern. Die Tür von Nr. 43 war ersetzt worden. Reynolds klopfte. »Die wollten, daß es hübscher aussieht«, sagte er. »Oder jemand hat sie eingetreten.«

»*Wir* wollten, daß es hübscher aussieht«, sagte eine Stimme aus einem großzügigen Türspalt heraus. »*Niemand* hat diese Tür eingetreten.«

»Nun, hübsch sieht sie aus«, sagte Reynolds, keineswegs eingeschüchtert. »Sehr hübsch.«

Die Frau öffnete die Tür ganz. Auf eine plumpe Art sah sie gepflegt aus und trug eine riesige, extravagante Designerbrille in der Form eines Schmetterlings im nicht mehr ganz jungen Gesicht. Sie führte sie ins vordere Zimmer, das in seiner staubigen Unbenutztheit beinahe viktorianisch wirkte mit seinen Fotos an der Wand, dem roten Samt und zwei gewundenen Kerzenleuchtern auf dem Kaminsims. Die doppelten Gardinen dämpften den Straßenlärm.

»Möchte der Fahrer nicht auch hereinkommen?« fragte die Frau.

»Nein, nein«, erwiderte Reynolds. »Der ist schon weitergefahren, um hier ein bißchen rumzuschnüffeln.«

»Gucken, ob er ein paar Gauner erspäht«, sagte sie. »Naja, da ist er hier richtig.«

Reynolds holte mit routinierter Zeremonie sein Notizbuch hervor. »Sie sind Mrs. Toplady?«

»Stimmt. Und lachen Sie nicht.« Sie warf Davies einen warnenden Blick zu, als halte sie ihn für geneigter zu lachen. »Seit 52 Jahren lachen die Leute sich einen über meinen Namen. Gladys Toplady. Es gab früher noch eine Gladys Toplady, wissen Sie. Die schrieb Hymnen. Ich bin die Gladys Toplady, die keine schreibt.«

Davies schmunzelte ein wenig. »Ich bin bereits vernommen worden«, erklärte sie, noch immer lebhaft.

»Das weiß ich«, sagte Reynolds. Er sah Davies an. »Dies ist nur ein ... ein Höflichkeitsbesuch ...«

»Seit wann ist die Polizei denn höflich? In den Genuß bin ich bislang nicht gekommen.« Sie fixierte Reynolds. »Ich wußte nicht, daß sie auf den Strich gegangen ist.«

»Was dachten Sie dann?«

»Sie arbeitete in einer Bar. Das hat sie jedenfalls gesagt. Sie brauchte keine Freier zu suchen, um die Miete hier bezahlen zu können. 25 Mäuse die Woche. Das ist nicht teuer.« Zu Davies' Überraschung begann sie zu schniefen. Sie hatte sogar echte Tränen in den Augen. »Armes Mädchen«, sagte sie. »War adrett und hübsch, müssen Sie wissen. Sie haben sie wahrscheinlich ja nur als Leiche gesehen. Aber sie war wirklich attraktiv.«

»Sie hat auf Kontaktanzeigen geantwortet.«

»In der Rubrik Einsame Herzen, ja.« erwiderte Mrs. Toplady. »Das habe ich der Polizei schon gesagt. Deshalb ist sie gestern abend auch ausgegangen. Um jemanden zu treffen.«

»Aber Sie wissen nicht, wen? Hat Sie Ihnen nicht vielleicht einen Brief gezeigt oder sowas?«

»Nein. So intim waren wir nicht. Ich nehme an, es hat nicht geklappt. Also ist sie losgegangen und hat sich zwei Stunden auf den Bürgersteig gestellt.«

Reynolds sah aus, als versuche er sich die Szene zu vergegenwärtigen. »Hat sie viel hinterlassen?« fragte er. »Ich würde gern ihr Zimmer sehen.«

Während er das sagte, wurde die innere Tür mit Mühe aufgestoßen. Ein kleiner Junge von etwa sieben Jahren, mit blassem, traurigem Gesicht, kam zum Vorschein. »Das ist es, was sie hinterläßt«, erklärte die Vermieterin.

Der Junge bestand nur aus Augen und Ohren; er erinnerte Davies mit plötzlicher Schärfe an Kriegsfotos, die er gesehen hatte. Verwirrte, stolpernde Kinder, die irgendwo zusammengetrieben wurden. Als errate sie seine Gedanken, bemerkte die Frau: »Er hat dort den Krieg miterlebt, in Kroatien, seit er auf der Welt ist. Das hat sie mir erzählt. Bis sie nach Deutschland entkommen sind. Sein Name ist Harold.«

»Harold«, sagte der kleine Junge plötzlich. Sein Blick wanderte vom einen zum andern. »Wo ist meine Mami?«

Davies spürte einen Riesenkloß im Hals. Reynolds war sprachlos. »Sie mußte fort, Harold«, sagte Mrs. Toplady.

»Das Sozialamt will jemanden schicken«, flüsterte sie den Männern halblaut zu.

»Du wirst woanders wohnen müssen«, sagte sie sanft zu dem Kind. Es machte einen Schritt auf sie zu, und Davies war froh zu sehen, wie sie ihn ungelenk umarmte. Man konnte sehen, daß sie ihn nie zuvor im Arm gehalten hatte. »Mit vielen neuen Freunden und Spielzeug.«

Sie richtete sich wieder auf und nahm den Jungen bei der Hand, um ihn aus dem Zimmer zu bringen. »Harold ist nicht sein richtiger Name«, sagte die Frau. »Seiner Mutter hat nur der Name gefallen, als sie nach England kamen.«

»Harold«, sagte der Junge und wandte sich ihnen zu, als wolle er sie herausfordern.

»So hat ein König geheißen«, erklärte Davies ihm, als könne ihn das aufheitern. Das Gesicht des Jungen blieb ausdruckslos. »Ein berühmter König.«

»Er hat Kuchen verbrannt«, ergänzte Reynolds.

Davies glaubte zwar, daß dies Alfred gewesen war, sagte jedoch nichts.

»Ich zieh dich jetzt fertig an, mein Schatz«, sagte Mrs. Toplady.

Sie verließ mit ihm den Raum. »Scheiße und nochmal Scheiße«, sagte Reynolds. Er drückte die Schultern durch und erklärte, er gehe jetzt. »Ich muß noch ein paar Sachen erledigen, Dangerous. Formulare ausfüllen und so'n Kram.«

»Verstehe, ich weiß«, erwiderte Davies. »Ich werde hier noch was bleiben, wenn es dir nichts ausmacht. Hat hier sonst noch jemand die Frau gekannt?«

»Nicht daß ich wüßte. Wir haben einen Beamten abgestellt, die Türen abzuklappern und die Leute zu befragen. Ich selbst habe mich auf den Tatort konzentriert. Dort ist es wahrscheinlicher, daß jemand den Mann gesehen hat.«

Davies nickte. »Wann gehst du dahin zurück, zum Tatort?«

»Wenn ich mit den verdammten Formularen durch bin«, sagte Reynolds in vertraulichem Ton. »In etwa zwei Stunden. Willst du mitkommen?«

»Würd ich gern. Aber handle dir meinetwegen keine Schwierigkeiten ein.«

»Mach dir darum keine Sorgen«, erwiderte Reynolds mit noch immer gedämpfter Stimme. »Ich scheiß auf die.« Er ging aus dem Zimmer. »Ich komme nochmal wieder«, rief er Mrs. Toplady zu. Davies hörte, wie die Eingangstür ins Schloß fiel. Ein Wagen startete. Davies trat in den Flur hinaus. Er konnte hören, wie Mrs. Toplady im oberen Stock mit dem Jungen redete.

»Ich komme hoch«, rief er.

»Komm schon«, sagte sie. »Wir müssen uns fertig machen.«

Ihm wurde das Herz schwer, als er den kleinen Jungen hilflos im Bettzeug auf dem Boden des Zimmers sah. Es erinnerte ihn an seine eigene einsame Bleibe. Mrs. Toplady bemerkte, wie er den Raum taxierte. »Es ist mein billigstes«, erklärte sie. »Nur 25 Mäuse die Woche.«

»Das sagten Sie bereits.«

»Er hat nicht geweint«, bemerkte sie. »Er weint auch sonst überhaupt nie. Habe ihn jedenfalls nie dabei gesehen. Das kommt davon, wenn man so lange den Krieg mitmachen muß. Das macht der Krieg aus Menschen.«

Davies war danach zumute, für den Jungen loszuheulen, er fragte jedoch nur: »Hatte sie Freunde in der Gegend hier?«

»Nicht daß ich wüßte. Sie hat ihr sonstiges Leben für sich behalten.«

»Was machte sie tagsüber?«

»Ist weggegangen«, sagte Mrs. Toplady. Sie sah ihn direkt an. »Zu ihrer Arbeit, nehme ich an.« Sie hatte die wenigen Kleidungsstücke des Kindes in eine Plastiktüte mit dem Logo der Supermarktkette Safeway gepackt. Erst sah es so aus, als wolle sie ihm die Tüte geben; dann jedoch behielt sie sie selbst. »Sonst kam sie immer um vier herum zurück, genau rechtzeitig, um ihn bei der Tagesmutter abzuholen; und dann ging sie mit ihm im Park spazieren oder sie guckten abends zusammen

Fernsehen. Sie kam fast nie zu spät.« Sie zögerte. »Nicht bis gestern abend.«

Als sie ein Licht sah und dann ein entschlossenes Klopfen an der Tür vernahm, wirkte sie beinahe alarmiert. »Das sind die«, sagte sie. Sie beugte sich zu dem Jungen hinunter. »Das ist die Tante, Harold, die dich abholen kommt«, erklärte sie. »Um dich zu … zu deinen neuen Freunden zu bringen.«

Sie richtete sich auf und ging die Treppe hinunter. Davies stand sprachlos da und betrachtete den Jungen. »Möchtest du welche von deinen Spielsachen mitnehmen?« brachte er schließlich mühsam hervor.

Schweigend schaute der Junge im Zimmer herum, als wisse er, daß dies das letzte Mal war. Er ging zu einem Spind neben dem Bett, öffnete ein Schränkchen und holte eine Plastikflöte hervor, eine Röhre mit Löchern darin. »Die ist aber hübsch«, sagte Davies. »Kannst du denn auch drauf spielen?«

Harold bot sie Davies an, und Davies grinste nervös. »Ich muß jetzt gehen«, erklärte er, doch der Junge sah ihn unverwandt an. »Bin völlig aus der Übung mit solchen Flöten.«

Er nahm das Instrument, blies probeweise hinein und brachte ein dünnes Piepsen hervor. Er setzte die Finger richtig an und blies länger hinein, um so etwas wie eine Melodie hinzubekommen. Zum ersten Mal erschien ein Lächeln auf dem Gesicht des Kindes. Davies spielte die kleine Melodie noch einmal; diesmal bewegten sich seine Finger flinker. »Nicht schlecht, oder?« fragte er. Harold streckte seine Hand aus. Davies wischte das Mundstück ab und gab ihm die Flöte zurück. Der Junge setzte sie an den Mund und brachte einen einzigen Ton hervor. Davies zeigte ihm, auf welche Löcher er die Finger legen mußte. »Probier's nochmal.« Da waren Schritte auf der Treppe. Dem Jungen gelang, es, zwischen drei verschieden Noten zu variieren, und er lächelte wieder.

Eine junge, besorgt dreinschauende Frau kam die Stufen hoch, gefolgt von Mrs. Toplady, deren feuchte Augen die Designerbrille lupenartig vergrößerte. Die junge Frau bemühte sich, geschäftsmäßig zu wirken. »Hallo Herbert«, sagte sie.

»Harold«, verbesserte Davies. »Er heißt Harold.«

»Ich bringe sie immer durcheinander«, sagte die Frau. »Es sind so viele.«

»Kann ich mir vorstellen.«

Sie gab ihm ein Formular. »Sie müssen hier unterschreiben, bitte. Um sicherzustellen, daß ich ihn nicht etwa raube.«

Davies reichte das Formular Mrs. Toplady, die sich den Text durchlas, aber beklagte, keinen Stift zur Hand zu haben. Die Frau gab ihr einen billigen Kugelschreiber. Sie unterschrieb. »Habe noch nie einen Jungen abgeschrieben«, sagte Mrs. Toplady.

»Okay denn, laß uns mal aufbrechen«, drängte die junge Frau. Sie blickte auf die Einkaufstüte. »Ist das alles, was er besitzt?«

»Das und eine Flöte«, ergänzte Davies. »Er möchte seine Flöte mitnehmen.« Er entschied sich schnell. »Ich trage sie. Ich komme mit ihm.«

»Das ist nicht notwendig«, entgegnete die Sozialarbeiterin leicht pikiert. »Harold wird es gut gehen.«

»Ich komme trotzdem mit«, beharrte Davies. Mrs. Toplady nickte ihm energisch zu. »Ich bleibe auch nicht lange.«

»Wie Sie möchten.«

Sie stiegen die engen Stufen hinab. Davies hätte den Jungen am liebsten mitgenommen, konnte sich jedoch zügeln. Die Frau hatte ihren Wagen draußen stehen. Mrs. Toplady tätschelte dem Kind die Wange, drehte sich dann auf dem Absatz herum und stürmte ins Haus zurück, als wäre ihr Brandgeruch aus der Küche in die Nase gestiegen. Schweigend nahm Davies mit Harold auf den hinteren Sitzen Platz. Während der Fahrt pfiff er ein wenig auf der Flöte. Der Junge jedoch schaute aus dem Fenster, als wisse er, daß sich sein Leben einmal mehr radikal änderte.

Sie hatten es nicht weit. Der Wagen hielt vor einem alten, rotgeziegelten Haus. Auf der einen Seite stand ein Bürocontainer.

»Die haben uns hier reingesteckt«, erklärte die Frau, während sie darauf zustrebte, ihnen voran. Der Junge streckte eine Hand aus, und Davies hielt sie fest. »Das ist nur der Empfang«, erklärte die Sozialarbeiterin, als ob sie davon betroffen sei. »Die Büros sind im Hauptgebäude.«

Sie nahmen auf nackten Stühlen Platz. Harolds Füße reichten nicht bis zum Boden. Davies zeigte ihm noch einmal, wie man die Finger auf die Löcher der Flöte legte. Wieder fiel ihm auf, wie ähnlich sie einander waren. Harold war auch so einer, der sich nicht unterkriegen ließ, ganz egal, wie es stand, selbst wenn er das Flötenspiel nie richtig beherrschen würde. Der Junge lächelte, als er drei weitere Noten gelernt hatte.

Die Frau kehrte zurück. »Sie haben nichts mit ihm zu tun, oder?« fragte sie platt. »Wir haben gerade Bescheid gesagt.«

»Ich bin sein Musiklehrer«, erwiderte Davies.

»Sein Musik ... ach, Sie belieben zu scherzen.«

»Ich bin ein Freund.«

»Seiner Mutter?«

»Könnte man so sagen. Aber ich sollte jetzt wohl besser gehen.«

»Ja, das sollten Sie besser.«

»Ich komm dich besuchen. Versprochen«, sagte er zu Harold. »Wir üben dann noch mehr Flöte.«

Harold nickte und ließ sich fortbringen. Während sie ihn wegführten, blickte er über die Schulter zurück. Davies winkte matt mit der Hand und verließ den Container. »Ich kriege dich«, zischte er bei sich. »Du mordgeiler Scheißficker.«

»Schrecklich ordinär, manche Leute«, murmelte eine untersetzte Schwarze, die die Treppe aufwischte und Davies nachstarrte.

»Mr. Davies – was für schreckliche Neuigkeiten schon wieder! Wir … wir sind extrem bestürzt.«

Es war Minnie Jenkins, die ins Telefon weinte. »Dieses arme Mädchen … und unser armes Geschäft.«

»Ich weiß«, sagte Davies. »Also *war* sie eine Ihrer Klientinnen? Deshalb wollte ich Sie nämlich anrufen.«

Minnie schniefte. »Die arme, arme …« Sie kramte. »… Natalie … Szora …«

»Connie«, sagte Davies. »Sie hat sich Connie genannt.«

Einen Augenblick herrschte Schweigen. »Oh. Connie«, fuhr Minnie schließlich fort. »Arme Connie.«

Harold Jenkins übernahm den Hörer. Er klang ebenso außer sich wie seine Schwester. »Sie hat sich erst vor einer Woche bei uns eingetragen, Mr. Davies.«

Davies hörte Berties Stimme im Hintergrund, erhoben und voller Protest: »Und bei anderen! Sie ist auch bei anderen Agenturen registriert.«

Es war Bertie, der als Nächster den Hörer an sich riß. »Wir müssen etwas tun«, schnaubte er mit seiner reizbaren Stimme. »Das kann so nicht weitergehen.«

»Wem sagen Sie das«, erwiderte Davies. »Aber es sieht ganz danach aus, als würde es weitergehen, bis er geschnappt wird.«

»Aber … aber …« tobte Bertie, »… sicher … aber …«

»Nichts ist sicher«, erwiderte Davies ruhig. »Mr. Jenkins, ich glaube, ich sollte mich aus der Angelegenheit zurückziehen und Ihnen den Honorarvorschuß zurückgeben. Ich kann keine Wunder vollbringen.«

Er hörte, wie Bertie zu den anderen sagte: »Er will aufgeben.« Das Satzende ging in ihrem Protestgeheul beinahe unter.

Minnie Jenkins ergriff den Hörer. »Nein, Mr. Davies. Sie können uns doch jetzt nicht hängenlassen. Was sollen wir denn bloß machen?«

»Es gibt genug andere Privatdetektive«, erwiderte Davies. »Sie könnten es mit einem von ihnen versuchen.«

»Nein«, wiederholte sie entschieden. »Wir möchten uns weiter an Sie halten.«

»Wir vertrauen Ihnen!« rief Harold aus dem Hintergrund.

Plötzlich war Bertie wieder am Apparat. »Betrachten Sie Ihre Kündigung als abgelehnt«, erklärte er. »Sie können sich doch sicher denken, daß wir völlig außer Fassung sind.«

»Das gilt auch noch für andere Menschen«, bemerkte Davies. »Für ihren Sohn etwa.«

»Oh, sie hatte einen Sohn. Ja, verstehe. Macht die Tragödie noch furchtbarer. Sie haben Recherchen betrieben?«

»Ja. Ich war in ihrer Wohnung und am Tatort.«

»Waren Sie auch im Leichenschauhaus?«

»Nein. Ich wüßte nicht, warum.« Davies sah nicht gern tote Frauen in Leichenschauhäusern.

»Aha, ja. Ich dachte, das machen Detektive so. Das sieht man in Filmen immer.«

»Aber dies hier ist das richtige Leben. Aber wie auch immer; ich habe recherchiert, und zufällig kenne ich einen ehemaligen Kollegen von der Polizei, der mit dem Fall zu tun hat. Das ist immer nützlich. Die Situation ist sehr deprimierend. Wie ich schon sagte, hat sie einen Sohn. Ich werde ihn im Auge behalten.«

»Dann glauben Sie, er könnte was wissen? Eine Spur?«

Davies hielt die Luft an. »Nein, das glaube ich nicht, Mr. Jenkins. Er ist doch nur ein Kind.«

Im Babe In Arms kam er gerade in dem Augenblick an, als Fergus für den Abend das Gitter hochzog. Mod wartete bereits draußen. »Die machen Inventur«, sagte er.

»Aber doch nicht hier drin?« Davies drückte gegen die Schwingtüren, die sich bereitwillig öffneten. Als bevorzugte Ausgangs- und Rausschmißroute wurden sie ständig in Schwung gehalten, vor allem spät abends und am Wochenende. Wie die Gäste dann selber, war sie gut geölt.

»*Nein.* Sie machen in der *Bibliothek* Inventur«, grummelte Mod. Er hatte seinen Stammplatz am zerkratzten Tisch in der Ecke gewählt. Davies stand bereits an der Bar, wo Fergus mit geschwollenem Bizeps den Bierhahn öffnete.

»Inventur, man sollte es kaum glauben«, jammerte Mod. »Haben mich mehr oder weniger rausgeschmissen. Ich mußte auf der Straße warten ... nun, du hast mich ja gesehen.«

»Hab dich bemerkt«, nickte Davies. Er setzte sich zu Mod an den Tisch und beide tranken vorsichtig. Verschüttetes Bier war die reine Verschwendung, und außerdem mußte jemand das kostbare Naß aufwischen. Sie beide hatten Fergus noch niemals Kummer dieser Art bereitet. »Wie war der Mord?« fragte Mod.

»Traurig«, erwiderte Davies. »Nicht daß man oft einem lustigen begegnete.«

»Höchst selten.«

»Dieser hier war entsetzlich traurig. Das Mädchen stammte aus Kroatien, bekannt unter dem Namen Connie. Sie hat ein kleines Kind, sieben Jahre alt, einen Jungen, den sie Harold genannt hat.«

»Nach seinem Vater?«

»Wohl kaum. Der Vater spielt hier keine Rolle. Sie ist dem Krieg entkommen und nach Deutschland gegangen. Dann nach England. Sie hat angeschafft.«

»Ich dachte, das sei ein Fall Marke Einsame Herzen.«

»Sie war beides. Sie versuchte jemanden zu finden, der sie heiratet, nehme ich an. Sieht ganz so aus, als wäre sie gestern abend mit beidem gleichzeitig beschäftigt gewesen. Man hat sie erwürgt in einem Hotelzimmer in der Nähe von King's Cross gefunden, das sie für ihre Zwecke benutzte. Ursprünglich aber war sie wohl mit einem Typen verabredet gewesen, den sie über eine Partnervermittlung oder auf anderem Wege kennengelernt hatte. Sie hatte auch selbst Anzeigen aufgegeben. Wer weiß schon, wo der Mann herkam? Vermutlich entsprach er nicht ihren Vorstellungen von einem Mann fürs Leben, aber sie war nicht abgeneigt, mit ihm eine professionelle Nummer zu schieben. Kontaktsuchende landen sonst nicht so schnell im Bett.«

»Arme Frau«, sagte Mod. »Sie denkt, sie hätte all die Gefahren hinter sich gelassen. Sie kommt hierher, und da lauert sie schon wieder, die Gefahr. Du hast keine heiße Spur, nehme ich an?«

Davies war leicht gekränkt, doch Mod bemerkte es nicht. »Ich bin mit einem Detective Sergeant rumgefahren, den ich ganz gut kenne. Josh Reynolds heißt er. Ich war auch am Tatort. Reines Stundenhotel. Zimmer, die nur für schnellen Sex gebraucht werden. Zerwühlte Betten und der eklige Geruchsmix aus Parfüm, Schweiß und Talkumpuder. Davor waren wir in dem Haus, in dem sie gewohnt hat. Sie hatte ein Zimmer in Fulham gemietet. Der Junge war da. Sein Englisch ist ganz ordentlich. Sehr gut sogar eigentlich.«

»Und was wird nun aus ihm?«

»Langfristig – keine Ahnung. Er ist nun ›in staatlicher Obhut‹, wie man so schön sagt. Ich bin mitgefahren. Und hätte gewünscht, Jemma wäre dabei gewesen.«

»War sie aber nicht«, bemerkte Mod. »Weiß er denn, was mit seiner Mutter passiert ist?«

»Schwer zu sagen. Reynolds und die Vermieterin haben ihm Andeutungen gemacht, seine Mutter sei fortgegangen und dieser Mist, und daß er jetzt mit vielen netten Kindern zusammenkäme. Ich selbst hatte einen Kloß im Hals. Ich hätte einfach nicht gewußt, was ich ihm sagen sollte.«

»Als sie ihm sagten, seine Mutter sei fortgegangen, wie hat er da reagiert?«

»Kaum. Er ist im Krieg großgeworden, und Kinder sind Überlebenskünstler, Gott sei Dank. Vielleicht hat er es einfach so hingenommen. Als sie ihn ins Heim brachten, hat er sich nicht gewehrt. Er hat nicht einmal geweint. Ich habe ihm gesagt, ich würde ihn besuchen kommen.«

»Wann?«

»Ich fahre Samstag hin und verbringe ein bißchen Zeit draußen mit ihm. Aber bis dahin muß ich alle möglichen Briefe, Referenzen und sonstigen Papierkram vorweisen können.«

»Ich werde langsam depressiv«, sagte Mod.

»Ich erst. Laß uns heimgehen.«

Sie leerten ihre Gläser im Stehen. Fergus sah zur Uhr und wünschte ihnen leicht überrascht eine gute Nacht. »Als erste da, als erste wieder weg«, murmelte er.

Sie schleppten sich den sanften Hügel hoch. Die Geschäfte waren geschlossen und, so wie sie wirkten, offensichtlich froh darüber.

»Es muß schon einiges zusammenkommen«, sinnierte Mod, »bevor man ein plötzliches Bedürfnis verspürt, nach Hause zu Mrs. Fulljames zu gehen.«

Sie trotteten weiter. »Wie kommt es, daß er Harold heißt?« fragte Mod. »Erscheint mir wenig kroatisch.«

»Der Name gefiel ihr, weil er so englisch klingt. Sie wollte für ihn ein besseres Leben als das, was er zuvor erdulden mußte.«

Sie schwiegen, bis sie beinahe schon vor dem Eingang des Bali Hi standen. Davies kramte nach seinem Schlüssel. »Diesen Bastard schnapp ich mir persönlich.«

»Klingt ganz danach«, bemerkte Mod.

An der allabendlichen Dinnertafel hatte sich ihnen ein großer, schweigsamer Mann hinzugesellt. Obwohl seine kantige Statur für jedermann am Tisch sichtbar war, verdeckte er den größten Teil seines Kopfes mit einem riesigen, ledergebundenen Buch, das er aufgeschlagen vor sich hielt. Erst als Mrs. Fulljames die Gemüsesuppe auftischte, legte er das Buch zur Seite, und auch das nur, nachdem Mrs. Fulljames mit deutlicher Ungeduld »Wenn Sie bitte entschuldigen, Professor Benskin« gemahnt hatte. So entblößt, erwies er sich als hagerer Mann mit raubvogelhaften Zügen und Büscheln von drahtigem weißem Haar, das seinem verwitterten Nacken entsproß.

Es sah ganz so aus, als hätte er am liebsten sofort begonnen, seine Suppe zu löffeln, ohne mit den anderen Gästen in Kontakt zu treten; doch Mrs. Fulljames sagte, nachdem sie ihre Reserven mit einem Löffel von ihrem Teller gestärkt hatte, noch einmal: »Professor!«

Der Mann blickte auf, als habe man ihn in flagranti ertappt. »Ja?«

»Ich denke, es wäre nett, wenn ich Ihnen meine anderen Pensionsgäste vorstellen würde.«

»Ach ja?« erwiderte Benskin milde. »Nun ja, vielleicht wäre es das.«

»Gut«, sagte Mrs. Fulljames, als habe sie gerade eine Schlacht gewonnen. »Dies ist Mr. Davies. Er ist Polizist.«

»War«, verbesserte Davies. »Bin nun Privatdetektiv.«

Benskin nickte uninteressiert. »Benskin, Professor.«

Mrs. Fulljames wirkte gereizt. Sie versuchte es erneut. »Und dies ist Mrs. Davies.«

Ein steifes Nicken von Benskin. »Getrennt«, murmelte Doris.

»Und Mr. Lewis.«

»Mod Lewis«, sagte Mod. »Philosoph.«

Selbst dieser akademische Anspruch bewirkte bei dem Neuankömmling keinerlei Regungen.

»Ich bin Olly«, erklärte Olly, als wolle er es hinter sich bringen. »Arbeitsloser Motorradfahrer.«

Als wiederum keine Reaktion erfolgte, wandte sich Olly Davies zu. »Haben Sie schon eine Spur? Ich will unbedingt meine Harley zurückhaben.«

»Die Ermittlungen laufen«, erwiderte Davies ruhig.

»Bitte verstehn Sie«, jammerte Olly. »Ich *muß* das Motorrad zurückbekommen. Es ist wie … es ist … naja, es ist, als wären Sie ohne Mrs. Davies hier …«

Davies schaute vom Teller hoch; Doris sah im selben Moment auf, und ihre Blicke trafen sich. »Ich verstehe, was für einen Verlust das für dich bedeutet«, erklärte Davies. »Wir werden sie schon wiederkriegen.«

»Das ist *nicht* dasselbe«, protestierte Doris. »Ich bin *kein* Motorrad.«

Als Professer Benskin seinen Suppenteller leergelöffelt hatte, ohne erkennbar zuzustimmen oder sich anders zu äußern, bückte er sich beiläufig wie ein Kricketspieler, der einen Ball auffängt und zurückwirft, und nahm sein Buch wieder vom Boden auf, wo er es hingelegt hatte. Er richtete es vor sich auf wie eine Zugbrücke zur Verteidigung. Nur sein schütterer Scheitel ragte über den Rand hinaus. Mrs. Fulljames murmelte etwas wie »Manieren!«, sammelte die Teller ein und ging in die Küche. Mod versuchte, den abgenutzten Titel des Buches zu entziffern.

»Interessanter Mann, dieser Conan Doyle, Professor«, sagte er, mit dem Kinn fast auf der Tischplatte. »Hat für Portsmouth im Tor gestanden, soweit ich weiß. In seiner Freizeit natürlich. Die Geschichten mit Sherlock Holmes sind für den heutigen Geschmack zwar etwas schlicht; aber zu ihrer Zeit waren sie aufregend neuartig.« Es gab keinerlei Anzeichen dafür, daß Benskin zugehört hätte. Die anderen Esser hockten wie angewurzelt um den Tisch herum. »Begraben«, beharrte Mod, »soweit ich weiß, auf einem Stück Land, das ihm ein Geistheiler empfohlen hat. Er neigte bekanntlich zum Spiritismus …«

Nach einer lang erscheinenden Pause senkte der Professor nach und nach sein Buch. Er schien erstaunt, daß ihn alles anstarrte. »Hat jemand etwas gesagt?«

Die Anwesenden richteten ihren Blick nahezu vorwurfsvoll auf Mod, der entschuldigend mit den Schultern zuckte. »Ich war's.«

Mrs. Fulljames trug die ersten Teller mit einem Gericht darauf herein, das sie neuerdings *bœuf bourguignon* getauft hatte, obschon es sich um das gleiche handelte, das Mod einst erfolglos als Rindfleischeintopf bezeichnet hatte. »*Bœuf bourguignon*«, verkündete sie, während sie dem neuen Pensionsgast die erste Portion austeilte. Mit einem Arm, der dem Ausleger eines Krans ähnelte, deponierte er das Buch wieder auf dem Boden. Anscheinend ohne seinen Teller eines Blickes zu würdigen, begann er zu essen. »Ich wagte die Bemerkung, Conan Doyle sei ein interessanter Mann«, sagte Mod mit Nachdruck.

»Ach ja?«

»Ihr Buch«, erklärte Mod gekränkt. »Ich konnte erkennen, daß es von Conan Doyle ist. *The White Company* vielleicht?«

Benskin starrte ihn an, als sei er leicht übergeschnappt, und widmete sich dann wieder seinem Teller. Danach wurde wenig mehr gesprochen. Es hatte schon oft Schweigen am Tisch geherrscht, keinmal jedoch so peinlich wie diesmal. Als der letzte Krümel des Apfelstreusels zwischen den schmalen Lippen des Professors verschwunden war, hob er sein Buch wieder vom Boden auf und setzte die kranartige Bewegung fort, indem er sich erhob.

»Guten Abend«, intonierte er.

»Guten Abend«, echoten sie pflichtgemäß. Davies schämte sich.

Benskin wandte sich zum Gehen, drehte sich aber noch einmal zu Mod herum. »Der Autor dieses Buches ist CNN Doyle, eine Koryphäe auf dem Gebiet der Physik.«

»Ach, *dieser* Doyle«, murmelte Mod.

Nachdem er den Tisch verlassen hatte, blieben sie als verstimmtes Grüppchen zurück. »Na, das ist ja ein heiterer Zeitgenosse«, bemerkte Mrs. Fulljames. »Der bleibt hier nicht lange, glauben Sie mir.«

»Nur weil er schlau ist, braucht er nicht so unhöflich zu sein«, befand Doris. Sie nickte lächelnd, als sei sie stolz auf ihre Beobachtung.

»Und uns nennen sie Rowdys«, sagte Olly.

»An manche Leute … nun ja, an manche Leute kommt man einfach nicht ran«, erklärte Mrs. Fulljames.

»Wem sagen Sie das«, murmelte Davies.

»Wir kommen einfach nicht an ihn ran«, sagte die Frau vom Sozialdienst. »Er spricht kaum ein Wort, obwohl wir glauben, daß er ein helles Bürschchen ist. Sehr helle sogar.«

»Haben Sie seinen Paß?«

»Nein.« Sie musterte ihn mit seltsamem Blick. »Ich dachte, den hätte die Polizei.«

»Spielt er denn auf seiner Flöte?«

»Ja. Wir haben ihn oft gehört. Er spielt im Bett.«

»Wenn er allein ist.«

»Ja. Er lernt das sehr schnell. Intelligentes Kind.«

»Er hat erst letzten Montag damit begonnen, soweit ich weiß.«

»Das ist ja das Problem. Man kann ihn nicht fragen. Man dringt nicht durch zu ihm.«

Die Tür ging auf, und ein Mädchen im grünen Overall brachte Harold herein. Er schien milde erfreut, Davies zu sehen und sagte: »Ich habe meine Pfeife.«

Die Frau vom Sozialdienst und das Mädchen wechselten Blicke. »Gut«, nickte Davies. »Wir fahren jetzt irgendwohin, wo du üben kannst.«

»Wohin genau?« fragte die Frau. Sie wühlte in den Referenzen, die er mitgebracht hatte. »Wir wissen, daß Sie in Ordnung sind. Aber Sie werden staunen, welches Aufsehen ein Mann um die fünfzig mit einem kleinen Jungen erregt.«

»Verstehe. Was für eine Welt.« Davies rümpfte die Nase. »Wir fahren nach Hampstead Heath. Es ist ein schöner Tag. Ich könnte frische Luft gebrauchen. Wir werden irgendwo was essen gehen. Hamburger oder sowas.«

»Er ißt gut.« Sie ließ ihren Blick über den mageren Jungen gleiten, als versuche sie Anzeichen von Gewichtszunahme zu entdecken. »Hampstead Heath. Gute Idee. Hier in der Gegend gibt es ja nur nur die Wormwood Scrubs, und drüben spielen sie Football.«

Davies verließ mit Harold das Gebäude; seine Hand hielt er dabei nicht. Wie ein Vater mit seinem heranwachsenden Sohn. Dem Jungen schien der klapprige Gesamtzustand des Wagens Spaß zu machen; und sein kleines Gesicht leuchtete auf, als er Kitty, der sein bestes Benehmen an den Tag legte, auf einem der Hintersitze sah. »Du magst Hunde?« fragte Davies, während sie fuhren.

»Ich kenne keine Hunde.«

Das war der vermutlich längste Satz gewesen, den der Junge seit einiger Zeit gesprochen hatte, dachte Davies. Kitty schob sein zottiges Kinn über den Sitz, direkt an Harolds Kopf geschmiegt. So fuhren sie durch die samstäglichen Straßen. An einem McDonalds hielten sie, und Harold aß schweigend, aber mit großem Appetit. Davies gab ihm seine eigenen Fritten dazu. »Danke«, sagte der Junge. »Wo ist meine Mami?«

Scheiße, dachte Davies. »Hat dir das niemand gesagt?«

Harold schüttelte den Kopf, wirkte aber so, als wisse er Bescheid.

»Weine nicht hier drinnen«, flehte Davies. »Nicht bei McDonalds.« Er nahm die Reste seines Burgers für Kitty mit; sie verließen das Lokal und gingen zurück zum Wagen.

»Ich weine bestimmt nicht«, sagte Harold. »Ich habe gehört, wie die geredet haben. Meine Mami ist tot.«

Davies war dankbar. »Ja«, nickte er. Er gab dem Hund ein Stückchen Hamburger. »Es tut mir leid, das so sagen zu müssen.«

Sie saßen schweigend da. Ein Paar mit Einkaufstüten sah den Jungen und den Mann zusammen im Auto, und beide bückten sich, um durch die Windschutzscheibe sehen zu können. Davies lächelte ihnen beschwichtigend zu, aber sie wandten sich ab. Im Rückspiegel konnte er sehen, wie sie sich umdrehten, während sie fortgingen. »Spiel was auf deiner Flöte«, sagte er zu Harold.

Sofort holte Harold das kleine Instrument hervor und flötete ›God save the Queen‹.

»Sehr gut. Wer hat dir das beigebracht?«

»Die Frau. Es ist das einzige, das sie kann.« Er spielte die Melodie noch einmal.

»Dabei müßten wir eigentlich strammstehen«, scherzte Davies.

»Warum?«

»Weil es die Nationalhymne ist.«

»Oh.« Er brachte ein paar weitere Töne hervor. »Ich habe ein Bild«, sagte er dann. »Der Mann hat es mir gegeben.« Er legte die Flöte auf seine Knie und suchte in der Innentasche seiner viel zu großen Jacke. Als er das Foto hatte, reichte er es Davies. Es war ein Bild seiner Mutter, dasjenige, das Josh Reynolds Davies gezeigt hatte.

»Deine Mama«, war alles, was Davies sagen konnte.

»Für Sie.« Er hielt es ihm hin.

»Nein, nein. Das behältst du.«

Das Foto blieb beharrlich angeboten. »Sie«, sagte Harold. »Sie wollen es rausfinden.«

»Ja, das will ich.« Davies nahm das Bild; die goldhaarige Frau sah ihn lächelnd an. Er steckte es in seine Tasche. »Ich werde es dir zurückgeben.«

»Wenn Sie es rausgefunden haben.«

»Ja.«

»Wie lange dauert das?«

»Nicht sehr lange.«

Harold war zufrieden damit, die abschüssige Heide hinunterzulaufen. Es war ein sonniger Samstag; es waren viele Leute draußen, die spazierengingen, joggten oder einfach nur auf der Wiese saßen. Weit hinten konnten sie verschwommen die Londoner Skyline erkennen, und der Junge fragte, was für ein Land das sei. Kitty hatten sie fest schlafend im Wagen zurückgelassen, denn Davies hatte die Leine vergessen.

Er wußte, warum er hier hinauf gewollt hatte. Beinahe wie auf ein Stichwort hin erschien sein Grund. Sestrina führte ihre Hunde aus. Er sah sie bereits von weitem, wie sie wunderschön hochaufgerichtet im leichten Wind spazierte, vor sich ihr Hundegespann wie das der Jagdgöttin Diana, ein Trugbild, das lediglich der Plastikeimer zerstörte, der noch immer vom Kopf des kleineren Hundes abstand.

Er schlenderte auf die Wiese, und Harold folgte ihm fraglos. Noch immer nahm Davies die Hand des Jungen nicht. Als sie näherkamen, beachtete sie die beiden nicht; sie erwartete nicht, ihm mit einem Kind zu begegnen, sondern neigte ihr Gesicht der Sonne entgegen. Plötzlich brach Harold in ein seltsames, beinahe beänstigendes Gelächter aus. Er zeigte auf den kleinen Hund, der halb in den Eimer eingeschlossen war, und lachte und quietschte. Sestrina guckte beleidigt und war dabei vorbeizustolzieren, als sie Davies sah. Sie hielt inne, sehr erstaunt, zerrte die Hunde so fest rückwärts, daß der kleine widerhallend husten mußte, und lachte dann ebenfalls, kopfschüttelnd. »Mr. Davies. Wie schön, Sie zu sehen.«

»Hallo«, erwiderte er linkisch. »Wir wollten hier ein bißchen frische Luft schnappen.«

»Hier ein bißchen frische Luft schnappen«, wiederholte sie. »Und wer ist das?«

»Harold«, sagte Davies. »Harold heißt er … Ich gehe hier mit ihm spazieren.«

Harold konnte die Zwangslage des Hundes noch immer nicht fassen. Er bückte sich, guckte in den Eimer und versuchte den Hund zu trösten.

»Susie muß den Eimer tragen, weil sie verletzt ist«, erklärte Sestrina.

Davies unterließ es, etwas zu sagen. Sie merkte, daß er keine weiteren Erklärungen abgeben wollte. »Kommt mit mir«, schlug sie vor. »Wir könnten zu mir nach Hause gehen. Ich hatte gehofft, Sie bald zu treffen.« Sie beugte sich zu dem Jungen herab. »Ich habe auch Kekse zu Hause.«

»Ich will ihre ... Schnur ... ihre Leine halten.«

Sestrina gab ihm die Leine des kleinen Hundes; und sie begannen wie eine eigenartige Familie zu den Häusern von Hampstead hinauf zu spazieren. Harold trabte mit dem kleinen eingesperrten Hund vor ihnen her.

»Ich sehe ihn zum ersten Mal glücklich«, sagte Davies.

»Warum war er denn unglücklich?«

»Seine Mutter ist ermordet worden.«

»Nachvollziehbarer Grund. Einer Ihrer Fälle?«

»Ja.« Er fühlte sich schuldig, es ihr sagen zu müssen. »Nicht daß ich irgendwie damit vorankäme. Nicht mehr jedenfalls als mit Ihrem.«

»Ich wollte Sie anrufen. Vielleicht hätten Sie ja heute abend Zeit, zu mir nach Hause zu kommen. Ich koche dann selbst. Das wäre meine Art, Ihren Lunch mit der Verrückten wiedergutzumachen.«

Er unterdrückte ein Zögern. »Ja, danke. Würde ich gern. Könnte hilfreich sein. Ich bringe nur Harold zurück und komme dann später. Der Sozialdienst kümmert sich um ihn.«

Sie schlenderten weiter. Fast zwanzig Meter vor ihnen hüpfte Harold neben dem Hund her.

»Wie ist sie ermordet worden?«

»Erwürgt.«

Sie zuckte mit den Schultern. »Das ist keine Art, jemanden umzubringen. Wie kam es dazu?«

»Sie hat sich mit einem Mann getroffen, in der Hoffnung, daß er sie vielleicht heiratet.«

»Ah ja. Davon habe ich gelesen. Die Einsamen Herzen.«

»Genau. Sie ist im Bett erwürgt worden.«

»Sie ist mit diesem Mann, mit diesem Fremden, ins Bett gegangen?«

Er zögerte. »Sie hat auch als Prostituierte gearbeitet. Kam aus Kroatien. Sie ist mit dem Jungen dem Krieg dort entkommen. Und hoffte, einen Mann zu finden, mit dem sie ein neues, solides Leben beginnen konnte. Zumindest einen Versuch wollte sie wagen.«

»Und die Polizei …«

»Ja, die Polizei ist dran. Aber die Partnervermittlung hat mich engagiert. Es handelt sich um einen Serienmord.«

»Ja, da hat es noch andere gegeben. Ich habe davon gelesen.«

»Aber ich komme einfach nicht weiter damit. Mit Ihrem Fall ist es dasselbe. Der Job ist schwieriger, als man meinen sollte. Viel schwieriger.«

»Kann ich mir vorstellen.«

Sie näherten sich dem Haus. Der kleinere Hund bog ins Tor ein und zog Harold hinter sich her. Sie folgten etwas gemächlicher mit dem größeren Hund. Die Gräfin wartete bereits. »Ich habe Besuch mitgebracht«, sagte Sestrina.

Die Gräfin hielt, wie es schien, instinktiv dem Jungen ihre magere Hand hin und sah ihn lieb an. »Er kommt aus Kroatien«, erklärte Sestrina. »Da könnt ihr euch doch unterhalten.«

Harold ging willig mit ins Reich der Haushälterin, und die Hunde folgten ihnen. Sestrina drapierte sich auf dem Sessel, der ihre Beine so wunderbar zur Geltung brachte. »Ich möchte im Augenblick nicht über unseren Fall reden«, sagte sie. »Wir trinken erstmal Tee. Erzählen Sie mir mehr über den kleinen Jungen.«

Davies berichtete. Sie wirkte tief nachdenklich. Schließlich kam die Gräfin mit einem Silbertablett ins Zimmer. Sie musterte Davies und flüsterte Sestrina, nachdem sie das Tablett auf dem Tisch abgestellt hatte, etwas ins Ohr. Nachdem die Frau den Raum verlassen hatte, wandte Sestrina ihr Gesicht wieder Davies zu.

»Wie alt war der kleine Junge, als er mit seiner Mutter Kroatien verlassen hat?« fragte Sestrina.

»Etwa fünf. So sagte man mir jedenfalls. Inzwischen ist er sieben.«

»Wer sagte das? Wer hat Ihnen diese Information gegeben?«

»Die Vermieterin«, erwiderte Davies, irritiert von ihrem Ton. »Wo sie gewohnt haben. Seine Mutter hat es ihr erzählt.«

»Die Gräfin spricht vier europäische Sprachen, darunter auch serbokroatisch. Sie sagt, der Junge versteht kein einziges Wort.«

Geschrubbt und gestriegelt wie ein junger Verehrer kehrte Davies um acht nach Hampstead zurück. Sein Anzug saß so steif und knapp, daß er zu knistern schien, während er von seinem altersschwachen Rover lostrottete, den er in respektvollem Sicherheitsabstand geparkt hatte. Seine Krawatte hatte er so arrangiert, daß das Revers seiner Jacke den untilgbaren Suppenfleck darauf überdeckte. Sein frisch aufgeladenes Handy steckte sperrig in seiner Tasche. Er wußte nicht, warum er es überhaupt mitgenommen hatte; allenfalls kam ihm die schwache Vermutung, daß es ihm erlaubte, sich mehr wie ein Privatdetektiv zu fühlen und auch mehr so auszusehen. Bevor er klingelte, überprüfte er seine Schuhe und wischte jede Schuhspitze hinter dem jeweils anderen Hosenbein heimlich noch einmal blank. Die Gräfin öffnete die Tür.

Sie betrachtete ihn mit schweren Lidern. Er fragte sich, welch entsetzliche Dinge in ihrem Leben passiert sein mochten. Ohne etwas zu sagen, bedeutete sie ihm, er möge eintreten. Sestrina erwartete ihn bereits in einem eleganten grünen Kleid, die Gesichtszüge wunderbar gelassen. Er hatte sich gefragt, ob es wohl angebracht war, Blumen mitzubringen. Er hatte keine Erfahrung damit; nun wünschte er, er hätte welche.

Er wußte nicht recht, ob die Einladung zum Dinner privat oder geschäftlich gemeint war. Was wollte sie ihm mitteilen?

Was wollte sie herausfinden? Nun kam sie mit dem ersten echten, warmen Lächeln, das sie ihm je geschenkt hatte, auf ihn zu und erklärte, wie sie sich freue, daß er gekommen sei.

Sie führte ihn in den Salon, während die Gräfin verschwand und dann mit ihrem üblichen Tablett zurückkam, auf dem nun elegante Gläser standen. Sie schenkte ihnen auf einem kleinen Tisch ihre Drinks ein und verließ den Raum dann auf äußerst leisen Sohlen, nahezu geheimnistuerisch. Davies fragte sich, ob sie jemals fest auftrat.

Sestrina und er saßen einander wieder gegenüber. Das grüne Kleid war von gnädiger Länge, so daß er nicht mit sich würde ringen müssen, seinen Blick von ihren Beinen loszureißen, obwohl ihre Knie sich unter dem hauchdünnen Stoff fein abzeichneten. »Wie seltsam, daß der kleine Junge seine eigene Muttersprache nicht beherrscht«, sagte Sestrina.

»Seine angebliche Muttersprache«, erwiderte Davies. Er hob sein Martiniglas (er hatte ihrer Empfehlung nicht widersprechen wollen, obwohl er ihm zu dünn vorkam und einen Beigeschmack hatte); und sie hob ihres leicht. »Ich habe Josh Reynolds angerufen, einen befreundeten ehemaligen Kollegen, der an dem Fall arbeitet. Nach seinen Angaben sieht der Ausweis okay aus, aber das Geschäft mit nahezu ungebrauchten Pässen aus Serbien, Kroatien und diesen Ländern brummt.«

»Der Fall klingt faszinierend.«

»Er ist traurig«, sagte er. »Es tut mir für das Kind leid. Es ist schlimm genug, Harold genannt zu werden, ohne …«

Sestrina lachte nervös. »Sie sind ein ungewöhnlicher Mann, Mr. Davies. Für einen Polizisten.«

»Jetzt bin ich keiner mehr. Wahrscheinlich bin ich deswegen nie befördert und zu Scotland Yard geschickt worden.«

»Jetzt sind Sie Ihr eigenes Scotland Yard.«

»Schön wär's. Es läuft bisher nicht gut, fürchte ich. Diese Sache mit den Einsamen Herzen. Die Polizei weiß wenig, und ich habe noch weniger herausgefunden. Und was Ihren Fall betrifft …«

Sie lächelte bitter. »Vielleicht finden Sie meinen langvermißten Mann ja doch, Mr. Davies.« Sie blickte auf ihre Finger und betrachtete sie genau. »Irgendwo.«

Plötzlich wurde Davies gewahr, daß die Gräfin erneut erschienen war. Sie stand im Türrahmen und sah zu Sestrina hinüber, so still und schweigsam wie immer. Davies lief es kalt den Rücken herunter. »Das Dinner ist angerichtet«, sagte Sestrina.

Der Tisch war an ein Fenster gerückt worden, das er zuvor nicht bemerkt hatte. Man blickte von dort auf die Rückseite des Anwesens; man sah einen kleinen, düsteren Garten, danach ein Nichts, die dunkelnde Heide, die man, unsichtbar wie sie war, dennoch zu spüren vermeinte. Jenseits davon, weit jenseits, wie Lichter eines fernen Ufers, lag ausgebreitet London.

Er hatte nicht die geringste Ahnung, welche Gerichte die Gräfin auftischte, wobei ihr ein Bursche assistierte, der einen pechschwarzen Anzug trug. Davies musterte ihn, ohne, wie er hoffte, so zu wirken. Dem Junge mußte zugeflüstert werden, was er tun sollte, mit Schubsern dirigiert, wohin er die Teller zu stellen und von welcher Seite er den Wein einzuschenken hatte; wie ein Leichenbestatter bei der Schwarzarbeit.

Davies, der an das substanziellere Essen von Mrs. Fulljames gewöhnt war, aß langsam und häppchenweise. Sie begann ihm Fragen zu seiner Person zu stellen. Er erzählte ihr von Doris und auch von Jemma.

»Doris ist noch immer sehr präsent«, sagte er. »Wir leben sozusagen noch immer unter einem Dach. Jemma ist nach Hause geflogen, in die Karibik, zu Sohn und Mann.«

»Auf abwesende Freunde«, sagte sie und hob ihr Glas.»Wo immer sie sein mögen.«

Während die Gänge kamen und gingen, unterhielten sie sich unangestrengt. Er hatte das Gefühl, recht viel Weißwein und dann Rotwein getrunken zu haben, der ihm nun langsam zu

Kopf stieg. Er glaubte den düsteren Knaben grinsen zu sehen, flüchtig wie ein Gespenst, als wisse er von einer Verschwörung.

Sie erzählte ihm, wie ihre Familie zunächst von der Schweiz nach Amerika gegangen war, wie sie Carl kennengelernt hatte, als sie mit einer Ärztedelegation das Krankenhaus von St. Petersburg besuchte. Während sie sich unterhielten, warf die Dämmerung ihren Mantel über Garten und Heide; die Londoner Lichter glitzerten umso heller. Dann, plötzlich, doch ohne Hast, streckte sie eine blasse Hand über den Tisch aus und berührte seine Fingerknöchel. Die zwei Finger, die ihn berührten, waren weich, die Nägel jedoch scharf und spitz. Sie kratzte ihn leicht. Er senkte den Löffel. Sie lachte äußerst sanft. »Mr. Davies, wissen Sie, Sie sind wirklich ein außergewöhnlicher Mann.«

»Danke«, erwiderte er, beinahe krächzend. »Sie sind aber auch nicht gerade, was man gewöhnlich nennt.« Er wartete darauf, daß sie etwas über ihren Mann erzählte, vom Fall sprach. Aber sie sagte nichts. Er hätte selbst davon angefangen, aber sie schenkte ihm dieses gewisse Lächeln.

Dann klingelte zum ersten Mal, seit er es erstanden hatte, sein Handy. Er war so wenig an das Geräusch gewöhnt, daß er sich zunächst fragte, wo es herkam. Sie sah seine Verwirrung. »Die Innentasche ihres Jacketts«, sagte sie.

»Tut mir leid, tut mir außerordentlich leid«, stammelte er, wahrheitsgemäß. Wer um Himmels willen rief ihn jetzt an? In diesem Moment?

Es war Pearly Gates. »Dangerous«, sagte er heiser. »Ihr Kumpel Mod hat mir Ihre Handynummer gegeben.«

»Ja, Pearly, worum geht es?«

»Sie verfrachten die Harley, Dangerous. Eine ganze Ladung geklauter Motorräder. Unten in der Nähe von Tilbury. Heute nacht.«

Sie trafen sich im Mondschein, als die Jubilee Clock gerade elf schlug. Es war eine ruhige Straße, obwohl der Kneipenlärm über die Häuserdächer herüberwehte. Drei Männer saßen bereits im Wagen. Davies stieg nach hinten zu Pearly ein. Der Fahrer und sein Nebenmann drehten sich mühsam herum und gaben Davies mit der gekünstelten Höflichkeit böser Buben die Hand, die so tun, als könnten sie sich benehmen. Davies erkannte die gespaltene Nasenspitze des Mannes wieder, der direkt vor ihm saß, obwohl man in dem düsteren Wagen schlecht sehen konnte. Wie er sich entsann, hieß der Mann Chopper. Den Fahrer, einen Schwarzen namens Tommy, kannte er jedoch nicht. Gates erklärte, er komme von irgendwo weither, jenseits von Tilbury; aber er sei derjenige, der sich in der Gegend auskenne.

»Sie haben ja Ihren besten Anzug an«, bemerkte Pearly. »Sogar mit Krawatte.«

»Ich habe mit einer Dame diniert.«

»Ach so, na klar.«

»Wir werden verfolgt«, sagte Davies, nachdem sie zehn Minuten auf der North Circular entlanggebraust waren.

»Ich weiß«, sagte Gates, ohne sich umzudrehen. »Das ist der Rest der Jungs. Die kennen den Weg nicht.«

»Wieviele sind der Rest?«

»Sechs. Deshalb der große Wagen. Die mußten schließlich ihr Werkzeug verstauen, nicht wahr.«

»Sie haben Werkzeug dabei?«

Gates murmelte etwas Unverständliches. »Leichtes Werkzeug«, sagte er dann. »Seien Sie ganz ganz unbesorgt, Dangerous.«

»Warum rollen wir mit einer *Panzerdivision* an?«

»Wie …? Ach so, verstehe.« Er drehte sich halb zu Dangerous herum, so daß er sein grundgutes, ehrliches Gesicht sehen konnte. »Das Ding ist größer geworden, Dangerous. Viel größer. Es geht nicht nur um eine Harley, sondern um eine ganze

Ladung Öfen. Sie verschiffen sie über irgendein kleines Flüßchen. Das werden ne Menge sein. Ihr Kumpel ist übrigens im anderen Wagen.«

»Mod!«

»Nein, der Junge, dem se die Harley geklaut haben.«

»Ach, Olly.«

»Er wollte dabei sein. Er hat mich solange gedrängt, bis ich okay gesagt habe.« Pearly versuchte wie ein besorgter Vater zu wirken. »Da haben Sie doch sicher nichts gegen, oder? Er ist ein großer Junge. Könnte uns helfen.«

»Teurer Spaß.«

»Nicht für Sie, Dangerous. Diese Jungs fahren alle aus Eigeninteresse mit. Offene alte Rechnungen und so. Und da sind natürlich die Maschinen. Alles ertklassige Ware.«

»Wie weit ist es noch?«

»Weiter als Sie denken. Draußen in den Sümpfen, am Fluß. Und wir müssen uns verdammt vorsehen. Die Bullen am Hals können wir nicht gebrauchen.«

»Vor allem *ich* nicht«, grummelte Davies, dem das Ganze mehr und mehr mißfiel.

Nach einer Stunde waren sie von der Autobahn abgefahren, und Tommy fuhr mit ihnen durch Straßen und Viertel, die nur er kannte. Es war fast, als atmeten sie nun andere Luft. »Hier ist es besser«, prahlte er mit seinem schweren Cockneyakzent. »Meine Mutter meint, es wär fast so wie in diesem beschissenen Jamaika, wegen dem Wasser und so.«

Schließlich hatten sie die Häuser aller Art hinter sich gelassen und fuhren nun durch offene Landschaft, flach und schwarz.

»Aber langweilig im Winter«, wagte Chopper neben Tommy zu bemerken. »Nix los hier.«

»Oh doch, Bingo und so.«

»Zu kalt«, sagte Gates. »Diese Seite von London kann ich gar nicht ab. Was meinen Sie, Dangerous?«

Davies hatte einen peinvollen Moment lang Sestrina allein in einem schönen Nachthemd in ihrem Hampsteader Bett vor Augen. »Ich wüßte, wo ich lieber wäre.«

Schließlich bogen sie in ein schwarzes Sträßchen und fuhren dann auf offenes Gelände; vor ihnen lagen die Betonfundamente einer vom Mondlicht weißgetünchten Ruine. Kurze Zeit später hielt der große Wagen hinter ihnen. Olly stieg aus, sein Mondgesicht in Konkurrenz mit dem Gestirn. »Dangerous«, sagte er. »Ich bin so froh, daß Sie da sind.«

»*Ich* bin überhaupt nicht froh«, erwiderte Davies. »Und du hättest auch besser nicht mitkommen sollen, Junge. Das sind unangenehme Leute.«

»Sie haben Spitzhackengriffe dabei«, flüsterte Olly. »Im Kofferraum.« Er kam noch näher. »Es wird einen Kampf geben.«

»Sie werden wohl kaum einen Volkstanz aufführen wollen.«

»Was ist ein Volkstanz?«

Davies betrachtete ihn traurig. »Halt dich einfach abseits. Dein Kopf gäbe ne ideale Zielscheibe ab.«

»Aber ich wollte doch mit.« Er strahlte übers ganze Gesicht. »Ich kriege jetzt meine Harley zurück.«

Der Fahrer Tommy kam auf sie zu. »Riechen Sie das Wasser?« Er schnüffelte. »Aber Palmen seh ich nicht.«

Was er sehen *konnte*, waren die Lichter entlang des Flusses, wohl der Themse. »Docks«, sagte Tommy. »Aber alles kaputt. Der Rest ist offenes Gelände wie hier. Ruinen, wie man se in der Glotze sieht, wenn sie alte Städte ausbuddeln wie dieses Scheiß-Rom oder so.«

»Wann geht's los?«

Tommy sah ihn an, als hätte man ihn in die Wirklichkeit zurückgezerrt. »Dauert nicht mehr lange«, sagte er. Er schaute auf seine Armbanduhr und schüttelte sie. »In ner Stunde. Dann verladen sie sie.«

Er beschloß, Davies einzuweihen. »Drüben«, sagte er und zeigte mit dem Finger. »Wo die Lichter aufhören. Da ist ein altes Dock, das langsam auseinanderbröckelt. Nicht mehr in Betrieb. Das Boot fährt da rein, sie laden die Kisten mit den Öfen auf, aber manchmal auch nur die Maschinen ohne Kisten. Dann fahren sie nach Deutschland oder Polen, so in die Gegend. Ganz einfach. Machen die jedes halbe Jahr. Bringt gut Kohle.«

Im Mondschein glänzte sein Gesicht wie eine Kastanie. Er grinste, als wolle er ihnen Vertrauen einflößen und klopfte Olly auf die Schulter. »Wir kriegen deine Harley schon zurück, Kumpel«, sagte er. Sein Grinsen wurde breiter. »Und ein paar scheißandere dazu.«

Er entfernte sich rückwärts, als ginge er immer so fort.

»Die tun Leuten einen Gefallen«, sagte Olly mit leisem Zweifel. »Wie … wie Robin Hood.«

Davies sah ihn mitleidig an. »Du glaubst doch nicht etwa, daß die die Motorräder ihren rechtmäßigen Besitzern zurückgeben? Die werden nicht an Türen klingeln und sagen: ›Hier ist die Suzuki, die man Ihnen vor einiger Zeit geklaut hat.‹«

»Die verkaufen sie selbst?«

»Umverteilung nennen die das«, erklärte Davies. »Sie lassen die anderen Banden die Maschinen klauen und hierherbringen. Dann rücken sie an, es gibt ne Prügelei, und dann hauen sie mit dem Diebesgut ab.« Er kam näher an Ollys Kopf heran. »Und wir hängen mit drin. Wir sind Teil der Gang. Kriminelle.«

»Ich will meine Harley zurück«, sagte Olly verzweifelt. »Sie schmeißen doch nicht hin, oder, Dangerous?«

Davies schaute in der dunklen, verwüsteten Landschaft umher. Ein Sumpfvogel kreischte im Mondschein. »Wäre ein bißchen spät jetzt.«

Hinter einer Pyramide aus Müll erschien Pearly. »Netter kleiner Schlachtplan, den die da ausgeheckt haben«, flüsterte er. »Das muß man ihnen lassen. Dieses Boot, dieses Küstenmotorschiff, transportiert legale Fracht auf diesem Flüßchen, das sonst für nichts gebraucht wird, wenn man von ein paar Typen absieht, die da angeln gehen. Die Sache ist so gut wie gelaufen. Sie laden die Maschinen als ne Art Extraprämie.«

»Als Nachtisch«, sagte Davies.

Pearly zögerte. »Das ist es, Dangerous«, sagte er schließlich. »Ich wußte ja, daß Sie das treffende Wort finden würden. Ja, als Nachtisch.«

Er erklärte, sie würden nicht lange zu warten haben und bot ihnen zwei Spitzhackengriffe an. Olly nahm seinen an und schwang ihn probeweise. »Gib ihn zurück«, sagte Davies. Ollys Blick wanderte von einem zum andern. »Gib ihn zurück«, wiederholte Davies.

»Ja, Junge, gib ihn zurück«, nickte Pearly. »So dick mit drinhängen brauchste nicht.«

»Ich will meine Maschine«, sagte Olly mit fester Stimme.

»Die kriegst du ja auch.« Pearly verschwand in den Schatten und redete mit einem anderen Mann; er lehnte an einem Schutthaufen, der einen zertrümmerten Baum stützte. »Es ist ne Art Nachtisch«, hörten sie ihn sagen.

»Ist wohl so«, erwiderte der Mann.

Der Mond ging schlafen, und die Nacht wurde noch schwärzer. Davies kauerte an einer zefallenen Mauer, Olly kaum mehr als einen Meter entfernt. Von Zeit zu Zeit erhob er sich und spähte wie ein Frontsoldat über die lockeren Ziegelsteine. Die anderen Männer hatten sich nun versteckt, warteten, spielten mit ihren Gedanken wie mit ihren Knüppeln.

Davies mußte an Jemma denken, an die arme erwürgte Connie, den sprachlosen kleinen Harold und die geheimnisumflorte Sestrina. Das Leben war voller offener Fragen.

Er fragte sich, wo Shemmy jetzt stecken mochte; vermutlich segelte er auf verbotenem Kurs, mit einer leichtgläubigen, noch jüngeren Witwe in den Armen an Deck. Es waren Leute in sein

Büro gekommen, die fragten, wo er denn sei. Wo ihr Geld sei. Dann dachte er an Sophia und ihr Gewichtsproblem, ihre Einsamkeit und ihren unbekannten Vater. Er begann, in wenig angenehme Träume abzudriften. Als Olly ihn am Arm packte, schreckte er zusammen.

»Hören Sie. Sie kommen.«

Um sich herum konnten sie sehen, wie die anderen Männer sich regten. Einer von ihnen ließ seinen Spitzhackengriff auf eine widerhallende herrenlose Metallplatte rutschen, und die Flüche der anderen stimmten in seine eigenen ein. Davies konnte spüren, wie der aufgeschossene Junge neben ihm zitterte. »Ich will ne Spitzhacke«, flüsterte er.

»Du kriegst aber keine«, sagte Davies. »Keine Angriffswaffen. Und sei bereit loszurennen.«

»Losrennen? Ich renne nicht los. Ich fahre vielleicht hier raus, aber ich renne nicht.«

»Schnauze«, fauchte Pearly aus der Dunkelheit. Man sah Scheinwerfer auf dem flachen Gelände. Ein Lastwagen, gefolgt von einem Pkw, fuhr nahe an ihnen vorbei. Die Fenster des Wagens waren heruntergekurbelt, und man hörte heiseres Gelächter. »Besoffen«, mutmaßte Olly.

»Von wegen«, flüsterte Davies.

Die Wageninsassen lärmten weiter, bis plötzliche Stille eintrat, als beide Wagen knapp 200 Meter von ihnen entfernt hielten. Sie konnten nicht wissen, daß sonst noch jemand da war. Aus ihrem Versteck sahen Davies und Olly die unbeweglichen Scheinwerfer. Wie ein urbanes Gespenst erschien Pearly an ihrer Seite. »Die haben nichts gerochen«, sagte er. »Keiner hat gequatscht.«

»Sie halten das für möglich?« fragte Davies.

»Bei diesem Spiel weiß man nie. Aber sieht gut aus. Sobald sie die Ware ausgeladen haben, krallen wir uns die. Je schneller, desto besser. Wir wollen die deutsche Besatzung, diese Krauts, gar nicht erst dabei haben.«

Diese Möglichkeit war auch Davies durch den Kopf gegangen. »Ziemlich lange her, daß wir die Deutschen so richtig vermöbelt haben.«

Pearly kicherte in der Dunkelheit. »Sie sind ein Scherzkeks, Dangerous. Ein echter Scherzkeks.«

Er marschierte wie ein Infanteriekommandeur davon, der seine Truppen überprüfte. Sie konnten hören, daß die Männer drüben begonnen hatten, den Lastwagen zu entladen. »Ich hoffe, sie ist dabei«, sagte Olly wie ein Kind, das auf den Weihnachtsmann wartet.

Tommy löste sich aus der Dunkelheit. »Halt dich verdammt da raus«, sagte er. »Warte, bis die Scheiße aufhört, uns um die Ohren zu fliegen.«

»Wie lange jetzt noch?« fragte Olly.

»Fängt jeden Moment an zu fliegen.«

Um sie herum hoben sich die Spitzhackengriffe. Sie gingen im Gänsemarsch auf dem Seitenstreifen der Schotterstraße, so daß sie nicht über umherliegenden Müll stolpern konnten. Sie waren bloß Schatten mit den Griffen über der Schulter, wie die Sieben Zwerge, die zur Frühschicht aufbrachen. Davies hielt Olly zurück. Weit vorn hörten sie einen plötzlichen Aufschrei, dann mehr Schreie, trampelnde Füße und Flüche in der pechschwarzen Nacht. »Komm, Junge«, sagte Davies.

Olly stürmte los wie ein junger, trompetender Elefant. Davies blieb ihm auf den Fersen. Plötzlich rückte das Boot in ihr Blickfeld, das schwach erleuchtet ein paar hundert Meter entfernt in dem dunklen kleinen Fluß lag. Nach ein paar weiteren Schritten sahen sie das von Gebrüll begleitete Handgemenge. Den Angreifern war der Überraschungsschlag gelungen, und die Männer, die mit der Ladung angekommen waren, prügelten sich um ein Dutzend sich deutlich abzeichnender Kisten herum.

Etwas weiter davon entfernt, an den Lastwagen gelehnt, standen zwei unverpackte Motorräder.

»Da ist sie«, keuchte Olly.

Davies folgte ihm, während er vorwärts stapfte. Der Kampf dauerte noch an. Auf dem Pfad zum Schiff huschten Schatten entlang. »Los, schnell!«, befahl Davies.

Überglücklich stapfte Olly zu der Maschine, als nehme er die Schlägerei um sich herum gar nicht wahr. Mit einiger Kraft schob er zwei rangelnde Männer beiseite. Davies glitt hinter ihm durch die so entstandene Lücke. Die Männer vom Boot näherten sich noch immer, blieben dann stehen. Davies wurde klar, daß sie nicht wußten, zu welcher Seite er und Olly gehörten. Einer schritt deutlich voran. Er trug eine Matrosenmütze. Er ging auf Olly los, der ihm einen solchen Stoß versetzte, daß es ihn zu den anderen auf dem Pfad zurückwirbelte. Die Mütze trat er ihm hinterher.

Nun war er um den Laster herum und griff nach der Maschine. »Da.« Er heulte fast. »Da ist sie.« Er wandte sich dem aufgewühlten Davies zu. »Und die Schlüssel! Schaun Sie, die Schlüssel!«

Er deckte die stattliche Maschine mit seiner Umarmung fast zu. Wie ein Liebhaber, der es besonders eilig hat, schwang er ein Bein über den Tank und drehte den Schlüssel herum. Der Motor sprang beim ersten Tritt an. »Du Schöne!« brüllte Olly. Ein Mann kam streitlustig um die Ecke des Lasters. Er schlug nach Davies und packte ihn bei der Schulter. »Verpiß dich!« brüllte Olly und richtete die Harley Davidson auf ihn.

Der Mann taumelte vom Vorderrad zurück. »Los, Dangerous!« befahl Olly. Er war jetzt ein völlig anderer, vollkommen Herr seiner selbst, wie ein Ritter, der wieder auf hohem Roß saß. Er hielt sie aufrecht. Davies kletterte auf den Soziussitz, und Olly zwang sie mit einem weiteren Freudensschrei vorwärts. Sie schossen durch die Nacht davon und hielten erst, als ein Polizeiwagen ihnen den Schotterweg versperrte.

Davies war nie zuvor in eine Polizeizelle *eingesperrt* worden. Er fuhr sich mit einer Hand über das unrasierte Kinn. Bartstoppeln ließen einen immer kriminell aussehen.

Olly saß ihm gegenüber, mit einem Grinsen vom einem Ohr zum andern. »Das war es wert.« Er sah Davies treuherzig an. »Jetzt haben wir sie«, fuhr er fort. »Und ich paß in Zukunft ein bißchen besser drauf auf. Ich werde mir nen Job besorgen und mein Leben irgendwie auf die Reihe kriegen.«

»Lebenslang ist das, was wir hier kriegen werden«, sagte Davies. »Drei Jahre mindestens.«

Olly wirkte betroffen. »Wofür?«

»Wegen Verursachung eines und Teilnahme an einem Raufhandel.«

»Aber Sie sind nicht vorbestraft, oder?«

»Nein, natürlich *nicht*«, brummte Davies. »Ich bin schließlich ein … ich war schließlich Polizist.«

»Ich wußte gar nicht, daß man deshalb keine Vorstrafen haben kann.«

»So ist es aber.«

»Gegen mich haben sie auch nichts in der Hand«, prahlte Olly. Seine Stimme wurde leiser. »Zumindest nichts Aktuelles.«

Davies wandte seinen Blick von Olly ab und richtete ihn dann – warnend – wieder auf den Jungen. Ein Constable kam ans Gitter und schloß die Zellentür auf. »Morgen«, sagte er freundlich. »Gut geschlafen?«

»Wie ein Toter«, grummelte Davies. Seine Augen fühlten sich verklebt an, und er fuhr erneut mit einer Hand über seine Stoppeln. »Und selbst?«

»Nicht so gut«, erwiderte der Beamte. »Meine Frau …« Er brach ab. »Der Chef will mit Ihnen reden.«

Sie verließen die Zelle und mußten ein paar Stufen hochsteigen. Die Wände waren wie Toiletten gekachelt. Der Constable führte sie in ein Verhörzimmer. Hinter ihnen trat ein Mann in schlecht sitzender Uniform ein, der so wirkte, als wäre er lieber woanders. »Mein freier Tag«, sagte er. »Ich sollte jetzt eigentlich beim Hochseefischen sein.« Er sah sie an, als hoffe er, Anzeichen von Mitleid zu entdecken. »Jemals Hochseefischen gewesen?«

»Nie«, sagte Davies.

»Noch nie probiert«, bemerkte Olly.

Der Beamte stellte sich als »Balmer« vor und wies ihnen die Plätze ihm gegenüber an. »Dies ist kein offizielles Verhör«, erklärte er. »Wir möchten nur ein par Dinge klären.«

Davies fühlte sich ermutigt. »Sie sind ein ehemaliger Polizeibeamter«, sagte Balmer.

Davies nickte. »Was ist in den Sümpfen da draußen vorgegangen?« fuhr Balmer fort. »Wir wußten zwar, daß da was im Busch war, aber nicht was.« Er blinzelte zu Davies hinüber, als erwarte er Verständnis. »Das geht einem oft so, oder?«

Davies nickte wieder.

»Verraten Sie mir, wie Sie es geschafft haben, auf diese sumpfige, gottverlassene Landenge zu kommen, und wozu.«

Olly stieß Davies an. »Sagen Sie's ihm.«

»Das werde ich.« Davies holte tief Luft. »Diesem Junge hier, Olly, ist vor etwa einem Monat sein Motorrad gestohlen worden. Eine Harley Davidson.«

»Ich wünschte, ich könnte mir eine leisten«, sagte Balmer.

»Sie ist vor dem Sozialamt von Willesden gestohlen worden. Ich arbeite seit meiner Pensionierng als Privatdetektiv und habe gehört, die Maschine werde dort wieder auftauchen, um auf irgendein Boot verladen und aus dem Land geschafft zu werden. Wir sind deshalb gestern spät abends hierher gekommen und haben gerade noch rechtzeitig bemerkt, daß eine irrsinnige Prügelei unten am Fluß im Gange war. Und siehe da, neben ein paar großen Kisten stand seine Harley Davidson. Der Schlüssel steckte noch. Wir haben sie uns geschnappt und gemacht, daß wir dort wegkamen. Dann haben Ihre Leute uns angehalten. Und da wären wir.«

Balmer schaute in die Unterlagen, die er sich hatte bringen lassen. »Im Augenblick ist alles, was gegen Sie vorliegt, das Versäumnis, Sturzhelme zu tragen.« Er musterte sie eingehend. »Aber ich nehme an, Sie mögen den Fahrtwind im Haar.«

»Sowas in der Richtung«, sagte Davies.

»Wir wissen, daß die Maschine dem Jungen da gehört. Und über Sie wissen wir auch Bescheid. Was wir nicht wissen – wer die Leute waren, die die Schlägerei da veranstaltet haben. Als wir hinkamen, waren alle verschwunden. Komplett aus dem Staub gemacht.« Er lächelte mit einer gewissen späten Genugtuung. »Der Lohn der Mühen waren 25 gestohlene Motorräder. Edle Teile. Wir klären gerade, wem sie gehören.«

»Das war alles, was Sie vorgefunden haben? Keine Kerle, die sich die Köpfe hielten?«

»Nur die Maschinen und ein paar verstreut liegende Spitzhackengriffe.« Er lehnte sich vor, eine vertrauliche Geste, die Davies registrierte. »Wer hat Ihnen den Tip gegeben?«

»Eine Stimme am Telefon. Eine eher dunkle, sagen wir ...«

»Brauchen Sie nicht zu beschreiben.« Er stöhnte. Davies konnte sehen, daß er das Ergebnis einer eingehenderen Befragung gegen eine weitere Verzögerung des Angelns abwog. »Wir werden natürlich weiter ermitteln«, sagte er. »Wir wüßten gern, was hier so läuft; das ist schließlich unser Bezirk. Immerhin haben wir die Motorräder. Die Gauner scheinen sich verdünnisiert zu haben. Aber so ist es nun mal. Wir lassen Sie laufen, weil wir nichts anderes als die Sache mit den Sturzhelmen gegen Sie in der Hand haben.«

Er stand auf und gab ihnen überraschenderweise die Hand. »Die sichergestellten Maschinen sind locker ein paar hunderttausend Mäuse wert«, sagte er. »Irgendwem *wird* es ein Lächeln aufs Gesicht zaubern.«

»*Mir* zum Beispiel«, sagte Olly. »Ich hab meine wieder.«

Kapitel 7

Vier Abende später, als es bereits dunkel war, schlich Davies verstohlen durch die Straßen, die an der Eisenbahnstrecke vorbeiführten, bis zu dem Hinterhof, in dem Pearly Gates und seine Helfer zu ungewöhnlichen Uhrzeiten Überstunden machten, Motoren reparierten und andere diverse Änderungen vornahmen. Über den Platten aus verrostetem Eisen, die den Hof einzäunten, sah er Licht, schwach wie ein Heiligenschein, und von innen her kam ein knisterndes Geräusch. Der Bereich, der als Tor diente, war ohne Klinke oder Klopfer. Dennoch war abgeschlossen. Er schlug mit der flachen Hand dagegen. Zunächst reagierte niemand, also schlug er lauter dagegen. Der Heiligenschein schwand, das Knistern hörte auf. Die obere Hälfte eines ölverschmierten Burschen erschien, der den Schweißbrenner wie eine Knarre durch den Spalt schob. »Was wollnse hier?«

»Zunächst einmal möchte ich«, sagte Davies, »daß Sie mir dieses heiße Ding aus dem Gesicht nehmen.«

»Ich hab ihn unter Kontrolle, sehnse das nicht?« Dennoch zog er das Werkzeug zurück. »Was wollnse?« fragte er noch einmal.

»Pearly«, sagte Davies.

»Sie haben was für ihn? Er is nich da.«

»Wo ist er denn? Ich bin ein Freund.«

»Ach … ja. Jetzt erinner ich mich an Sie. Sie warn ein Bulle.«

»Wo ist er?«

»Den hat's übel erwischt. Er is zu Hause.«

Davies entsann sich, daß Gates in derselben Straße wohnte. »Wo ist das, zu Hause?«

Vorsichtig, als rechne er noch immer mit einer Falle, trat der Junge ganz aus dem Tor. »Geradeaus da runter«, sagte er, während sein Schweißbrenner noch immer auf Davies zeigte.

»Nummer 40. Klopfen Sie zweimal, warten Sie, und klopfen Sie dann noch zweimal.«

Davies murmelte seinen herzlichsten Dank; der junge Mann schloß das Blechtor geräuschvoll und ging in den Hof zurück. Bald lebte das Knistern wieder auf, der Heiligenschein schwoll und flackerte über dem Zaun. Davies schlug den Kragen hoch und schlenderte weiter die Straße hinunter. Am Ende war die Bahn; er konnte die gigantischen Waschanlagen sehen, in denen die Züge für die Reise nach Paris oder Brüssel am nächsten Tag auf Hochglanz poliert wurden – Willesdens Verbindung mit dem Kontinent.

Pearlys Haus war überraschend proper. Der Vorgarten war bescheiden, aber gepflegt; er entdeckte gar einige regennasse Rosenranken und mit Draht hochgebundene Herbstastern. Er klopfte wie angewiesen.

Wieder erschien ein Heiligenschein im Oberlicht der Tür, die von einer jungen, aber erschöpft wirkenden Frau geöffnet wurde. »Ist Mr. Gates da, bitte?« sagte Davies.

»Er ist da. Aber Sie können nicht zu ihm.«

»Warum nicht?«

»Er stirbt.«

»Oh, tut mir leid, das zu hören ...«

Eine heisere Stimme ertönte von drinnen. »Wer ist es, Annie?«

»Ja, wer?« fragte Annie.

»Mein Name ist Davies. Ich bin ein Freund.«

Sie wandte sich um und rief die Treppe hoch. »Mr. Davies. Sagt, er wär ein Freund.«

»Ah ... Ist es Dangerous?«

Sie taxierte Davies. »Sind sie Dangerous?«

»Bin ich nicht, ich meine, bin ich schon ... wenn Sie verstehen.«

»Er sagt, er ist es, aber er ist es nicht«, rief die Frau.

»Das ist Dangerous. Schick ihn hoch.«

Annie trat zur Seite und ließ Davies in den schmalen Flur. Dort hing ein riesiger goldgerahmter Spiegel wie ein Mahnzeichen. Sie ging zurück zur Tür und schaute nach draußen.

»Mir ist niemand gefolgt«, sagte Davies. »Da habe ich mich vergewissert.«

»Es ist nicht wegen Ihnen, weshalb ich in Sorge bin«, erklärte sie. Vor noch nicht allzu langer Zeit mußte sie noch in voller Blüte gestanden haben. »Es ist wegen meinen Blumen. Die Idioten in der Gegend rupfen ständig an ihnen herum. Geburtstage, Scheißjubiläen, was denen einfällt. Sie reißen sie einfach ab. Nach Muttertag hab ich keine einzige Blüte mehr übrig.«

»Es gibt viele niederträchtige Verbrechen«, bemerkte Davies.

»Sagen Sie das mal der Polizei! Auslachen werden die Sie.« Sie blickte kurz nach oben. »Nicht daß ich gern die Bullen hier hätte. Nicht in seinem Zustand. Elend, wie er ist.«

Sie drängte Davies die Stufen hoch. »Mr. Davies kommt hoch. Brauchst du irgendwas?« rief sie.

Pearlys Gehuste hallte an der Treppe wider. »Er stirbt«, wiederholte die junge Frau.

Gut sah er in der Tat nicht aus. »Lungenentzündung, Bronchitis, mich hat's voll erwischt«, stöhnte er. »Geben Sie mir doch bitte mal die Klorolle, Dangerous.«

Davies reichte ihm die Rolle mit Toilettenpapier, die auf dem Stuhl neben dem Bett lag, und war erleichtert, als Pearly sich damit nur die Nase putzte. Er gab ihm die Rolle zurück, und Davies stellte sie auf eine Frisierkommode, die vor dem Fenster stand. Die Kammer war ungelüftet und roch nach Menthol. Er nahm anstelle der Toilettenrolle auf dem Stuhl Platz.

»Hübscher Spiegel da unten, Pearly«, bemerkte Davies.

»Vergoldet«, sagte Gates vieldeutig.

»Also gut.« Er wartete. »Was ist passiert?«

»Was passiert is?« Pearlys Atem pfiff. »Was passiert ist, ist, wie Sie selber wissen, daß die Scheißbullen aufgetaucht sind. Wir waren uns mit denen am Kloppen und am Gewinnen, nach Punkten, und dann sagt so'n Typ, die Bullen wären auf dem Weg. Woher der das wußte, null Ahnung. Wahrscheinlich das Arschloch, das uns verpfiffen hat.«

»Sie meinen, jemand hat Sie verpfiffen.«

»Och, kommen Sie, Dangerous, Sie glauben doch nicht, daß die Mistbullen von Essex zufällig da draußen waren, um zu picknicken? Da hat einer gequatscht.«

»Wie sind Sie da weggekommen?«

»Mit dem Boot. War die einzige Chance. Wir haben uns gerade eimerweise die Scheiße aus den Ärschen gekloppt, als wir plötzlich merken, die Bullen kommen. Da machte es keinen Sinn mehr, sich weiterzuprügeln, wenn wir eh alle im Knast landen. Also haben wir schnell Frieden gemacht und sind auf das verdammte Boot. War eine Schande, das Boot.«

»Und dann sind Sie einfach losgefahren.«

»Ja, wir sind mit der *Skylark* los. Die hatte den Motor noch laufen, und im Nu waren wir da raus. Die Bullen müssen lange gesucht haben, bis sie den richtigen Platz gefunden haben – vielleicht hatten sie ja auch nicht die richtige Info –, und es war nichts von ihnen zu sehen, als wir losfuhren. Aber Himmel, war das fürchterlich. Wir steckten da unten mitten in der … wie heißt das nochmal?«

»… in der Bilge.«

»Richtig. In der Bilge. Mitten im Leckwasser. Absolut widerlich. Stank wie die Hölle, nichts zu fressen oder zu saufen. Aber da hätte man eh nichts futtern können. War einfach total unhygienisch. Und dunkel. Alles pechschwarz. Die Jungs waren seekrank und kotzten sich die Seele aus dem Leib. Horror! Aber wenigstens sind wir davongekommen.«

»Wohin hat es Sie verschlagen?«

»Weiß der Himmel. Wir haben zehn Stunden in dem Loch gehockt, und dann sind wir auf so'ner schlammigen Sandbank gelandet. Wir dachten, wir wären in Holland oder Deutschland, so lange waren wir unterwegs. Als wir ans Ufer kamen, waren da nur Schafe und nasse Möwen, und die konnte man nicht fragen. Wir mußten laufen. Viele Kilometer weit. Hat dazu geschüttet wie verrückt. Erst als wir eine Straße erreichten und einen Laster sahen, auf dem an der Seite 'ovis stand, da merkten wir, daß wir immer noch in England waren. Das war immerhin ne Erleichterung.«

Er begann so eindrucksvoll zu husten und zu spucken, daß seine Tochter an der Tür erschien. »Er stirbt«, sagte sie.

»Ich wünschte, sie würde das nicht immer sagen«, jammerte Pearly, als er sich von der Attacke erholt hatte und sie gegangen war. »Geben Sie mir bitte meinen Hustensaft, Dangerous.«

Davies reichte ihm die Flasche, die Pearly direkt an seine Lippen setzte. Er verzog das Gesicht. »Ekelhaft«, sagte er. »Widerlich.«

Er war tief ins Bett geglitten. Sein Pyjama mit einem lebhaften Kringelmuster warf Falten. Davies richtete ihn wieder auf, erstaunt über sein geringes Gewicht, und ordnete die Kissen neu. »Und das hab ich jetzt davon«, sagte Gates. »Davon, daß ich die ganze beschissene Nacht da draußen war. Ich bin sowieso kein gesunder Mann, Dangerous. Letzten Winter ging es mir erbärmlich.« Ein zittriges Lächeln stahl sich auf sein Gesicht. »Aber ihr habt die Harley zurück. Der Junge hat sie wieder.«

»Ja, das hat er«, erwiderte Davies und berührte den Pyjamaärmel. »Der kannte sich vor Freude nicht wieder, das kann ich Ihnen sagen.«

»Schade, daß wir uns den Rest nicht krallen konnten«, grummelte Gates. »Hätten wir gut Mäuse mit gemacht.«

»Die Polizei hat uns angehalten.«

Gates wirkte alarmiert. »Aber Sie waren nicht in der Nähe?«

»Nein. Die wissen nicht, wer beteiligt war. Was Olly und mich betraf, hatten sie kaum Anhaltspunkte. Um ehrlich zu sein, glaube ich nicht mal, daß sie es wissen wollten. Sie haben die Maschinen wiedergefunden, und damit kann sich der Chef genug schmücken.«

Gates war schweigend in die Kissen zurückgesunken. »Waren Sie in meiner Werkstatt?« fragte er schließlich. »Ich würd mein Leben drauf verwetten, daß Cecil da seine Privataufträge erledigt.«

»Keine Ahnung. Er war am Schweißen.« Davies erhob sich. »Ich sollte jetzt besser gehen. Ich nehme an, der Doktor hat schon nach Ihnen gesehen.«

»Nein. Ich mag es nicht, daß jemand hier reinkommt, solange ich mich noch wehren kann. Wenn ich morgen nicht tot bin, wie sie ja meint, dann laß ich sie den Arzt rufen. Aber ich glaub, ich komm wieder auf die Beine.« Er schien sich etwas ins Gedächtnis rufen zu wollen. Da fiel es ihm ein. »Ach ja, Dangerous. Die von der anderen Gang haben sich dafür entschuldigt, dasse Ihnen letztens auf dem Friedhof eins übergebraten haben. Sie hatten Angst, Sie könnten ihnen auf die Spur kommen. Mit den Motorrädern und so.«

»Nun, ich war ihnen nicht auf der Spur«, erwiderte Davies und kratzte sich am Kopf. »In dieser Nacht hatte ich übrigens schon wieder einen Spitzhackengriff im Rücken.« Er machte eine halbe Schwungbewegung mit dem Arm.

»Was erwarten Sie auch?« sagte Gates. Dann entsann er sich, was er wirklich hatte sagen wollen. »Da war ein Typ dabei. So'n Zwerg. Ich weiß nicht, wie er heißt. Der sagte, er will Sie sprechen. Er wird sich irgendwann bei Ihnen melden. Im Moment hält er sich versteckt.«

»Warum? Warum will er mich sprechen?«

»Ging um irgend ne Info. Er hat Sie gesehen, als Sie im Krankenhaus waren, nachdem man Sie vermöbelt hatte. Er glaubt, er hat was Heißes.«

Es war eine dieser Nächte, in denen eins zum andern kam. Im Babe In Arms lief gerade das Bezirksfinale der Londoner Pub-

Quizmeisterschaften. Mod, der ein weites gestreiftes Hemd mit dicken roten Hosenträgern trug, war völlig in seinem Element, als er mit gelehrter Selbstgefälligkeit Fragen zu seinem Wahlthema ›Leben und Werk von Robert Louis Stevenson‹ beantwortete.

Zwei Drittel der Bar war dichtgedrängt voll mit gespannten Zuschauern; ganz hinten im letzten Drittel debattierte ein Klübchen indignierter Stammgäste erhitzt darüber, daß Wissen überhaupt allgemein sei, was man eigentlich an Darts auszusetzen habe und wieviel diese Klugscheißer letztlich trinken könnten.

Davies fand sich zwischen beiden Gruppen angesiedelt; er schaute und hörte aus Bewunderung für und Loyalität zu Mod aufmerksam zu, brachte jedoch zugleich enormes Verständnis für den Flügel auf, der darauf insistierte, ein Pub sei ein Ort, um sich vollaufen zu lassen, und sonst nichts. Das verstimmte Drittel gab seine Unzufriedenheit derart lautstark kund, daß zunächst der Quizmaster um Ruhe bat und, als dies ohne Wirkung blieb, Fergus, der Barmann, darauf hinwies, daß die Brauereien, Besitzer des Lokals, diese Quizabende ausdrücklich unterstützten. »Ich persönlich geb nen Scheiß drauf, wer Oscar Wilde gevögelt hat, oder ob's überhaupt einer getan hat«, bemerkte er dennoch.

Mod hatte die Fragerunde zum Allgemeinwissen locker hinter sich gebracht (obwohl er folgende Frage ausgelassen hatte: Warum steht London tief in der Schuld von Sir Bazelgette? – Er hat die Kanalisation gebaut.)

Während er Mods Performance beiwohnte, dachte Davies wie schon öfter zuvor, daß Mod offenkundig klug genug war, um einen Job zu bekommen, obgleich Mod ständig argumentierte, eine Vollzeitbeschäftigung würde ihn bei seinem Streben nach Erkenntnis behindern.

Die Spezialistenrunde kam zuletzt. Mods Gegner bei den Fragen zu Einzelthemen war ein ehemaliger Schullehrer, nun

Wachmann, der vorbildlich gepunktet hatte und nur eine Antwort zum selbstgewählten Thema ›Der Impressionismus in der bildenden Kunst‹ schuldig geblieben war. (Welche Insel diente Monet als Kulisse für seine Gemälde? – Belle Ile in der Bucht von Biscaya.) Mod saß auf seinem Barhocker, zufrieden mit seinem wiederaufgefüllten Bierglas und seiner Vertrautheit mit Robert Louis Stevenson.

Die Fragen beantwortete er kurz und bündig. Was war Stevensons erster großer Erfolg? *Dr. Jekyll und Mr. Hyde*. Wo hat er die Novelle geschrieben? In Bournemouth. Welches andere Werk hat er dort ebenfalls verfaßt? *Entführt*. Womit war er gerade beschäftigt, als er auf Samoa tot umfiel? Er machte Mayonnaise. Alles hing von der letzten Frage ab. In der ganzen Kneipe wurde es still. Sogar die Zyniker am Säuferende lehnten sich vor, um zu lauschen. Die unmittelbaren Zuschauer waren wie aus Stein. »Wer fungierte bei einem von S... S... Stevensons Büchern als Co... Co... Co-Autor« fragte der Quizmaster, der an einer leichten Sprachbehinderung litt, »und in welcher B... Beziehung stand er zu Stevenson?«

Davies lehnte sich wie der Rest des Publikums gespannt vor. Mod enttäuschte ihn nicht. So zuversichtlich war er, daß er sich zuerst in aller Ruhe einen ordentlichen Schluck Bier gönnte und damit wertvolle Zeit verstreichen ließ, bevor er in fast beiläufigem Ton antwortete: »Der Co-Autor war Lloyd Osbourne ... sein Stiefsohn.«

In der Bar brach ein Tumult los. Alle schrien, hüpften und verschütteten Bier; und über Mod fielen sie her, als hätte er ein Tor geschossen. Mit strahlender Miene schob er seine Bewunderer sanft, aber bestimmt zur Seite. »Bei dem Werk handelte es sich um *Die falsche Kiste*.« Sein Gegner, dessen impressionistische Welt in Scherben lag, trat auf ihn zu und schüttelte ihm mürrisch die Hand.

Schließlich legte sich die Aufregung wieder; der Quizmaster packte seine Tasche und verschwand allein in der Nacht, denn er mußte als unparteiisch gelten, als ein Mann ohne enge Freunde. Mod, der jetzt mehr als genug Geld hatte, um eine Bierwoche bestreiten zu können, und einen Silberpokal in der Hand hielt, ließ sich neben Davies nieder.

»Komisch, wie Leute sterben«, bemerkte der. »Während sie Mayonnaise machen.«

»Was könnte denn harmloser sein als das?« sagte Mod.

»*Die falsche Kiste* klingt wie meine Lebensgeschichte.«

»Stevenson hat seinen Stiefsohn nur zum Co-Autor ernannt, um ihn aufzubauen. Aber schreiben konnte er nicht.«

Ein Mann, den keiner der beiden je zuvor gesehen hatte, näherte sich ihnen und nahm gegenüber Platz, wo zuvor noch ein Mann gesessen hatte, der zur Toilette gegangen war. Er wurde darauf hingewiesen, daß der Mann bald zurück sein werde und daß es sein Platz sei, aber er ignorierte die Warnungen. Er fixierte Davies. »Mein Name ist Gingell«, sagte er. Er hielt Davies eine Karte hin, und Davies nahm sie. Bevor er einen Blick darauf werfen konnte, erklärte der Fremde: »Ich bin Privatdetektiv.«

»Das bin ich auch.«

»Hab ich gehört. Ich suche einen Mann namens Austen. Ich nehme an, Sie kennen ihn.«

»Shemmy. Ich teile mein Büro mit ihm«, sagte Davies. Mod beäugte Gingell, als ob er es für unwahrscheinlich hielt, daß der Mann ihm jemals sympathisch sein würde.

»Er ist verschwunden«, sagte Gingell.

»Aus seinem Büro ganz sicher. Ist seit einiger Zeit nicht da gewesen.«

»Seit vier Wochen, um genau zu sein. Haben Sie irgendeine Idee, wo er sein könnte? Eine Menge Leute wüßte das brennend gern.«

»Sie könnten es in der Karibik versuchen. Es liegen stapelweise Briefe auf seinem Schreibtisch.«

»Die habe ich gesehen.«

»Sie waren also im Büro.«

»Ja. Die Tür war unverschlossen. Sie haben also keine Ahnung, wo er ist?«

»Nicht die geringste, mein Lieber. Vielleicht ist er ja auch zu Hause bei seiner Mama.«

»Verstehe.« Gingell stand auf. Der Vorbesitzer des Hockers war aus der Herrentoilette zurück und kam auf die drei zu. »Ich gehe denn«, sagte Gingell.

»Bitte. Viel Glück mit Shemmy. Richten Sie ihm aus, wir vermissen ihn.«

Mit unbeweglicher Miene verließ der Mann das Lokal. »So macht man das«, sagte Davies.

»Was?«

»Privatdetektiv sein. Man *muß* Fragen stellen.«

»Aber viele Antworten hat er ja nicht bekommen.«

»Das weiß man nie. Die sind schlau, die Füchse. Könnte sein, daß ich den Fall für ihn geknackt habe.«

Mod wurde abgelenkt; jemand hatte ein Buch gefunden, aus dem er Mod mit Fragen zu seinem Allgemeinwissen bombardierte. Davies stand auf und verabschiedete sich mit der höflichen Wendung, er habe ohnehin noch zu tun.

Die Trinker in der Nähe der Tür standen in einer Art Kreis zusammen, ihren rituellen Whisky halb erhoben. Als er näher kam, lehnte sich Fergus hinter dem Tresen vor und reichte auch ihm eines. »Wofür?« fragte Davies.

»Pearly Gates«, sagte Fergus. »Wir haben's gerade gehört. Er ist heute abend gestorben.«

»Ich wette, Pearly ist nicht beim Mayonnaisemachen gestorben«, murmelte Davies, als er die Straßen entlang schlenderte. Er war überrascht, sich beim Stolpern zu erwischen. Er war traurig und innerlich aufgewühlt. »Armer Pearly.« Er wollte noch nicht ins Bett.

Statt dessen kehrte er auf die Hauptstraße zurück, nachdem er in den Stall gegangen war, um seinem Hund eine gute Nacht zu wünschen, eine Pflichtübung, die Kitty mit Gleichgültigkeit quittierte; er schnarchte längst und reagierte auf niemanden mehr, der ihm nur süße Träume wünschen wollte. Da ihm sonst nichts einfiel, schloß er die Haustür zu seinem Büro auf. Trüber Lichtschein drang aus dem indischen Restaurant, und er konnte hinter den ermatteten Spitzengardinen Gestalten erkennen. Er schnüffelte, während er die angenzende Treppe hochstieg. Mayonnaise war dies hier nicht. Er ging an den eingenickten Haartrocknern in Sophias Salon vorbei, die zu zusammengekauerten Schatten geschrumpft waren, hielt jedoch auf dem nächsten Treppenabschnitt inne, als er unter seiner Bürotür einen schwachen Lichtschimmer hervorkriechen sah. Er hatte viel getrunken an diesem Abend und war nicht in der Lage, mit einem möglichen Eindringling fertigzuwerden. Vorsichtig näherte er sich und öffnete die Tür.

Das Licht kam von seiner eigenen Schreibtischlampe. Dahinter war Sophias fülliger, weicher Oberkörper auf die Schreibtischunterlage gesackt. Sie atmete klangvoll. »Hallo«, sagte Davies sanft. Er wollte sie nicht eschrecken.

»Aah... oh... Dangerous«, murmelte sie. Sie begann, die Situation zu erfassen. »Tut mir leid. Ich muß eingenickt sein. Das passiert mir in letzter Zeit oft. Ich habe auf Sie gewartet.« Sie schaute auf die Uhr an ihrem dicklichen Handgelenk. »Gott, kann das denn wahr sein? Ich wollte höchstens zwanzig Minuten hier sein.«

Sie wollte sich erheben, aber Davies signalisierte ihr, sie solle sitzen bleiben. Er zog sich den anderen Stuhl heran. »Mod hat beim Quiz gewonnen«, sagte er.

Sie blickte verwirrt, dann erfreut. »Oh, toll. Naja, schlau ist er ja. Warum kriegt er dann eigentlich keinen Job?«

»Überqualifiziert«, sagte Davies.

»Ich habe gewartet, weil da eine Nachricht für Sie war. Gerade, als ich unten dichtgemacht habe. Und dann kam da dieser Mann, der Shemmy sucht.«

»Ich bin ihm im Pub begegnet.«

»Ich habe ihm gesagt, Sie könnten dort zu finden sein.«

»Sie hätten rüberkommen sollen.«

»Ich möchte Sie lieber nicht stören, wenn Sie Ihren Feierabend bei einem Bier genießen. Außerdem könnten die Leute auf falsche Ideen kommen. Ich meine, was Sie und mich betrifft.«

Derlei war Davies noch nie in den Sinn gekommen. »Oh«, war alles, was er hervorbrachte. »Sie sollten sich deswegen keine Sorgen machen.« Er blickte durch den finsteren Raum zu Shemmys Schreibtisch hin.

»Der wird ne Menge Briefe beantworten müssen«, bemerkte er, während sie zu dem Stapel hinüberblinzelte, der sich vom Schreibtisch des Buchhalters auf den Boden ergoß.

»Der wird sich vor allem *ver*antworten müssen«, erwiderte sie düster. »Die andere Nachricht war, daß jemand, den Sie kannten, … gestorben ist. Ich hab's aufgeschrieben … Hector Gates.«

»Kein Wunder, daß er sich Pearly nannte«, sagte Davies traurig. »Ja, das habe ich gehört. Sie haben im Babe In Arms auf sein Gedächtnis angestoßen. Vorgestern abend habe ich ihn noch gesehen.«

»Woran ist er gestorben?«

»Wahrscheinlich Lungenentzündung. Aber ich habe mir nicht klargemacht, wie schlecht es um ihn stand. Der arme alte Pearly Gates.«

»Pearly Gates, die Perlentore. Da ist er ja nun wohl.«

»Vermutlich. Er hat sich drüben in den Sümpfen von Essex eine Erkältung gefangen. Ich fühle mich schuldig, wirklich, denn ich war es, der ihn da reingezogen hat. Zumindest indirekt.« Sie fragte nicht weiter nach. Er sah sie betrübt an. »Er handelte mit Motorrädern.«

Er langte um den Schreibtisch herum, schob ihre plumpen Knie vorsichtig beiseite und holte eine Flasche Whisky aus der Schublade. »Herrgott«, seufzte er. »Ich kann nicht einmal ein gestohlenes Motorrad aufspüren, ohne daß jemand ins Gras beißt.«

Ohne zu fragen, schenkte er ihr ein Glas ein, das sie gehorsam aus derselben Schublade geholt hatte. Er senkte den Kopf fast auf Schreibtischplattenhöhe, um zu sehen, wieviel er ihr eingegossen hatte, und schüttete dann mit mildem Grummeln nach. Sie schüttelte den Kopf, sagte aber nichts. Dann maß er sich die gleiche Menge zu, und sie hoben ihr Glas. »Auf Sie, Dangerous«, sagte sie. »Sie sind ein guter Mann.«

»Und Sie sind eine großartige Frau, Sophia.« Seine Grübelsucht bekam etwas Clowneskes. »Ich wünschte, ich wäre ein guter Privatdetektiv«, fuhr er fort. »Ich werde allen ihr Geld zurückgeben müssen. Nicht mal von dem Typen, mit dem ich im Savoy gewesen bin, habe ich mehr was gehört. Er soll eigentlich mit mir in Verbindung bleiben. Sie – Sestrina – treffe ich zwar ab und zu, aber auch da habe ich keine Ahnung, was ich eigentlich tue.«

»Ist sie nett, diese Sestrina?«

»Schlangenhaft, geschmeidig. Aber als nett würde ich sie nicht bezeichnen. Schlangenhaft. Die Sünde selbst.«

»Ich wünschte, ich könnte schlangenhaft sein. Ich habe halt mein Körperfett und meine Prinzipien, das ist mein Problem. Ich bin froh, wenn ich endlich in Urlaub fahre.«

»Wann wird das sein?«

»Wenn ich fliege halt. Ich verschiebe es ständig. Und was ist mit den Einsamen Herzen?«

»Mehr als die Polizei kann ich auch nicht machen. Mensch, die sind es doch, die die Logistik haben. Ich werde das den Leuten sagen und den Job hinschmeißen. Ich verschwende nur ihr Geld.« Er sah aus wie jemand, der einen Kampf verloren hat. »Es ist nicht leicht, sich als Privatdetektiv zu behaupten. Ich zumindest bin so privat, daß es mich kaum gibt.«

In der lastenden Dunkelheit tranken sie ihre Gläser leer. Sophia wuchtete sich mühsam auf die Beine. »Ich gehe jetzt nach

Hause«, erklärte sie. »Morgen um halb neun habe ich Mrs. Vanderbank. Das ist die einzige Uhrzeit, zu der sie kann.«

»Die haben schon eigenartige Namen hier in der Gegend«, sagte er. »Mrs. Vanderbank.« Er stand ebenfalls auf und merkte, wie sehr sein Gleichgewichtssinn gelitten hatte. Sie stützte ihn. »Tut mir leid«, murmelte er. »Lag an dem Quiz.«

Sie schleppten sich, einen vor den anderen Fuß, die Stufen hinunter. Unten erschien Raschid, der Restaurantbesitzer, an seiner Tür. »Mein Gott«, sagte er. »Ich dachte schon, es wären Einbrecher.«

»Eingebrochen bin ich in der Tat«, lallte Davies. Sein Wortspielchen erschien ihm als komisch, und er mußte lachen. Sophia half ihm hinaus auf die Straße; sie legte einen fetten Arm um seine Hüfte, und sie gingen zusammen bis zur Ecke.

»Allein schaffen Sie's nicht«, sagte Sophia.

»Im Leben? Zu dem Schluß bin ich schon lange gekommen.«

»Ich meine nach Hause. Kommen Sie mit zu mir.«

Er nickte; sie nahmen die Kurve und torkelten an der Fassade der alten Häuserzeile entlang, bis sie ihre Tür erreichten. »Keinen Lärm machen«, warnte sie. »Ich hab nicht oft Herrenbesuch.«

Sie bewohnte ein Appartement auf der obersten Etage. Wieder hatten sie eine schwierige Höhenbewältigung zu meistern, aber sie schafften es, und sie führte ihn in ihr Wohnzimmer. Es war altmodisch eingerichtet, aber behaglich. »Möchten Sie noch etwas trinken?« fragte Sophia.

»Wirklich gerne«, erwiderte Davies ehrlich. »Es ist nett und gemütlich hier.«

»Ich mach auch alles, damit es so bleibt. Meine Mutter hat mir viel Zeugs überlassen.«

»Ich verspreche auch, daß ich Ihren Vater eines Tages finden werde. Ich hab das nicht vergessen.«

»Ich weiß. Sicher werden Sie das.«

»Wer ist das?« Er zeigte auf ein Foto, auf dem ein gutaussehender Mann zu sehen war. Es handelte sich um eine goldgerahmte Profilaufnahme, die auf dem Sims über dem elektrischen Feuer im Kamin stand.

»Eddie«, sagte sie. »Jahre alt. Auch aus meinem Leben verschwunden. Den könnense gleich mitsuchen.«

»Eines Tages, wenn ich mit diesen Leuten fertig bin, suche ich Ihren Vater. Und dann Eddie.« Er kippte den Whisky hinunter, und sie schenkte nach.

»Aus meinem Leben verschwinden, so scheint's, die Leute immer. Aber ich weiß nicht mal, ob das so schlecht ist.«

»Sie wissen nicht zufällig, wo Mr. Swanee abgeblieben ist, der Mann aus dem Savoy?«

»Nein, weiß ich nicht. Warum fragen Sie nicht im Savoy nach? Die haben die ganze Nacht geöffnet.«

»Er hat doch gesagt, ich soll ihn nicht kontaktieren. Er würde mit mir in Verbindung bleiben.«

»Aber das hat er nicht getan.«

»Nein. Aber er sagt, er wohnt da die ganze Zeit, wenn er im Land ist.« Er sah sie unsicher an, teils, weil er betrunken war, und teils, weil er nicht wußte, was er tun sollte. »Soll ich ihn anrufen? Dann käme vielleicht endlich was in Bewegung.«

»Vielleicht.«

»Besser als nichts.« Er blieb unentschieden. »Aber es wäre doch besser, wenn ich nüchtern wäre. Meinen Sie nicht?«

»Tun Sie's jetzt. Sorgen Sie dafür, daß was in Bewegung kommt. Ich such die Nummer raus.«

Sie öffnete einen Eckschrank und holte ein Telefonbuch hervor. »Das Savoy«, murmelte sie, während sie umblätterte. »Da ist es.« Sie sah, daß er noch immer zögerte. »Gut, ich wähle. Aber Sie müssen sprechen.«

»Also gut. Solange es keine langen Sätze sind. Ich krieg lange Sätze nicht mehr hin. Muß am Scotch liegen.«

»Wird wohl.« Sie hatte bereits gewählt. Sofort nahm jemand ab. Sophia reichte ihm den Hörer.

»Entschuldigen Sie, daß ich so spät störe«, rezitierte er vorsichtig.

»Das ist vollkommen in Ordnung. Wir haben die ganze Nacht geöffnet.«

»Ja, das kann man sich denken. Ständig Leute rein, Leute raus. Aussperren können Sie die ja nicht, oder?«

»Nein, das können wir nicht. Wie kann ich Ihnen denn helfen?«

»Mr. Swanee«, sagte er. »Mr. John Swanee. Wohnt er bei Ihnen?«

Es entstand eine Pause. Sie kam zurück. »Es gibt keinen Mr. Swanee bei uns.«

»Aber er wohnt immer dort.«

»In diesem Fall möchten Sie ihm ja vielleicht eine Nachricht hinterlassen. Soweit ich sehe, wird er jedoch nicht erwartet.«

»Aber er wohnt ganz bestimmt immer bei Ihnen.«

»Ich schaue nach.« Sie entfernte sich, und Davies rollte mit den Augen, bis er Sophia im Blick hatte. Schließlich kam die Frau zurück. Davies bedankte sich schwerzüngig und legte den Hörer auf. »Sie sagt, sie hätten noch nie von ihm gehört.«

Sie schenkte ihm und sich selbst einen weiteren Drink ein. »Langsam wächst mir alles über den Kopf«, gestand er müde. Er spürte, wie ein Grinsen der Trunkenheit über sein Gesicht wanderte. »Vielleicht sollte ich die Polizei verständigen.«

Sie lachte herzhaft. »Lassen Sie uns was Musik hören. Das heitert uns vielleicht auf.«

»Warum fliegen Sie nicht nach Amerika, wie Sie gesagt haben? Warum verschieben Sie es?«

»Ich flieg ja bald. Aber da ist dieser Mann; er arbeitet für die Polizei, obwohl er kein Polizist ist. Er ist mehr sowas wie ein Staatsbeamter. Ich habe ihn bei meiner Schwester kennengelernt. Er will mich heiraten.«

»Und Sie ihn nicht?«

»Ich habe wohl Angst. Er ruft mich ständig an.« Sie schwieg einen Moment. »Ich mach die Kassette an.« Sie war bereits zum Tapedeck neben dem Kamin gegangen und drückte auf Knöpfen herum. »Das hier höre ich jeden Tag. Die Mondscheinserenade.«

Die romantische alte Melodie erfüllte den Raum, und sie stellte leiser. »Sonst beschweren die sich nebenan. Die mögen nur Punk oder so'n Krach.«

Davies wurde bewußt, wie mißverständlich sie im Raum positioniert waren, mit gesenkten Gläsern, auf einander gegenüberliegenden Seiten des Teppichs vor dem Kamin. Sie kippte den Rest ihres Drinks hinunter und bewegte sich auf ihn zu. »Tanzen Sie mit mir, Dangerous.«

Sie wartete ab, bis er seinen Scotch ausgetrunken hatte, nahm ihm das Glas ab und stellte es auf das Kaminsims. »Naja, ich bin kein guter Tänzer«, sagte Davies. »Nicht mal, wenn ich nüchtern bin.«

»Kommen Sie schon«, sagte sie mit ausgestreckten Armen. »Wir brauchen ja nichts Kompliziertes auszuprobieren.« Er lächelte zerzaust, und sie versuchte, sein Lächeln zu fokussieren. Wie zwei kurzsichtige Leute manövrierten sie sich aufeinander zu und hielten sich schließlich aneinander fest. Ihre übervoluminöse Weichheit schmiegte sich an ihn. Er schlurfte auf dem Teppich herum. »Das erinnert mich an das Palais«, flüsterte sie. »Das Hammersmith Palais, vor vielen Jahren. Sind Sie jemals da gewesen?«

»Ich bin immer in die Wembley Town Hall gegangen«, erwiderte er und fragte sich, warum sich der Raum mit ihnen drehte.

»Es war so wunderbar. Aber seitdem ist alles nur bergab gegangen.«

»Es ist gegenüber vom Palais«, sagte er. Ihr Ohr schwitzte, das spürte er an der Nase. »Die Partnervermittlung. Die Leute, für die ich arbeite. Arbeiten sollte.«

»Reden Sie jetzt nicht von Morden«, flehte sie. »Vielleicht hätte ich da ja mal hingehen sollen. Zu dieser Vermittlung. Ich gäbe ein überzeugendes einsames Herz ab.«

Sie begann, leise zu weinen, und er suchte nach etwas, womit er ihr die Tränen abwischen konnte. Genau hinter ihm befand sich eine Art Zierdeckchen; er zog daran und riß eine Schäferin aus Porzellan herunter. Die Figur prallte hüpfend auf den Boden, zerbrach jedoch nicht. »Da«, sagte Sophia, ließ ihn los und hob sie auf. »Auch sie ist unzerbrechlich.«

Der Verlust ihrer körperlichen Unterstützung hatte Davies bedrohlich schwankend auf der Teppichmitte zurückgelassen.

»Möchten Sie lieber schlafen gehen?« fragte sie resigniert.

»Oh ja, bitte«, bettelte Davies wie ein Kind. »Ich kann einfach nicht mehr richtig stehen. Liegt wohl am Tanzen.«

»Kommen Sie.«

An der Hand geleitete sie ihn in ihr Schlafzimmer. Die Nachttischlampe brannte, und selbst mit seinem verschwommenen Blick konnte er erkennen, daß die Wände mit mauvefarbenen Velourstapeten gepolstert waren. Sie bemerkte, wie er an ihnen entlangsah. »Noch ein Fehler«, seufzte sie. »Unten der, der Inder, Raschid, hatte was von dem Zeug übrig, als er seinen Laden eingerichtet hatte, und ich hab es genommen. Ich dachte, daß es mit einer pinkfarbenen Bettdecke zusammen sexy aussehen würde.«

»Oh, das tut es, das tut es«, murmelte Davies. Er würde sich nicht mehr lange auf den Beinen halten können, so viel war ihr klar. Sie drückte ihn auf das Einzelbett, hob mit einem mütterlichen Grunzen seine Beine an und plazierte sie ordentlich nebeneinander auf der Tagesdecke. Die Augen waren ihm bereits zugefallen, und er schnarchte friedlich.

Traurig schlich Sophia aus dem Zimmer und schloß die Tür. Sie holte sich eine Steppdecke aus dem Badezimmerschrank und legte sich vor den leeren Kamin. Es war nicht das erste Mal.

Das Jahr war vorangeschritten; jeden Tag waren mehr Menschen bereits an ihrem Arbeitsplatz, wenn es im Nordwesten Londons hell wurde. Die Nachzügler, die apathisch im Bus saßen, in ihren Wagen kauerten oder schläfrig auf ihren Fahrrädern schwankten, drifteten über die High Street. Ladeninhaber öffneten ihre Geschäfte und schnupperten mißtrauisch in der Morgenluft. Die ersten sichtbaren Morgendünste vollführten einen Schleiertanz über dem Kanal und selbst vor den Fenstern der Cafés, wo Tee, Kaffee und dicke Toastscheiben, oft garniert mit Bratenschmalz oder gebackenen Bohnen, auf den Frühstückstischen lagen.

Davies brauchte nicht weit zu laufen. Sein Weg führte ihn am Babe In Arms vorbei, wo der saure Gestank der letzten Nacht auf den Gehsteig strömte. Davies mochte den Geruch schalen Bieres recht gern. Er steckte den Kopf zur Tür hinein. Fergus, der Barmann, räumte gerade den Müll des Quizfinales fort. Eine halbverborgene Frau fegte einen verstohlenen Winkel. Fergus sah, wie Davies hereinschaute. Er nahm ein Blatt Papier voller Kästchen von einem Tisch. »Nennen Sie mir die sieben Weltwunder der Antike«, rief er.

»Eines davon bin ich«, erwiderte Davies. »Das reinste Wunder, daß ich nicht tot bin.«

»Wie Pearly«, sagte Fergus.

»Ja, wie Pearly.«

Als er dies murmelte, war er bereits einige Meter weitergegangen. Fergus kam zur Tür und rief ihm nach. »Dieser kleine Typ war gestern abend schon wieder da, der Sie sprechen will. Als Sie schon weg waren.«

»Der verpaßt mich aber auch immer«, sagte Davies. »Kennen Sie seinen Namen?«

»Nein, er hat nur über den Tresen weg gefragt.«

»Hat Mod ihn gesehen?«

»Glaube kaum, daß Mod um diese Uhrzeit noch irgendwas gesehen hat.«

Davies setzte seinen Weg, der leicht aufwärts führte, fort. Armer Pearly, dachte er. Auf seinem Gebiet war er ein wichtiger Mann gewesen. Es würde eine große Beerdigung geben.

Als habe er seine Gedanken gelesen, erschien Fergus noch einmal. Diesmal mußte er brüllen. »Die Beerdigung ist nächste Woche. Donnerstag. Sie müssen erst seine Mutter hier runter holen.«

Von wo herunter? Er entsann sich, wie Pearly beim Grabe seiner Mutter geschworen hatte. Vielleicht vom Himmel herunter. Oder aus Hemel Hempstead.

Als er in Sophias Wohnung aufgewacht war und sich von violetten Plüschwänden umgeben sah, konnte er sich nur hilflos fragen, welches außergewöhnliche Unglück ihm nun schon wieder zugestoßen sein mochte. War er im indischen Restaurant kollabiert? War dies ein orientalisches Schlafzimmer? Das Innere eines großen Sarges? Das Pink der Überdecke, auf der er lag, biß sich mit den Wänden. Da war ihm eingefallen, wo er wirklich war, und er schämte sich, daß er Sophia aus ihrem eigenen Bett verdrängt hatte.

Sie war früh losgegangen, um beim Frisieren der Willesdener Damenköpfe ihr Äußerstes zu geben. Sie hatte ihm ein Tablett mit einem leichten Frühstück hingestellt. »Brot im Brotkasten«, sagte ein Zettel. Er beschloß, die Teetasse unbenutzt zu lassen. Im Badezimmer hatte er sein zerknautschtes Gesicht mit kaltem Wasser gewaschen und war dann hinaus auf die naßkalte Straße getreten.

Im Bali Hi fand er Mod überraschenderweise wach vor, er konnte sogar in einem gewissen Sinne als angezogen gelten. »All die Aufregung«, klagte er. »Es gibt jetzt Gerede, ich soll zum Englandfinale. Da winken internationale Auszeichnungen.« Plötzlich bemerkte er Davies' Anwesenheit. »Wo hast du dich die ganze Nacht rumgetrieben?«

»Bei Sophia. Sie hat mich übernachten lassen.«

»Ts, ts«, sagte Mod.

»Im Einzelbett.«

»Es ist halt nicht Platz für zwei, wenn eine davon Sophia ist«, bemerkte Mod pragmatisch.

»Charmant ausgedrückt.«

Mod wirkte beschämt. »Nicht gerade der Kommentar eines Gentlemans«, räumte er ein. »Da war eine Nachricht für dich. In aller Herrgottsfrühe. Wie gut, daß ich auf war. Mrs. Fulljames geht so früh nicht ans Telefon. Sie befürchtet dann immer, es könnten schlechte Neuigkeiten sein.«

»War es so?«

»Keine Ahnung. Aber Neuigkeiten immerhin. Annas Vater, Mr. Beauchamp, den wir aufgesucht haben. Der will, daß du ihn anrufst. Am Telefon liegt die Nummer.«

»Die hab ich sowieso«, erwiderte Davies, obwohl er im Moment nicht wußte, wo eigentlich. »Hat er gesagt, worum es geht?«

»Er macht sich Sorgen um sie.«

»Ich dachte, das täte er nicht. Er sagte doch, sie ist einfach weggegangen, oder?«

»Aber diesmal ist sie schon zu lange fort, scheint's. Ruf ihn besser an.«

»Gut. Mach ich sofort.«

»Ich geh ein bißchen mein Zimmer aufräumen.«

Auf dem Weg zum Telefon blieb Davies plötzlich wie vom Donner gerührt stehen. »Du gehst was?«

»Mein Zimmer aufräumen«, wiederholte Mod lahm. »Sie sagt, es stelle ein Brandrisiko dar.«

»Dafür ist es zu feucht.«

Er ging zum Telefon im Flur. Es war ein Münzautomat (und war dies seit den Tagen gewesen, wo man noch Knopf A oder B drücken mußte). Er kramte aus seinem Portemonnaie ein paar Münzen hervor und wählte. Beauchamp war dran. »Ja, Mr. Davies. Ich *bin* in Sorge um Anna.«

»Weshalb?«

»Sie hat sich nicht gemeldet. Sie ist ja oft einfach weggegangen, wie ich Ihnen erzählt habe, und ich habe es auch aufgegeben, sie davon abzuhalten; aber diesmal scheint sie wirklich verschwunden zu sein. Sie hat ... sie hat ihre monatliche Überweisung bei der Bank nicht angerührt.«

»Und das ist ungewöhnlich?«

»Sehr. Es ist nicht viel, aber ich hatte mich bereit erklärt, sie während des Studiums zu unterstützen. Ich erwarte, daß sie das Geld zurückerstattet, wenn sie erst selbst verdient. Der Bankmanager ist ein alter Freund von mir. Er hat mir verraten, daß seit letztem Monat nichts abgehoben worden ist. Das ist äußerst seltsam.«

»Klingt so.«

»Ich ... ich ... Sie wissen ja, Sie haben gefragt, ob wir wissen, wo sie in London wohnt. Nun ja, ich habe die Adresse herausgefunden.«

»Ich höre.«

»Es ist ein Mansardenzimmer, River Road 41, Chiswick.«

»Gut«, sagte Davies. »Ich fahre hin und schaue nach.«

»Hallo Dangerous. Ich bin's, Josh Reynolds. Wir wissen jetzt über den Jungen Bescheid.«

»Harold. Was habt ihr herausgefunden?«

»Du hattest recht, Kumpel. Er ist kein Serbe oder sowas. Er ist Deutscher. Sie hat ihn seinen deutschen Eltern gestohlen.«

»Gestohlen? Himmel auch.«

»Genau. Als Baby. Er heißt Wolfgang sowieso.«

»Harold hat mir besser gefallen.«

»Er ist in einer Düsseldorfer Straße verschwunden, und niemand konnte ihn finden. Scheint so, als sei dir das gelungen.«

»Da bin ich ja froh, daß ich mal einen Fall zum Abschluß bringe. Selbst wenn es per Zufall ist.« Er zögerte. »Dann wird er jetzt wohl zurückgebracht.«

»Heute.«

»Oh, das geht ja schnell. Ich wollte heute mit ihm zu McDonalds gehen. Er ist völlig versessen drauf.«

»Deshalb rufe ich an. Wenn du ihn nochmal sehen willst, dann beeilst du dich besser ein bißchen. Seine Eltern kommen heute nachmittag rüber.«

»Verstehe. Gut, ich beeil mich. Danke, Josh. Ich bin froh, daß es gut ausgeht.«

»Das ist auch unsere Hoffnung. Sie haben ihn viele Jahre nicht gesehen, und er wird sich nicht an sie erinnern.«

»Bei manchen beginnen die Probleme früh, nicht wahr. Er ist erst sieben. Irgendwas Neues über die Mutter … also Connie, die wir für seine Mutter hielten. Genau wie er.«

Reynolds stieß einen Seufzer aus. »Nicht die Bohne, Kumpel. Wir bringen die übliche Routine hinter uns. Aber man weiß ja immer – man spürt es –, ob es gut läuft. Und das hier fühlt sich gar nicht gut an. Nicht diesmal. Nicht bei diesem Mord.«

»Also muß noch einer geschehen?«

»Und vielleicht noch einer mehr. Bis er einen Fehler macht. Bis dann.«

Davies hängte nachdenklich den Hörer ein. »Das versaut dir den ganzen Nachmittag«, murmelte er. Er verließ das Haus und nahm den Bus bis Shepherd's Bush. Er kaufte zwei Hamburger und brachte sie in einer Tüte mit zum Kinderheim.

»Er wollte einfach nicht frühstücken«, sagte die Frau. »Zu aufgeregt wahrscheinlich.«

Harold trat in den freudlosen Raum und steuerte geradewegs auf die Hamburgertüte zu. Davies gab ihm einen und biß selbst in den anderen. Während sie aßen, sprachen sie kein Wort. »Ich bin jemand anders«, sagte der Junge schließlich. »Nicht Harold.«

»So ist es wohl.«

»Ich gehe weg von hier. Meine Mutter und mein Vater kommen. Seine Augen weiteten sich. „Ich bin Deutscher.«

»Nun ja, als Harold hast du nicht viel Glück gehabt.« Davies zerknitterte seine fettige Tüte und warf sie in einen Mülleimer.

Der Junge folgte ihm mit dem Blick. »Haben die da McDonalds?«

»In Deutschland? Aber sicher, überall. Du hättest Lette sein können, und noch immer wäre deine Versorgung mit McDonalds gesichert gewesen.«

»Das ist gut.« Der Junge kramte in seiner Jacke. »Die behalte ich.« Er holte die Flöte hervor und piepste einen Ton.

»Du wirst besser«, sagte Davies. »Üb immer schön.«

Die Frau vom Sozialdienst erschien. »Es ist jetzt an der Zeit für Sie zu gehen, Mr. Davies«, sagte sie. »Sie haben vom Flughafen aus angerufen. Bald werden sie hier sein.«

Davies sah sie nur schweigend an. Er stand auf und reichte dem Jungen die Hand. Einen Augenblick später hielt ihm das Kind die seine hin, und sie verabschiedeten sich feierlich. »Bis denn mal«, sagte Davies.

»Ja, bis denn«, sagte Harold.

Plötzlich schoß Davies etwas durch den Kopf; er nahm linkisch eine Visitenkarte aus seiner Brieftasche und gab sie ihm mit verlegener Miene. Er hatte noch nie einem Kind seine Visitenkarte gegeben. »Wenn du Lust hast zu schreiben … oder wenn du was brauchst, hier findest du mich«, murmelte er.

Harold nahm die Karte und erklärte gewichtig: »Ich werde Sie finden.«

Die Frau öffnete die Tür, um Harold besonders dezent zum Gehen zu bewegen, und Harold verschwand durch die Tür, ohne sich noch einmal umzublicken. Zuletzt sah Davies ihn noch durch den grün gestrichenen Flur laufen. Dann trat er an der Haltestelle Shepherd's Bush in den gleichgültigen Tag hinaus. Die Frau, die zuvor schon die Treppen gewischt hatte, war wieder bei der Arbeit.

»Scheiße«, sagte Davies zu sich selbst. »Verfluchte Scheiße nochmal.«

»Sie fluchen verdammt viel«, grummelte die Frau.

Selbst am frühen Nachmittag wirkte die Themse alt und unheimlich. Er ließ seinen Wagen am Ende der River Road stehen und schlenderte unter den sterbenden Bäumen entlang, unter den ockerfarbenen Blättern, die auf dem Bürgersteig Matsch bildeten oder an den gußeisernen Gitterzäunen hängengebliebenen waren. Er fuhr mit der Hand die Zäune entlang. Sie waren naß. Wozu diese Zäune? Niemand würde sich an dieser Stelle in den Fluß stürzen. Zu düster, elend und bedrückend war es hier; selbst für einen Selbstmord. Ein Kahn, der so wirkte, als würde er sinken, bevor er andocken konnte, kämpfte gegen die Strömung an. Ein Mann angelte hoffnungslos; unter seinem aufgespannten Regenschirm sah er aus wie ein Zwerg unter einem Pilz.

Nummer 41 war ein müdes viktorianisches Haus. Es war in Appartements aufgeteilt worden, und die Namen der Bewohner an den Klingelknöpfen waren unter dem Vordach aufgelistet. Die Klingel des obersten Appartements, Nummer vier, war ohne Namensschild. Dennoch versuchte er es. Zu seiner Überraschung wurde bald aufgedrückt. Eine Frau in einem riesigen Sweater mit aufgestelltem Kragen öffnete die Tür. »Sind Sie wegen der Wohnung gekommen?«

»Ja«, antwortete Davies, denn das war er.

»Sie sollten besser reinkommen und nen Blick reinwerfen«, sagte sie. Sie führte ihn durch einen schmalen Flur, den ein Fahrrad halb versperrte, drei Treppen hoch. »Einen Aufzug gibt es nicht«, erklärte sie. »Diese umgebauten Häuser haben nie welche.« Sie eilte die Stufen voran. »Sie haben das Appartement vor zwei Wochen verlassen. Sind einfach gegangen. Haben die Miete noch bezahlt, stellen Sie sich nur vor, und sind dann weggegangen, ohne eine Adresse zu hinterlassen.« Sie blieb auf der Treppe stehen und musterte ihn. »Sie sind aber nicht von der IRA, oder?«

Davies verneinte. »Man kann nie vorsichtig genug sein. Hat in der Gegend Ärger gegeben. Sie haben versucht, die Brücke in die Luft zu jagen und, so glaubt man, auch die Brauerei.«

»Wie verwerflich«, erwiderte Davies aufrichtig. »Sowas könnte ich nie gutheißen.«

»Ich auch nicht. Ich weiß nicht, warum die alle kämpfen müssen. Ist der Suff, sag ich immer.« Schnaufend blieb sie auf dem obersten Treppenabsatz stehen. »Hier ist es. Weiter hoch kann man nicht.« Sie schloß die Tür auf und ließ ihn hinein.

Für einen dritten Stock war es dunkel; den großen Raum verschluckten selbst um diese Uhrzeit Schatten. Das wußte sie. »Das liegt daran, daß die Bäume so hoch wachsen. Am Fluß auch. Und am Friedhof wohl.«

»An der Brauerei noch dazu«, sagte Davies.

»Ja, auch daran«, nickte sie.

Er hatte einen Stapel Briefe auf einem Heizkörper ausgemacht und überlegte fieberhaft, wie er in ihren Besitz kommen konnte, als sich die Lösung von selbst ergab; es klingelte. »Wer soll denn das jetzt sein?« brummte sie, als ob er einen Vorschlag machen solle. »Bin sofort wieder da.«

Im selben Moment, in dem sie aus dem Raum war, draußen auf der Treppe, ging er ruhig zur Heizung und nahm das Bündel Briefe. Es waren sechs, vier davon Reklame. Bei einem handelte es sich um einen privaten Brief, bei dem anderen um eine Rechnung, allem Anschein nach um eine von American Express. Als er am Treppenfuß Stimmen hören konnte, ließ er die beiden Briefe in seine Innentasche gleiten.

Die Frau kam mit einem Mann zusammen die Treppe hoch. »Ich verstehe es nicht«, jammerte sie. »Es tut mir furchtbar leid.«

Sie kamen zur Tür. Der Mann war ein schmächtiger Brillenträger mit einer braunen Plastiktüte, die er nervös hin- und herschwang, und wirkte wie jemand, der lieber in nichts verwickelt werden möchte. »Ich dachte, *Sie* wären Mr. Beesley«, warf die Frau Davies vor.

»Nein. Nein. Das habe ich nicht gesagt. Ich habe in meinem ganzen Leben noch nie Beesley geheißen.«

»Wer sind Sie dann? Das hier ist Mr. Beesley. Der hatte wegen des Zimmers einen Termin gemacht. Sind Sie sicher, daß Sie nicht von der IRA sind?«

»*Dessen* bin ich mir absolut sicher. Ich muß jetzt gehen. Das Zimmer ist ohnehin nicht, was ich suche. Danke.«

Die Frau nahm eine angriffslustige Haltung ein, mit ausgebreiteten Armen stand sie in ihrem Riesensweater da wie ein Torwart, der einen Strafstoß erwartet. Dennoch stand sie ihm nicht im Weg, und Mr. Beesley wich höflich zurück, als Davies seinen Abgang machte, als sei es zu befürchten, daß er ihn auf seiner Flucht die Treppen hinunter einfach mitriß. »Sie gefallen mir gar nicht!« schrie die Frau Davies hinterher. »Was führen Sie im Schilde?«

Dankbar erreichte er die River Road und begann, was ihm als unschuldiger, friedlicher Marsch zurück zur Themse erschien. Seine Füße durchpflügten das abgestorbene Laub. Ein Mann mit kleinem Hund sah ihn seltsam an, und eine Frau in kurzen Sporthosen nickte ihm kameradschaftlich zu, während sie in die entgegengesetzte Richtung marschierte.

Er erreichte seinen Rover und wendete ungeschickt auf der Straße, bevor er Gas gab und schneller als notwendig zur Hauptstraße nach London fuhr. Er kam an einem Rugbyfeld vorbei, wo eine Schar warm eingehüllter Zuschauer zwei miteinander rangelnde Mannschaften anfeuerten, die akkurat von zwei Torpfosten eingerahmt waren. Einer plötzlichen Laune folgend, steuerte er den Wagen durch das Tor und parkte auf dem Kies vor einem hölzernen Klubhaus.

»Das macht 50 Pence«, rief ein älterer, rotgesichtiger Mann, der ans Fenster klopfte. »Es ist fast Halbzeit.«

Davies stöhnte, kramte, kurbelte die Scheibe herunter und gab dem Mann die Münze. »Ist es nach der Halbzeit billiger?«

Der Mann lachte heiser. »Versuchense bloß das Spielchen nicht. Ist immerhin für einen guten Zweck.«

»Und der wäre?« fragte Davies. Er wollte die Briefe öffnen.

»Das Gehalt des Parkplatzwächters«, erwiderte der Mann.

Er entfernte sich, auf das Spiel zu, und begann, mit den Armen zu winken und zu rufen. Davies holte die Briefe aus seiner Tasche. Der handgeschriebene war an Carl Swanee adressiert. Er spürte, wie seine Augenbrauen sich hoben. Vorsichtig versuchte er den Brief zu öffnen, ohne die Lasche zu beschädigen, aber es mißlang ihm. Der Brief war ohne Datum und Absender. Zwei Enttäuschungen. Der Text war hingekritzelt und kurz: ›Lieber Carl, Das klingt ja nicht gut. Komm her und erzähl mir mehr, sobald Du kannst.‹ Keine Unterschrift. Der Briefstempel war verschmiert. Er versuchte ihn zu entziffern, als die Wagentür wieder aufgerissen wurde und der Parkwächter die Lücke füllte. »Es geht wieder los!« brüllte er fast.

Davies ließ das Kuvert fallen; es segelte aus dem Wageninneren heraus und landete auf dem nassen Kies, wo der schwere Mann drauftrat.

»Tschuldigung«, murmelte er und hob es auf. »Ist direkt unter meinen Fuß geraten. Aber immerhin nur der Umschlag.«

Davies nahm ihn vorsichtig an sich. »Schauen Sie zu?« fragte der Mann.

»Nein. Ich muß los.«

»Warum sind Sie dann hergekommen? Die könnten ein bißchen Extraunterstützung gebrauchen.«

»Verpissen Sie sich«, zischte Davies fast mit angehaltenem Atem. Ob nun der Wächter etwas gehört hatte oder nicht, er wirkte er auf einmal beleidigt.

»Dies ist ein Privatgrundstück«, sagte er, während er sich rückwärtsgehend entfernte, als Davies den Motor anließ. »Hier hat sonst keiner was verloren. Das ist nur fürs Rugby.«

Davies wendete den Wagen so ungestüm auf dem Kies, daß der Wächter aus dem Weg sprang und sich mehrere Zuschauer umdrehten, um zu sehen, was da vor sich ging. Fluchend, aber noch immer kaum hörbar, trieb Davies den betagten Motor an, schoß durch das Tor und verhinderte gerade noch einen Zusammenstoß mit einer sperrigen grünen Mähmaschine, die sich im rechten Winkel näherte. Der Fahrer bremste, was das Zeug hielt; Davies lenkte seinen Wagen auf die Straße und bretterte davon. Im Rückspiegel sah er den Mann mit der Faust gestikulieren. Der Parkwächter kam durchs Tor und beteiligte sich an der Fuchtelei, wenn ihnen auch kein einheitlicher Takt gelang.

Mit etwas geringerem Tempo fuhr er zur Hauptstraße, wo er in eine Parkbucht einbog und den Motor abstellte. Nachdem er sich umgeblickt und vergewissert hatte, daß er nicht wieder gestört würde, öffnete er den Umschlag von American Express. Es war eine Monatsrechnung. Die Liste enthielt lediglich drei Einträge: einen aus einem Geschäft in Chiswick, einen fürs Tanken an einer Tankstelle auf der Bath Road und eine für eine Übernachtung im Wessex Inn, Swindon. Das war es.

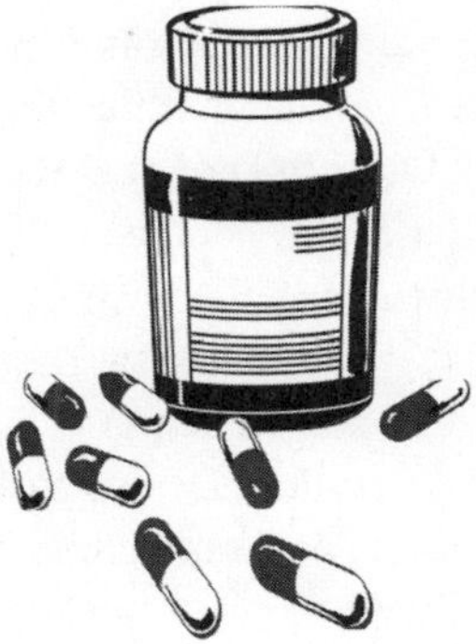

Kapitel 8

Er hatte dem alten Wagen auf Autobahnen immer mißtraut und das Risiko nicht eingehen wollen; jetzt jedoch fand er sich flugs auf der M4 wieder, in Richtung Westen. Der Rover schien seine neue Verantwortung geradezu zu genießen; er schnaubte wie ein Pferd, dem der Luxus freien Galoppierens lange verwehrt worden war.

»Komm schon, Rover«, trieb er ihn an, was ihm ebenfalls Spaß machte. »Komm, laß uns dieses fette Schwein da überholen.« Er scherte aus seiner Spur aus, ratterte an einem Laster vorbei und winkte entrückt. Danach sauste er an einem Wagen vorbei, der einen Campingwagen zog, dann an einem recht schnell aussehenden Brottransporter; Triumph auf Triumph. Doch als entsinne es sich plötzlich seines Alters, seiner Grenzen und seiner Gebrechen, begann das ältliche Auto zu husten; und seine Geschwindigkeit sank wider Willen auf kaum über 60 Stundenkilometer. Obwohl Davies Gas gab wie ein Verrückter, schaffte der Wagen es nur gerade so, das Tempo zu halten. Der Konvoi von Fahrzeugen, die er hinter sich gelassen hatte, zog ohne Mühe an ihm vorbei. Er tat so, als sehe er sie nicht, der Fahrer des Lasters hupte und johlte jedoch vor Spott.

Schließlich erreichte er die Ausfahrt nach Swindon und bog ab, um die Stadt langsam auf ihren eigenen Straßen zu umkreisen. Das erhöhte Schild des Wessex Inn konnte er aus der Ferne sehen, fand es jedoch schwierig, näher heranzukommen. Dann erwischte er doch den richtigen Kreisverkehr und fuhr auf den Parkplatz. Es war früher Abend.

Die Frau an der Rezeption fixierte ihn argwöhnisch. »Wir können keine Informationen über unsere Kunden preisgeben«, sagte sie mit gerümpfter Nase. »Sie sind vertraulich.« Sie wandte sich wieder der Liste zu, die sie hinter der Theke durchging, schaute dann erneut auf und wirkte überrascht, ihn noch immer dort stehen zu sehen. »Wo liegt das Problem?« fragte sie scharf.

»Es geht darum, daß diese junge Dame Bilharziose hat.«

»Wer ist Bill Harziose?«

»Das ist kein *Er*, sondern ein *Es*. Eine furchtbare Krankheit. Hochansteckend.«

»Und sie hat das?«

»Ja.« Er blickte sich um. »Die Krankheit könnte sich in Null Komma nichts hier ausbreiten.«

Sie betätigte eine Klingel. »Wann, sagten Sie, war sie hier?« fragte sie und sah so aus, als wolle sie schleunigst nach Hause.

»Am Einundzwanzigsten. Sie ist eine Nacht geblieben.«

»Das ist der Manager«, verkündete sie erleichtert. »Mr. Trelaw, dieser Gentleman möchte eine Information.« Sie schnüffelte argwöhnisch in der Empfangshalle herum. »Ich habe jetzt frei.«

Der Manager erwies sich als hilfsbereit. »Wir müssen gewisse Leute abwimmeln«, erklärte er. »Es gibt alle möglichen Leute, die wissen wollen, wer hier gewohnt hat. Sie wissen schon, Privatdetektive, diese Sorte …«

»Ich gehöre zu dieser Sorte.«

»Sie sind Privatdetektiv?«

»Ermittlungsagent. Aber es geht hier nicht um die üblichen Bettgeschichten. Miss Beauchamp ist verschwunden. Ihre Familie möchte sie unbedingt finden. Ihrer Rechnung von American Express nach zu schließen, hat sie hier übernachtet. Am 21. September. Ich möchte nur wissen, ob sich jemand an sie erinnert.«

»Haben Sie ein Foto?«

»Leider nein.« Seine Chancen standen schlecht.

»Man sollte doch meinen, daß ihre Familie Ihnen ein Foto gibt, oder?«

»Ich bin auf dem Weg zu ihnen. Bislang war der Kontakt rein telefonisch. Ich bin auf der Durchfahrt.«

»Ich wüßte nicht, wie ich Ihnen helfen könnte, außer Ihnen anhand des Registers zu bestätigen, daß sie hier gewohnt hat. In diesem Hotel gehen viele Leute ein und aus.«

»Wären Sie denn so freundlich, im Register nachzusehen?«

Trelaw zögerte, ging dann jedoch hinter die Rezeption und klickte sich über den Bildschirm. Die Ablösung der Rezeptionistin erschien und begann aufzuräumen. »Beauchamp«, sagte Trelaw. »Beauchamp. Beecham ausgesprochen, nehme ich an.«

»Ja.«

»Wir hatten hier eine Beecham, die sich Beauchamp schrieb, Mr. Trelaw«, sagte die Ablösung. Beide Männer drehten sich zu ihr um. »Noch nicht lange her. Zwei Wochen«, fuhr sie fort, als genieße sie die Aufmerksamkeit. »Ich erinnere mich, denn ich komme aus einem Ort namens Beauchamp, und wir haben immer viel über diese Sache mit der Aussprache gelacht. Sie standen genau da.« Sie nickte Davies zu, und er blickte zu Boden, als wäre dort noch immer ihre Spur zu sehen.

»Sie?« fragte er.

Das Mädchen zögerte, als habe sie zuviel ausgeplappert, aber Trelaw nickte ihr zu. »Sie war in Begleitung eines Gentleman.«

»Hallo Mod. Gut, daß *du* drangegangen bist. Ich bin in Swindon.«

»Eisenbahnstadt«, intonierte Mod. »Größerer Knotenpunkt, von Isambard Kingdom Brunel geplant, als er den GWR baute, den Great Western Railway.«

»Danke auch«, sagte Davies. »Ich habe Anna Beauchamps Spur bis zu einem Hotel verfolgen können. Und die von Carl Swanee wohl. Ich übernachte hier und fahre dann runter nach Stockbridge, um ihren Vater zu treffen.«

»In einem Hotel? Das kostet ne Kleinigkeit!«

»Nur heute nacht. Ich dachte, vielleicht ergibt sich noch was, ich bleibe besser hier. Man weiß ja nie.«

»Möchtest du, daß ich auch komme?«

»Nein. Ich möchte, daß du den Hund fütterst. Und nett mit ihm Gassi gehst.«

»Jesus, nein. Das ist doch nicht dein Ernst. Ich sollte bei dir sein. Du kommst ohne mich nicht zurecht.«

»Und wer kümmert sich dann um Kitty?«

»Dieser Olly. Du hast sein Motorrad wiedergefunden. Er schuldet dir einen Gefallen. Wenn er eine Harley Davidson dirigieren kann, dann auch deinen Hund.«

»Die Wette würde ich nicht annehmen.« Davies dachte nach. »Also gut. Frag ihn und ruf mich zurück.«

Er nahm ein Bad und genehmigte sich einen Whisky aus der Minibar. Dann stand er hochoben am Fenster und blickte über die Dächer Swindons. Das war das wahre Leben. Plötzlich kam ihm eine Idee. Er setzte sich aufs Bett und blätterte in seinem halbzerfetzten Notizbuch; er fand Beauchamps Nummer und wählte. Jervis Beauchamp war am Apparat.

»Anna hat eine Nacht im Wessex Hotel in Swindon gewohnt«, sagte Davies. »Mit Carl Swanee in Begleitung. Ich bin sicher, daß er es war. Jetzt bin ich hier. Haben Sie igendeine Ahnung, wohin sie von hier aus gewollt haben könnten?«

»Wales«, sagte Beauchamp, ohne zu zögern.

»Sicher?«

»Ja. Sie wollten einen Bekannten besuchen, denke ich. Einen emeritierten Professor für Psychiatrie. Sie hat ihre Sachen, ihren Koffer und den von dem Mann, in einem Hotel in Llanwern in Nordwales gelassen – dem Dragon Inn. Die haben uns gerade kontaktiert. Sie waren vor zwölf Tagen dort, sind losgegangen und nicht mehr wiedergekommen. Sie ist verschwunden, Mr. Davies.«

»Haben Sie ein Foto von Anna?«

»Ja. Möchten sie es haben?«

»Das wäre hilfreich. Könnten Sie es mir ins Dragon Inn in …«

»Llanwern. Ich schicke es Ihnen. Die Post geht heute noch ab. Sie fahren dorthin?«

»Wüßte nicht, wohin sonst.«

»Ich weiß alles über Wales«, sagte Mod, als er am nächsten Morgen am Bahnhof von Swindon ausstieg. »Ich bin da geboren.«

»Nach deinen Erzählungen bist du schon als Baby abgehauen«, bemerkte Davies.

»Aber ich erinnere mich noch an ein paar Dinge.«

»Annas Vater sagte, sie hätten dort jemanden besuchen wollen. Er weiß aber nicht, wen. Er weiß nur, daß es da einen Mann gab, Professor für Psychiatrie oder so, der seinen Lebensabend dort verbringt und mit dem Anna sehr eng zu tun hatte. Beauchamp weiß allerdings nicht, wie er heißt, zumindest ist ihm der Name entfallen. Aber es sollte nicht allzu schwierig sein, ihn ausfindig zu machen.«

»Da gibt es viele Berge«, meinte Mod bemerken zu müssen. »Einige davon ziemlich hoch.«

»Aber nicht so viele emeritierte Psychiatrieprofessoren.«

Davies hatte die Karte studiert; und nun fuhren sie von Swindon diagonal durch Landschaft mit herbstlichtdurchflutetem Laub. Schließlich erreichten sie das mittlere Wales. Mod wurde schweigsam. »Du scheinst den Weg ja zu kennen«, sagte er nach einer Weile.

»Habe die Route geplant«, prahlte Davies. »Gestern habe ich den Rover sogar auf die Autobahn gelassen.«

Mod wirkte milde erstaunt. »War das nicht ein bißchen riskant?«

»Ach was. Er ist den ganzen Weg nach Swindon geflitzt wie ein Rennpferd.«

Wieder schien der Wagen die offene Landschaft und die frische Luft zu genießen. Er schnaubte durch die Obstplantagen und schien die Waliser Luft geradezu zu inhalieren, als die ersten Bergschatten erschienen. Mod, der plötzlich seine Sprache verloren zu haben schien, nahm den Straßenatlas und verdrehte übellaunig die Augen. »Wir scheinen uns generell in die richtige Richtung zu bewegen«, sagte er. »West-Nordwest.« Er erspähte ein Schild, das ihn aufzuheitern schien. »Ah, ja. Ludlow.«

»Du kennst die Stadt?«

»Housman«, antwortete Mod mit der Genugtuung eines Pilgers, dessen Fahrt sich dem Ende nähert. »Der große A. E. Du kennst doch sicher ›Bredon Hill‹.«

»Wer ist das?«

»Das Gedicht. Die klassischen Verse:

›Am Sonntagmorgen Hand in Hand
Mein Schatz und ich hier lagen
Wir sahen auf das bunte Land
Und hörten die Lerche sich tragen
Im Himmel höher sich wagen.‹«

Mod schaute ihn von der Seite an. »Daran erinnerst du dich doch?«

»Scheint mir entfallen zu sein.«

Vorsichtig überholte Davies einen Lastwagen, der mit Schafen vollgeladen war. Die Tiere standen mit der Nase zu den offenen Seiten hin. »Schafe«, sagte Davies. »Guck, echte Schafe.«

»Und ›Ludlow‹ … Du erinnerst dich:

›Lieblichster Baum, du Kirsche mir,
Reich, überreich mit Blütenzier,
Stehst hell am Wald uns zum Geleit,
Trägst reinstes Weiß zur Osterzeit …‹«

»An das erinnere ich mich vage«, log Davies. »Hat was mit ›Am Rande eines fernen Felds‹ zu tun, nicht wahr?«

»Nein.«

»Ah, da ist ein Pub.«

In der Abenddämmerung erreichen sie Llanwern, das fast in der linken oberen Ecke von Wales lag. Die Reise war aufregend gewesen, und sie waren froh, endlich angekommen zu sein. In der Hotelbar unterhielten sich Leute in Walisisch.

»Du sprichst kein Walisisch, nehme ich an?« fragte Davies. »Obwohl du ja hier geboren bist.«

»Als ich Wales verließ, konnte ich überhaupt noch nicht sprechen.«

Ein geschäftig aussehender Mann erschien hinter der Bar. »Ich nehme an, Sie sind wegen dem Angeln gekommen?«

»Nein, deswegen nicht«, erwiderte Davies. »Wir suchen zwei Leute, die verschwunden sind.«

Der Mann wirkte aufgeschreckt, und sein Blick huschte erst in eine Richtung, dann in die andere. »Ich bin Mr. Johns, der Manager«, flüsterte er, als sei er sich seines Jobs nicht mehr so sicher. »Kommen Sie mit in die Lounge, bitte. Ich nehme Ihre Drinks mit.« Die Leute, die sich in Walisisch unterhielten, verstummten und verließen den Raum. Als sich die Tür hinter ihnen schloß, hörte Davies eine Frau auf Englisch flüstern. »Polizei. Polizei aus London.«

Sie betraten die Lounge. Stühle standen herum und auch ein Sessel, dessen Polsterung nach vorne gerutscht war wie eine überhängende Lippe. Ein langer, matt glänzender Karpfen grinste glubschäugig in seinem Kasten an der Wand. Mr. Johns hatte den Glastisch bereits mit seinem Taschentuch abgewischt und ihre Drinks darauf serviert. »Sind Sie von der Polizei?« fragte er. »Wenn ja, dann habe ich denen bereits alles gesagt, was ich weiß.«

»Nicht ganz«, entgegnete Davies. Er kramte eine Weile herum und gab Johns schließlich seine Karte. »Private Ermittlungen«, las er laut und langsam. Er schaute auf und musterte zunächst Davies, dann Mod, als entsprächen sie nicht so recht dem, was er erwartet hätte. »Wir ermitteln im Auftrag von Miss Beauchamps Vater«, erklärte Davies. »Und … im Auftrag von Swanees Ehefrau.«

»Es ist ein Brief für Sie gekommen«, sagte Johns. »Heute morgen.« Er stand auf. »Kleinen Augenblick bitte.«

Mit dem Kuvert kam er zurück. Davies nahm es an sich, öffnete es jedoch nicht.

»Unglücklich«, sagte Johns, während er sich setzte. »Sehr unglückliche Situation.« Er trank aus einem kleinen Glas, dessen Inhalt unangenehmerweise wie Ginger Ale aussah. Er bemerkte, wie sie darauf starrten. »Ich hab eine lange Nacht vor mir«, erklärte er. »Mein Vorgänger in diesem Job ist tot umgefallen. Die Hintertreppe runter.«

»Wir wären dankbar für Ihre Hilfe«, sagte Davies.

»Gut, warum auch nicht. Der Polizei habe ich ja schon alles gesagt. Die zwei sind hier angekommen, haben übernachtet, sind am nächsten Tag mit dem Auto losgefahren, und seither hat sie keine Menschenseele mehr gesehen. Ihr Gepäck ist auf der Polizeiwache.«

»Es gibt viele Orte, an denen man sich verstecken kann – oder versteckt werden«, bemerkte Mod. Er hob die Hände. »Alle diese Berge.«

Der Manager blickte auf. »Und das Meer«, sagte er. »Im Meer ist viel Platz. Und hier ist es auch richtig tief.«

»Was bringt Sie auf die Idee, sie könnten ins Meer gegangen sein?« Davies lehnte sich leicht vor, aber nicht so, daß es den Mann erschreckt hätte.

»Das kommt vor. Da sind die Klippen. Schwupps sind sie über die Klippen und im Meer. Das passiert manchmal, ob nun Unfall oder Absicht.«

»Haben sie denn gewirkt, als hätten sie große Angst oder Sorgen?«

»Ich selbst habe sie kaum gesehen. Als sie hier ankamen, hatte ich meinen freien Tag und habe meine Tante in Conwy besucht. Sie wohnt direkt an der Burg. Sie sind spät aufgestanden. Bei solchen Paaren nichts Ungewöhnliches. Unsere Betten gelten als sehr bequem, darauf legen wir Wert. Sie haben nur Tee und Toast genommen und sind dann zu ihrem Wagen gegangen. Nachmittags sind sie wiedergekommen und dann um etwa fünf wieder losgefahren. Danach hat sie niemand mehr gesehen.« Er breitete die Hände aus. »Der richtigen Polizei haben wir das auch schon erzählt.« Er schien verlegen. »Der offiziellen Polizei, meine ich.«

»Ja«, sagte Davies.

»Verständlich«, bemerkte Mod.

»Kennen Sie einen Mann, der hier seinen Lebensabend verbringt – einen emeritierten Professor für Psychiatrie?«

John schüttelte den Kopf. »Nicht daß ich wüßte. Aber irgendwer kennt ihn bestimmt.«

»Danke«, sagte Davies. »Wie lauteten die Anweisungen der Polizei, was das Zimmer der beiden angeht?«

»Keine Anweisungen, wirklich nicht. Sie haben sich da ein bißchen umgesehen, aber es war nicht die Rede davon, es zu versiegeln oder sowas Dramatisches. Schließlich ist das noch kein Mordfall. Sie haben bloß deren Habe mitgenommen und mir eine Quittung dafür gegeben.«

»Sie vermieten das Zimmer wieder?«

»Ja. Nummer zwölf.«

Mod holte einen Schlüssel aus seiner Tasche. »Es ist unseres.«

Im Zimmer öffnete Davies den Brief. Er enthielt nur das Foto – ein lachendes Mädchen mit kurzem blonden Haar, das kokett in die Kamera winkte. Er zeigte es Mod. »Anna Beauchamp.«

»Wie sie mal war?«

»Vielleicht.« Davies nahm den Telefonhörer ab und wählte. Es dauerte lange, bis sich jemand meldete.

»Spreche ich mit Professor Tapscott? Ah, gut.«

»Ich bin nicht mehr im Dienst.«

»Ich weiß, und es ist mir auch sehr unangenehm, Sie zu stören … in ihrem wohlverdienten Ruhestand.«

»Worum geht es?«

Davies entschied, sich gar nicht erst vorzustellen. »Hat Anna Beauchamp Sie besucht?«

»Anna? Nein, nein, hat sie nicht. Sie hat gesagt, sie würde vorbeikommen, aber das hat sie nicht. Warum? Warum fragen Sie?«

»Professor, mein Name ist Davies. Ich führe private Nachforschungen durch.«

»Wonach forschen Sie denn? Nach Anna?«

»Sie ist verschwunden.«

»Das hat sie schon immer gemacht. Einmal ist sie nach Blackpool gegangen.«

»Ihre Familie ist in großer Sorge. Kennen Sie Carl Swanee?«

»Ja natürlich.«

»Auch er ist verschwunden.«

»Seit wann? Von wo?«

»Da bin ich mir nicht sicher. Ich würde gern bei Ihnen vorbeikommen und mit Ihnen sprechen. Mir geht gleich das Münzgeld fürs Telefon aus.«

»Oh, verstehe. Also gut dann. Wann wollen Sie kommen?«

»So bald wie möglich. Heute abend?«

»Es ist schon dunkel. Sie würden mich hier nie finden. Selbst die Taxifahrer fahren nachts nicht gern hier rauf.«

»Aber irgendwie muß ich zu Ihnen gelangen.«

»Irgendwie ist das richtige Wort.«

»Wir kommen heute abend, wenn es recht ist. Es ist wichtig.«

»Also gut. Kommen Sie heute abend, wenn Sie wollen. Ich bleibe auf.«

Davies hängte ein. »Es ist sehr dunkel«, bemerkte Mod, der durchs Fenster starrte.

»Wir finden das schon.«

»Die haben hier doch bestimmt nicht in zwei Einzelbetten geschlafen«, sinnierte Mod.

»Die lassen sich zusammenschieben.«

Mod rümpfte die Nase. »Wie lange werden wir brauchen?«

»Ich habe nicht danach gefragt. Wir finden es bestimmt.«

Mr. Johns, der Manager, schüttelte den Kopf. »Das ist den Berg rauf«, sagte er und zeigte nach oben.

»Welchen?«

»Den mittleren. Ich zeige es Ihnen auf der Karte. Selbst auf der Karte ist es kompliziert.«

Sie brauchten mehr als zwei abenteuerliche Stunden. Der Regen ergoß sich auf beiden Seiten des Berges, und der Nebel umhüllte ihn bis zur Hälfte wie ein Schleier. Die Straße war schmal und gewunden, gesprenkelt mit Felsblöcken und Schafen. Die Schafe liefen auf die holpernden Schweinwerfer zu und drückten sich mürrisch gegen die Seiten des schnaufenden Gefährts.

»Ich seh nichts.« Mod drückte seine Nase an der Windschutzscheibe platt.

»Wahrscheinlich geht's hier links und rechts von der Straße steil in den Graben«, sagte Davies. »Vielleicht sind da ja auch Anna und ihr Lover geendet.«

»Wir sollten zurückfahren. Es ist zu gefährlich, Dangerous.«

»Ich kann hier nicht wenden.« Zuversichtlich klopfte er gegen das Steuer. »Er ist doch so ein braves altes Schlachtroß.«

Die Scheinwerfer vermochten die nasse Finsternis kaum zu durchdringen. Dort, wo der Nebel sich verdichtete, in Bodensenken und Tälern, wurde das Licht der Scheinwerfer auf die blanke Motorhaube zurückgeworfen. Mod wimmerte in sich hinein.

»Hör endlich auf, Mensch. Das hier ist schwer genug, auch ohne deine fromme Greinerei, Herr im Himmel!«

»Herr im Himmel, jawohl«, grummelte Mod. »Ich hab mal geglaubt, ich würde in einem bequemen Rinnstein sterben, aber doch nicht an solch einem scheußlichen Ort!«

»Da«, sagte Davies triumphierend. »Da ist es.« Durch den Nebel grinste ihnen wie ein Gespenst eine weiße Steinmauer entgegen. Sie bogen in einen Hof ein. Sie sahen diffuse Lichter; das Haus selbst konnten sie jedoch noch nicht erkennen. Ein Hund heulte auf. Davies hielt an, und eine Stimme rief: »Hier rüber, hier rüber!«

»Er ist da drüben«, sagte Mod. »Irgendwo.«

Sie verließen den Wagen und näherten sich den vagen Lichtern. Plötzlich zeigte sich ein grob aussehender Mann im Mantel. »Der Professor erwartet Sie«, sagte er. »Um diese Stunde.« Halb war es Klage, halb Verwunderung. Er führte sie in das kalte, schwach beleuchtete Haus.

»Er heizt nur sein Arbeitszimmer«, erklärte der Mann. »Deshalb muß ich mich so einmummen.« Er klopfte mit der Faust an die schwere Tür und öffnete sie im selben Augenblick. Professor Tapscott saß an einem Schreibtisch am anderen Ende des großen Zimmers; eine Leselampe ließ seine Gesichtszüge ätherisch erscheinen. »Guten Abend, Mr. Davies«, sagte er, indem er sich erhob. Er war groß und grau. »Setzen Sie sich.«

Sie gaben sich die Hand. Davies stellte Mod vor. »Ihr Navigator?« fragte der Professor. Er wirkte altertümlich, wie ein altmodisches Ofenrohr. »Nein, nein«, sagte Mod. »Ich stamme zwar aus dem Fürstentum, aber ich bin noch nie hier oben gewesen.« Sein Akzent hatte sich zunehmend zum Walisischen hin verschoben, seit sie die Grenze passiert hatten.

»Es ist nicht ratsam, hier allein hochzufahren«, nickte Tapscott. »Selbst wenn man nur jemanden dabei hat, mit dem man sterben kann.«

Aus seiner Kehle drang ein krächzendes Lachen. »Lassen Sie uns einen Drink nehmen. Wir haben wunderbaren Pflaumenwein. Bufton macht ihn selbst. Bufton!« brüllte er so laut, daß beide hochfuhren. Der Mann, der sie hereingelassen hatte, kam mit einem Türknarren ins Zimmer. »Eine Flasche vom Jahrgang '93 bitte«, sagte Tapscott. Er rieb sich die Hände, als freue er sich wirklich darauf.

»Nehmen Sie den Gentlemen doch auch bitte die Mäntel ab, Bufton«, fuhr er fort, als der Mann mit einer unappetitlich verstaubten Flasche und drei Gläsern zurückkam. »Sie werden sich inzwischen aufgewärmt haben.«

Er nahm ihre Mäntel an sich. Der Professor schenkte ihnen von dem purpurroten Wein ein und reichte jedem sein Glas. »Das war ein gutes Jahr, '93«, sagte er.

»Wie lange leben Sie schon hier?« fragte Davies.

»Seit zwei Jahren, seit ich mich aus dem Berufsleben zurückgezogen habe. Ich war Professor für Klinische Psychiatrie in London. Das Gebiet der Demenz war immer mein Steckenpferd, insbesondere die senile Demenz. Ich hatte, ehrlich gesagt, darauf gehofft, die Symptome an mir selbst beobachten zu können; aber das ist mir bislang nicht vergönnt, obwohl ich mittlerweile 83 Jahre alt bin. Gestern geworden, um genau zu sein.«

Davies erinnerte der Geschmack des Pflaumenweins an Abführmittel. Mod, der versuchte, es schnell hinter sich zu bringen, kippte alles mit einem Mal herunter. Tapscott jedoch lehnte sich lediglich vor und füllte sein Glas erneut. »Danke, Professor«, murmelte Mod. »Ein wahrer Genuß.«

»Meine Frau«, führte der Professor aus, »die London einen längeren Besuch abstattet – Faktum ist, ich habe vor kurzem herausgefunden, daß sie schon fünf Monate fort ist –, wünscht sich, daß ich meinen Körper in derselben Frische erhalte wie meinen Geist. Sie hat mich sogar dazu überredet zu joggen.«

»Wo?« fragte Davies.

»Ich jogge den Berg runter. Bufton fährt dann mit dem Traktor hinterher und bringt mich wieder nach oben.« Er fixierte sie ernst. »Worum also geht es bei dieser Sache mit Anna Beauchamp?«

»Sie haben einen Besuch von ihr erwartet«, begann Davies vorsichtig. »Gekommen ist sie allerdings nicht.«

»Da habe ich mir keine Sorgen gemacht. Sie hat zwar angerufen und gesagt, sie wolle mich besuchen; aber sie ist nicht der Typ, von dem man erwartet, daß er sich an Zeitpläne hält.« Sein Gesicht legte sich in Sorgenfalten. »Sie glauben aber an nichts Schlimmes, oder?«

»Wenn ich das wüßte«, erwiderte Davies. »In jedem Falle ist sie verschwunden. Und das gilt auch für ihren … Begleiter … Carl Swanee.«

»Für wen arbeiten Sie, Mr. Davies?«

»Für Annas Vater, und inoffiziell für Swanees Bruder, John. Auch für Carl Swanees Frau, Sestrina. Sie müssen unbedingt herausfinden, wo er ist.«

»Ah.« Tapscott nickte gravitätisch. »Jetzt verstehe ich. Sie alle haben ein Interesse an dem Medikament ›Pilzon‹, das sie entwickeln. Es soll gegen Demenz wirken, insbesondere senile Demenz.« Er gestattete sich ein dünnes Lächeln. »Sie haben meinen Rat eingeholt.«

»Glauben Sie, daß Anna und Carl Sie deshalb aufsuchen wollten?«

»Zweifellos. Er hatte mir geschrieben, und ich hatte geantwortet, daß mir das Ganze komisch vorkomme. Mr. Davies, dies ist nicht der Ort, um gesellschaftliche Besuche abzustatten. Es ist recht schwierig, den Berg hochzukommen, Und noch schwieriger ist es, wieder ins Tal zu gelangen.«

»Ach ja?« bangte Mod.

»Was hielten Sie von diesem Medikament, diesem Pilzon?« fragte Davies.

»Ich bin kein Naturwissenschaftler. Nicht von dieser Art zumindest. Ich stelle auch keine Pillen her und habe nie welche hergestellt. Meine Arbeit gilt, sagen wir, dem, was im Kopf vor sich geht.«

»Seit wann haben … seit wann kennen Sie Anna Beauchamp?«

»Seit etwa fünf Jahren. Eine glänzende Studentin, voller Fragen und Ideen. Mit ihrem Vater ist sie nicht besonders gut ausgekommen, soweit ich weiß, und in gewissem Sinne habe ich ihn ihr ersetzt.«

»Und Carl Swanee?«

»Ich kenne ihn nicht sehr gut. Vor kurzem ist er einmal hier gewesen, vor drei Monaten etwa, meine ich, mit Anna zusammen. Er ist kein Geschäftsmann. Er ist ganz Wissenschaftler, und zwar einer der extrem gewissenhaften Sorte.«

»Und andere sind das nicht?«

Tapscott entfuhr ein verhaltener Seufzer. »Leider nein. Wenn ordentlich Kasse zu machen ist, kommen Skrupel oft an zweiter Stelle.«

»Mit Pilzon scheint sich wohl groß Kasse machen zu lassen.«

»Mr. Davies, Demenz ist eine Plage, die einen beträchtlichen Teil der Menschheit befällt, besonders im Alter. Es erscheint mir als äußerst kurios, daß dieses Leiden mich, der ich so eng damit befaßt war, verschont zu haben scheint.« Er klopfte mit einem stumpfen Bleistift auf den Schreibtisch. »Carl Swanee aber schien sehr in Sorge wegen Pilzon. Er war schon zuvor bei mir gewesen, um mir sein Herz auszuschütten.«

»Und was hat er ausgeschüttet, Professor?«

»Es hat Nebenwirkungen, sehr starke Nebenwirkungen. Seinen Erwartungen ist es nicht gerecht geworden.«

»Es taugt nichts.«

»Nein. Es taugt nichts.«

Als sie ihre Abfahrt vom Berg endlich hinter sich hatten und das Hotel erreichten, war es bereits drei Uhr morgens. Sie fanden sich ausgeschlossen, machten jedoch einen solchen Lärm, daß ein verschlafener Mann im Nachthemd sich herunterbemühte und öffnete. »Ich bin nicht der Nachtportier«, brummelte er. »Die haben keinen. Ich halte nur die Ohren offen. Mein Frühstück kriege ich dafür umsonst.«

»Hierfür haben Sie sich ganz bestimmt eins verdient.«

»Wir kommt es überhaupt, daß sie zu dieser unchristlichen Zeit noch draußen sind? Hier in der Gegend hat nichts mehr offen, wo Sie gewesen sein könnten.«

»Wir waren bergsteigen«, sagte Mod.

Müde schleppten sie sich zu ihrem Zimmer hoch. Mod war sofort weg, schnarchend und mit den Lippen schmatzend; Davies jedoch lag wach. Der Mond linste durch die dünnen Gardinen. Er fragte sich, wie Harold wohl mit seinen wiedergefundenen Eltern klarkommen mochte und was Jemma auf der anderen Seite der Weltkugel machte. Er stand auf, um zur Toilette zu gehen, blieb auf dem Rückweg am Fenster stehen und blickte auf die Waliser Landschaft hinaus, die sich geschmeidig und silbrig unter dem Mond ausbreitete. Die Berge ragten schwarz und bedrohlich wie ein aufziehendes Gewitter vor ihm auf. Irgendwo da draußen, und zwar nicht allzu weit entfernt, da war er sich sicher, lagen die Leichen von Anna Beauchamp und Carl Swanee.

Schließlich übermannte ihn der Schlaf doch noch, wenn auch ein unruhiger Schlaf, und um sechs war Davies schon wieder wach. Mod schnarchte noch immer, auch als es bereits hell wurde. Davies machte in dem Kessel und der Kanne, die auf einem Tablett am Fenster bereitstanden, Tee. Der Tag hatte mit einem leichten Nieselregen begonnen. Er weckte Mod mit einer Tasse. Sein Gefährte erwachte dankbar. Er setzte sich im Bett auf und nahm die Tasse mit beiden Händen. »Exzellenter Service«, summte er.

»Wir müssen los.«

»Wohin?«

»Überallhin, in einem Radius von etwa 45 Kilometern. Bis zum Meer. Wir wissen, daß sie soweit gekommen sind; jemand muß sie gesehen haben. Zwei Fremde, eine davon eine attraktive junge Frau. Die haben um diese Jahreszeit bestimmt nicht viele Touristen hier.«

Mod wankte zum Fenster und betrachtete den Waliser Nieselregen. »Nein, bestimmt nicht.«

Sie frühstückten. In einer Ecke saß der alte Mann, der sie um drei Uhr nachts hereingelassen hatte. Er wurde nicht müde, mit einer Wurst auf seiner Gabel in ihre Richtung zu fuchteln und jedermann, Bedienung wie Gäste, auf sie hinzuweisen.

Sie nahmen die Karte, bestiegen den Wagen und fuhren in einem ungefähren Kreis durch die nasse Landschaft und an der Küste entlang. Sie hielten, schauten auf verlassene Strände und wagten vorsichtige Blicke über Steilklippen. Es waren selbst in den Dörfern, wo nur gelegentlich ein Geschäft aufglitzerte wie ein ferner Stern, wenige Menschen zu sehen. Die Schafe an den Berghängen blieben unbeweglich. »Guter Ort«, sagte Mod, »um Schafbock zu sein.«

Nach zwölf fanden sie einen durchnäßten Pub, an dem ein kleiner Wasserfall fast direkt neben dem Eingang geräuschvoll aus einem Abflußrohr plätscherte. »Nicht mehr lange, und es kommt *unter* der Tür durch«, sagte der Barmann. Sie blieben eine Stunde dort, tranken jeder zwei Bier und aßen Sandwiches. Lediglich zwei andere Gäste kamen herein und gingen schnell wieder, schweigend.

»Nettes Plätzchen hier«, bemerkte Davies.

»Ist halt Sonntag«, sagte der Barmann. »Früher hatten wir sonntags überhaupt nicht geöffnet. Sehr fromm hier alle, Freikirchliche. Die fürchten noch immer Gott und das, was andere Leute sagen könnten.«

Anna und Carl hatte er nicht gesehen. »Das wär mir nicht entgangen. So'ne Braut hier in der Gegend, in dieser Jahreszeit.«

Am Abend, fuhr er fort, würden aber sicher ein paar mutigere Männer in die Bar kommen. Davies versicherte, sie würden dann wiederkommen und gingen zur Tür. Es windete heftig; und zusammen mit dem Wind wehten zwei Männer in Anoraks herein. »Dieser Wind«, sagte einer von ihnen. »Stark genug, um einem den Schweiß ins Gesicht zu treiben.« Aus ihren Kapuzen nickten sie Davies und Mod zu. Davies kehrte flugs wieder in die Bar zurück. Mod, den der Wind herumgewirbelt zu haben schien, folgte ihm. »Klug von Ihnen«, sagte der zweite Mann. »Die Böen kommen ganz plötzlich. Ich frage mich oft, woher eigentlich.«

Sie hockten sich an die Bar, berührten sie dabei kaum, und Davies gab bereitwillig eine Runde aus. Es handelte sich um Brüder, Griffith und Dil, die auf dem Berg wohnten. Keiner von ihnen hatte je geheiratet. »Haben Sie die Weiber in der Gegend hier gesehn?« fragte Griff düster.

»Haben Sie diese hier gesehen?« fragte Davies. Er holte das Foto von Anna Beauchamp hervor.

»Vor zwei Wochen«, sagte Dil.

»In einem Auto«, ergänzte Griff.

Davies wurde flau im Magen. »Sind Sie sicher?«

»Todsicher. Ich sag doch, viele gibt's hier nicht.«

»Jedenfalls keine wie sie«, sagte sein Bruder.

Der Barmann warf den Brüdern einen ernsten Blick zu. »Dieser Gentleman ist Privatdetektiv. Ein Schnüffler.«

Die Biergläser hielten auf halben Weg zum Mund inne. »Wie nett«, sagte Dil.

»Wir haben doch gleich gedacht, daß da was komisch war, einfach nicht richtig«, sagte Griff, den die Information ermutigt hatte. »Oder etwa nicht, Dil?«

»Wie, komisch?« fragte Davies. »Warum schien es komisch?«

»Sie saßen in einem Auto. Zu viert.«

»Zu viert?«

»Genau«, nickte Dil. »Ganz sicher. Zwei Männer vorn und diese fesche Puppe und noch ein Mann hinten. Ich seh ihr Gesicht im Fenster noch vor mir, wie ein Bild in einem Rahmen, wenn Sie wissen, was ich meine.« Er nahm Davies das Bild aus der Hand. »Ja, das ist sie.«

»Wo war das?«

»In Aberbach. Schreckliche Ecke. Sie haben uns fast über den Haufen gefahren.«

»Auf unserem Moped.«

»Wir kamen um die Kurve, und sie fuhren direkt vor uns, auf der falschen Straßenseite.«

»Wenn man diese Kurve nicht kennt, landet man auf der falschen Seite«, erläuterte der Barmann. Die Brüder sahen ihn an, als hätte er ihnen einen Teil der Pointe vermasselt.

»Oft jedenfalls«, sagte Dil.

»Fast immer«, fuhr Dil fort. »Wir hätten uns fast hingelegt, und sie sind schliddernd zum Stehen gekommen. Wir standen Seite an Seite und sagten denen ein bißchen Bescheid, wenn Sie verstehen, und sie schimpften zurück. Die Fenster waren hochgekurbelt, so konnten wir nichts hören.«

»Aber sie saß da am Rückfenster«, sagte Dil. »Ich erinnere mich, wie ich dachte, sie wirkt irgendwie verängstigt, aber wir haben geglaubt, das läge an dem Beinahezusammenstoß. Und dann waren sie ganz fix über alle Berge.«

»Um die Kurve, den Hang hoch und fort«, sagte Grif.

»Haben Sie die Männer genauer sehen können?«

»Nein, kann man nicht behaupten«, sagte Griff. Dil schüttelte den Kopf. »Nur gesichtslose Gestalten.«

Davies gab ihnen eine weitere Runde aus, was dankbar angenommen wurde. »Ich frage mich, ob sonst noch jemand sie gesehen haben könnte?« sagte Davies.

»Wir könnten uns umhören«, erwiderte der Barmann. »Zumindest morgen abend. Sonntags sind nie viele hier.«

»Wir müssen uns mit unseren Anoraks vermummen, um

hierherkommen zu können«, erklärte Griff. »Nicht daß wir so Frömmler wären. Die haben uns längst aufgegeben.«

»Wen könnte man denn am besten fragen?« fragte Mod. »An die Polizei möchten wir uns nicht wenden, wenn es irgend geht. Noch nicht.«

»Wenn Sie sich an die wenden würden, würden die gar nicht bemerken, daß Sie da sind«, sagte Griff. »Nicht die von hier.«

»Dösen die halbe Zeit«, nickte Dil. »Sie könnten aber Tecwyn fragen.«

»Wer ist das?«

»Die Küstenwache«, erwiderten sie synchron.

»Er sieht alles«, fügte Griff hinzu.

Hughes hatte sie dennoch nicht kommen sehen, denn er schaute aus Gewohnheit aufs Meer. Der Aufstieg zu seinem Horst war steil gewesen, steil und nass; der Wind fuhr sie an, als habe er es auf sie abgesehen. Zweimal stürzte Mod, und beim zweiten Mal weigerte er sich zunächst, wieder aufzustehen. »Laß mich! Laß mich!« zeterte er gegen den Wind an. »Ich hätte in Willesden bleiben sollen.«

»Steh auf!« blaffte Davies und zerrte an ihm. »Es ist *dein* verdammtes Land und *dein* verdammter Wind!«

»Es ist *nicht* mein Wind«, stöhnte Mod. »Ich verstoße ihn hiermit!«

Oben am kahlen Hang drehte der waagerecht peitschende Regen, der bislang gegen die andere Seite des Hanges und die Küstenwachstation auf dem Gipfel geprasselt war, und stürzte sich auf sie. Wieder rutschte Mod aus und landete auf allen Vieren, während der Wind und der Regen auf ihn einwüteten. Er wolle nach Hause, brüllte er.

Davies wandte sich halb um, aber es kostete ihn selbst zuviel Mühe, das Gleichgewicht zu halten. Hintereinander, in gebeugter Haltung wie zwei Himalayabezwinger erreichten sie den Gipfel. Hinter den großen Fenstern konnten sie einen Mann mit

Mütze und Pullover ausmachen, der friedlich seinen Tee trank. Die Tasse stand ohne Untertasse auf dem niedrigen Regal vor ihm, während auch er stand, unbeweglich wie ein Fischadler, und den Horizont überblickte.

»Hallo Jungs«, sagte er, als er freundlich die Tür öffnete. »Verlaufen, was?«

Drinnen war es wie in einem Glaskäfig, aber warm und sicher. Ein aufgestelltes Fernglas wies auf die rauhe, aufgewühlte See; auf einem Arbeitstisch lagen Tabellen und Bleistifte; und im Radio lief gerade das Sonntagnachmittagsprogramm.

»Diese Pam Ayres bringt mich immer zum Lachen«, erklärte Hughes entschuldigend. »Hier oben kann man ein bißchen Lachen gut gebrauchen.«

Er war so gastfreundlich, ihnen Tee zu machen; als Davies ihm jedoch das Foto präsentierte, schüttelte er den Kopf. »Wahrscheinlich nur durchgereist«, sagte er. »Schneller wieder weg, als man mit dem Auge blinzeln kann. Wo haben die Powell-Brüder sie gesehen? Ich würde deren Wort übrigens nicht unbedingt für das Evangelium halten.«

»In Aberbach.«

»Auf dieser Straße geht es nicht lange weiter. Man kann abbiegen und die lange, hübsche Route über den Berg nach Bangor nehmen, aber sonst führt sie nach nirgendwo. Nur zur Kante.«

»Welche Kante?«

»Der Drop.«

»Wohin fällt der Drop?«

»Ins Meer.« Die Stimme des Küstenwächters wurde leiser, als falle ihm gerade etwas ein. »Vorige Woche, letzten Mittwoch«, sagte er nachdenklich. »Caradog Howells hat über etwas unterhalb der Klippen berichtet. Er war dort fischen. Er fährt mit dem Boot nicht oft da rein, aber die Bedingungen stimmten, und er dachte, er läßt es auf einen Versuch ankommen.«

Er musterte ihre Gesichter. »Etwas war im Netz hängengeblieben. Wir wollen uns das anschauen, aber dann ist das da …« Er wies mit der Hand auf das Wetter. »Dann ist das da aufgezogen. Wenn es vorüber ist, schicken wir einen Taucher runter.«

»Könnte es sich um ein Auto handeln?«

»Könnte sich um alles handeln. Die Schiffahrt beeinträchtigt es nicht, dazu ist es zu nah an der Steilküste, deshalb haben wir es auch nicht mit einer Boje markiert. Könnte wirklich alles sein.«

»Wir führen ernste Ermittlungen durch …«, sagte Davies. Mod nickte gewichtig. »Diese junge Frau könnte zusammen mit einem Freund entführt worden sein.«

»Das ist in der Tat ernst«, sagte Hughes, als wäre ihm bei einer Sturmwarnung wohler gewesen.

»Wir müssen Mr. Howells aufsuchen«, erklärte Mod. »Wo finden wir ihn?«

»In der Kirche. Die meisten Sonntage verbringt er in der Kirche.«

Die Kirche stand auf einem anderen kahlen und windgepeitschten Hügel. Ihre Lichter funkelten an diesem Abend düster vom Gipfel des Hügels herunter, als wollten sie extremen Verdruß kundtun. Zwischen heftigen Windböen konnten sie Kirchengesang hören.

»Jesus«, murmelte Davies.

Sie blickten den steilen, windigen Hang hoch. Mod blickte drein wie ein sterbender Pilger. »Oh Scheiße«, sagte er.

Er fluchte nicht oft. Allein der Blick nach oben brachte ihn schon zum Keuchen. »Bleib hier unten«, schlug Davies vor. »Hat keinen Zweck, wenn wir uns beide kaputtschinden.«

»Nein, nein«, erwiderte Mod unüberzeugend. »Obwohl ich ja East Anglia vorziehe.«

Gescheucht und gebeutelt vom Wind begannen sie mit der

Bußübung, einen Steinpfad hochzusteigen. Zumindest der Regen hatte aufgehört, und die Wolkendecke war über dem Berg aufgerissen, um kurz einem verschwommenen Mond zu weichen.

Mod ging fast auf dem Zahnfleisch, als sie den Gipfel des Hügels und die Kirchenpforte erreichten. Sie knarrte auf. Hitze und walisischer Gesang strömten heraus. Eine vage Gestalt mit Unmut im Gesicht erschien. »Sie sind zu spät«, raunzte sie.

Die Kirche war vollgepackt mit Menschen. Davies und Mod schlurften durchs Portal. Einige Gesichter aus den hinteren Bänken drehten sich zu ihnen um, um sie zu mustern, die meisten ungnädig. Ganz hinten war etwas Platz frei, wo sie sich hinstellen konnten. Der Mann mit dem Unmut im Gesicht gab jedem ein Gesangbuch und nickte als Aufforderung loszuschmettern.

»Ich kann nicht in Walisisch singen«, flüsterte Mod Davies zu.

»In Englisch auch nicht«, bemerkte Davies. Er begann Nonsens zu murmeln und so der Melodie zu folgen. Mod starrte ihn ungläubig an und versuchte dann, ihm nachzutun. Der Gesang tönte laut und flehend um sie herum; aber selbst jetzt hörte man, wie der Wind an den trüben Fenstern rappelte und der Gesangstext darin unterging. Schließlich endete die Hymne und jedermann setzte sich; Davies und Mod nahmen aneinandergequetscht in der Bank Platz. Der Pfarrer, ein hitziger Mann mit wilder Mähne und starkem Silberblick, begann zu predigen.

Die Predigt war vollkommen in Walisisch gehalten, abgesehen von ein paar seltsamen Wörtern wie »Supermarkt«, »Coca-Cola« und »Liverpool«, die er eifernd, mit Gift und Galle hinausspuckte. Davies und Mod mühten sich, interessiert zu wirken. Wenn die Versammlung grollte, grollten sie. Wenn die Leute seufzten, seufzten sie, und wenn lautes Stöhnen die Kirche erfüllte, waren ihre Stimmen dabei. So ging es 40 Minuten lang;

und nach so langem Klettern und Rutschen, nach dem Kampf mit dem Wind und dem Regen waren sie völlig ausgelaugt.

Mod bekam einen Krampf im Bein; Leute drehten sich um und glotzten, während er winselte und sein Bein zu reiben und zu kneten versuchte, um die Muskeln wieder zu entspannen. Draußen in der Waliser Finsternis heulte der Wind; dem Prediger jedoch gelang es, noch lauter zu heulen. Sie sangen weitere Lieder, dann folgte die Kollekte; der Mann mit dem Klingelbeutel hielt ihn ihnen direkt unter die Nase und wies mit einer Kinnbewegung darauf, während sie beide spendeten – Davies ein Pfund, Mod zehn Pence.

Der Gottesdienst schien ewig zu dauern. Es wurde so ausgiebig gebetet, daß Davies, der unter Schmerzen neben Mod kniete, der auf einem kleinen Holzschemel saß, sich fragte, wie es so viele Gründe für die Beterei geben könne, und dazu noch in Walisisch. Mod sackte gegen die Rückenlehne der Kirchenbank vor ihm und wurde sogleich vom Ellenbogen einer Frau mit Nachdruck zurückgestoßen. Einige Gemeindemitglieder beteten lauter als die anderen und betonten jede einzelne Silbe; Davies fragte sich, wie flüssig Gott wohl das Walisische beherrschen mochte.

Dieselben lauteren Beter sangen auch prononcierter, ihr Heulton erhob sich über das restliche Gesumme, als wollten sie sichergehen, daß sie im Himmel auch ganz bestimmt gehört wurden. Einer von ihnen, ein Mann, der größer war als die anderen, mit zerzaustem Haar und stechendem Blick unter Mosesaugenbrauen, jaulte sich durch die letzten Hymnen. Sein Name paßte zu seinem Heulton – wie sich herausstellte, der Mann, den sie suchten, Howells.

Man hatte dezent auf ihn gezeigt, während die Gemeindemitglieder aus auf den dunklen Berghang strömten und murmelnd ihren Heimweg ins Tal antraten. Im Bemühen, niemanden in seiner sprachlichen Empfindlichkeit zu treffen, sagte Davies zu einem vernünftig wirkenden Mann nur: »Caradog

Howells?« Der Mann zeigte auf den großgewachsenen Moses, der so dröhnend gesungen hatte. Davies bedankte sich international gültig mit hochgerecktem Daumen und ging dem ausgestreckten Zeigefinger nach.

Caradog Howells stieg den Hang hinab wie ein Bergmammut. Davies und Mod folgten hoffungsfroh. Wieder stürzte Mod und wurde von fremden, überraschend hilfsbereiten Händen nicht nur wieder aufgerichtet, sondern sogar abgeklopft. Am Fuß des Hügels gabelte sich der Menschenstrom auf einer Straße, die in entgegengesetzte Richtungen führte, und die Leute schwatzten und zwitscherten wie Vögel, während sie dort entlangzockelten und aus der frommen Knechtschaft erst einmal wieder entlassen waren.

Howells schleppte sich schwerfällig die Straße hinunter und unterhielt sich angeregt mit einem Mann, der wild mit den Armen fuchtelte, und einer hinkenden Frau. Als Davies und Mod sich näherten, wurde ihnen bewußt, daß sie selbst Gegenstand der Unterhaltung waren. Die drei Leute linsten über ihre Schultern, während sie immer näher kamen. Dann bog das Paar in einen weiteren Steilpfad ein und begann stoisch mit dem Aufstieg. Howells marschierte weiter. Er hatte lange, kräftige Beine; und das keuchende Gespann hatte alle Mühe, mit ihm schrittzuhalten. Schließlich hatten sie ihn eingeholt. »Guten Abend, Mr. Howells«, sagte Davies.

»Ein bewegender Gottesdienst«, sagte Mod.

Schweigend und unbeirrt stapfte Howells weiter. Davies eilte an seine Seite. »Ich frage mich, ob ich … ob wir uns wohl kurz mit Ihnen unterhalten dürften. Mein Name ist Davies; dies ist Mr. Lewis.«

Die Waliser Namen, wenn auch nicht gerade sein Zungenschlag, schien den Ausschlag zu geben. Howells blieb stehen, fixierte beide Gesichter schweigend und bedeutete ihnen, noch immer wortlos, ihn zu begleiten. Er schritt ihnen voran, verließ die Straße manchmal und ging durch morastigen Boden, auf dem Büschel scharfhalmigen Grases wuchsen. Es war stockdunkel, seit der Mond nicht mehr zu sehen war, und die beiden Ortsfremden stolperten.

Schließlich, nach bald einem Kilometer, erreichten sie eine niedrige Hütte. Howells ging mit den beiden im Schlepptau darauf zu und ließ die Tür knallend ins Schloß fallen. Eine Ölfunzel begann zu leuchten. Unsicher standen sie vor der Tür und Davies klopfte schließlich, ohne jedoch Antwort zu erhalten.

»Der Scheißkerl ist zur Hintertür raus«, brummte Mod.

Dann ging die Tür auf, und der massige Mann stand im Lampenschein vor ihnen. »Könnten Sie uns bitte ein paar Minuten widmen?« fragte Davies. »Wir … wir versuchen etwas herauszufinden.«

»Morgen«, erwiderte Howells. Er war bereits dabei, ihnen die Tür vor der Nase zuzuschlagen. »Sonntags spreche ich nur Walisisch.«

Die ganze Nacht hindurch trommelte der Wind aufs Dach, und heftiger Regen klatschte gegen die Fenster ihres Zimmers. Mod war nervös. Um zwei Uhr morgens zupfte er an Davies' Bettdecke. »Bist du wach, Dangerous?«

»Jetzt schon. Willst du, daß ich dir ein Glas Wasser hole?«

»Mach keine Witze. Ich hab das Gefühl, der Sturm reißt das Haus nieder.«

»Mach dir keine Sorgen. Steck den Kopf unter die Decke. Sag deine Gebete auf.«

»Unsinn. Mensch, horch doch mal; der Schornstein könnte jeden Moment runterkrachen.«

Davies setzte sich mürrisch auf. »Und was soll ich deiner Meinung nach tun? Aufs Dach klettern und mich vergewissern, daß alles in Ordnung ist? Dieses Haus steht seit zweihundert Jahren. Das fegt der Sturm heute nicht weg.«

Nur halb beruhigt legte sich Mod wieder hin und starrte zu den Schattenspielen an der Decke hoch. Es war ihnen nicht gelungen, die Vorhänge zuzuziehen. »Ohne zugezogene Vorhänge ist es zwecklos«, sagte er. »Man kommt sich so … so ausgeliefert vor. Als könnte der Wind einen sehen.«

»Mach die Augen zu. Schlaf ein und träum was Schönes. Du hättest deinen Teddybär mitnehmen sollen.«

»Jetzt hör doch auf, so einen Mist zu reden.« Es folgte nachdenkliche Stille. »Stürme wie diese haben wir in Willesden schließlich nicht, oder?« fragte Mod schließlich.

Davies stöhnte. »Willesden liegt auch nicht 170 Meter hoch direkt über dem Atlantik.« Erneut heulte der Wind ums Dach.

»Würde es dir etwas ausmachen, wenn wir ein bißchen redeten?«

»Also gut. Bitte. Worüber?«

»Über den Fall natürlich. Was, glaubst du, ist mit Anna und diesem Swanee passiert? Ich meine, was glaubst du *wirklich*?«

»Ich bin nicht in irgendeiner Position, um etwas *wirklich* zu glauben. Sie sind hier hochgekommen, um den alten Professor Tapscott zu sehen. Bei ihm angekommen sind sie nicht. Wir sind hier an einer Ecke von Wales. Entweder sind sie in die eine oder andere Richtung zurückgefahren; oder sie sind von Holyhead aus nach Irland übergesetzt …«

»Ja, das könnte sein. Aber was sollten sie in Irland wollen?«

»Die Feen besuchen. Keine Ahnung. Du kannst von Irland aus unbeobachteter losfliegen, von Cork oder Shannon zum Beispiel, als von Heathrow oder Gatwick.«

»Sie könnten jetzt überall sein. In Amerika oder sonstwo.«

»Andererseits könnten sie aber auch am Grund einer alten Schiefergrube oder Kupfermine sein. Oder am Meeresgrund.«

»Das ist es doch, wo du sie vermutest, oder?«

»Im Meer lassen sich gut Leute verstecken. Sie könnten bis hierher verfolgt und dann beseitigt worden sein. Carl Swanees Zweifel an dieser Wunderdroge, die sie entwickeln, könnten einigen ziemlich lukrativen Geschäften mit Amerika im Weg gestanden haben. Vielleicht sollte gerade eine größere Geldsumme den Besitzer wechseln, und Zweifel an der Wirksamkeit des Medikaments wären einigen Leuten teuer zu stehen gekommen.«

»Mrs. Swanee und den Bruder ihres Mannes?«

»Das habe ich nicht gesagt. Sie haben klare Interessen. Aber da muß es noch andere geben, die sich in die Hosen machen. Denk nur dran, daß Mrs. Swanee und ihr Schwager die Leute waren, die mich beauftragt haben, diese Ermittlung durchzuführen.«

»Richtig. Das hätten sie kaum getan, *wenn sie nicht wollten, daß man sie findet.*«

»Woher willst du das wissen?«

Als der Herbsttag dämmerte, war der Himmel wolkenlos, aber der Wind wehte weiter kräftig und schien sogar die Sonne kläglich aussehen zu lassen. Sie nahmen ein reichliches Waliser Frühstück ein, einschließlich Hammelpastete und Walisischen Backsteinen, bevor sie sich erneut zu Howells' Hütte aufmachten.

»Haben Sie sie gefunden?« fragte ein Mann, der die Hotellobby kehrte, als sie gingen.

»Noch nicht«, antwortete Mod, der am nächsten stand und die Rolle des offiziellen Sprechers übernahm. »Aber es besteht Hoffnung.«

»Hier kann man nirgends hingehen«, sagte der Mann.

»Es ist das Ende der Welt«, nickte Davies von der Tür aus.

Der Kehrer wirkte ein wenig beleidigt. »Ich meine, hier ist nichts los. Nur das Kino in Bangor. Und das ist noch viele Kilometer weit. Wenn Sie den letzten Bus nehmen müssen, verpassen Sie das Ende vom Film.«

Sie traten in den windigen Sonnenschein hinaus.

»Gibt eine Menge tiefsinniger Denker hier«, bemerkte Davies. Der Wagen schien kaum gegen den Wind anzukommen. Sie nahmen die Route an der Küste entlang. Die See bäumte sich auf, mit Wogen, höher als Häuser, graugrün und mit schmutzigweißer Gischt. Möwen mit gerade ausgebreiteten Schwingen kreisten über ihnen. Eine Frau mit Schultertuch, die einen schweren Korb trug, kämpfte auf der Straße gegen die heftigen Böen an. Davies stoppte, und ohne daß ein Wort gefallen wäre, stieg die Frau hinten ein. Der Korb verdeckte sie fast. Erst 300 Meter waren sie gefahren, als die Frau ihn bat, zu halten und sie herauszulassen. »Jedes bißchen hilft«, sagte sie und setzte ihren Weg durch die Felder fort.

»Wenigstens hat sie Englisch gesprochen«, sagte Davies.

»Es ist ja auch Montag«, bemerkte Mod.

Sie erreichten die Stelle, an der sie auch schon am Abend zuvor gewesen waren. Howells' Hütte stand in mittlerer Entfernung und leuchtete weiß vor der graubraunen Landschaft. Den Hintergrund bildeten narbige Berge. Sie platschten über den sumpfigen Boden; und als sie an der Hütte ankamen, züngelte am Briefkasten ein Zettel heftig im Wind. »Zum boht gegangen« lasen sie.

»Englisch schreiben kann er auch nicht«, sagte Mod.

»Vielleicht nicht. Aber sehen will er uns.«

»Wo mag das Boot sein, frage ich mich?«

»In Willesden bist du besser«, brummte Davies. »Das Meer ist da runter; und dort wird er heute nicht sein, nicht wenn er bei Verstand ist. Wir müssen also den Platz finden, an dem er es festmacht.«

»Dir scheint das ja langsam Spaß zu machen«, murmelte Mod, als sie zum Wagen zurückstapften. »Ich für meinen Teil habe Heimweh. Das ist jetzt die längste Zeit, die ich je von der Bibliothek getrennt war.«

Es war selbst auf dem flachen Boden mühselig, im Gegenwind zurückzulaufen. Keuchend erreichten sie den Wagen und kletterten dankbar hinein. Noch jemand war bereits da. Howells saß auf dem Rücksitz. »Habe auf Sie gewartet«, erklärte er. »Hat keinen Zweck, im Wind rumzustehen.«

»Nein, in der Tat«, sagte Davies. »Ich bin froh, daß wir Sie gefunden haben. Danke für die Nachricht.«

»Mein Enkel, Dewi«, erwiderte Howells. »Kluger Junge. Er ist erst fünfzehn.«

»Er hat eine strahlende Zukunft vor sich«, sagte Mod und starrte durch die Windschutzscheibe, als sei sie dort zu finden.

»Er will Wissenschaftler werden oder Pilot, obwohl er ein bißchen schmächtig ist. Aber besser als Fischen ist es allemal. Schaun sie sich das an …« Er winkte dem Wind zu. »Das wird jetzt noch eine Woche so gehen, wird das. Und ich bin an meine Hütte gefesselt und gucke Nachmittagsfernsehen. Am Kamin.«

»Das ist ja schrecklich. Ich habe gehört, Sie hätten letzte Woche etwas gefangen, was kein Fisch war.«

»Groß war es. Mehr wie ein Auto. Sie werden sich das anschauen, wenn das Wetter etwas besser wird. Einen Taucher runterschicken.«

»Können Sie uns die Stelle zeigen?«

»*Könnte* ich schon.«

Davies zögerte. »Ich werde Ihnen den Zeitaufwand erstatten, soll Ihr Schaden nicht sein. Ich führe Ermittlungen durch. Es geht um Vermißte.«

»Das habe ich gehört.«

»Von wem?«

»Von jedermann. Unbeobachtet können Sie hier nicht viel machen. Es passiert einfach zu wenig. Sie können mich gerne bezahlen. Mit dem Boot komme ich diese Woche sowieso nicht raus. Fahren Sie geradeaus weiter, und ich zeige es Ihnen.«

Es war der wildeste, rauheste Ort, an dem Davies sich je befunden hatte. Selbst der Sonnenschein wirkte bedrohlich. Ein rasender Wind wehte vom Hang her, der zum Klippenrand führte und auch noch den kleinsten Grasbüschel flach auf den Boden drückte. Von unten donnerte das kehlige Tosen der See herauf, unsichtbar wie der Wind und genauso mächtig. Sie stiegen aus dem Wagen und wurden fast gegen ihn zurückgeworfen. Ihre

Mäntel flatterten wie Flügel. Howells stieg den Abhang hinunter, als wäre es ein friedlicher Sommertag, und schaute über die letzten Zentimeter vor dem Abgrund hinweg. »Hier unten«, brüllte er.

Davies, widerwillig gefolgt von Mod, bewegte sich über den abfallenden Hang. Davies arbeitete sich vorsichtig bis zur Kante der Klippe vor und versuchte, von über ein Meter achtzig aus hinunterzugucken. Mod blieb noch weiter entfernt stehen. »Beschreib es mir«, sagte er.

»Legen Sie sich hin«, empfahl Howells. »Sie kippen nicht rüber, wenn Sie sich hinlegen.«

»Ja, ja, Sie haben recht«, erwiderte Davies, noch immer nervös. Er machte einige Schritte zurück und ließ sich auf die Knie fallen.

»Muß ich das auch?« maulte Mod.

»Du bist Teil des Teams«, raunzte Davies. Ungelenk ging auch Mod in Hockstellung. Howells beobachtete mit ernstem Gesicht, wie sie wie Babies zur Kante krochen. Einen knappen Meter davon entfernt legte sich Davies auf den Bauch; Mod tat es ihm mit einem Stöhnen nach. Sie näherten sich zentimeterweise.

Howells sagte nichts, bis sie mit den Gesichtern über der Kante hingen. »Da unten«, wiederholte er dann.

Als sie nach unten schauten, schlossen sie die Augen sofort wieder. Davies öffnete die seinen vorsichtig. Die Wogen kamen als enorme Brecher angerollt, schlugen gegen die Felsen, und wurden zur Seite geworfen, nur um sich von neuem zu nähern. Unter ihren Nasen segelten und kreischten Möwen. Der Wind war stark wie ein Rammbock.

»Da unten«, sagte Howells zum dritten Mal. Es konnte auch kaum irgendwo sonst sein. Ein weiterer graugrün und schmutzigweißer Brecher jagte in die enge Bucht. Er lehnte sich in den Wind und zeigte nach unten. »Direkt hinter den ersten Felsen. Es ist da unten, was immer es ist.«

Davies hatte genug gesehen. Noch immer auf dem Bauch liegend, robbte er zurück; Mod folgte ihm dankbar, als wären sie Soldaten, die sich im feindlichen Feuer zurückziehen. In sicherer Entfernung stützten sie sich zunächst auf die Knie und standen nach einer Weile wieder wacklig auf den Beinen. Mod torkelte im Wind und krallte sich an seinen Mantel, als fürchte er, daß der Mantel oder gar sein Körper darin fortgeblasen werden könnte.

»Wie lange?« fragte Davies und zeigte vage auf das Wetter.

»Bis das vorbei ist? Wird wohl ne Woche dauern. Oder sogar noch länger. Man kann das Wetter schließlich nicht bitten, sich zu ändern.«

Davies lehnte sich an den Rover. »Haben Sie da unten irgendwas gesehen? Irgendwas, was Sie auf die Idee gebracht hat, es könnte ein Auto sein?«

»Nein, bei der Tiefe kann man schon nichts mehr sehen, selbst wenn die See spiegelglatt ist. Es war die Art, wie die Netze sich verfangen haben.«

»Und es ist davor noch nicht da gewesen?«

»Nicht daß ich wüßte. Gewöhnlich fischt niemand so weit in der Bucht drin; aber draußen tat sich nicht viel, und die Bedingungen waren okay, also habe ich einen Versuch gewagt. Da war vorher nichts, nicht daß ich wüßte oder von gehört hätte.«

Davies lief den Abhang hoch und schaute auf das plattgedrückte Gras. »Hat es denn in der Vergangenheit Fälle gegeben, in denen Dinge ... Autos ... über den Klippenrand gekippt sind?«

»Oh ja. Über all die Jahre. Meist nur die Autos. Pärchen, die an einem lauen Sommerabend hier hoch kamen und auf dem Gras gelegen haben, naja, romantisch und so, und nicht bemerkt haben, daß sie die Handbremse nicht gezogen hatten. Sie merken es erst, als der Wagen den Abhang runtergerollt und ins Meer gestürzt war.«

»Vor kurzem?«

»Nicht in den letzten zwei Jahren. Aber das passiert leicht.«

»Und wenn man sich im Wagen befände?« fragte Davies, beinahe als frage er sich selbst.

»Würde drauf ankommen, was man zu dem Zeitpunkt gerade täte.«

»Oder darauf, ob man die Kontrolle hat.« Davies blickte auf und dankte Howells. Sie stiegen in den Wagen. »Ich glaube nicht«, sagte Davies, »daß wir in einer Woche noch hier sind. Wenn … wenn … ich Ihnen einen Vorschuß geben würde – sagen wir 50 Pfund –, würden Sie dann für uns ein wenig die Dinge im Auge behalten?«

»Ein Vorschuß käme mir schon zupaß«, erwiderte Howells. »Der würde mir dabei helfen, beim Fernsehen ein gutes Gewissen zu behalten.«

»Ich lasse Ihnen meine Nummer da. Ich möchte nur Bescheid wissen, wenn Sie das Auto, oder was immer es ist, aus dem Meer fischen.«

»In Ordnung«, sagte Howells, nahm Davies' Karte und steckte sie ein, ohne einen Blick darauf zu werfen. Davies ließ den Motor an, und sie fuhren den Weg zurück, den sie gekommen waren. An der Stelle, die am nächsten zur Hütte gelegen war, hielten sie. »Da ich jetzt den Vorschuß bekomme, von dem Sie gesprochen haben, werde ich Ihnen was zeigen.«

»Ah ja«, erwiderte Davies hastig, zog seine Brieftasche hervor und gab ihm fünf Zehn-Pfund-Noten. Mod beobachtete, wie sie gezählt wurden und nickte bei jedem Geldschein. »Zum Schluß bekommen Sie noch einmal fünfzig. Was auch immer passiert.« Er war froh, viel Bargeld mitgenommen zu haben. Das taten Privatdetektive immer. Polizisten nur manchmal.

»Sehr freundlich. Es ist jetzt auch Zeit für die Nachrichten.«

»Was ist es denn, was Sie mir zeigen wollten?«

»Nur das hier.« Howells griff tief eine Innentasche und zog eine Plastiktüte hervor, aus der er wiederum eine nasse und zerknitterte Krawatte nahm, die fast schwarz erschien. »An dem Abhang, auf dem Rücken der Klippen, habe ich die gefunden«, erklärte er. »Und zwar komischerweise erst gestern. Genau dort, wo wir standen.«

Davies nahm die Krawatte und versuchte das Muster zu erkennen. »Warum sollte sich dort oben jemand die Krawatte abbinden?«

»Vielleicht beim Liebesspiel«, erwiderte Howells. »Ich hätte sie der Polizei gegeben«, fügte er mit verschlagenem Blick hinzu. »Aber wenn ich denen bloß eine Krawatte vorbeigebracht und gesagt hätte, die hab ich gefunden, hätten sie mich doch nur ausgelacht, oder? Es läuft doch schließlich noch kein Krimi hier! Ich meine, es ist kein Verbrechen geschehen.«

»Überhaupt nichts«, nickte Davies, ohne ihn anzugucken. »Könnte hilfreich sein. Danke.«

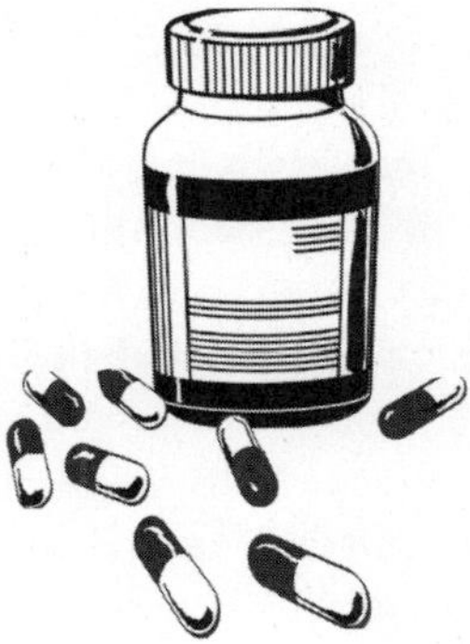

Kapitel 9

Sofort traten sie die Rückfahrt an; gemächlich fuhren sie über die Höhenstraßen und hinunter in die herbstlichen Täler. Sobald sie dem Meer den Rücken gekehrt hatten, legte sich der Wind; die Sonne zeigte sich, tauchte die Bäume in lebhafte Farben und ließ Fenster aufblitzen.

»Er genießt es«, sagte Davies, während der Wagen über das Auf und Ab der Hügel glitt. Mod hielt die durchnäßte Krawatte an die alte Autoheizung. Sie war ohne Etikett, und das Muster war verblaßt oder ausgewaschen. »Ich erkenne noch immer nichts«, sagte er, während er auf den Stoff schielte, als wolle er einen Code knacken.

Der Wagen schien sich dagegen zu sträuben, Wales zu verlassen, und Davies, der angekündigt hatte, sie würden bis zur Abenddämmerung wieder daheim sein, begann ihn zu beschwatzen, als er zu stottern begann. »Komm schon, Rover. Ist nicht mehr weit.«

Der Wagen hustete und schüttelte sich erneut. »Rover glaubt dir nicht«, bemerkte Mod melancholisch.

Davies beschloß, das Risiko einer Autobahnfahrt auf sich zu nehmen; und sie quetschten sich auf der langsamen linken Spur zwischen all die Laster und den sonstigen Verkehr, der in Richtung Süden rollte. Während das Vehikel über die Waliser Hügel nur so gehüpft war, stöhnte er nun gelangweilt die maßgeschneiderte Straße entlang. Es war bereits dunkel, als sie die Kreuzung mit der M4 erreichten und auf die lange Strecke nach London einbogen.

»Er kommt mit Autobahnen nicht zurecht«, bemerkte Mod. »Dafür ist er noch nicht gebaut.«

»Wenn wir von der Autobahn runterfahren, dauert es noch drei Tage«, erwiderte Davies. »Ich hoffe nur, daß Olly meinen Hund auch füttert.«

Sie hielten an einer Raststätte, tankten auf, und Davies klappte die riesige Motorhaube des Rovers hoch, dies allerdings nur symbolisch, denn er hatte keine Ahnung, wie der Motor funktionierte. Ein Mann kam von einem anderen Wagen herübergelaufen, blieb mit den Händen in den Hosentaschen und ungläubigem Blick vor dem qualmenden Motor stehen und wandte sich ohne ein Wort kopfschüttelnd wieder ab. »Arschloch«, sagte Davies.

Sie mußten an jeder Raststätte halten, um Fahrer wie Motor eine Pause zu gönnen. Um halb zehn waren sie erst auf der Höhe von Slough, und das Fahrzeug keuchte nach jedem Kilometer schlimmer. »Wenn der uns heute nacht im Stich läßt, entsorge ich ihn gleich morgen«, drohte Davies auf dem Platz vor der Raststätte und funkelte ihn wütend an. »Dann kauf ich mir einen Sportwagen von BMW.«

»Ich weiß sowieso nicht, warum du ihn so lange behalten hast«, bemerkte Mod. »Ist doch das reinste Wrack. Du könntest dir einen neuen Wagen leisten.«

»Ich habe ihn behalten, weil ich mich so an ihn gewöhnt habe.«

Sie stiegen wieder ein und holperten und schnaubten Richtung London. Sie fuhren an der Abzweigung bei Hammersmith ab und nahmen Kurs auf Willesden. Als sie das geschlossene Hammersmith Palais passierten, blickte Davies auf die gegenüberliegenden Fenster des Happy Life Bureau. »Hallo auch«, sagte er. Sie sahen ein schwaches Licht brennen. Er brachte den Wagen am leeren Straßenrand zum Halten. »Ich geh nur mal rein und gucke nach.«

»Och, Dangerous, doch nicht jetzt. Da hat vermutlich nur eine Maus die Leselampe brennen.«

»Das werden wir sehen.«

Er überquerte die Straße und versuchte, die Eingangstür zur Straße zu öffnen. Sie sprang auf, und er eilte die Treppen hoch. Erst horchte er, dann öffnete er die Tür. Miss Fenella

Fitt saß an ihrem Empfangstisch. »Guten Abend«, sagte Davies.

Sie fuhr hoch und stieß ihren Drehstuhl dabei nach hinten um. »Oh, mein Gott! Oh ... oh ... Sie sind es, Mr. Davies.« Vor ihr stand eine hölzerner Karteikasten.

»Überstunden?« fragte er. »Ich bin nur zufällig vorbeigekommen und habe Licht gesehen.«

Er richtete den Stuhl für sie auf. Nur die Schreibtischlampe brannte. In ihrem Licht wirkten ihre Gesichtsfalten und das Schwarz der Augenringe tief. Sie lachte nervös. »Sie haben mir einen Schrecken eingejagt.«

»Tut mir leid. Ich habe mich nur gefragt, wer um diese Zeit wohl hier sein mag.«

»Nur ich, fürchte ich.« Sie hatte sich gefangen. »Überstunden sind es in der Tat. Unbezahlte natürlich. Sie stellen jetzt doch noch auf Computer um, und ich bin nochmal zurückgekommen, um die letzten paar alten Karten auszusortieren. Ich bin die einzige, die sich mit dem Register wirklich auskennt.«

»Es wird einfacher werden.«

»Ich werde es nicht mehr mitbekommen. Sie stellen eine Neue ein, die sich mit Computern auskennt. Ich gehe in Rente.«

»Oh, verstehe.«

»Sind jetzt dreißig Jahre zusammen. Und bis vor kurzem hat es auch Spaß gemacht. Aber dieser ganze Ärger gibt dem Laden den Rest.«

»Eine Schande.«

»Am Freitag veranstalten sie eine kleine Party für mich. Nur die Straße hoch im Chinarestaurant. Wollen Sie nicht auch kommen?«

In ihrem Blick lag etwas beinahe Flehendes. »Es werden einige Leute da sein, die bei uns Kunden waren. Sie könnten da neue ... neue Eindrücke gewinnen.«

In diesem Augenblick wurde ihm klar, daß sie etwas wußte. »In Ordnung, danke«, erwiderte er vorsichtig.

»Um sechs.«

»Ich geh denn mal wieder«, sagte Davies. »Mit Ihnen geht alles klar?«

Das Halblicht brannte tiefe Furchen in ihr Gesicht. »Aber ja. Ich bin es gewöhnt, allein zu sein.«

Er blickte sich noch einmal um und stieg dann die Treppen hinunter auf die Straße. Als er den Wagen erreichte, fand er Mod dösend vor. Er erwachte, als Davies die Tür öffnete und sich hinters Steuer klemmte.

»War es eine Maus?« fragte Mod.

»Eine graue.«

»Lesend?«

»Sie ging Karteikarten durch.«

Als die Jubilee Clock elf schlug, erreichten sie Willesden. Sie ließen den Wagen im Hof; und Davies öffnete vorsichtig die Tür, um sanft nach seinem Hund zu rufen. »Kitty, Kitty, ich bin wieder da. Bist du wach?«

Ein tief verstörtes und verstörendes Knurren drang aus dem Schatten. Der massige Brocken richtete sich leicht auf. Sein Schatten an der Wand gemahnte an ein Kamel. »Tut mir ja leid, aber ich mußte fort. Bist du auch ein braves Hundilein gewesen?«

Draußen im Hof lauschte Mod den verbalen Liebkosungen leicht angewidert. »Hundilein! Ziemliches Hundilein, der.«

Als habe er Mods Kommentar gehört, erhob sich der große Hund plötzlich aus seinem Korb, sprang Davies aus dem Stand an, jaulte vor Freude auf und warf ihn auf den Boden. Begraben unter Massen von Fell, dem heißen Riesenkörper und den strampelnden Beinen, versuchte Davies, sich wieder freizukämpfen und den Hund zur Seite zu drängen. Kitty leckte ihn wieder und wieder ab.

»Er mag mich noch immer«, keuchte Davies verzweifelt unter dem Haufen Fell hervor. »Hol ihn weg, Mod, bitte hol ihn weg.«

Mod wußte, was zu tun war: Er arbeitete sich vorsichtig an dem Haufen aus Hund und Mann vorbei und griff im dunklen Stall nach Kittys übergroßem Emaillefreßnapf, den er dann auf den Steinboden knallte. Sofort ließ das Tier von Davies ab und sprang auf Mod und den Napf zu. Als er endlich merkte, daß er hereingelegt worden war, und das nicht zum ersten Mal, stand Davies wieder sicher auf den Beinen. Mod suchte in seiner Tasche herum, holte ein einzelnes verklebtes Pfefferminzbonbon hervor und ließ es klingend in den Napf fallen. Kitty strafte Bonbon wie Spender mit einem verächtlichen Blick. Um die Situation noch irgendwie zu retten, würgte er das Bonbon herunter und zog sich mit einem gelangweilten Gähnen in seinen Korb zurück.

»Kein Gassi also?« fragte Davies flüsternd, in der Hoffnung, der Hund möge ihn nicht hören. Das schien er auch nicht. Ein Mittelding zwischen Stöhnen und Gähnen drang aus dem Korb. »Er will nicht gehen«, sagte Davies zu Mod, noch immer mit gedämpfter Stimme.

»Wird wohl müde sein.« Wie zwei Gauner stahlen sie sich aus der Tür über den verschatteten Hof. Mrs. Fulljames' Fenster blieb dunkel.

»Mitternachtsschmaus?« schlug Mod vor, als sie das stille Haus betraten. Davies nickte. Die Fleischtörtchen von Autobahnqualität und die dazugehörigen Fritten waren nur noch blasse Erinnerung. Verstohlen huschten sie in die Küche. Eine aufgeschreckte Maus flitzte davon. Mod machte die Herdlampe an, so daß sie gerade etwas erkennen konnten, setzte den Kessel auf und stellte den Toaster an.

Selbst der Toast mußte leise verzehrt werden. Als Mod seinen knirschend zu kauen begann, warf Davies ihm einen warnenden Blick zu, woraufhin Mod seine Scheibe in den Tee tunkte.

Nach der zweiten Tasse holte er die Krawatte aus seiner Tasche hervor. Davies nahm sie und drehte sie um. »Verdammter Mist, daß da kein Etikett dran ist.«

»Und auch sonst kaum was«, sagte Mod. Er hielt sich das Stück dicht vor Augen. »Ich kann einfach das Muster nicht erkennnen.«

Mit düsterer Miene tranken sie ihren Tee. Als sie jedoch Schritte hörten, die sich der Tür näherten, erstarrten die Tassen direkt unter ihrer Nase. In einem überreich geblümten Nachthemd erschien Doris im Türspalt und blinzelte in ihre Richtung. »Wie nett, Euch zu sehen«, bemerkte sie milde.

»Ganz unsererseits, meine Liebe«, erwiderte Davies vorsichtig. Sie trug ein Bündel Unterwäsche bei sich, bemerkte, wie er darauf starrte und machte einen halbherzigen Versuch, sie hinter ihrem Rücken zu verbergen. »Ich bin runtergekommen, um ein bißchen zu bügeln«, erklärte sie dann. »Um diese Zeit geht mir das leichter von der Hand. Ich tu das nicht gern, wenn andere um mich rum sind. Und manchmal liege ich sowieso wach.«

Es war die längste zusammenhängende Rede, die Davies seit Jahren von ihr gehört hatte. Vielleicht hatte es etwas mit der verschwörerischen nächtlichen Stunde zu tun. »Möchtest du eine Tasse Tee?« fragte er. Als sie noch ein Bett geteilt hatten, war ihr Schlaf, wie er sich entsann, immer gesund und ihr Schnarchen laut gewesen.

Doris wirkte erfreut, daß er sie gefragt hatte, lehnte aber dennoch ab. Sie breitete ihre Unterwäsche auf dem Tisch aus und öffnete den Schrank, in dem das Bügelbrett aufbewahrt wurde. Mod versuchte ihr zu helfen, aber es erschlug ihn fast. Doris fing es gerade noch auf und klappte es, während sie Davies signalisierte, er solle bleiben, wo er war, mit drei entschlossenen Handgriffen auf. »Sie ist zu ihrer Schwester gefahren«, erklärte sie. »Deshalb hat sie euch nicht reinkommen hören.«

»Soso«, sagte Davies. »Ja dann.«

Sie hielt einen ihrer riesigen Schlüpfer hoch, und Davies spürte, wie er rot wurde. Sie bemerkte es und stopfte den Schlüpfer zurück unter die übrige Wäsche. Trotzig zerrte sie dann einen anderen von der Größe einer Hängematte hervor und breitete ihn auf dem Brett aus. »Heute abend habe ich kochen müssen«, sagte sie. »Dieser Professor, oder was immer er ist … Gott, der ist wie aus Stein. Schaut niemals aus seinem Buch auf. Man könnte ihm glatt ne gekochte Maus vorsetzen.« Davies suchte den Fußboden ab. »Vor zwei Minuten war hier noch eine.«

»Würde mich nicht wundern, wenn der was Ungutes im Schilde führte. Vermutlich ein Bigamist. Sieht aus wie jemand, der vergewaltigt. Frauen.«

»Frauen«, erwiderte Davies unangebracht. »Ts, ts«, sagte Mod.

»Wo seid ihr beiden überhaupt gewesen?«

»In Wales«, antwortete Mod. »Im rauhen, wilden Wales.«

»Kann man wohl sagen«, nickte Davies. »Hat ordentlich gestürmt.«

»Was ist denn das?« fragte Doris mit einer Kinnbewegung in Richtung Krawatte, die Mod über seine umfangreichen Knie gebreitet hatte.

»Ein Schlips«, sagte Davies.

»Ein Indiz«, verbesserte Mod. Zu ihrem Erstaunen streckte sie eine Hand aus, und Mod gab ihr gehorsam die Krawatte, die sie sofort untersuchte.

»Schäbiges altes Ding«, murmelte sie. »Man kann überhaupt nicht erkennen, was für eine das ist.«

»Das ist das Problem«, bemerkte Davies.

»Soll ich sie bügeln? Ich habe noch nie ein Indiz gebügelt.«

Mod sah Davies an. Der nickte. Doris hielt sich das Textil an die Nase und und schnupperte daran. »Die ist feucht gewesen«, sagte sie, legte sie auf das Bügelbrett und breitete ein Tuch darüber. Dann fuhr sie mit beiläufiger Routine mit dem Eisen über das Tuch, nahm es wieder fort, um die Krawatte zu begutachten, und wiederholte die Prozedur. Sie wendete sie und bügelte die andere Seite. »Da«, sagte sie und reichte das warme Stück Stoff Davies. »Jetzt sieht sie wenigstens anständig aus.«

Davies betrachtete sie von nahem. »Ich kann noch immer nichts erkennen. Könnte eine elektrische Glühbirne sein. Vom Waliser Elektrizitätswerk.«

Mod legte sein Gesicht in Falten, als könne die schiere Kraft der Konzentration das Geheimnis lüften. »Oder eine Eichel. Vielleicht vom Forstverein.«

Davies schnaubte leise, und Doris streckte ein weiteres Mal den Arm nach der Krawatte aus. Sie öffnete eine Küchenschublade und holte eine randlose Brille heraus. »Das ist die von Mrs. Fulljames«, sagte sie. »Die ist stärker.«

Sie hielt den Stoff unmittelbar unter die Gläser und betrachtete sie angestrengt. »Ich glaube, es ist ein Gehirn«, verkündete sie schließlich.

Davies spürte, wie seine Augenbrauen sich hoben. »Was … was bringt dich darauf, es könnte …«

»… ein Gehirn sein? Naja, sieht doch wie ein Gehirn aus, oder? Von oben gesehen.«

»Ich habe noch nie ein Gehirn von oben gesehen«, bemerkte Mod.

»Ich erst gestern«, sagte Doris. »In der Zeitung. Da war eine Zeichnung, genau wie diese hier, oder so ähnlich, mit entfernter Schädeldecke. Man guckte von oben aufs Gehirn. Sozusagen aus der Vogelperspektive.«

Vorsichtig, aber offenbar zufrieden mit sich selbst, gab sie Davies die Krawatte zurück. Schamlos hielt sie nun ihre übergroßen Pumphosen ans Licht und arrangierte sie auf dem Bügelbrett. »An einer Stelle erkennt man es besser«, erklärte sie, lehnte sich vor und zeigte darauf. »Hier, siehste?«

»Ein Gehirn«, murmelte Davies. »Doris, du könntest recht haben.«

Es war eine Weile her, daß Willesden eine Beerdigung wie die von Pearly Gates erlebt hatte. Die Spitze bildeten nur zwei Wagen; der Leichenwagen mit dem Sarg darin und ein weiterer, in dem die weiblichen Angehörigen saßen, einschließlich seiner Mutter, die eigens herunter gekommen war. Hinter diesen schlurfte eine etwa hundert Meter lange Kolonne von Männern ungeordnet aber feierlich die High Street an Läden und Cafés vorbei, wo die Leute in vormittaglichem Respekt standen, um ihm die letzte Ehre zu erweisen. Vor dem Motorradgeschäft stand mit einer symbolischen Auspuff-Abdeckung Olly still.

Unter den Männern mit den Anzügen und den versteinerten Mienen befanden sich auch einige aus der Auto- und Motorradbranche, die der Polizei noch nicht bekannt waren; bei den anderen handelte es sich um Pearlys Trinkbrüder, die den Blick wie salutierend seitwärts wandten, als sie an den äußerst geschlossenen Pubs vorbeiparadierten. Auch waren natürlich Nachbarn gekommen, Polizeibeamte und andere, die Prozessionen liebten. Ganz vorn marschierte ein mysteriöser Dudelsackpfeifer, der mit einer schottischen Totenklage den Zug anführte.

»Ich wußte gar nicht, daß Pearly Verbindungen nach Schottland hatte«, bemerkte Davies, während er und Mod langsam marschierten. Davies trug die Krawatte, die Doris gebügelt hatte.

»Soweit ich gehört habe«, erwiderte Mod aus dem Mundwinkel, »ist der Pfeifer der Schwager von irgendwem und zufällig gerade auf Besuch hier. Wäre doch reine Verschwendung gewesen, ihn nicht einzusetzen.«

»Pearlys Mutter ist also runtergekommen. Von wo runter?«

»Er hatte sie Jahre nicht gesehen«, murmelte Mod. »Pearly hat jedem erzählt, er sei Waise. Vielleicht ist sie ja vom Himmel runtergekommen.«

Pearly sollte eingeäschert werden. Obwohl die Kapelle voll war, wurden die Gebete nur hingenuschelt, außer dem Vaterunser natürlich, das alle noch aus der Schule kannten und großspurig rezitierten. Der Gesang war stümperhaft, aber gut gemeint; und der Pfeifer stimmte eine weitere melancholische

Melodie an, während Pearly sich auf seinen letzten Weg machte und die Vorhänge sich hinter ihm schlossen.

»Ich frag mich, was die mit all den Messingverzierungen machen«, bemerkte ein wieselhafter, listig aussehender Mann, der auf der anderen Seite von Davies stand. »Die am Sarg. Ist doch eine Schande, die so zu verschwenden.«

Die Bemerkung sollte offenbar das Terrain sondieren.

Als der Gottesdienst zuende und Pearlys Mutter mit rosenroten Augen hinausgeleitet worden war, wandte sich der Mann erneut an Davies. »Ich habe versucht, Sie zu finden, Dangerous. Ich bin überall gewesen, habe Sie aber immer verpaßt.«

»Aah, habe ich von gehört. Worum geht es?«

Der Mann zögerte, als widerstrebe es ihm, an einem solch weihevollen Ort davon zu sprechen. »Ist da Geld drin«, fragte er dann doch, »in der Sache mit den Einsamen Herzen?«

Davies sah ihn scharf an. »Als Geschäft?«

»Nein, sowas könnt ich nicht. Mit alten Nutten rummachen. Nein, ich meine sowas wie ne Belohnung.«

»Möglich«, erwiderte Davies, darum bemüht, seine Stimme emotionslos klingen zu lassen. »Möchten Sie mir etwas erzählen?«

»Wenn was drin ist, von mir aus.«

»Ich werde dafür sorgen, daß was für Sie drin ist. Kommt aber drauf an, was Sie haben.«

Die Kapelle war nun fast leer. Mod schlurfte zum Ausgang. Die Trauergemeinde inspizierte stumm die Kränze und versuchte, die sentimentalen Zeilen auf den Schleifen zu entziffern. Einige der Blumen sahen nach Zweitverwertung aus. Davies und der wieselhafte Mann setzten sich vorsichtig, aber ein schwarzgewandeter Ordner bedeutete ihnen, sie müßten die Kapelle verlassen; der nächste Sarg sei auf dem Weg. »Wir wollen hier nicht rumhängen«, mahnte er. »Nicht wie gewisse Leute.«

»Ja, ja, Sie haben ja so recht«, sagte Davies. »Wir wollten ohnehin gerade gehen.«

Als sie an die Pforte kamen, rollte bereits die nächste Prozession auf sie zu. Sie mußten sich um die Trauernden herumarbeiten, um den Friedhofausgang zu erreichen. Es gab einen Moment, in dem Davies glaubte, den kleinen Mann in der Menschenmenge verloren zu haben, die der Kapelle zustrebte. Endlich erreichte er die feuchte, frische Luft, und sah ihn neben einem Engel stehen. »Ich werde nie kapieren, wozu die diese Märchenfiguren aufstellen«, bemerkte der Mann. »Die werden doch eh nur grün.«

»Lassen Sie uns irgendwo hingehen, wo wir reden können«, sagte Davies. Der Mann schien sich einen Moment lang zu sträuben und nahm sich die Zeit, den halb exponierten Steinbusen eines Engels von einem Teil des Mooses zu befreien.

»Ist auch ein Drink drin?« fragte er.

»Hören Sie zu, da ist mehr drin als ein Drink.« Davies packte ihn beim Arm, halb wie ein Freund, halb wie ein Polizist. »Lassen Sie uns hintenrum gehen.« Er wollte ihn nun keinesfalls mehr aus den Augen verlieren.

Der fromme Gesang dröhnte durch die Kapellenmauern hindurch. Sie fanden eine warme Nische. »Wie heißen Sie?« fragte Davies.

»Parsons«, erwiderte der kleine Mann. Er zögerte. »Sie nennen mich Nosy.«

»Also gut, Nosy, was haben Sie mir zu erzählen?«

»Es gibt bestimmt eine Belohnung?«

»Einen Hunni, wenn es irgendwas taugt. Mehr, wenn es richtig gut ist.«

»Ich weiß nicht, wie gut es ist«, sagte Parsons. »Aber wissen Sie, als Sie im Krankenhaus waren, vor ein paar Wochen, nachdem diese Typen Sie zusammengeschlagen hatten.«

»Ich weiß, wer die waren, wenn es das ist, was Sie mir sagen wollen.« Er spürte Enttäuschung in sich aufsteigen.

»Nee, das meine ich nicht. Sie sind mit der fetten Lady, die

Sie besucht hat, in den anderen Raum gegangen, wo die Glotze und die Sessel waren.«

»Richtig.«

»Und Sie haben über die Mordfälle namens Einsame Herzen geredet. An dem Abend wurde ein neuer im Fernsehen gemeldet.«

»Ja.«

»Da saß eine Oma in einem von den Sesseln. Tut so, als wenn sie taub wär, hat ein Hörgerät, so groß wie ne Tellermine im Lauscher. Aber sie ist nicht tauber als ich. Sie hat alles gehört, was Sie gesagt habe. Sie haben wahrscheinlich gedacht, sie wär eingenickt, das täuscht sie auch vor.«

»Ich erinnere mich an sie.«

»Sie hat alles belauscht, was Sie gesagt haben. Alles über diese Morde an diesen Ladies. Sie hat mir immer sofort alles erzählt. Ich lag im Bett gegenüber von Ihnen.«

»Aha.«

»Nicht lange danach hat Sie dieser Typ besucht.«

Davies hielt den Atem an. »Mr. Jenkins. Bertie Jenkins. Er leitet eine Vermittlung.«

»Hab ich mir gedacht.«

»Was ist mit ihm?«

»Naja, vor ein paar Jahren habe ich ihn einigermaßen gut gekannt. Wirklich vor Jahren. Drüben in Leyton. Ich wußte nicht, wie er hieß, aber sein Gesicht habe ich wiedererkannt. Er kam jeden Nachmittag in die Stripperbar, wo ich gearbeitete habe.«

»Ja«, sagte Davies.

»Ich habe da natürlich nicht gestrippt. Niemand würde sich das anschauen wollen, oder?« scherzte Parsons nervös.

»Nein. Was ist mit diesem Mann?«

»Er war unheimlich, Dangerous. Ich kann gar nicht sagen, wie unheimlich. Selbst die Mädels, die Stripperinnen – und die waren an alles gewöhnt, diese »Ausziehn!«-Typen und so, was ihnen nichts ausgemacht hat –, selbst die haben ihn nur Creepy genant. Jeden Tag ist er da aufgetaucht. Immer nachmittags. Einige der Mädchen mußten in der Bar bedienen, und er hat an ihnen rumgegrapscht, an den Po gepackt und sonstwohin.«

»Das war derselbe Mann? Sind Sie sicher?«

»Todsicher, Dangerous. Ich würde ihn überall wiedererkennen. Und mit Nutten hat er's getrieben. Zwei Huren hingen immer in der Nähe der Bar rum und haben sich die Typen geschnappt, die geil aus der Show kamen, und selbst die wollten am Schluß mit dem Dreckskerl nichts mehr zu tun haben.«

»Warum nicht?«

»Eine … eine hat mal erzählt, er hätte versucht sie zu erwürgen.«

»Jesus.« Es war ein Flüstern.

»Ehrlich. Das hat sie gesagt.«

»Hat sie den Vorfall der Polizei gemeldet?«

»Nein, das wollte sie nicht. Sie hatte allen möglichen Scheiß am Hals zu der Zeit. Hehlerei und all das. Ihr Lude hat Brüche gemacht. Sie traute sich das nicht. Aber sie hatte diese Würgemale am Hals. Hab's selbst gesehn. Die andere hat dann erzählt, mit ihr hätte er's auch versucht. Aber sie hat ihm mit ner Flasche oder sowas eins übergebraten.«

»Sind Sie absolut sicher, daß es derselbe Mann war?«

»Absolut sicher, Dangerous. Bei meinem Leben.«

»Sie wissen, daß er diese Partnervermittlung betreibt?«

»Das habe ich mir zusammengereimt, wie Sie sich unterhalten haben.« Er lehnte sich gierig vor. »Taugt es was? Ist es Geld wert?«

Davies griff in seine Jackentasche. Im selben Moment jedoch hörten sie ein dröhnendes Zischen jenseits der Wand hinter ihnen. Sie blickten einander entsetzt an. »Das ist, wo sie es machen«, erklärte Parsons. »Sie verbrennen.«

»Gehen wir in einen Pub«, sagte Davies. »Wir erledigen das dort.«

Bertie Jenkins, dachte Davies. Wer auch sonst? Bei wem war es einleuchtender? Wer hatte mehr Gelegenheit? Da hockte er drüben in diesem Büro in Hammersmith mit all den Karteikarten; einsame Herzen, die erbarmungswürdig schlugen; all die Briefe, die Fotos, die Bewerbungen. Er hatte freie Auswahl.

Aber das erklärte die Morde in den Midlands nicht. Bertie konnte diese Frauen nicht gekannt haben. Es sei denn, er hatte sich selbst zu einem Einsamen Herzen gemacht und unter einem falschen Namen sein eigenes Gesuch, seinen eigenen Bettelbrief um Gesellschaft in die Welt geschickt. Davies dachte darüber nach, verwarf diese Theorie dann jedoch. Im Geiste verweilte er jedoch bei den Opfern aus den Midlands, den Frauen, die ihre hoffnungsvollen, hoffnungslosen Treffen mit Männern fortgesetzt hatten, wie jene Jennifer Potts aus Lichfield. Sie waren, wie er nun wieder glaubte, einfach anders gewesen als diejenigen, die in London ihr Ende gefunden hatten. Schnell nahm er die Liste mit ihren Namen darauf aus seinem klappernden Aktenschrank. Sie waren anders. Ma Dalioquay hatte mit ihrem Zigeunerfinger darauf gezeigt. Die Londoner Namen unterschieden sich von denen aus den Midlands. Es waren jüngere Namen. Die Namen aus den Midlands und die dazugehörigen Frauen waren eine Generation älter gewesen. Mit dieser neuen Erkenntnis, daß es zwei verschiedene Mordserien der Sorte Einsame Herzen gab, hockte er an seinem Schreibtisch und ging die Liste noch einmal durch. Der erste Mord war in den Midlands begangen worden und der zweite auch. Der erste Londoner Mord – an Debbie Scarlett – war einen Monat später passiert.

Er starrte noch immer auf seine Listen, als Mod mit schwerem Schritt die Treppe hochstapfte. »Der Cranium Club«, keuchte er mit geschwollener Brust und unübersehbarem Triumphgefühl. Er hielt ihm die nun gefaltete Krawatte hin. »Es ist ein sezierter Kopf.«

»Doris hatte also recht«, sagte Davies.

Mod wirkte verärgert. »Aber ich habe die Herkunft ausfindig gemacht! Ich, nicht Doris! Ich habe mich ans Telefon gehängt, jedes Krawattengeschäft der Stadt angerufen. Mann, hat die Bibliothek eine Telefonrechnung. Die sind fast aus dem Hemd gesprungen!« Er grinste verlegen. »Aus dem Hemd. Hemd und Krawatte. Das ist ziemlich nahe an einem Witz.«

»Ziemlich nahe, allerdings«, sagte Davies. »Erzähl mir was über den Cranium Club.«

»Zentrale in Cambridge. Ansammlung von allem, was mit dem Schädel zu tun hat, Psychologen, Psychiater und solches Volk. Sie treffen sich zweimal jährlich, um über … naja, über Schädel zu reden.«

»Und Carl Swanee war Mitglied?«

»Sogar ein führendes, hat man mir erzählt. Ich bin an den Mann drangekommen, der den Sekretär macht.«

»Gute Arbeit, Kumpel. Aber irgendwie hat sich Swanee seiner Krawatte auf den Klippen entledigt – vielleicht, um eine Spur zu legen.«

Mod nickte traurig. »Es besteht kein Zweifel mehr daran, daß er da unten im Meer sein muß. Und das arme Mädchen auch.«

»Sieht ganz so aus. Wir werden es erfahren, sobald man mit der Suche beginnen kann. Ich habe Howells angerufen. Er hatte die Füße hochgelegt und guckte die Teletubbies.«

Mod blickte auf die Listen auf Davies' Schreibtisch. »Und, kommst du voran?«

»Ein bißchen. Ich glaube, wir haben es mit zwei verschiedenen Mördern zu tun.«

»Mit zweien?« Mod beugte sich über die Listen.

»Der hier unten in London ist das, was die Presse als Nachahmungstäter bezeichnet. Die Einsamen Herzen in den Midlands haben ihn erst auf die Idee gebracht. Die beiden Opfergruppen unterscheiden sich voneinander. Die Londoner Frauen waren jünger; die älteste 32, Jo Pereira. Ich weiß auch nicht, warum mir das erst jetzt auffällt.«

»Wirst eben alt«, sagte Mod. »Irgend ne Idee, wer dieser Nachahmungstäter sein könnte?«

»Einen guten Verdächtigen hätte ich.«

Sophias breitsohlige, aber dennoch irgendwie zierliche Schritte waren auf den Treppen zu hören. »Dieser Shemmy«, schnaufte sie. Davies blickte vom Schreibtisch auf.

»Was ist mit ihm? Er ist doch nicht etwa aufgetaucht, oder?« Davies sah zu dem Schreibtisch hinüber, der nahezu vollständig von einer Pyramide aus ungeöffneten Briefen bedeckt war. »Er müßte dringend die Post erledigen.«

»Mir schickt er ständig Ansichtskarten«, bemerkte Sophia, als sei dies ein Geständnis. »Reist um die Welt. Die hier ist aus …« Sie kniff die Augen leicht zusammen. »Costa Rica, kaum zu glauben.«

»Das Beste, was er momentan machen kann«, erwiderte Davies. »Ich glaube nicht, daß er noch sehr weit kommen wird, wenn er wieder hier ist.«

»Ich lege die zum Rest«, sagte Sophia naserümpfend. Sie arrangierte die Ansichtskarte zusammen mit einem kleinen Stapel sonstiger Post auf der Spitze der Pyramide. »Ich bin schließlich keine Kom… Kom… Helfers …, die in den Zeugenstand muß.«

Sie schwieg einen Augenblick. »Ich nehme schon an, daß er zurückkommen wird. Ich meine, naja, wenn er solche Schwierigkeiten bekäme, dann bleibt er vielleicht auch in Costa Rica, wo immer das ist.«

»Shemmy kommt zurück«, sagte Davies. »Er gehört genauso wenig nach Costa Rica wie Sie oder ich. Was sollte er da? Er gehört hierher, nach Willesden, wo all seine Freunde und Feinde sind. Der kommt schon wieder.«

»Dann muß er aber doch in den Knast.«

»Anzunehmen. Irgendwelcher Sozialdienst genügt wohl nicht, wenn man seine Klienten um Tausende prellt. Andererseits weiß man natürlich nie. Aber es wird ihm bestimmt nicht viel ausmachen, außer daß er in der Zeitung steht.«

»So Zellen sind aber doch eng, oder?«

»Er hat's auch in einer Schiffskabine ausgehalten.«, erwiderte Davies. Er wußte, daß sie ihm etwas sagen wollte.

»Sie wissen doch, der nette Kerl in Florida, von dem ich Ihnen erzählt habe«, begann sie. »Wo meine Schwester ihren Salon hat.« Sie ließ sich in den Sessel am Schreibtischende fallen und drapierte ihren Rock wie einen Vorhang. »Der Freund vom Mann meiner Schwester. Er ist nett. Gebildet, könnte man sagen. Schlank, mit Brille.«

Davies versuchte kurz, sich die beiden zusammen vorzustellen.

»Er arbeitet in der Vorstrafenabteilung der Polizei in Florida. Das habe ich Ihnen doch schon mal erzählt, erinnern Sie sich?« Davies nickte. »Wenn die Polizei über jemanden was wissen will, ist es sein Job, im Computer nachzusehen.« Sie lehnte sich vor. »Ich habe ihm von Ihnen erzählt, daß Sie Detektiv sind und so, und er hat gemeint, wenn Sie etwas über jemanden in Amerika herausfinden wollen, dann könne er die Information wahrscheinlich besorgen. Es könnte ein bißchen dauern, aber er kann es rausfinden. Hintenrum.«

»Ah«, sagte Davies und blickte auf.

»Da gibt es doch was, nicht wahr?«

»Kann man wohl sagen. Fragen Sie ihn, ob er irgendwas, egal was, über Carl Swanee und seine Frau Sestrina herausfinden kann.«

»Ich werde ihn drum bitten.« Sie schien sich darüber zu freuen, ihm eine Hilfe zu sein. »Heute abend noch«, fügte sie hinzu, als sie das Büro verließ.

Davies stand am Fenster und blickte auf die schmutzigen Dächer hinaus.

Bereits am späten Nachmittag wurde es dunkel; die Uhren waren umgestellt worden, und Davies hatte seine langen Unterhosen angezogen; ein Ereignis, das fast immer mit der Umstellung auf die Winterzeit zusammenfiel. Im Frühjahr, wenn die Uhren zur Sommerzeit zurückkehrten, kramte er seine Sommerunterwäsche hervor. Er war eben ein Gewohnheitstier. Als nun der Herbst in den Winter überging, fragte er sich, ob Jemma vielleicht nach Willdesden und zu ihm zurückkehren würde. Aber er hatte seine Zweifel.

Dann hörte er Schritte, schwer und doch vorsichtig, auf der Treppe draußen. Mit vier Schritten war er hinter der Tür. Den Mann, der hereinkam, erkannte er auch von hinten.

Dem Eindringling entfuhr ein nahezu glücklicher Seufzer, als er den, wie er glauben mußte, verlassenen Raum und Shemmys Schreibtisch mit dem Briefestapel darauf erblickte. Zuerst stürzte er auf die Postkarten zu, die ganz oben auf dem Stapel lagen, wo Sophia sie deponiert hatte, und ließ sie in seine Brusttasche gleiten. Dann begann er, sich hastig durch die Briefpost zu wühlen. »Sie würden sicher einen Job bei einer Sortierstelle bekommen«, sagte Davies von hinter der Tür.

Gingell machte vor Schreck einen erkennbaren Satz. Er trug einen voluminösen Regenmantel mit Riemen und Schnallen wie ein Fallschirm. »Oh, oh. Sie sind das.«

»Ich, ja«, nickte Davies. »Ich gehe mal davon aus, daß Sie Shemmy Austen suchen. Nun; er ist bislang nicht aufgetaucht.« Er zeigte auf die Papierhalde auf seinem Schreibtisch. »Wie Ihrem scharfen Auge kaum entgehen wird.«

»Eine Menge Leute wollen wissen, wo er steckt«, erwiderte Gingell, in die Defensive gedrängt. »Meine Klienten.«

»Klienten, Klienten«, murmelte Davies. Er setzte sich an seinen Schreibtisch und ließ den Mann einfach dort stehen. »Klienten verlangen oft fast Unmögliches, nicht wahr?«

»Ihre auch?«

»Kann man wohl sagen.«

»Sie sollten unserer Vereinigung beitreten. Die Gilde der Privatdetektive. Ist ziemlich hilfreich.«

»Und was machen die? Sich gegenseitig die Fälle lösen?«

»Nein, aber wir treffen uns. Jedes Jahr veranstalten wir eine Konferenz in einem Badeort. Nächste Woche machen wir einen Ausflug ins Theater, zusammen mit den Ehefrauen. Am West End.«

»Klingt ja extrem amüsant. Und was werden Sie sich anschauen? Die Mausefalle?«

»Machen Sie sich nur über mich lustig, Davies.«

»Machen werde ich schon was.« Davies blieb sitzen, hielt aber seine Hand auf. »Und zwar die Postkarten zurückverlangen, die Sie gerade vom Schreibtisch geklaut haben.«

Gingell zögerte, lief rot an, griff dann jedoch in seine Tasche und nahm drei Ansichtskarten heraus, die er mit mißlungener Grazie Davies aushändigte. »Die letzte auch noch«, sagte Davies. »Die hatte so besonders schöne Briefmarken.«

Gingell kramte die Karte hervor und gab sie ihm. »Da, das war's aber auch.« Er musterte Davies beleidigt. »Sie haben natürlich noch nie jemandes Briefe mitgehen lassen.«

Anna Beauchamps Kreditkartenabrechnung, die er aus dem Stapel von Briefen in ihrem Chiswicker Appartement herausgezogen hatte, lag offen auf seinem Schreibtisch. Beiläufig stopfte er sie in die Schublade. »Das Wesentliche besteht darin, sich nicht erwischen zu lassen«, erklärte er. »Diese Ansichtskarten sind Privatbesitz. Einfach die Post mopsen. Sehr stümperhaft. Schaun Sie, die sind an Sophia adressiert … Sophia, die Friseurin unten. Sie hat vor, sich die Karten rahmen zu lassen.«

Das Telefon klingelte. Gingell wirkte ganz so, als wolle er bleiben. Davies nahm ab. »Hallo, Mr. Davies«, sagte eine rauchige Stimme. »Hier ist Sestrina.«

Davies preßte den Hörer fest an sein Ohr. »Am Himmel stehen sieben Sterne«, sagte er bedächtig und schaute auf, um zu sehen, wie Gingells Augenbrauen sich hoben und ihm gleichzeitig die Kinnlade herunterfiel. Sestrina fragte, wovon er rede.

Er wartete ab. »Aber die Gänse ziehn nach Süden.« Er fixierte den gierig vorgelehnten Gingell. »Es ist privat«, flüsterte er. »Würden Sie bitte die Tür hinter sich schließen.«

Wieder ließ er seinen Rover am Hügel stehen. Er wirkte verstimmt, wie er da stand und die letzten Buchenblätter sich auf seiner Motorhaube niederließen. »Es ist ein steiler Anstieg«, beschwichtigte Davies und vergaß dabei geflissentlich, wie souverän der Wagen die Waliser Berge bewältigt hatte. Es war einfach nicht der Wagen, den man mit nach Hampstead nehmen konnte, bis zu Sestrinas Haus. Nicht einmal bei Dunkelheit.

Die Herbstluft war feucht, und ihm brach der Schweiß aus, als er den Hügel hinaufstieg. Als er die widerhallende Klingel betätigte, öffnete ihm Hannah, die geisterhafte Gräfin. Bei Nacht schien sie noch furchteinflößender und sogar noch schweigsamer.

Sestrina sah umwerfend aus; Seidenkleid zu seidigem Lächeln. Schon bereute er, die Krawatte umgebunden zu haben, die ihr Mann auf der Waliser Klippe zurückgelassen hatte, die Krawatte des Cranium Club. Doch sie würdigte den Schlips keines einzigen Blickes. »Ich nehme an, Sie haben Carl nicht aufgetrieben?« sagte sie.

»Nein, habe ich nicht«, erwiderte er wahrheitsgemäß.

»Auch Anna nicht?«

»Auch Anna nicht.«

Sie führte ihn in das große gemütliche Zimmer. Seine Augen wanderten zu dem Gemälde an der gegenüberliegenden Wand mit dem Segelschiff darauf – der *Lonely Heart*. Durch das benachbarte Fenster konnte er die Lichter Londons sehen, obgleich in Nebel gehüllt und weit entfernt. Auf ein Stichwort hin schwebte die Gräfin mit einem Tablett herein, auf dem die Drinks standen. »Es war jammerschade, daß Sie das letzte Mal so überstürzt aufbrechen mußten«, lächelte Sestrina. »Mitten in unserer interessanten Unterhaltung.«

»Vom Dinner ganz zu schweigen.«

Sie lachte seidig. »Ich hoffe, man wird Sie heute abend nicht wieder fortrufen.«

»Ich habe mein Handy zu Hause gelassen. Ich hasse das Ding. Ständig ist der Akku leer. Ich vergesse immer, ihn aufzuladen.«

»Gut. Dann haben wir ja Zeit, uns zu unterhalten. Sie könnten mir davon berichten, was Sie alles gemacht haben. Wo Sie gewesen sind.«

Er fragte sich, was geschehen würde, wenn er erklärte, er habe oben an einer Klippe gestanden und hinunter ins Meer geguckt, wo ihr Mann Carl und Anna vermutlich lagen. Damit hätte er in jedem Fall den Abend verdorben. Sie sah so schön aus, mit den Beinen in einem reizvollen Winkel aneinandergeschmiegt und dem Martini in einem anderen Winkel, mit dem grauen Kleid, das in Falten über ihre Brüste fiel. Ihre Augen und ihr blondes Haar leuchteten im Licht des Kaminfeuers. »Hübsches Feuer«, sagte Davies.

»Es ist natürlich nicht echt«, erwiderte sie. »Es sieht nur echt aus. Wie so vieles.«

Er erhob sein Glas.

»Was sollten die sieben Sterne am Himmel und die Gänse bedeuten?«

»Tut mir leid deswegen. Ich habe versucht, jemanden auf diese Weise zu verwirren. Einen Privatdetektiv.«

»Noch einer?«

»Es gibt Tausende. Der Mann sucht jemanden, den ich kenne.«

»Ihr Leben hört sich interessant an. Aber meinen Mann haben Sie trotzdem noch nicht gefunden.«

»Nein«, erwiderte er erneut wahrheitsgemäß. »Vielleicht wollen Sie und Ihr Schwager mich ja von dem Fall entbinden.«

Sie wirkte gekränkt. »Nein, das würden wir ganz bestimmt nicht wollen! Wir brauchen Sie.«

Weil ihr glaubt, daß ich den Fall nie knacken werde, dachte er. Sie nahmen einen weiteren Drink, dann führte sie ihn zum Tisch am Fenster. An dem Gemälde blieb er stehen. »Meine *Lonely Heart*«, lächelte sie. »Es gefällt Ihnen sehr, nicht wahr?«

»Es verfolgt mich.« Sie setzten sich an den Tisch. »Manchmal sitze ich hier allein«, sagte sie, »und stelle mir vor, ich wäre eine Königin.« Sie blickte auf London herab. »Und dies wären die Lichter meines Königreichs.«

»Wir alle spielen gern Spielchen.«

Die Gräfin kam mit dem ersten Gang herein; es sah nach etwas mit Avocado aus, aber er fragte nicht. Diesmal half kein dümmlicher Junge beim Servieren. »Erzählen Sie mir was von Ihren Spielchen«, sagte Sestrina.

»Ich tue zur Zeit nichts anderes als Spielchen treiben«, erwiderte er. »Und meistens verliere ich.«

»Warum mußten Sie an jenem Abend so plötzlich los?«

Er wurde verlegen. »Ich weiß«, sagte er und neigte sich leicht in ihre Richtung. »Es tut mir leid. Es ging um ein gestohlenes Motorrad.«

Der Ausdruck ihres hübschen Gesichts änderte sich. »Sie sind in solcher Eile aufgebrochen – nur wegen eines Motorrads?«

»Es war ein besonderes. Ich hatte es versprochen. Es endete in einer Bandenschlacht in den Sümpfen von Essex.«

»Ich weiß nicht, wo das ist.«

»Es ist weit, wenn man nur hingeht, um sich zu prügeln.«

»Das klingt so aufregend«, bemerkte Sestrina leicht ungläubig. »Und auch Ihr Fall mit den Einsamen Herzen. Was ist damit? Wo ist diese Vermittlung?«

»Es handelt sich um das Happy Life Bureau«, sagte er feierlich, »in Hammersmith.«

Sie hielt ihm die Hand vor den Mund. »Das Happy Life«, flüsterte sie fast. »Wie verblüffend … wie komisch, Und es geht nur um den Tod.« Sie schien völlig in Gedanken verloren. »Hammersmith«, murmelte sie. »Wie seltsam.«

»Ich glaube, daß ich da irgendwie weiterkomme«, sagte Davies vorsichtig.

»Erzählen Sie mir davon. Bitte.« Sie begann zu kichern. »Happy Life, Hammersmith.«

»Ich kann Ihnen einiges erzählen, wenn es Sie interessiert.«

»Der Tod interessiert mich immer.«

»Verstehe. Es hat natürlich mehr als einen Todesfall gegeben.«

»Erzählen Sie mir von ihnen.«

Er konnte kaum glauben, wie schnell sich seine Weingläser leerten. Der Wein änderte die Farbe von weiß nach rot und schien dabei nur so dahinzuschwinden. Er hatte sich nie so berauscht gefühlt – nicht betrunken, berauscht. Aber es kümmerte ihn nicht. War es der Wein oder die Frau? Er erzählte ihr von den Einsamen Herzen und der Art und Weise, wie sie ums Leben gekommen waren, und versuchte seine Worte sorgfältig zu wählen. Aber er merkte, daß er ihr alles erzählte.

Die Gräfin servierte den nächsten Gang, aber Sestrina rührte ihren Teller kaum an. Sie neigte sich ihm zu, um nur ja kein Wort zu verpassen, wie ein Kind, das einer spannenden Geschichte lauscht. Ihr wenig kindliches Parfum drang zur anderen Seite des Tisches hinüber und benebelte seinen Kopf. Himmel, wie war er so weit gekommen? Warum erzählte er ihr das alles?

Von jedem Mord malte er ihr die Details aus, besonders von dem an Connie, die sich für Harolds Mutter gehalten hatte. Während er weiter trank, erzählte er ihr mehr und mehr. Er fühlte Hitze in sich aufsteigen, die Hitze der Erwartung. »Ich habe einen Verdacht«, verkündete er mühsam. Überall kribbelte es. Er wagte es kaum noch, ihr in die suggestiven Augen zu sehen. »Aber noch keinerlei Beweise. Die werden sich jedoch noch einstellen.«

»Werden Sie mir davon erzählen?« Es war fast ein Flehen. »Es interessiert mich sehr.«

»Nein«, erwiderte Davies unter Mühen. »Das kann ich nicht. Ich werde es Ihnen irgendwann erzählen.«

Sie erhob sich von der anderen Seite des Tischs; das Licht glitt an ihrem schlanken Körper im Seidenkleid herunter. Irgend etwas machte sie besonders aufregend. Er spürte den Frosch in seinem Hals.

»Gehn wir«, sagte sie unvermittelt. Es war wie ein Befehl. »Zum Essen ist immer noch Zeit.«

Scheiße, dachte Davies. Sie wird mich verführen.

Er hatte recht.

Sestrina hielt ihm eine schlanke Hand hin, deren Blässe das gedämpfte Licht noch stärker akzentuierte. Er nahm sie zutraulich wie ein Junge, und lächelnd geleitete sie ihn an der Lonely Heart vorbei eine kurze, mit weichem Teppich ausgelegte Treppe hoch. Auf dem Treppanabsatz steckte eine lange Kerze in einem verzierten Wandlichthalter. Sie ließ seine Hand, wenn auch äußerst widerstrebend, los. Im warmen Kerzenschein wandte sie sich um und lächelte ihn an. Er fühlte sich, als würde er körperlich zusammenschmelzen. Der Versuch, an Jemma zu denken, schlug fehl. Jemma kam vielleicht nie mehr wieder. Dies war Sestrina, und wer wußte schon, was sie getan hatte?

Auf dem Treppenabsatz sah er eine gepolsterte Tür; auf den leichtesten Druck hin öffnete sie sich nach innen. Sie krümmte einen Finger und winkte ihn herbei. Er hörte sich selbst innerlich stöhnen; es war das Stöhnen eines Mannes, der wußte, daß er in Schwierigkeiten steckte; ein lustvolles Stöhnen. Er folgte ihr in den Raum. Das Licht war gedämpft, allerdings nicht so sehr, daß er das luxuriöse Bett nicht hätte erkennen können. »Wie praktisch«, schaffte er zu bemerken. »Für jemanden, der zu spät nach Hause kommt.«

»Es ist ein Liebesnest, Mr. Davies«, sagte Sestrina beinahe schnurrend.

»Aha. Auch das.«

Mit leichtem Schritt huschte sie zum Nachttisch, öffnete eine große Kiste und kam zu seiner Bestürzung mit einem schlanken Silbermesser zurück, dessen Klingenspitze auf sein Herz gerichtet war. »Ich spiele gern Spielchen«, sagte sie. »Werden Sie mit mir spielen?«

Davies fixierte die Klingenspitze. »Solange das hier nicht zu dem Spiel dazugehört.«

»Es ist ein Spiel« wiederholte sie. »Wie die Szene in diesem Film.«

»Ich geh nicht so oft ins Kino.«

Sie lächelte und legte das Messer auf die seidene Überdecke am Fußende des Bettes. Dann schlang sie ihre Arme um ihn und wanderte von den Schultern zum Hals, noch immer lächelnd und davei schöne Zähne zeigend; ihre Augen funkelten grau und ihr Parfum umhüllte ihn. »Jesus«, murmelte Davies.

Ihr Kuß war so zart wie wild, und er fühlte, wie er nach innen explodierte; sein Anzug sank an ihm herab. Es war Wochen her, daß er geküßt worden war. Er versuchte den Kuß so zu erwidern, wie er ihn empfangen hatte, versagte jedoch. Sie hielt ihn fest, und er versuchte es erneut. Diesesmal gelang es ihm besser. »Übung«, sagte sie. »Alles was Sie brauchen, Mr. Davies, ist Übung.«

Zitternd fuhr er mit den Händen an ihrem seidenen Kleid hoch. Er konnte ihre Rippen zählen. Dann berührte er die Seiten ihrer Brüste, »Sehr schön, wirklich.«

Wieder küßten sie sich und wieder überwältigte sie ihn. Sein Penis schien genauso überrascht wie er selbst; jetzt jedoch, da er Action witterte, streckte er sich, als erwache er aus einem langen Schlaf. Ihre Hand wanderte zu ihm hinunter; sie lächelte und tätschelte die Spitze, die sich wie ein heimlicher Horcher gegen den Reißverschluß presste. »Sehr schön, wirklich«, ahmte sie Davies nach.

Zu seinem Entsetzen tastete sie nun mit derselben Hand nach der Bettdecke und nahm das Messer. Er wich zurück. Sie reichte es ihm, diesmal mit dem Griff nach vorn. »Nehmen Sie es«, befahl Sie. »Bringen Sie mich dazu, mich auszuziehen.«

Willesden schien so unendlich weit entfernt. Seine Hand griff nach dem blitzenden Messer. »Ich sagte Ihnen doch, ich spiele gern Spielchen«, bemerkte sie, als schulde sie ihm eine Erklärung. »Setzen Sie sich auf den Stuhl, Mr. Davies, richten Sie das Messer auf mich und … und zwingen Sie mich dazu, mich auszuziehen.«

Er trug noch immer sein Jackett. Bevor er sich setzte, zog er es vernünftigerweise aus und lockerte die Krawatte, die, wie ihm urplötzlich wieder einfiel, ihrem Mann gehörte, vermutlich ihrem verstorbrenen Mann. »So ist es besser«, murmelte sie. »Endlich haben Sie Blut geleckt.«

Er setzte sich auf den aufrechten Stuhl, ohne sie aus den Augen zu lassen. »Das Messer«, erinnerte sie ihn sanft. »Das Spiel ist ohne das Messer nicht dasselbe.«

»Entschuldigung.« Er richtete die Messerspitze auf sie und versuchte, sie ruhig zu halten. Die Angst vor der Gefahr hatte ihn nun im Würgegriff. Sex und Gefahr. Er versuchte nicht zu zittern.

»Los, befehlen Sie's mir«, soufflierte sie. »Befehlen Sie mir, mich auszuziehen.«

Davies glaubte, gleich aus der Hose platzen zu müssen. Sein Penis und das Messer waren nun im selben Winkel auf sie gerichtet.

»Ausziehn«, sagte er.

»Von oben oder von unten?« neckte sie.

»Oben. Von oben, bitte.«

Sie hob ihr Haar im Nacken an. Gedämpfte Musik drang von irgendwoher ins Zimmer, vielleicht aus dem Reich seiner Phantasie. Sie wiegte sich leicht und begann sich das Kleides zu entledigen. Es kräuselte sich auf ihrem Körper und glitt dann an ihr hinunter bis zu den Handgelenken, dann war es nur noch ein

Handgelenk, schließlich blieb es an ihren Hüften hängen. Ihr BH war winzig und aus Spitze. »Und nun der?«

Er konnte sehen, wie sehr sie es genoß. Er nicht minder. Ihre Augen funkelten verführerisch, und ihr Mund war halb geöffnet. »Der als nächstes«, sagte er.

Noch immer hielt er den Blick fest auf sie gerichtet, denn er wollte nichts versäumen, während er sein Hemd aufzuknöpfen begann. Seine Hose brachte ihn fast um. »Noch nicht«, sagte sie. »Sie später.« Die Schatten auf ihren Schultern bewegten sich mit ihren Armen. Ihre Hand wanderte zur Mitte des BHs; durch die leiseste Berührung ging er auf, und sie ließ ihn fortgleiten.

Davies ließ das Messer fallen. »Nein«, fauchte sie. »Sie dürfen nicht aus der Rolle fallen.«

Noch immer entzückt von ihren eigentümlich herausfordernden Nippeln fingerte er nach dem Messer und hob es auf. Sie verharrte still und leicht gereizt, während sie darauf wartete, daß er es wieder in Position gebracht hatte, sagte jedoch nichts. Er konnte kaum noch sitzen. Sein Penis schien nach Frischluft zu ringen. »Wunderschön«, murmelte er. »Sie sind so wunderschön.«

Sie lächelte vergnügt, streckte aber ihren Arm aus, um ihn von sich fernzuhalten. »Noch nicht«, sagte sie. »Sie dürfen mich noch nicht berühren. Es kommt noch mehr.«

Davies kehrte zu seinem Platz zurück. Sie nickte kurz, und er hob das Messer. Bei Gott, dachte er, was immer hier vor sich geht, ich genieße es.

Nun, mit fast magischer Geschicklichkeit, ließ sie das Kleid auf ihre Knöchel rutschen. Sie trug schwarze Spitzenstrümpfe und sonst nichts. Es kümmerte ihn nicht, wie sie oben blieben. Blaß und inzwischen fast nackt, weiß und entblößt mit ihrem Seidenkleid auf den Schuhen stand sie vor ihm, wie ein frisch ausgepacktes Präsent. Mit einem Kick schleuderte sie das Kleid zur Seite und kam dann, nur noch mit Schuhen und Strümpfen bekleidet, auf ihn zu. »Legen Sie das Messer weg«, sagte sie. »Ich ergebe mich.«

Davies wußte nicht, wie er es schaffte aufzustehen. Er fühlte sich, als wäre er achtzig und zwanzig zugleich. Sie schmiegte sich in seine noch bekleidete, plumpe Umarmung, und wieder spürte er ihre Nacktheit von oben bis unten. Seine Hände legten sich auf ihren Po.

»Ist es okay, wenn ich mir meine Montur jetzt ausziehe?«

Sie lachte herzhaft, als wäre mit den Kleidern ein Druck von ihr gewichen, ließ ihn los, bewegte sich wie eine Tänzerin zur Seite und legte sich scheinbar gleichgültig wie aufreizend quer übers Bett, ihre Brüste aufrecht, fest, die Beine angewinkelt und leicht gespreizt. Siedend heiß fiel ihm ein, daß er seine langen Unterhosen samt Unterhemd trug. »Ich bin schüchtern«, sagte er. »Und ich müßte auf's ...«

»Das Bad ist dort«, sagte sie und zeigte mit dem Finger auf die Tür. »Ich kann warten. Es wird mir ein Genuß sein, auf Sie zu warten.«

Er ging ins Bad, zog seine Sachen aus und rollte seine Unterwäsche fest in sein Hemd ein. Im Spiegel erhaschte er einen Blick auf sich selbst und versuchte, seine Erektion hinter beiden Händen zu verbergen. Nachdem er tief Luft geholt hatte, ging er ins Schlafzimmer zurück.

Sie lag nackt auf dem Bett und untersuchte das Messer.

Sie bemerkte seinen Gesichtsausdruck. »Es ist im Augenblick nicht nötig«, schnurrte sie und legte das Messer auf den Nachttisch. Bis auf eines löschte sie alle Lichter mit ein- und derselben Bewegung. Die Musik wurde leiser. Er konnte sie atmen hören. »Ich kann Sie atmen hören«, sagte sie. »Kommen Sie zu mir?«

»Nach Hause gehe ich jetzt bestimmt nicht«, sagte Davies, fühlte sich auf einmal wunderbar animalisch, kletterte auf allen vieren auf's Bett und mußte registrieren, wie ungelenk er war. Untrainiert. Sie brachte seine gemurmelten Entschuldigungen zum Verstummen, während er gekrümmt über ihr hocken blieb. »Sie sind stark, Mr. Davies«, flüsterte sie, indem sie zuerst mit ihren Fingern, dann Handflächen über seine Schultern und Brust rieb. »Ich mag starke Männer.«

Trotz aller Bemühungen ihn einzuziehen, hing sein Bauch ein bißchen. Ihre Hände erreichten die Problemzone. »Ich werde abnehmen«, versprach er. »Ich werde abnehmen.«

»Kommen Sie jetzt zu mir.« Ihre Stimme war sanft, aber bestimmt, ihre Augen verschwommen. Er schmiegte sich an sie.

Es war in diesem Moment, als er das Messer in seinem Rükken spürte, mit der Spitze direkt über seinen Nieren. Er konnte die Bedrohung spüren. Eine Bewegung, und es würde in seinen Körper dringen. Der Mund wurde ihm trocken, und er begann zu schwitzen. Es war ihm so, als drücke sich das Messer nur noch fester in sein Fleisch.

»Keine Sorge«, sagte sie, als er vor Angst zuckte. »Es ist nur mein Spiel. Vertrauen Sie mir.«

»Ich vertraue Ihnen«, erwiderte er ohne rechte Überzeugung.

»Nun müssen wir es tun«, sagte sie. Ihre Augen waren geschlossen, und er fragte sich, ob er versuchen sollte, ihr das Messer zu entwinden. Statt dessen ging er das Risiko ein.

Er blieb bis zum Morgen. Sie war bereits aufgestanden und brachte ihm auf einem hübschen Emailletablett Tee; eine Auswahl von Lapsang, Tetley's oder Ceylon.

Er wählte Tetley's.

Sie wirkte frisch wie ein junges Mädchen im Kimono, die Haare hochgesteckt, ihr Gesicht gecremt, aber ohne Makeup. Sie öffnete die Gardinen, und weit entfernt konnte er die trostlose Londoner Skyline sehen. Da draußen, Herrgott, gingen die Menschen zur Arbeit.

Sie hatten es in der Nacht dreimal miteinander getrieben, einmal ohne den Dolch; als sie sich zum letzten Mal umarmten, schlug eine Uhr im Haus gerade fünf. Nie zuvor hatte er annähernd Vergleichbares erlebt, insbesondere nicht mit einer Verdächtigen.

Sie ging fort und kam nicht wieder, bevor er nicht geduscht und angezogen war. Er verzichtete auf ein Frühstück, und sie küßte ihn, als wäre er ein Ehemann, der ins Büro fährt. Er wußte, daß er dies nie wieder erleben würde.

Als er sich umwandte, um in den frischen Hampsteader Morgen hinauszutreten, drehte sie ihn noch einmal um und rückte seine Krawatte zurecht. »Ich werde Ihnen eine neue kaufen«, sagte sie. »Diese hier ist alt und abgetragen.« Er küßte sie noch einmal, verließ das Haus und ging den Hügel hinunter zu der Stelle, wo er den Wagen gelassen hatte. Er nestelte an der Krawatte herum und fragte sich, ob sie wohl Bescheid wußte.

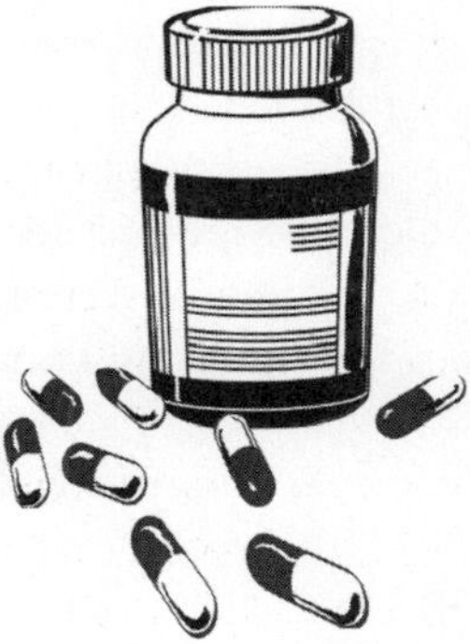

Kapitel 10

»Bist du sicher, daß es denen nichts ausmacht?« fragte Mod. »Ich meine, ich bin da ein Fremder. Es ist doch ein bißchen happig, einer Dame einen frohen Ruhestand zu wünschen, von der man nicht mal gewußt hat, daß sie überhaupt gearbeitet hat. Wie, sagtest du, hieß sie noch?«

»Fenella Fitt.«

»Miss Fitt«, sinnierte Mod.

Auf diesen Gedanken war Davies gar nicht gekommen. »Das ist in Ordnung für die«, sagte er, während er den Rover in Richtung Hammersmith lenkte. »Ich könnte es ja so hinbiegen, daß sie dich als potentiellen Klienten ansehen.«

Mod war entsetzt. »Was immer du denen erzählst, das bitte nicht. Gott, der Gedanke an eine Heirat ist unerträglich genug, aber jemanden aus einem Karteikasten zu ehelichen, ist nun das Hinterletzte.«

Selbst das schmeichlerische Versprechen, für die Drinks aufzukommen, wollte nicht so recht verfangen. Beide trugen sie, was man als ihre Sonntagskluft bezeichnen konnte. Mod hatte sich Carl Swanees Krawatte umgebunden, weil er keine besaß. »Bitte nicht drüberkleckern«, warnte Davies. »Sie ist ein potentielles Beweisstück.«

»Wo bist du eigentlich die ganze Nacht gewesen?«

»Habe Nachforschungen betrieben.«

»In Hampstead.«

»In der Gegend.«

Mod zog eine Augenbraue hoch. »Ich habe mir Sorgen gemacht. Fürchtete schon, sie hätte dich umgebracht.«

Davies mußte daran denken, daß sie dem tatsächlich sehr nahe gekommen war, sagte jedoch nichts. Sie parkten den Wagen hinter dem Hammersmith Palais. »Sieht verlassen aus«, bemerkte Mod, als er das Gebäude begutachtete. »Alle Fröhlichkeit und Romantik dahin.« In der Gasse wiegte er sich im XXL-Walzertakt.

»Die Zeiten ändern sich eben«, sagte Davies. »Für mich ist ja noch immer der Rock'n'Roll dran schuld.«

Sie überquerten die Hauptstraße. Die U-Bahnstation Hammersmith, so lange ein Mahnmal der Scheußlichkeit mitten auf dem Platz, erhob sich mit neuer Marmorpracht. »Schau dir das an«, sagte Mod. »War mal ein toller Ort.«

»Für Taschendiebe.«

Beide blieben sie auf dem Bürgersteig stehen und blickten zum Fenster des Happy Life Bureau hoch. Das Neonschild flakkerte kontaktgestört; die Fenster waren dunkel. »Auch dies«, bemerkte Mod, »scheint kein Ort der Zukunft zu sein.«

»Ich habe nichts gesagt. Ich habe nur wiedergegeben, was Nosy Parsons mir erzählt hat. In zwei Minuten wirst du es mit eigenen Augen beurteilen können. Ob Kumpel Bertie nun nach einem Mörder aussieht oder nicht.«

Sie schlenderten bis zum Moon Gate Chinarestaurant über den Bürgersteig. »Mörder gibt es doch in allen Formen und Größen«, sagte Mod.

Schon schüttelte Davies Bertie Jenkins die Hand und stellte Mod vor. »Ein Freund und potentieller Klient.« Mod guckte mürrisch. Davies fragte sich, was Bertie wohl antworten würde, wenn er ihn auf den Kopf zu fragte, ob er jemals in Leyton versucht hatte, eine Prostituierte zu erwürgen. Er enthielt sich.

»Traurig, sehr traurig, Fenella gehen zu sehen«, sagte Bertie, als er sie mit einem Hauch von altmodischem Elan zu einer wortkargen Runde an einem Ende des Restaurants führte. Man trank Liebfraumilch ›Blue Nun‹, und das chinesische Buffet, das drei höflich gelangweilte Kellner hereinfuhren, war auf einem leicht feuchten Tischtuch arrangiert. Sie begrüßten Fenella Fitt, deren rotes Kleid hoffnungsvoll und deren Miene hoffnungslos wirkte. Zielsicher tastete sie mit einer Hand nach der feuchten Tischdecke. »Die machen sonst nicht so früh auf«, erklärte sie. »Die Decken sind erst gerade vom Waschen zurück.«

Davies erhob sein Glas voll lieblichen deutschen Weines mit einem Trinkspruch auf ihren Rückzug aus dem Berufsleben. Bewußt versuchte er keinerlei Reaktion zu zeigen, während er an dem gelben Gesöff nippte. »Was werden Sie in Zukunft machen?« fragte er.

»Darüber nachdenken, was ich machen könnte«, erwiderte sie ungeschönt. »Vielleicht mache ich einen Computerkurs. Hätte ich schon vor Jahren machen sollen. Dann hätte ich jetzt meinen Job vielleicht noch.«

Ihre Bitterkeit ließ sich kaum verbergen. Er fragte sich, wo sie wohl wohnte.

»Ich wohne in der Hanger Lane, dem lauten Teil, wo die Autos aus der Unterführung kommen«, erklärte sie, als hätte er gefragt. »Aber beim Nachmittagsbingo werde ich nicht enden, das kann ich Ihnen versprechen.« Sie lächelte angespannt. »Vielleicht mache ich ja eine eigene Vermittlung auf.«

»Insiderwissen haben Sie ja genug.« Ihr scharfer Blick traf seinen, und er wußte, daß sie das in der Tat besaß.

Als berühre sie diese Beinahekonfrontation unangenehm, wandte sie sich halb von ihm ab und brachte ein strahlendes älteres Paar an den Tisch. »Mr. Davies«, sagte sie. »Dies sind Mr. und Mrs. Anderson. Vic und Vera, eine unserer ersten Vermittlungen … erfolgreichen Vermittlungen natürlich.« Sie sah zu Mod hinüber, der melancholisch in sein Weinglas starrte. »Und dies ist … Mr. Lewis. Ja, richtig. Namen vergesse ich nicht.«

»In Ihrem Job ja Gold wert«, sagte Vic. Seine Zähne blitzten wie aus der Zahnpastawerbung, und seine Augen glänzten manisch. Seine Frau nickte ermunternd. Wahrscheinlich erzählte er ihr ständig Witze, dachte Davies.

»Aber jetzt nicht mehr«, sagte Fenella Fitt.

Sie verließ den Tisch; Vic und Vera folgten ihr. »Und, schmeckt der Tropfen?« fragte Davies Mod.

»Liebfraumilch«, brummte Mod und schwenkte ihn im Glas, als würde er dadurch besser. »Du glaubst, die weiß was?« fragte er mit verstohlenem Blick.

»Irgendwas sicher.«

Beide nippten sie verstimmt an ihrem Weinglas. In jovialer Manier kam Bertie Jenkins auf sie zu. »Die zweite Flasche ist immer die beste.«

»Vermutlich«, erwiderte Mod.

»Es tut uns so leid, daß Fenella geht«, wiederholte Jenkins nachdenklich. »Miss Fitt. Ich habe immer dran denken müssen, wie passend doch ihr Name ist. Jetzt werden wir vollkommen auf Elektronik umstellen. Dating, wie man das jetzt nennt, im 21. Jahrhundert.« Er ließ seinen Blick durch den Raum schweifen. Zwei weitere Paare, die aneinendergeklettet wirkten, als stünden sie unter Drohungen, traten durch die Tür. Jenkins murmelte ihre Namen. »Ich hoffe ja, daß wir weitermachen können, Mr. Davies«, seufzte er. »Aber bei all den schlimmen Dingen, die passiert sind, habe ich so meine Zweifel bekommen.«

Seine Augen schimmerten feucht. »Ich nehme nicht an, daß Sie auf etwas gestoßen sind? In allerletzter Zeit?«

»Doch«, erwiderte Davies und beobachtete jede einzelne Falte in seinem Gesicht. »Ich glaube, ich habe da ein paar Ideen.«

»Das ist ja großartig. Richtige Spuren?«

»Nur wenige. Aber sie summieren sich. Das ist wie bei einem Magneten, wissen Sie, der nach und nach alles anzieht.«

»Großartig. Glänzend. Nun, ich hoffe sehr, daß Sie richtig liegen. Aber erzählen möchten Sie mir nicht vielleicht davon?«

»Nein. Sie werden jedoch der erste sein, der davon erfährt.«

»Gut. Ich danke Ihnen. Was für eine Erleichterung.« Er wandte sich zur Seite. »Ich muß mich jetzt um diese Leute kümmern. Das sind Klienten von vor vielen Jahren. Noch immer glücklich.« Er wedelte mit einem Finger, nahezu mahnend. »Schließlich haben wir auch unsere Erfolge.«

Davies und Mod standen schweigend herum. »Du solltest dich bei denen eintragen«, sagte Davies feierlich.

»Ich? Wozu?«

»Wäre genau das Richtige für dich. Du solltest heiraten oder zumindest eine Freundin haben. Bevor dir das Verlangen abhanden kommt.«

»Ich verspüre keinerlei Verlangen.«

»Doch, bestimmt. Irgendwo tief drinnen. Trag dich beim Happy Life Bureau ein. Du könntest einer der ersten Namen im neuen Computer sein.«

»Warum unterschreibst du dann nicht?«

»Ich bin schon verheiratet.«

Mod begann in sich hineinzulachen. Vom Buffet hatte er sich einen Saté-Spieß geholt »Sei vorsichtig, und schieb dir den bloß nicht die Nase hoch«, bemerkte Davies. »Du könntest glücklich leben, bis daß der Tod euch scheidet, wie Vic und Vera da drüben.«

»Hast du dessen Zähne gesehen?«

»Ich meine es ernst.«

»Aber, Himmel, ich doch nicht. Du mußt verrückt geworden ...« Als der Groschen endlich gefallen war, flüsterte er: »Ach so, verstehe. Willst mich da einschleusen, hm?«

»Sowas in der Art.«

»Das wird aber teuer.«

»Die werden uns schon einen Freundschaftspreis machen.«

Noch mehr Leute drängten von draußen herein; Gläser wurden gefüllt und Schneisen in das chinesische Buffet geschlagen. Minnie Jenkins erschien mit ihrem Bruder Harold. Sofort stürzte sie auf Davies zu. »Irgendwas neues?« fragte sie mit einem gewissen Unterton.

»Schon Hinweise?« fragte Harold, der ihr in geringem Abstand folgte.

»Ich hab da so eine Ahnung«, sagte Davies. »Nur eine ganz kleine.«

Minnie verschränkte ihre Finger ineinander. »Wie wunderbar.«

»Wer war's?« fragte Harold etwas direkter.

Mod spazierte vorbei, und Davies stellte ihn vor, um Harold nicht antworten zu müssen. »Mr. Lewis ist ein Freund von mir«, sagte er. »Er glaubt, daß sich in seinem Leben etwas ändern sollte, und möchte sich bei Ihrer Vermittlung registrieren lassen.«

Bruder und Schwester nahmen Mod gemeinsam ins Visier. Ihr Mangel an Enthusiasmus wurde lediglich von seinem überboten.

»Ich bin sicher, wir werden jemanden für Sie finden«, sagte Minnie.

»Wenn wir erstmal computerisiert sind, eröffnet uns das bislang ungeahnte Möglichkeiten«, bemerkte Harold.

»Oh, wie gut«, murmelte Mod. »Wie schön zu hören.« Als Berties Stimme im Raum ertönte, wurden ihre Blicke absorbiert.

Mod warf Davies einen verängstigten Blick zu; der jedoch tätschelte ihm bloß den Arm. »Die finden schon jemanden.«

Mod knurrte leise und rückte seine Krawatte zurecht. Bertie stand vor dem Buffet und strahlte in dem Schweigen, das er selbst provoziert hatte, wie ein Dandy. »Miss Fitt, Fenella, meine Liebe«, sagte er. »Kommen Sie doch mal her zu mir.«

Davies beobachtete ihn genau, während Mod Davies anstarrte und die Nase rümpfte. Spröde kichernd bahnte sich Fenella ihren Weg durch die Menge, stellte ihr Glas auf dem Buffet ab und gesellte sich zu Bertie. Was für ein seltsames Paar, dachte Davies. Bertie machte einen Schritt auf sie zu und legte einen Arm um die Schultern des roten Kleides. Davies entging nicht, wie Fenella ein wenig zusammenzuckte, obgleich sie versuchte, sich zu beherrschen. Sie lächelte, blieb jedoch nervös und angespannt.

»Meine Damen und Herren«, begann Bertie unbekümmert. Sein Anzug war altmodisch, aber gut geschnitten; dazu trug er ein buntes Hemd mit bunter Krawatte. Sein Handgelenk zierte eine protzige Armbanduhr aus Gold. »Wir sind heute abend zusammengekommen, um Miss Fenella Fitt einen würdigen Abschied zu bereiten, die mehr als 30 Jahre für das Happy Life Bureau gearbeitet hat. Es ist nicht zuviel gesagt, wenn ich behaupte, daß sie mehr als irgendwer sonst das Geschäft hat wachsen und sich wandeln sehen; denn sie war immer da, an ihrem Empfangstisch, jeden Tag, und hat unseren Klienten bei ihrer Suche geholfen, bei ihrer Suche nach ... nun ja, Glück.«

Vorsichtig ließ Davies seinen Blick durch den Raum schweifen und ihn eine Weile auf Harold und Minnie ruhen. Wie alle anderen lauschten sie Berties schwungvollen Worten mit aufmerksam geneigten Köpfen, ihre Gläser in der Hand.

Bertie amüsierte sich einfach nur prächtig, machte ein paar harmlose Scherze auf Fenellas Kosten, und sie ließ sich vom allgemeinen Frohsinn anstecken. Aber unter ihrer lachenden Maske sah Davies etwas anderes, eine tiefe Traurigkeit, gar einen Hauch von Schuldgefühl entdeckte er in ihrem Gesicht.

Nachdem er zwei weitere Anekdoten losgeworden war, warf Bertie einen Blick auf seine fette Uhr. »Es ist mir ein Vergnügen«, begann er nun, »Fenella unser Geschenk zu überreichen. Sie hatte den Wunsch nach etwas geäußert, was unser aller Leben rapide und unaufhaltsam verändert – ein Textverarbeitungsgerät.«

»Das Ding, das sie den Job gekostet hat«, flüsterte Mod Davies zu. Der nickte.

»Dies hier«, fuhr Bertie fort und hielt das Paket über seinen Kopf, »ist der allerneuste Laptop.« Wieder versprühte er sein Dandylächeln. »Zumindest hat mir dies der Herr im Second-Hand-Laden versichert.« Alles lachte. Er wartete, bis wieder Ruhe eingekehrt war. Davies konnte sehen, wie sehr er es genoß. Fenella stand verlegen neben ihm, das angespannte Lächeln unverändert.

Bertie nahm die elegante, flache Maschine aus ihrer Verpakkung und hielt sie Fenella hin, die sie unsicher annahm und dann ihre Wange hinhielt, um sich einen Kuß geben zu lassen. Alles klatschte.

»Leider«, sagte Bertie, »scheinen die Dinge in der Welt der Computer ganz besonders oft schiefzugehen. Der Drucker, ohne den dieses Gerät nutzlos ist, ist noch nicht angekommen. Man hat ihn uns für sehr bald versprochen, und wir werden dafür sorgen, daß Fenella ihn so bald bekommt, wie nur irgend möglich.«

Er wandte sich der kleinen Frau mit dem rötlich gefärbten Haar zu. »Gott segne Sie, meine Liebe. Mögen noch viele glückliche Jahre vor Ihnen liegen!«

Wieder küßte er sie auf die Wange und hob zu erneuter Rede an. Davies nickte Mod zu, und er bahnte sich vorsichtig seinen Weg zur Tür.

Sie riefen ein Minitaxi, um Fenella nach Hause in die Hanger Lane zu bringen. »An seinem letzten Tag ist für einen nichts gut genug!« rief sie, während sie sie aus dem Restaurant winkten. Selbst der Besitzer, der fünf Jahre zuvor aus Kanton gekommen war und sich gerühmt hatte, seitdem noch nie vor seine Tür getreten zu sein, winkte mit einer speckigen Speisekarte aus den hinteren Reihen der Gratulanten. Fenella lachte nun laut. Mit Tränen in den Augen. »Es liegen ja auch so viele glückliche Jahre hinter mir!«

Mod hatte den Bewerbungsbogen für das Happy Life Bureau ausgefüllt. Fenella hatte ihn kurzerhand zu ihrem letzten Kunden erklärt und ein Formular aus ihrer Handtasche gezogen. Über einer Frühlingsrolle hatten sie sich kaputtgelacht, während er die Details eintrug. Der Restaurantbesitzer hatte eine Polaroid hervorgezaubert und ein Foto von Mod geschossen; dieses hatten sie an das Formular geheftet. Davies hatte einen Scheck über 50 Pfund als Anfangsgebühr bezahlt, und sie hatten den Geschäftsabschluß mit Liebfraumilch begossen.

Nachdem Fenella gegangen war, hatten Davies und Mod Bertie Jenkins, Harold und ihrer Schwester Minnie die Hand geschüttelt. »Bitte bleiben Sie an dem Fall dran, Mr. Davies«, hatte Minnie gebeten. »Es gibt niemanden sonst, dem wir trauen könnten.« Sie hatte sich eine Hand vor den Mund gehalten. »Bin ja so froh, daß Sie schon ein paar Hinweise haben.«

Vic hatte Grimassen geschnitten und Vera gewiehert, obwohl sie versicherte, das mache er dauernd. »Er bringt mich zum Schreien«, hatte sie erklärt.

Davies' Rover war nur wenige Meter entfernt; und als das Minitaxi mit Fenella den Hammersmith Broadway umrundet hatte, fuhren zwei andere Wagen hinter ihr.

»Was meinst du?« fragte Mod.

»Sie weiß es.« Davies grimassierte durch die Windschutzscheibe. »Wir dürfen sie jetzt nicht verlieren. Die Hanger Lane ist zu lang, um nach einer Miss Fitt zu suchen.«

Auf der Western Avenue dünnte der Verkehr aus, und es war problemlos für sie, das rote Minitaxi im Auge zu behalten. »Sie weiß, daß wir ihr folgen. Sie will es an uns loswerden.«

»Bertie Jenkins sah nicht wie einer aus, der Frauen erwürgt«, bemerkte Mod. »Viel zu geziert und affektiert. Da sehe ich eher wie ein Würger aus.«

Es tat ihm auf der Stelle leid, das gesagt zu haben. Davies grinste, schwieg jedoch.

»Du hast mich soeben als Einsames Herz registrieren lassen, ist dir das klar?« jammerte Mod.

»Vielleicht lernst du ja ein nettes pensioniertes Revuegirl kennen.«

Sie fuhren die ansteigende zweispurige Fahrbahn zu dem Punkt hoch, wo die Hanger Lane sich mit der North Circular kreuzte. »Was soll ich als Einsames Herz eigentlich überhaupt machen?« fragte Mod. »Außer unmögliche Frauen zu treffen?«

»Wir haben dich registriert«, sagte Davies. »Das ist die Hauptsache. So wie die Dinge sich entwickeln, könnte es durchaus sein, daß du gar nichts zu tun brauchst.«

»Gut. Da bin ich ja wirklich erleichtert. Sie biegen ab.«

Davies löste sich bereits aus dem Verkehr, um auf die Zufahrtsstraße zu kommen, während das Minitaxi eine sehr stille Straße mit Wohnhäusern entlangfuhr. Der Wagen bog nach links ein und hielt vor einem kleinen Appartementblock. Im Vorbeifahren sah Davies Fenella neben dem Taxi auf dem Bürgersteig stehen. Er fuhr zum Ende des Blocks, wendete extrem scharf und kam wieder zurück. Das Taxi sauste an der Kreuzung vorbei. Ohne Eile kehrten sie zurück zu der Tür, an der Fenella ausgestiegen war und noch immer stand. »Kommen Sie, Mr. Davies, lassen Sie uns noch was trinken«. sagte sie leicht beschwipst. Den Laptop trug sie im dazugehörigen Kasten. »Ich habe ganze Kisten mit Liebfraumilch.«

»Wie gut«, sagte Davies. »Würde es Ihnen etwas ausmachen, wenn Mr. Lewis auch mit reinkäme? Er kann gar nicht genug davon kriegen.«

»Mr. Jenkins hat sie für mich besorgt«, sagte sie. »Mr. Bertie, meine ich natürlich. Der bekommt manchmal was günstiger.«

»Und das gibt er dann Ihnen?« Sie stiegen die Stufen zum zweiten Stock hoch. Sie blieb auf dem Treppenabsatz stehen. »So ist es«, sagte sie und kramte ihren Schlüssel hervor. »Manchmal. Wenn er die Spendierhosen anhat.«

Sie schloß die Tür auf und tastete nach den Lichtschalter. »Trautes Heim, Glück scheißallein«, seufzte sie unvermittelt, als sie eintraten. Es war ein kleines, aber gepflegtes und gemütliches Appartement, sofern man Stickereien mochte, Kissen und in leuchtenden Farben genähten Schnickschnack überall auf den Möbeln. »Setzen Sie sich«, sagte Fenella. »Ich hole uns allen noch ein Glas.«

Unbequem saßen sie am Tisch. Die Stühle schienen niedrig und klein. Sie kehrte mit einer Flasche des gelblichen Weines und drei Gläsern zurück. »War nett heute abend, nicht?« fuhr sie fort. »Ich habe mich wirklich über mein Geschenk gefreut, diesen Laptop. Habe mir sogar schon ein bißchen was beigebracht. Alles, was ich jetzt noch brauche, ist der Drucker.« Sie füllte die Gläser und stellte sie auf den Tisch. »Komisch, nicht, das zum Abschied als Geschenk zu kriegen, was einen aus dem Job verdrängt hat.«

»Was werden Sie jetzt tun?« fragte Mod. Es widerstrebte ihm sichtlich, noch einmal von dem Wein zu kosten. Sie bemerkte es, stand auf, kam mit einer Flasche Scotch zurück, die noch zu drei Vierteln voll war, schraubte den Verschluß ab und schenkte jedem davon ein. »Gibt dem Wein ein bißchen mehr Körper, meinen Sie nicht?«

Davies fragte sie noch einmal, was sie nun vorhabe.

»Ich werde lernen, wie man mit dem Computer umgeht, und vielleicht bekomme ich ja dann doch noch einen Job. Ich bin doch erst fünfzig.«

»Was für eine Schande, daß Sie gehen mußten«, bemerkte Davies und beobachtete sie.

»Es war Zeit, daß ich gegangen bin. Man kann sich auch zu sehr an einen Ort gewöhnen.«

Eine Weile herrschte Schweigen; jeder wartete auf den nächsten Satz. »Wohnen Sie gern hier?« fragte Mod schließlich.

»Ob ich gern hier wohne? Nun, es ist okay. Es ist nicht Schloß Windsor, wie Sie unschwer erkennen können. Aber es ist in Ordnung. Man ist hier sehr für sich.«

»Sie sind nicht ängstlich?« fragte Davies.

»Zuerst war ich das. Aber nebenan wohnen zwei Schwarze. Die sind schwul, wie man heute sagt, und die passen ein bißchen auf mich auf. Vor mir hat hier eine alte Dame gewohnt, und für die haben sie dasselbe getan. Ich werde es Ihnen zeigen.« Sie erhob sich vom Tisch, ging ins Nebenzimmer und knipste das Licht an, das den Blick auf ein ordentliches Schlafzimmer freigab. Auf dem Nachttisch lag ein Buch von Jilly

Cooper. Direkt über dem Buch sah man eine Delle in der Tapete. »Die alte Mrs. Wills pflegte an die Wand zu klopfen, wenn sie in Sorge war, und das kam oft vor, wie Sie sehen können. Manchmal hämmerte sie mitten in der Nacht drauf los. Die Jungs waren sehr gut zu ihr.«

»Waren Sie jemals in einer Situation, in der Sie an die Wand geklopft haben?« fragte Davies. Er konnte erkennen, daß die Tapete eingerissen und verformt war.

»Bislang nicht. Aber sie haben mir gesagt, ich sollte nur klopfen, wenn ich nervös wäre, und sie würden rüberkommen.«

Sie führte sie ins Wohnzimmer zurück. »Schaun Sie«, sagte sie strahlend. »Das ist nun der Computer. Winzig, nicht?« Sie holte ihn aus dem Kasten und klappte ihn auf. »Kennen Sie sich mit denen aus?« Sie saßen darum herum und fixierten ihn, als warteten sie darauf, daß er zu sprechen anfing.

»Überhaupt nicht«, sagte Davies.

»Ich auch nicht«, sekundierte Mod.

Es war ungewöhnlich für Mod, daß er es über sich brachte zuzugeben, über irgend etwas nicht Bescheid zu wissen. Er betrachtete die Maschine nur finster. »Mir will es so scheinen«, sinnierte er schließlich, »daß das Gerät alles kann, was die Schreibmaschine auch schon konnte, aber länger dafür braucht.«

Fenella stöhnte. »Das habe ich auch gedacht. Wenn man ausdrucken muß und so. Aber es kann eine ganze Reihe von Sachen, Tabellen, Diagramme, und verschiedene Farben und … nun ja, alles mögliche.«

Sie legte ihre Finger auf die Tasten und tippte zögerlich die Wörter ›Happy Life Bureau‹ aus.

Sie blieben unbeweglich auf dem Schirm fixiert, während sie sich eine weitere Flasche Wein holte. Davies und Mod studierten die Wörter, als ob sich in ihnen ein Rätsel verbarg. Fenella füllte die Gläser erneut, und sie fügten Scotch hinzu. Es schmeckte anders.

Davies erhob sein Glas. »Auf Ihr glückliches Leben also!«

Sie reagierte nur zögerlich. Er wußte, daß sie entweder gleich zu weinen anfangen oder ihnen etwas anvertrauen würde; vermutlich beides. Schließlich begann sie ihnen etwas anzuvertrauen. »Ich kenne Bertie Jenkins seit langem«, begann sie und fixierte mit ihrem feuchten Blick den Rand des Weinglases. »Ich glaubte, er würde mich heiraten, vor Jahren, nachdem seine Frau gegangen war.«

»Wohin ist sie gegangen?« fragte Davies.

»Aus dem Fenster«, erwiderte sie, den Blick noch immer auf ihr Glas geheftet. »Vier Stockwerke tief. Auf einen Eiswagen drauf. Es war Sommer. Ich habe der Polizei gesagt, er sei zu dem Zeitpunkt bei mir gewesen.«

»Aber das war er nicht?«

»Nein, das war er nicht. Er war bei ihr.« Ihr Gesicht wurde hart. »Einmal hätte er mich fast erwürgt. Sei nur Spaß gewesen, sagte er.« Sie rieb sich den Nacken.

»Warum haben Sie das der Polizei nicht gemeldet?«

»Ich hatte gelogen, was seine Frau betraf. Ich dachte, damit würden sie mich drankriegen. Außerdem habe ich ihn geliebt.« Nun flossen die Tränen. »Wenn ich mir vorstelle, so ein M...« Sie dachten, sie habe ›Mann‹ zu sagen versucht. »So ein Monster«, schluchzte sie statt dessen.

»Bertie ist ein Monster?« fragte Davies, als wäre ihm so etwas im Traum nicht eingefallen.

»Deshalb hat er mich all die Jahre dabehalten, direkt unter seiner Aufsicht, weil ich ja seine Vergangenheit kannte. »Aber ihm ist nie klargeworden, daß ich auch alles darüber weiß, was seit kürzerem vor sich geht.«

»Die Morde?«

»Was sonst.« Ihre Tränen flossen in Strömen, und sie hob den Blick, um ihn direkt anzusehen. »Mr. Davies, Bertie Jenkins konnte am ehesten wissen, daß die drei Frauen, die erwürgt worden sind, dort waren, wo sie waren, als sie erwürgt wurden.

Er hatte Zugang zu den Anträgen, nicht nur zu den Karteikarten, sondern zu ihren ausformulierten Anträgen, Mr. Davies.« Sie zögerte. »Er hatte die erste Wahl.«

»Sie meinen das absolut ernst?«

»Ja, verdammt ernst sogar. Ich kann nichts beweisen, aber jede dieser ermordeten Frauen unterschied sich in einem Punkt von den anderen. Jünger. Attraktiver. Über die Jahre hatte er Affären mit einigen unserer Klientinnen, obwohl er nie eine erwürgt hat. Nicht daß ich wüßte. Und er wußte vor jedem anderen von ihnen.«

»Diese Frauen hatten Heiratskandidaten oder was auch immer gesucht, bevor sie in Ihr Büro kamen«, bemerkte Davies.

»Ich weiß. Aus seiner Sicht war das das Beste daran. Niemand konnte direkt mit dem Finger auf uns, auf ihn, zeigen.«

»Waren Sie eifersüchtig?« Davies fixierte sie direkt, und sie nahm die Herausforderung an. Sie stand auf und warf dabei ihr Weinglas um. »Ja!« platzte es aus ihr heraus. »Ich war eifersüchtig!« Ihr Kopf sank in ihre Hände, und sie begann zu schluchzen. Davies und Mod blickten einander mit der typischen Verlegenheit an, die Männer in solchen Situationen befällt. Davies nickte Mod zu, der Fenella unbeholfen zu trösten versuchte. Ihr Weinen wurde leiser. »Sie müssen sich vor Augen halten, daß ich vor zwanzig Jahren noch dachte, alles würde glattgehen. Wir würden heiraten und ein glückliches Leben führen.«

Nachdem weitere fünf Minuten verstrichen waren, ließen sie sie allein. »Ich hätte den Mund nicht aufmachen sollen«, sagte sie. »Ich kann nicht das geringste beweisen.«

»Sie wollte ein glückliches Leben«, murmelte Davies, als sie wieder im Auto saßen.

»Und alles, was sie bekam, war das Happy Life Bureau.«

»Sie hat keinerlei Möglichkeit, etwas zu beweisen.«

Schweigend fuhren sie in Richtung Willesden die North Circular entlang. »Ist dir was aufgefallen, als sie in den Computer tippte?« fragte Mod, als sie schon fast da waren.

»Große Hände.«

»Bei einer so kleinen Frau.«

Davies hatte oft gedacht, daß wohl so manches Nordwestlondoner Rätsel der letzten fünfzig Jahre gelöst werden könnte, wenn es nur jemandem gelänge, den Kanal trockenzulegen. Wer wußte schon, was in diesen trüben Tiefen rottete? Beutegut und anderes unsaubere Zeug ganz gewiß; Überbleibsel manch ungeklärter Fälle, schlammbedeckte Schätze, lang vermißte Indizien.

Nun, als er an diesem winterlichen Nachmittag den vertrauten zugewucherten, nassen Treidelpfad entlangspazierte und Kitty ohne Eile neben ihm herlief und manchmal herumschnüffelte, kam ihm der Gedanke erneut. Er starrte auf die düstere Wasseroberfläche, als könne er hindurchsehen bis auf die Schatztruhe am Kanalgrund; Silber, Gold, Gerümpel von Kirchendachböden, verschwundene Fahrräder, ein einzelnes gestohlenes Auto, alle Arten untergetauchter Geheimnisse, Leichen vielleicht.

Der Himmel hing tief über Willesden; die Wolken hielten sich gerade über den Telegrafenmasten. Eine Krähe räusperte sich. Davies hüpfte das Herz, als er voraus einen bunten Farbtupfer erblickte; Ma Daliloquay war wieder da.

Eine dünne Rauchfahne schlängelte sich aus dem schmalen Schornstein des Wagens hervor, und ihre Laterne leuchtete rosig im Fenster. Seltsamerweise war Hyperion weit und breit nicht zu sehen.

»S'hat ihn erwischt, Dangerous«, sagte sie, nachdem sie auf sein höfliches Klopfen hin geöffnet hatte. »Ganz plötzlich.«

Davies tat es leid. Auch Kitty suchte nach dem Pferd und schnüffelte an den Stellen herum, an denen es einst gegrast hatte. »Die eine Minute war er noch okay wie immer, dann hat er plötzlich gestöhnt und sich hingelegt. Er hat noch einen fahren lassen, einen mordsmäßigen, und dann ist er gestorben.«

Er nahm ihre Einladung zum Tee an. Sie ließ Kitty in ihren Wagen; und der Hund ergriff wie immer zufrieden Besitz von seiner neuen Umgebung; da war die kuschelige Wärme des geschlossenen Raumes, die Zigeunerkissen, der Kessel, das kleine Bett, das an ein Wandregal erinnerte, das Jesusbild. Die Welt war voller aufregend neuer Orte. Ma gab ihm ein Stück gebuttertes Brot.

»Was halten Sie von diesem Jesus?« fragte sie Davies. »Habe ihn selbst gemalt.«

Davies setzte sich auf eines der bestickten Kissen. »Gut getroffen«, befand er. Es war eigenartig, an einem solchen Tag in diesem hellen, gewölbten Innenraum zu sitzen, als hocke man im Innern eines Fliegenpilzes.

»Wär vielleicht besser gewesen, wenn's mich erwischt hätt«, sagte die alte Zigeunerin. »Mich wären sie leichter losgeworden. Ich hatte nämlich nicht vor, mein Pferd zu Hundefutter verarbeiten zu lassen.« Kitty hob den Kopf.

»Es war schwer, Dangerous. Ich meine, ich konnte ihn selbst nicht heben, nicht wahr. Am Ende hab ich dann meine Brüder von Watford hergerufen. Die handeln da mit Autos. Aber ich traue denen nicht, auch wenn sie Roma sind. Die hätten meinen armen alten Gaul auf der Stelle zur Futterfabrik gekarrt. Also hab ich dafür gesorgt, daß sie Hyperion in anständige Teerpappe einrollen, das Zeug, das sich von Dächern abschält. Dann haben sie ein paar große Steine dazu getan und alles zugenäht.«

»Und was dann?« Davies hatte gewisse Ahnungen.

»In den Kanal«, erwiderte die alte Dame. »Direkt von der Brücke da runter, um Mitternacht. Das hat ordentlich geplatscht, kann ich Ihnen sagen.«

»Mir können Sie das sagen, aber bitte sonst niemandem.«

»Er war tot«, murmelte sie, als sei das die verlangte Erklärung. Ihren Tee trank sie mit zierlichen Bewegungen; ihr kleiner Finger spreizte sich wie einen alter brauner Zweig recht vornehm vom Henkel ab.

»Soll ich mal nen Blick in die Kristallkugel werfen?«

Einen Blick in die Zukunft, selbst den flüchtigsten, hatte er bitter nötig.

»Also gut, Ma.« Sie raffte ihre Röcke zusammen, ging in den hinteren Teil des Wohnwagens und holte die Kugel unter ihrem Bett vor. »Es ist dieselbe«, erklärte sie. »Habe mich inzwischen an sie gewöhnt. Man muß sie einfahren wie Autos.« In hausfraulicher Manier wischte sie den Staub vom Glas.

»Werden Sie sich ein neues Pferd kaufen?«

»Kann mir keins leisten«, antwortete Ma Daliloquay, während sie auf die Kugel starrte, als könne sie ihr verraten, wo das Geld für die Anschaffung herkommen würde, und setzte sie dann auf den Tisch. »Wenn die mich hier weghaben wollen, müssen sie schon selbst Hand anlegen. Ich bin nicht motorisiert. Ich stecke hier fest.«

»Im Winter ist es sicher kein Problem, wenn Sie hier sind«, sagte Davies. »Ich werde mit den Leuten auf der Wache reden. Bei der Gemeindeverwaltung kann ich allerdings nichts ausrichten.«

»Bei denen kann keiner was ausrichten. Die haben einen hergeschickt, der meine sanitären Einrichtungen überprüfen sollte. Ich hab ihm meinen Pißpott gezeigt. Aber wie auch immer; meine Brüder haben gesagt, sie würden sich nach einem neuen Pferd für mich umsehen. Nicht daß es auf dieser Welt noch einmal einen 'yperion geben könnte.«

Ihre Rede stockte leicht. Zu Davies' Erstaunen leckte Kitty die Teetasse der alten Dame. »Er will damit sagen, daß es ihm für Sie leid tut«, erklärte er.

»Er mag den Tee«, beschied sie und machte sich mit ihrer Kristallkugel an die Arbeit. Auf ihre Anweisungen hin breitete Davies seine Hände darüber, und Ma Daliloquay schloß ihre uralten Augen. Ihre Hände bedeckten die seinen. Kitty beobachtete das Geschehen aufmerksam. Draußen begann der Himmel vom Willesden Tränen zu vergießen.

Sie nahm ihre Hände fort, schob seine zur Seite und starrte in die Kugel. »Sie haben Probleme mit Frauen, Dangerous?«

»Ein paar.«

»Das sehe ich«, murmelte sie. »Ich sehe eine blasse und eine dunkle Lady. Die dunkle Lady wirkt ein bißchen eingeschnappt.«

»Oh.« Das war Jemma. Wie konnte sie von Sestrina wissen? Aber wenn schon, was scherte ihn das? Er wußte ja nicht, ob Jemma jemals zurückkehren würde. Seit drei Wochen hatte er keine Karte bekommen.

»Die dunkle Lady ist noch immer da«, sagte Ma. »Ich sehe sie klar vor mir.« Sie schien die exakte Mitte der Kugel zu fixieren. »Bei Ihnen geht einiges durcheinander.«

»Ach wo.«

»Aber es beginnt sich zu klären.« Sie wandte den Blick von der Kugel ab und sah ihm direkt ins Gesicht. Es war seltsam, wie ein solch dunkles, faltiges und schmales Gesicht so viel Schönheit, Sorge und Freundlichkeit ausstrahlen konnte. »Stimmt's?«

»Das hoffe ich doch.«

»Was noch?« Sie überflog das Kristall wie jemand, der Zeitung liest. »Ah«, sagte sie ein Weilchen später. »Ihr Schiff. Das Schiff, das ich schon letztes Mal gesehen habe.«

»Es ist noch da?«

»Ja, Dangerous, das ist es.« Ihr Ton wurde leicht aufgeregt. »Es ist ein Segelschiff, wie ich Ihnen gesagt habe. Aber es ist in Seenot … ohje, ohje … ich glaube, es sinkt.«

»Sinkt? Wie?«

»Wie ein Stein, Dangerous.«

Weiter fixierte sie die Kugel, blickte aber schließlich ein wenig enttäuscht auf. »Mehr scheint nicht da zu sein.«

»Dennoch danke, Ma.« Er gab ihr zehn Pfund.

»Das ist genug«, sagte sie nur.

Er verließ ihren Wagen, spazierte mit Kitty zur Autobrücke

und blieb stehen, um mit der irrationalen Vorstellung in den Kanal zu starren, er könne dort vielleicht die Umrisse von Hyperions Teerpappensarg erkennen. Aber nichts zeigte sich unter der braunen Oberfläche. Er hätte schon leuchten müssen.

Kitty wollte fort aus der naßkalten, dumpfigen Luft und lieber in die beißende Kneipenluft des Babe In Arms, das er als Ziel ihres Spaziergangs anzunehmen schien. Auf der Brücke zog er an der Leine und gab kurze Schnaublaute von sich, als Davies vor dem Haus des Doktors stehenblieb. Ein paar Brokken Erde rieselten vom niedrigen Dachgarten herunter, ein oder zwei Unkräuter segelten hinterher, und Davies schaute hoch.

»Oh, hallo, Dangerous«, rief David Colson fröhlich von der niedrigen Brüstung herunter. »Sind Sie getroffen worden?«

»Nur ein einsamer Steinbrocken hat mich erwischt«, erwiderte Davies und wischte sich etwas Unkraut von der Schulter.

»Tut mir leid, aber ich muß jäten, wenn ich mal die Zeit habe. Wie läuft das Geschäft?«

»Noch immer der seltsame Serienmord. Nichts Besonderes. Ma Daliloquay ist zurück, wohl für immer, wie's aussieht. Ihr Pferd hat ins Gras gebissen.«

Colson wirkte besorgt. »Das ist ja ein Jammer. Das letzte Mal, als ich bei ihr war, hat sie mich gebeten, mir das Pferd mal anzusehen. Ich habe getan, was ich konnte, aber, Gott, Sie hätten diese Lungen mal durchs Stethoskop hören sollen. Ohrenbetäubend!«

»Der alten Lady scheint es erheblich besser zu gehen.«

»Das sind wohl ihre Hausmittel. Ich habe versucht, ihr Antibiotika zu verschreiben, aber davon wollte sie nichts wissen. Sie macht sich so'n Zeug aus wilder Petersilie und Eulenmist, oder so. Scheint zu wirken. Könnte man wohl glatt vermarkten.«

Kitty hörte auf zu schnauben, setzte sich und begann sich ungeduldig zu kratzen. »Wenigstens hat sie noch alle Tassen im

Schrank«, sagte Davies. »Und mit der Kristallkugel ist sie saugut.«

»Menschen, die ein einfaches Leben führen, scheinen nicht so oft von seniler Demenz befallen zu werden wir unsereiner«, erwiderte der Doktor. »In einer Fachzeitschrift habe ich einen Artikel darüber gelesen.«

»Vielleicht haben sie einfach nicht so viel, was sie auf die Reihe kriegen müssen. Oder vergessen könnten.«

»Man glaubt, kurz vor einem Durchbruch zu stehen«, rief der Doktor herunter. »Das gibt den Riesenreibach.«

»Davon habe ich gehört.«

Colson wirkte überrascht. »Sie halten sich medizinisch auf dem laufenden?«

»Ich versuch's.«

Er schlenderte weiter; Kitty sprang neben ihm her und hoffte, er würde nicht wieder stehenbleiben. Als der Hund in der Herbstdämmerung das Babe In Arms erblickte, begann er mit dem Schwanz zu wedeln. Mod war bereits da; er saß mit zwei Bierkrügen am Tisch, die er so hingestellt hatte, als vergleiche er sie. Es war der Tag, an dem er Stütze bekam, und er hatte bereits bezahlt.

»Olly ist zum Sozialamt mitgekommen«, sagte er. »Netter Kerl, wirklich. Der wird es noch weit bringen.«

»Aber erst, wenn er sich auf seine Harley schwingt und hier wegdüst. Der hat es hier viel zu bequem.«

»Ich kenne das Gefühl«, sagte Mod. »Willesden mag ja nicht Monte Carlo sein, oder Torremolinos, aber es nimmt dich ganz gefangen. Der Nebel, der Regen, der Ruß, alles formt eine Schutzhülle um den Menschen, der sich bereitwillig darauf einläßt.«

Sie tranken recht wortkarg. »Warum können sie Bertie Jenkins nicht zu einem dieser DNA-Tests zwingen?« fragte Mod.

»Wer ist ›sie‹?«

»Naja, ›sie‹ … die Polizei.«

»Okay, gut. Wenn ich den Krug hier leer habe, geh ich mal rüber auf die Wache und sage ihnen, daß sie das veranlassen sollen. Vielleicht leihe ich mir auch die Ausrüstung oder was auch immer, sause runter nach Hammersmith und mache es selbst. ›Entschuldigen Sie bitte, Bertie, aber könnte ich vielleicht einen Speichelabstrich bei Ihnen machen, nichts, worüber Sie sich Sorgen machen müßten, reine Routine. Bitte schön weit öffnen.‹«

»Dann erzähl doch der Polizei, was du weißt.«

»Was weiß ich denn? Daß Bertie Jenkins in der Vergangenheit ein zwielichtiges Verhältnis zu Frauen hatte – zu Stripperinnen, zu Prostituierten, zu seiner Frau, zu seiner Geliebten. Woher ich das weiß? Oh, ganz einfach, Herr Inspektor. Ein kleiner Schnüffler namens Nosy Parsons hat es mir erzählt. Erinnerungen, die Jahre zurückreichen. Das Ganze … bekräftigt von Fenella Fitt, einer verbitterten alten Jungfer, die so manche Verdächte hegt, aber nichts beweisen kann.« Er schwenkte das Bier im Krug. »Nein, Freund, das müssen wir schon anders hinkriegen.«

Mod trank melancholisch. »Dein anderer Fall, Hampstead statt Hammersmith, wie steht es mit dem?« Plötzlich tastete er nach seiner Tasche. »Oh, Mist, das hab ich vergessen, tut mir leid. Heute morgen ist ein Brief für dich gekommen. Nachdem du weggegangen warst. Ich dachte, ich bring ihn lieber mit.«

Alles, was Mod in seine Taschen steckte, war automatisch zerknittert, und Davies strich das Kuvert demonstrativ mit den Händen glatt. »Howells«, sagte Davies, als er den Poststempel begutachtet hatte. Er öffnete das Kuvert und las laut vor. »›Wetter noch immer schlecht. Wird vielleicht nächste Woche besser. Habe mit dem Boot noch nicht raus gekonnt. Werde Sie informieren, wenn es etwas zu berichten gibt.‹ Unser toller Kontaktmann«, sagte Davies bitter. »Wärmt sich am Kaminfeuer und guckt alte Filme.«

Sie tranken einen weiteren Krug und gingen dann den vertrauten Weg zum Bali Hi. Die Straßen stellten sich auf den Winter ein; es tropfte von Dachrinnen, Blättermatsch überzog die Gehsteige, und die Straßenlaternen schimmerten verschwommen im Nebel.

Sie erreichten das Bali Hi, und Davies wollte gerade die Haustür aufschließen, als sie von innen aufflog. Sie wichen erstaunt zurück, als Professor Benskin heraustrat, begleitet von zwei uniformierten Polizisten und einem Mann in Zivil. Er warf den Kopf hochmütig in den Nacken. »Ich werde Sie deswegen drankriegen«, zischte er Davies zu.

»Hallo Dangerous«, sagte der junge Kriminalbeamte.

»Wofür will er mich drankriegen?«

»Null Ahnung. Vielleicht glaubt er, Sie hätten ihn verpfiffen.«

»Weswegen?«

»Diebstahl. Er ist ein Mordsbücherdieb.« Die Stimme des Beamten wurde leiser, als wolle er den Beschuldigten nicht beleidigen. »Wissenschaftliches Zeug. Seine Zimmer in Oxford sind vollgestopft damit. Ich könnte keine zwei Bücher auseinanderhalten, also fragen Sie mich nicht. Aber deshalb nehmen wir ihn jetzt mit. Ist hier untergetaucht.«

Er eilte den Constables und ihrem Gefangenen nach. Langsam kam ein Polizeiwagen um die Ecke, und sie stiegen ein. »Widerwärtig, unwürdig«, brummte Mod. »Eine Infamie, Bücher zu stehlen.«

»Aber in deiner Bibliothek hat er sich nicht blicken lassen, oder?«

»War wohl eher die Bodleian.« Mod wirkte niedergeschlagen. »Gott sei Dank haben sie ihn geschnappt.« Sie gingen ins Haus. Im Flur drängten sich die anderen Kostgänger der Mrs. Fulljames.

»Ich hab's dir ja gleich gesagt«, sagte Doris zu Davies.

»Du hast gesagt, er sei wohl ein Bigamist oder Vergewaltiger«, entgegnete Davies, während er den Mantel auszog. »Das ist schon was anderes, als Bücher zu klauen.«

»Bibliomanie«, murmelte Mod.

»Und das in meinem Hause!« stöhnte Mrs. Fulljames. »Einem Kriminellen Zuflucht gewährt!«

»Was sind denn schon ein paar Bücher?« fragte Olly.

Davies fand sich von Mrs. Fulljames und Doris gleichermaßen attackiert. »Schöner Detektiv sind Sie.«

Doris wirkte verärgert, als hätte Mrs. Fulljames ihr die Show gestohlen. »Wirklich ein schöner Detektiv«, wiederholte sie.

»Ich weiß, ich weiß«, stöhnte Davies. Das hörte er nun in der Tat von jedem.

Als er am nächsten Morgen im Nieselregen zu seinem Büro ging, direkt vom Pub aus, konnte er selbst aus der Entfernung sehen, daß etwas nicht stimmte. Raschid stand vor seinem Welsh Curry House und gestikulierte vor einem Mann mit Dienstmütze und schwerem Regenmantel wild herum. Der Inder sah Davies auf sie zukommen und begrüßte ihn wie einen sicheren Verbündeten. »Mr. Davies, ich erkläre gerade diesem Herrn hier, daß er mir das Mittagsgeschäft versaut hat.«

»Nicht ich persönlich«, sagte der Offizielle.

Davies beugte sich ein wenig seitlich, um die Mütze des Mannes besser sehen zu können.

»Ich bin der Strom«, sagte der Mann.

»Nix Strom«, protestierte Raschid. »Wie, bitte, soll ich kaltes Madrashühnchen servieren?«

»Wie bemühen uns ja, die Sache zu beheben«, stöhnte der Offizielle. »Das fällt unter höhere Gewalt.«

»Keine höhere Gewalt dieser Welt bezahlt meine Rechnungen!«

»Meine auch nicht.« Sophia war an der Haustür erschienen. »Ich habe Mrs. Stonochy unterm Haartrockner und bekomme sie nicht mehr da raus. Und in Ihrem Büro friert es«, sagte sie an Davies gewandt.

Seit fünf Jahren war Davies nicht mehr im Kino gewesen; nun jedoch täuschte er dringende Geschäfte vor und schlenderte die

Straße hoch, wo das Plaza wie ein Leuchtturm im Nachmittagsregen schimmerte. Der Pub hatte geschlossen; die Pensionsgäste das Bali Hi waren dort tagsüber nicht gern gesehen; sein Hund würde sich weigern, sich bei diesem Wetter hinausjagen zu lassen; er hatte keine Lust, Mod in der Bibliothek beim Denken zuzuschauen. Es blieb ihm kein anderer Unterschlupf. Der Manager stand draußen, nach Kunden Ausschau haltend, und war froh, Davies zu sehen. »Treten Sie nur ein, Dangerous«, sagte er. »Gleich kommen noch ein paar Nachzügler.«

Davies bezahlte zwei Pfund, den speziellen Frühtarif, nahm auf einer hinteren mittleren Reihe Platz, machte es sich im Polster bequem und schlief ein. Als Pistolenschüsse fielen und ein riesiger Mann durch eine Windschutzscheibe flog, wachte er auf. Szenenwechsel. Ein gelassen wirkender Gesetzeshüter redete auf ein hübsches Mädchen ein. »Keine Angst, Kleine. Es ist alles unter Dach und Fach.«

»Jesses«, murmelte Davies. »Wie hat er das nur geschafft?« Um ihn herum konnte er ein paar vereinzelte Köpfe über den gerundeten Sitzlehnen sehen, wie Inseln bei Nacht. Er guckte eine Weile den Film, versuchte der Handlung zu folgen, rutschte dann jedoch in den Sessel und den Mantel und nickte wieder ein. Als er wieder erwachte, sah er den Manager vor der schwarzen Leinwand stehen. »Meine Damen und Herren«, las er von einem Zettel ab. »Wir haben einen Stromausfall. Inzwischen ist die ganze Straße betroffen. Ihr Geld erhalten Sie zurück. Bitte verlassen Sie den Vorführungsraum. Und – bitte – keine Panik.«

Außer Davies waren nur fünf Leute im Saal. Davies schloß sich ihnen an, sammelte seine zwei Pfund wieder ein und trat hinaus in den düsteren Regen.

Draußen auf der Straße kaufte er den *Evening Standard*. Recht weit unten auf der ersten Seite sah er einen kurzen Artikel. Der zuständige Redakteur hatte sich nicht viel Mühe gegeben. »Tod in der Hanger Lane«, las Davies.

Draußen stand der vorschriftsmäßige Polizist. Davies hatte sich oft gefragt, worin wohl die Zweckmäßigkeit eines Wachtposten nach einem Verbrechen bestand. Es handelte sich um Police Constable Westerman, der Davies freundlich begrüßte. »Traurige Geschichte, Dangerous. Hat sich im Badezimmer erhängt.« Er lächelte. »Meine Nase hat das Bluten aufgegeben. Habe das seit zwei Monaten nicht mehr gehabt.«

»Gut«, sagte Davies. »Gut gemacht, Ihre Nase. Wer ist zuständig?«

»Detective Sergeant Askew von Acton.«

»Kann ich raufgehen?«

»Er ist drinnen, Dangerous.«

»Danke.«

Davies stieg die Treppen hoch. Die Tür zur Wohnung stand offen. Askew wirkte zunächst ärgerlich, dann jedoch lösten sich seine Züge. »Mensch, Dangerous! Was bringt Sie denn her?«

»Ich habe sie gekannt«, erwiderte Davies. »Sie ist … naja, eine Art Zeugin in einem Fall, in dem ich ermittle … gewesen.«

»Ah, verstehe. Sie ermitteln jetzt auf eigene Rechnung. Was für ein Fall ist das?«

»Die Einsamen Herzen.«

»Oh Gott.«

»Genau, oh Gott«, sagte Davies. »Sie war die Sekretärin der Partnervermittlung. Letzte Woche ist sie in den Ruhestand gegangen.«

»Immer eine gute Gelegenheit, sich umzubringen.«

»Möglich. Darf ich mal gucken?«

»Fühlen Sie sich ganz wie zu Hause.« Askew schienen flüchtige Zweifel zu kommen. »Der Chef wird wahrscheinlich nicht auftauchen. Nicht bei einem Suizid. Da gibt es doch nicht etwa eine mögliche Verbindung, oder? Mit dem Serienmord?«

»Zu bezweifeln. Wo hat man sie gefunden?«

Askew drehte sich zum Badezimmer. »Sie hing an der Duschstange. Die ist ziemlich stabil.«

»Sie war eh nur ne halbe Portion. Womit?«

»Oh … ja … mit einem Stück Kabel.« Er sah Davies an. »Immer furchtbar, die nachher runterzuholen.«

»Was für eine Art Kabel?«

»Ein dickeres.« Er wandte sich um. »Es ist noch da.« Er ging zum Wohnzimmer zurück, und Davies folgte ihm. »Sie hat ihren Abschiedsbrief darauf hinterlassen«, sagte Askew. »Computerselbstmord. Erstaunlich, wie sich die Zeiten ändern.« Er hob die Plastiktüte auf. »Hier ist das Kabel. Ebenfalls vom Computer. Das Verbindungskabel zwischen Laptop und Drucker.«

»Sie hatte gar keinen Drucker«, wäre Davies beinahe herausgerutscht.

»Gibt allerdings keine Spur von einem Drucker«, sagte Askew.

»Und die Abschiedsworte sind hier drin?« fragte Davies, während er auf den offenen Laptop zuging. Askew beugte sich über seine Schulter und drückte auf den unteren Knopf, woraufhin der Bildschirm hell wurde. Er steuerte die Maus, die in die Tastatur integriert war. »Meine Kinder haben mir beigebracht, wie das geht«, erklärte er. »Man muß ja schließlich am Ball bleiben, nicht?«

Er klickte zweimal, und das Gerät surrte. Dann erschien die Schrift. ›ICH KANN EINFACH NICHT MEHR‹ stand dort in Großbuchstaben. Askew rümpfte die Nase. »Neue Technik, aber die alte Leier.«

»Wer hat sie gefunden?«

»Ein Schwulenpärchen nebenan. Schwarze.«

»Die haben ein bißchen auf sie aufgepaßt.«

Askew sah ihn scharf an. »Ich war erst neulich in dieser Wohnung. Hatte sie heimgebracht, nachdem sie verabschiedet worden war. Sie war ein trauriger Fall.«

»Und noch trauriger, als sie sie gefunden haben. Sie haben die Tür aufgebrochen.«

Davies wäre gern ins Schlafzimmer gelangt, wollte es allerdings nicht zu offensichtlich werden lassen. Aber die Gelegenheit kam schnell. Westerman rief die Treppen hoch. »Sergeant, Appetit auf was vom Takeaway? Hier ist ein Junge, der sagt, er würde es für uns holen. Ich bin am Verhungern.«

»Ich auch«, rief Askew zurück. »Ganz egal, was.«

»Können Sie ihm Geld geben? Ich habe nicht genug dabei.«

Askew fluchte leise, verließ das Zimmer und rannte die Treppen hinunter. Davies machte vier schnelle Schritte ins Schlafzimmer. Das Bett war ungemacht, das Buch von Jilly Cooper offen, mit den Seiten auf dem Nachttisch. Die Vertiefung in der Tapete rechts neben dem Bett, die Fenellas alte Vormieterin gegen die Wand geklopft hatte, wenn sie Angst bekam, sah er sich sehr genau an. Ein kleines Stückchen Tapete fehlte seit gestern, die Knospe einer Tapetenrose, nicht größer als ein Fingernagel. Das fehlende Stück fand er direkt unter dem Nachttisch auf dem Teppich. Verzweifelt wühlte er in seiner Tasche herum und zog lediglich die halbe Kinokarte hervor. Er hätte sie zurückgeben sollen, als er sein Geld wiederbekam. Er faltete die Kinokarte sorgfältig um das Stück Tapete und steckte es in seine Brusttasche.

Askew erschien an der Tür. »Warum ich runterrennen sollte, kapier ich nicht«, brummte er. »Er hätte hochkommen sollen.«

»Von Höhen kriegt Westerman Nasenbluten.«

»Ach ja, stimmt. Und wir wollen kein Blut hier. Als wäre hier ein Verbrechen geschehen.«

»Natürlich wollt ihr das nicht«, sagte Davies.

Kapitel 11

Mittlerweile sah Shemmys Schreibtisch aus wie ein Rundzelt, so stark war der Poststapel angewachsen. Sophia wollte ein bißchen Ordnung machen, aber Davies hielt sie davon ab. »Beweismaterial«, sagte er. »Sie dürfen kein Beweismaterial durcheinanderbringen.«

Zweifel überzogen ihr breites Gesicht. »Aber das wird man doch gegen ihn verwenden ... dieser schreckliche Kerl, dieser Detektiv ...«

»Gingell.«

»Er wird es gegen Shemmy verwenden. Ich weiß, daß er Unrecht getan hat, aber ich würde ihm gern helfen, wenn ich kann.«

»Es könnte auch Beweismaterial zu seinen Gunsten sein«, sagte Davies.

»Ich hab bloß das Gefühl, ich sollte da mal ein bißchen aufräumen. Damit es ... naja, damit es irgendwie rechtmäßig aussieht.« Sie ging zur Tür, drehte sich aber noch einmal um. »Mein Freund, Sie wissen ja, der Mann in Amerika, Henry, der wird mich heute abend anrufen. Ich glaube, er wird mich fragen, ob ich ihn heiraten will.«

»Wie nett, wirklich nett.«

»Ich weiß nicht. Ich müßte weg von hier und drüben leben, und da sehe ich mich einfach nicht. Der Sonnenschein ist ja okay und alles das, aber ... na, Sie wissen doch, wie das ist. Ich würde Willesden vermissen. Ich gehöre doch hierher.«

»Manche Leute empfinden es so. Mod zum Beispiel.«

Sie wirkte leicht ärgerlich. »Niemand wird ja auch Mod heiraten, geschweige denn nach Florida mitnehmen. Der ist für immer hier.«

Eine junge Stimme rief von unten nach ihr. »Jaa, ich komme!« rief Sophia die Treppe hinunter. »Das neue Mädchen«, sagte Sophia. »Ich kann es schon riechen.« Sie eilte die Stufen hinunter. Volle zwei Minuten lang starrte Davies auf Shemmys überhäuften Schreibtisch. Er stand auf und ging hinüber. Schon seine Annäherung sorgte dafür, daß eine kleine Lawine aus Briefen zu Tal glitt. Er hob sie auf, warf einen Blick darauf und schichtete sie wieder auf die Spitze der Pyramide. Wenigstens klingelte Shemmys Telefon jetzt nicht mehr. Die British Telecom hatte es abgestellt. »Laß es dir gutgehen, Shemmy«, murmelte er.

Innerlich kochte er vor Wut. Die arme kleine Miss Fitt mit ihren großen Händen und bescheidenen Hoffnungen. Er sah auf seine Uhr und nahm den Hörer ab. »Labor«, antwortete eine gelangweilte Stimme.

»Ist da Rupert? Ich bin's, Davies.«

»Ah, Dangerous. Bin gerade damit durch.«

»Und?«

»An dem Fragment, Tapete mit Verputz, haften Partikel menschlichen Gewebes. Winzig. Sieht aus, als stammten sie von Gewebe unter Fingernägeln.«

»Als ob jemand an der Wand gekratzt hätte.«

»Möglich. Ich schicke Ihnen den Bericht zu, Dangerous. Wie geht es eigentlich ihrem lieben Hund?«

»Der ist noch immer lieb. Danke, Rupert, Sie sind ein echter Kumpel.«

»Kein Problem. Aber verpetzen Sie mich nicht bei Scotland Yard.«

»Werd ich nicht. Danke.«

Er legte den Hörer auf, setzte sich an seinen Schreibtisch und stützte das Gesicht in die Hände. Dieser Bastard würde vermutlich trotzdem davonkommen. Wenn sie ihm nicht im Schlaf eine Speichelprobe abnahmen. Aber das wäre nicht rechtens. Alles, was er hatte, waren Geschichten, Verdächtigungen, Gerüchte. Auf dieser Grundlage konnte man niemanden verhaften, geschweige denn verurteilen. Jahrealte Geschichten, einer der

Geschichtenerzähler tot. Selbst das Kabel um den Hals dieser armen Frau. Wie konnte man beweisen, wo es herkam? Es gab Kilometer von Kabel genau dieser Sorte, die sich um die Computer dieser Welt wanden. Wieder nahm er den Hörer ab und wählte.

»Hallo, hier ist das Happy Life Bureau.« Es war das neue Mädchen.

»Morgen«, sagte er mit künstlich tiefer Stimme, obwohl er selbst nicht genau wußte, wieso. »'ammersmith Computerworld hier. Hatten Sie Probleme mit nem Drucker? Irgendwas mit dem Kabel.«

»In der Tat, die hatten wir. Das Kabel war verschwunden. Aber wir haben jetzt ein neues. Ich habe selbst eines besorgt. Ich weiß jetzt nicht, inwiefern Sie damit zu tun haben.«

»Nicht ich. Aber es hat uns wer angerufen. Wir machen nur das Technische.«

»Nun ja, es ist alles in Ordnung.«

Sein Herz klopfte. Langsam legte er den Hörer auf die Gabel zurück.

Dann hörte er Mods Schritte auf der Treppe, so schwer und bedächtig wie der Rest seines Lebens. Er betrachtete Davies von der Tür aus. »Du siehst zufrieden aus. Auf einmal.«

»Keine vorschnellen Schlußfolgerungen. Im Happy Life Bureau hat ein Kabel zwischen Computer und Drucker gefehlt, das inzwischen ersetzt worden ist.«

»Ja«, sagte Mod leise. »Und das heißt ...«

»Das heißt leider gar nichts«, brummte Davies und stützte das Kinn auf eine Faust. »Nichts, was man einem Gericht weismachen könnte. Aber es ist, wie ich meine, wohl schon so gewesen, daß unser Freund Bertie mit dem Drucker zur Hanger Lane gefahren ist, wie er versprochen hatte. Als er dort ankam, wurde ihm klar, daß die einst treu ergebene Fenella kurz davor war, alles auszuplaudern oder, wie wir wissen, dies bereits getan hatte. Also erwürgte er sie mit diesem Kabel und hängte die arme Frau an die Duschstange. Das heißt, hängte sie an der Duschstange auf, ist natürlich richtig.«

»Dann hat er den Drucker wieder mitgenommen. Aus Sparsamkeit?«

»Wahrscheinlich glaubte er das Gerät dort am besten aufgehoben. Ihre Abschiedsworte hatte er in ihren Laptop getippt.«

»Kannte er sich denn damit aus?«

»Keine Ahnung. Vielleicht hat er sie dazu gebracht, ihm das Ding vorzuführen. Wäre simpel genug. Dafür braucht man kein Superhirn zu sein. Er brauchte bloß diese letzte Botschaft zu tippen. Er brauchte das Gerät nicht einmal abzuschalten. Der Bildschirm war aufgeklappt, als die Polizei das Zimmer betrat. Nach der Vorführung haben sie gestritten. Sie attackierte ihn mit Worten, schmiß ihm ein paar unliebsame Erinnerungen an den Kopf, den rätselhaften Tod seiner Frau, ihren Verdacht, was die Einsamen Herzen anging. Daß er Zugang zu den Anträgen hatte, die erste Wahl sogar. Daß es sich immer um Frauen handelte, die auch woanders Kontakt gesucht hatten.«

»Damit die Finger nicht direkt in Richtung Hammersmith zeigten«, sagte Mod.

»Genau. Da griff er Fenella an. Ich habe einen Laborbericht über einen kleinen Fetzen Papier anfertigen lassen, das ich vom Teppich im Schlafzimmer aufgelesen hatte. Es haftet abgeschilfertes menschliches Gewebe daran, vermutlich von unterm Fingernagel. Sie hat versucht, die beiden Jungs nebenan auf ihre Not aufmerksam zu machen. Aber sie waren nicht da. Tagsüber arbeiten sie in einer Bar.«

Mod zuckte mit den Schultern. »Also ist alles, was wir haben, das, was wir immer hatten – Indizien.«

Davies nickte. »Hörensagen und Tratsch. Selbst wenn wir beweisen könnten, daß Fenella ermordet wurde; woher sollte man so genau wissen, wer es getan hat? Dieses Stück Kabel hätte von überall stammen können. Damit kriegen wir unseren Freund, diesen Bastard, niemals dran.« Seine Züge spannten sich an. »Trotzdem werde ich ihn hinter Gitter bringen. Irgendwie.«

Das Telefon klingelte. Davies nahm ab. »Ja, ja, Mr. Howells. Sie haben es aus der See gezogen? Sie haben … etwas. In Ordnung. Ich werde da sein. Zwanzig vor sechs, Euston. Ja, gut, ich habe Geld dabei …«

Er legte auf. »Er flüsterte«, sagte er. »Er ist auf dem Weg nach London, mit dem Zug. Mehr wollte er nicht sagen.«

»Außer, daß du Geld mitbringen sollst.«

»Ja. Und zwar viel, hat er gesagt.«

Sie standen an der Sperre, um den Zug einfahren zu sehen. »Ist jetzt von Vorteil, daß er groß ist«, sagte Davies, der versuchte, über die Köpfe der Passagiere hinwegzuschauen, die auf sie zustürmten wie eine Armee. »Sehr groß für einen Waliser.«

Mod durchpfügte die Massen mit Blicken. »Er ist ja auch aus Nordwales. Liegt an den Bergen.«

Howells erspähte sie zuerst; er wedelte mit einer Einkaufstüte über die Köpfe der anderen hinweg und rief dabei. Der große, biblisch anmutende Mann schien überwältigt, sie zu sehen. »Beweise!« brüllte er ihnen ins Gesicht. Er boxte in die Seite der Tüte und senkte seine Stimme melodramatisch. »Wichtige Beweise, Mr. Davies. Sehr wichtige.« Ein Auge zwinkerte selbstherrlich.

Sie schüttelten sich die Hand, und von Davies und Mod flankiert marschierte er in die Bahnhofshalle. »Sodom und Gomorra«, knurrte Howells, als er um sich starrte. »Ich möchte mit dem nächsten Zug zurück.«

»Der geht um viertel vor sieben«, erläuterte Mod schneller, als notwendig gewesen wäre.

»London«, schnarrte der Waliser. »Sündenbabel. Liverpool auch.«

Er sah Davies herausfordernd an, verlangsamte seinen raumgreifenden Schritt und paßte sich ihrem Tempo an. »Liverpool liegt näher bei uns«, sagte er. »Und, so nehme ich an, die Sünde ist auch hier nicht weit.« Wieder begann er ihnen davonzulaufen. »So hat man mich verläßlich informiert.«

»Die Sünde ist ganz in der Nähe«, sagte Mod, der noch nie in der Gegend gewesen war. Er sah zu Davies hinüber. »Hin und wieder gibt es sie in einzelnen Nischen«, bemerkte der.

»Schau dir diese Frauen an«, sagte Howells, der die Leute im der Stoßzeit beäugte. »Zeigen schamlos ihre Beine. Und so viele von ihnen.«

Sie erreichten die Erfrischungsbar. Howells bemerkte, er könne Bier riechen. »Gott weiß, ob es irgendwas taugt«, sagte Mod.

Davies drängte Howells durch die Türen. »Tee servieren sie auch.«

»In diesem Fall ...« murmelte Howells.

In einer entfernten Ecke erspähte Davies einen freien Tisch. Die Bar war voll. Mod schickte er los, um den Tee zu bestellen, und setzte sich Howells gegenüber. Er wollte endlich wissen, was er in der Tüte hatte.

»Sie haben ihn rausgeholt, diesen Wagen, heute morgen«, begann Howells, indem er sich über den Tisch lehnte und resonanzvoll flüsterte. »Beim ersten Lichtstrahl. Die See war auf einmal glatt, Wind Südwest, Windstärke zwei. Der Taucher ist gestern runtergegangen, und sie haben den Schleppkahn mit der Hebevorrichtung in Position gebracht.«

»Und?«

»Zwei Menschen, nun ja, die Überreste von zwei Menschen, waren in dem Wagen.«

»Wieviel war übrig?«

»Nicht viel. Das Meer und die Fische, wissen Sie. Sie waren schließlich eine Weile da drunten.« Er wurde beinahe verlegen. »Haben Sie mein Geld dabei?«

Davies zog seine Brieftasche hervor. »Vorsicht«, zischte Howells und sah sich um. »Wir sind in London.«

Davies blätterte ihm 50 Pfund hin. Dann noch einmal 50. »Für Ihr Zugticket.«

»Ich bin erster Klasse gefahren«, sagte Howells. Er zögerte. »Bis Chester. Ich wollte im Zug niemandem begegnen, den ich kenne, der mich fragen würde, wohin ich fahre. Weil wir nicht oft irgendwohin fahren, wissen Sie.«

Davies gab ihm weitere zwanzig Pfund, die er schnell zusammen mit dem Rest einsteckte. »Sie hätten mich auch gefragt, was in der Tüte ist.«

Mod, der nichts verpassen wollte und sich ohnehin ärgerte, als Laufjunge mißbraucht worden zu sein, arbeitete sich behende an den Tischen vorbei auf sie zu. Er schwang das Tablett wie ein gelernter Kellner über ihren Köpfen und servierte den Tee. Es mußte das erste Mal gewesen sein, daß Mod je zu einer Bar gegangen und mit Tee zurückgekehrt war. »Haben Sie das Auto raufgeholt?« fragte er.

»Heute morgen«, sagte Davies. »Sie haben die Leichen, die Überreste, zur Identifizierung herausgeholt?« fragte er Howells.

»Nach Liverpool, soweit ich weiß.« Der wuchtige Mann trank seinen Tee. »London«, wiederholte er in angeekelter Weise. »Ich war da«, fuhr er fort, »auf der Stelle. Auf dem Kran. Lange hat es nicht gedauert. Als das Wasser herauslief, konnte man sie drinnen sehen.«

»Wie haben Sie gesessen?« fragte Davies. »Beide vorn, oder ...«

»Sie schwammen.«

Davies verzog das Gesicht, und Mod senkte entsetzt seine Tasse. »Angeschnallt waren sie sicher nicht gewesen«, fuhr Howells fort. »Na, Sie wissen schon. Oder sie sind aus den Sitzen rausgetrieben. Stück für Stück.« Mod stellte seine Teetasse ab und rührte sie nicht mehr an.

»Was«, fragte Davies, »haben Sie da in der Tüte?«

Howells, der die Einkaufstüte bislang auf dem Boden zwischen seinen Beinen eingeklemmt hatte, erwiderte: »Keine Lebensmittel, Mr. Davies. Beweismaterial.«

»Könnten wir das mal sehen?«

Er griff nach seiner Brieftasche und irrte nicht. »Solches Beweismaterial«, versicherte Howells ihm, »daß es Ihnen ein wenig mehr wert sein dürfte … an Vorschuß.« Er griff nach den 50 Dollar, die Davies ihm über den Tisch schob.

»Bitten Sie jetzt nicht noch um einen weiteren Tee«, sagte Davies.

»Ich muß ja meinem kleinen Enkel was geben, Dewi. Er ist so schlau. Das Beweismaterial hat er an sich gebracht, als niemand hinguckte.« Er tippte gegen die Seite der Tüte. »Selbst die Polizei weiß davon nichts.«

»Lassen Sie sehen.«

Während er ein weiteres Mal theatralisch um sich blickte und am ersten kurzen Rock hängenblieb, griff Howells in die Tüte. »Beweisstück eins«, sagte er. »Ein Herrenschuh.«

Er machte mit dem Schuhabsatz unter den Tassen Platz und stellte ihn auf den Tisch. Er war noch immer naß, ein schwarzer Halbschuh mit zugebundenen Schnürsenkeln. Sie starrten ihn an, und Davies berührte den Vorderschuh mit einem Finger, als wolle er sichergehen, daß er wirklich da auf dem Tisch stand. »Was noch?«

»Beweisstück zwei.« Nun flüsterte Howells. »Ein Damenstiefel.«

Aus der Tüte kam ein vollgesogener, grauer Wildlederschnürstiefel zum Vorschein. »Größe fünf«, sagte Howells. Er drehte den Stiefel auf die Seite. »Das steht jedenfalls hier drin.«

Davies erwischte sich dabei, wie er sich auf die Lippe biß. Mod glotzte. Howells steckte beide Schuhe in die Tüte zurück. »Ich werde sie Ihnen selbstverständlich überlassen.«

»Was noch?«

»Beweisstück drei«, flüsterte Howells mit merklicher Aufregung, allerdings so leise, daß sie ihn kaum hören könnten. Noch einmal blickte er sich um und hatte nicht einmal mehr Augen für die Beine des Mädchens.

Langsam versank seine Hand in der Tüte. Sie lehnten sich vor. Er zog etwas heraus, das in schmuddeliges Zeitungspapier gewickelt war und rollte es auf dem Tisch aus. »Ein Schienbein!«

»O Gott«, schrie Mod. Er schob sich vom Tisch weg; sein Stuhl fiel um, und er wurde nur von einem Nachbartisch davor bewahrt, dem Stuhl zu folgen. Tee und mehrere süße Brötchen verteilten sich auf dem Boden. Ein untersetzter junger Mann am Tisch sammelte sie wütend auf.

Davies traute seinen Augen kaum. »Jesus«, sagte er. Der – gottseidank blanke – Knochen lag kraß und scharf umrissen vor ihm auf dem Tisch. »Ich glaub's nicht.«

»Das sind doch wohl ordentliche Beweise, was«, dröhnte Howells. Wieder zwinkerte er übertrieben.

Sie begannen Aufmerksamkeit zu erregen. Alle Leute um sie herum waren aufgestanden und gafften. Mod rappelte sich wieder hoch, Entschuldigungen murmelnd, war aber noch immer nicht in der Lage, die Augen von dem Schienbein auf dem Tisch zu lassen. Howells hockte selbstgefällig am Tisch und genoß die Blicke. »Dewi hat ihn sich geschnappt«, sagte er.

Ein junger Mann trat hinter der Bar hervor, kam zu ihnen herüber und stellte den Stuhl wieder auf die Beine. Er öffnete den Mund, schloß ihn wieder. »Sie dürfen sich hier nicht Ihr eigenes Essen mitbringen«, erklärte er schließlich nervös.

»Kennst du dich mit der Geschichte des Zwinkerns aus?« fragte Davies, als sie wieder im Babe In Arms saßen.

»Du meinst, seit wann es als mimisches Zeichen, als unausgesprochene Botschaft fungiert?«

»Er sah aus wie Moses. Ich frage mich, ob Moses schon gezwinkert hat.«

Howells hatte beschlossen, doch nicht den nächsten Zug zurück nach Nordwales zu nehmen, und war mit seiner grausigen Tüte in den Lichtern des Londoner Abends verschwunden. Davies hatte das ungleiche Paar Schuhwerk behalten. Auf ihrem

Rückweg war er in sein Büro gegangen und hatte es in seiner Schreibtischschublade weggeschlossen.

»Ich hoffe nur, der schwingt jetzt mit seiner Schienbeinkeule nicht in irgendwelchen Stripbars oder Hurenhäusern rum«, bemerkte Mod.

»Wenn es denn ein Schienbein war«, sagte Davies. »Könnte doch alles mögliche gewesen sein. Ein Knochen von einem Hund oder einem Esel zum Beispiel.«

»Die Schuhe ebenfalls.«

»Könnten jedem gehört haben«, murmelte Davies. »Das einzige, was wir wissen – sie haben den Wagen geborgen.« Er hatte bei der Polizei von Nordwales angerufen und vorgegeben, er sei von der *Daily Mail.* »›Sie haben gesagt, die Leichen sollen morgen identifiziert werden.‹«

»Was wirst du jetzt tun?«

»Tun? Du meinst in meiner Rolle als Privatdetektiv?« Er stellte sein Bier auf dem Tisch ab und wirkte resigniert. »Wie beschissenerweise immer – ich weiß es nicht. Es sieht ganz so aus, als würden meine Fälle ohne mich gelöst.«

»Was ist mit Bertie Jenkins? Du wirst ihn doch nicht weiter frei rumlaufen lassen, oder?«

»Ich werde alles über ihn und die Einsamen Herzen niederschreiben, was ich weiß, was ich vermute. Alles, Mod. All die Geschichten, die Gerüchte, die Verdächtigungen. Das, was Fenella uns erzählt hat. Alles. Und das ganze Dossier übergebe ich dann der Polizei. Ich werde selbst zum Präsidium gehen, um ein Gespräch mit dem Chef bitten und es ihm geben.«

»Dein Honorar könnte dabei kärglich ausfallen.«

»Naja, da der Hauptverdächtige mein Honorar ja selbst bezahlt hat, sieht es ganz so aus.«

»Aber da sind doch noch die anderen, sein Bruder und seine Schwester«, sagte Mod. »Sie wollten doch, daß die Fälle aufgeklärt werden. Die Tatsache, daß es ihr Bruder war, der die Morde begangen hat, sollte sie nicht von ihrer Verpflichtung entbinden.« Er hielt inne. »Was glaubst du, warum er es getan hat?«

Davies wirkte überrascht. »Wegen dem Kick, nehme ich an. Warum machen solche Spinner sowas schon?«

»Nein, ich meine, warum hat er dich angeheuert? Um von dir geschnappt zu werden?«

»Es wäre nicht das erste Mal, daß ein Verbrecher selbst die Polizei ruft oder einen Ermittler beauftragt. Es lenkt zunächst von ihm ab, und es gibt ihm einen Extrakick.«

»Bis zu einem gewissen Grad kann so jemand Beweismaterial manipulieren«, sagte Mod.

»Und er kann jemanden beauftragen, von dem er glaubt, er habe nicht die geringste Chance, den Fall zu knacken«, ergänzte Davies höhnisch. »Mich nämlich. Er mußte ja jemanden beauftragen. Also sucht er sich irgend nen Idioten aus, von dem er glaubt, daß er nichts gebacken kriegt. Er hat mir gesagt, ich sei ihm empfohlen worden, aber er hat nicht gesagt, von wem oder weshalb. Wegen besonderer Inkompetenz vielleicht. Bei Sestrina und ihrem Schwager war es dasselbe. Sie mußten es so aussehen lassen, als hätten sie das Richtige veranlaßt, nämlich jemanden beauftragt, Carl Swanee aufzuspüren. Aber sie wollten niemanden, der clever genug gewesen wäre, das ganze Ding auffliegen zu lassen.« Ärger machte sich auf seinem Gesicht breit. »Dieser Tag im Savoy. Er hat für den Tee bezahlt. In bar. Das hätte mir auffallen müssen. Wenn er dort gewohnt hätte, wäre eine Unterschrift das Übliche gewesen.«

»Wäre es wohl. Und jetzt hat sich alles mehr oder weniger von selbst gelöst, wie du sagst.«

»Genau das wollten sie. Sie wußten, daß der Wagen eines Tages geborgen würde. Selbst wenn das mysteriös erschienen wäre, hätte es sehr gut ein Unfall gewesen sein können – oder ein Selbstmord zu zweit. Das ist immer noch hundertmal besser als ein Carl Swanee, der überalll rumrennt und verkündet, das Medikament sei Schrott, tauge nichts, habe untragbare Nebenwirkungen. Das würde jeden angebahnten Großdeal zunichtemachen.«

»Zwei seltsame Todesfälle würden das nicht?«

»Nicht auf lange Sicht. Es geht um Millionen, vielleicht Milliarden, Junge. Die Menschen werden gierig, wenn es um soviel geht, und sie werden sehrwohl bereit sein, zwei seltsame Todesfälle geflissentlich zu übersehen, wenn sie nur ein Vermögen machen. In Amerika und wohl auch hier gibt es Leute, die gar nicht abwarten können, sich ihr Stück aus der Torte zu schneiden. Aber die Nachricht, daß das neue Medikament große Mängel aufweist, die würde alles zerschlagen. Also schicken sie zwei Profikiller, die den Job erledigen und den Wagen über die Klippe stoßen. Den haben sie gründlich erledigt. Tschüß. Bedauerlich, aber so bedauerlich nun auch wieder nicht.«

»Du hast für alles eine Erklärung.«

»Aber ich kann keine einzige davon beweisen. Vielleicht sollte ich noch ein weiteres Dossier anfertigen und es der Polizei in Nordwales bringen. Dann kann ich mich endlich zur Ruhe setzen und Scheißgemüse anbauen.«

Er blickte auf und sah, daß Sophia soeben den Pub betreten hatte, mit einen Zettel in der Hand.

»Normalerweise kommt sie nicht her«, bemerkte Mod.

»Sie hat Neuigkeiten«, sagte Davies. Er stand auf und winkte; mit einer leicht erhobenen Nase bahnte sich Sophia ihren Weg durch die Biertrinker.

Sie machten ihr Platz. Zögerlich entschied sie sich für einen Port Lemon, und Davies, der den kürzeren Weg hatte, ging zur Bar. Das Blatt Papier hatte sie gefaltet. »Was ist es?« fragte Mod und neigte sich ihr zu.

»Was Wichtiges.«

»Und? Was?«

»Warten Sie, bis er zurückkommt.« Sie hielt den Zettel fest gefaltet unterm Tisch in ihrem Schoß.

Mit ihrem Drink kehrte Davies zurück. »Was haben Sie dabei?« fragte er.

Sophia holte das Papier hervor, entfaltete es und gab es Davies. Mit Blicken wies sie Mod in seine Schranken, was jedoch unnötig war, denn Davies las ihnen laut vor. »Swanee«, sagte er leise. »Sestrina Maud. Geboren am 22. März 1960 in Sarasota, Florida. 1,65 Meter groß, 56 Kilo ... blablabla ... oh, jetzt kommt's ... VERDACHT A) gesetzeswidrige Tötung von John Frazer, 22, in Reybourne Plains, Atlanta, Georgia, am 12. Januar 1981 (siehe beigefügtes Dossier 1). Vernommen, keine Anklage, keine Beweise. Fall bei den Akten. VERDACHT B. Mord an Peter Kolonsky, 35, in Richmond, Virginia, am 17. Juni 1984 (siehe beigefügtes Dossier 2). Verdächtige in der Nähe des Tatorts, kannte Opfer. Vernommen, keine Beweise, keine Anklage. Fall bei den Akten. VERDACHT C. Mord an Martin Moser, 51, in Windsor, Louisiana, am 4. August 1987. Auto der Verdächtigen in der Nähe des Tatortes gesehen worden. Vernommen. Wagen war gestohlen worden. Keine Beweise, keine Anklage. Fall bei den Akten.«

»Die Männer um sie rum sterben wie die Fliegen«, murmelte Davies.

»Man sollte doch meinen, daß sie sie wenigstens einmal festgenagelt hätten«, meinte Sophia, die im Fernsehen gern Gangsterfilme sah.

»Beweise, Beweise, Beweise«, sagte Mod kopfschüttelnd.

»Er hat es zu Copy-Boy in Harlesden gefaxt«, sagte Sophia.

»Was werden die sich als nächstes ausdenken?« sagte Mod.

»Er hat gesagt, es käme noch ein zweites Fax, aber vor morgen ginge das nicht. Er muß vorsichtig sein. Es könnte ihn den Job kosten ... und die Pension. Diese erwähnten Dossiers konnte er nicht schicken. Das wäre zu riskant gewesen.«

»Liest sich beeindruckend«, murmelte Davies, indem er noch einmal nach dem Fax griff und daran denken mußte, wie er mit Sestrina geschlafen hatte – mit dem Messer im Rücken. Gott.

»Ich hoffe, es nützt Ihnen«, lächelte Sophia. »Ich hatte versprechen müssen, ihn zu heiraten.«

Früh am nächsten Tag schloß Davies sein Büro auf und setzte sich an den Schreibtisch, ohne seinen Mantel auszuziehen. Schon als er hereingekommen war, hatte er gedacht, daß irgendwas an dem Raum ihm komisch vorkam, hatte den Gedanken aber verdrängt. Man mußte nicht in allem den Detektiv spielen. Einer der Umschläge, die Shemmys Schreibtisch bedeckten, glitt den Postberg hinab. Er sah ihn fallen, während er wählte.

»Oh, ja, Sie sind noch immer da … Nein, ich weiß schon, daß die Polizei das nicht abgeschlo… Ich meinte nur, da Sie, Sie persönlich noch da sind. Ich habe schon einmal mit Ihnen gesprochen. Von der *Daily Mail*, Nachrichtenredaktion … Wie? … Oh, mein Name ist Davies. D-A-V-I-E-S. Richtig. Ist das Paar aus dem Auto schon identifiziert? … Ja, der Wagen, der über die Klippe bei … kann den Ort nicht aussprechen … Ja, genau … Danke.«

Er wartete und beobachtete, wie ein zweiter Brief von Shemmys Stapel hinabsegelte. Der Sprecher der Polizei war wieder am Apparat. »Ja, ich verstehe, daß Sie nicht mehr sagen können. Aber sie sind identifiziert als …?«

»Carl William Swanee«, las der Mann. »Und Anna May Beauchamp. Der Wagen gehörte dem Mann. Die Angehörigen sind informiert worden, da kann ich Ihnen auch die Details verraten.« Er rezitierte Lebensalter und Körpergrößen, die Davies nicht benötigte; dennoch befiel ihn eine gewisse Traurigkeit, als hätte er die beiden persönlich gekannt. Er öffnete die Schublade und stellte die beiden Schuhe auf die Schreibtischunterlage, starrte sie eine Weile an, während der Mann am anderen Ende weiterlas. »Das wär's«, sagte der Sprecher plötzlich. »Die Ermittlungen dauern an.« Er wurde kumpelhaft vertrauensselig. »Sieht so aus, als hätten sie im Wagen gesessen und vergessen, die Handbremse zu ziehen. Die Klippen stürzen dort jäh ins Meer. Und drüber war'n sie. Das ist schon öfter passiert.«

»Also gibt es keinen Verdacht auf Fremdverschulden, wie man so sagt?«

»Sieht nicht danach aus.«

Als er den Hörer auflegte, rutschten noch zwei Briefe von Shemmys Stapel am anderen Ende des Raumes. Eine Weile beobachtete er nur, dann rief er milde: »Können rauskommen, Shemmy.« Es gab eine Bewegung, der eine Lawine von Briefen folgte. Shemmy Austen kroch unter dem Schreibtisch hervor, mit sowohl gebräuntem wie angespanntem Gesicht. »Willkommen daheim«, sagte Davies.

»Was mache ich jetzt nur, Dangerous?«

»Sie werden, wie es aussieht, erstmal Briefe beantworten.«

Shemmy, der über einem beigefarbenen zerknitterten Tropenhemd einen Mantel trug, hatte sich kaum aufgerichtet, als Schritte auf der Treppe zu hören waren. Davies machte eine ruckhafte Kopfbewegung, und Shemmy duckte sich mit angstgeweiteten Augen wieder unter den Tisch. In der Tür erschien Gingell. »Morgen«, sagte er. »Ich hab gehört, er ist zurück.«

»Wer soll zurück sein?«

»Ach, kommen Sie, Davies. Shemmy Austen ist zurück.«

»Ach ja? Das ist gut. Dann kann er endlich seine Post erledigen.«

»Scherz beiseite. Wissen Sie, um wieviel es da geht? Um Tausende!«

»Hier ist er nicht aufgetaucht«, sagte Davies. Er ging langsam zu seinem Schreibtisch zurück, um Gingell von Shemmys Büroecke wegzulocken. »Vielleicht hat er ja schon die nächste Kreuzfahrt gebucht?«

»Aber erst muß ich ihn kriegen«, sagte Gingell. »Mein Klient muß mit ihm reden, bevor ihn ein Bulle in die Finger kriegt.«

»Warum das?«

»Können Sie sich das nicht denken? Es gibt da gewisse Dinge, von denen mein Klient nicht möchte, daß sie rauskommen.«

Davies nahm die beiden Schuhe von seinem Schreibtisch. Gingell glotzte. »Indizien?«

»Schuhspuren sozusagen, haha«, erwiderte Davies. »Ich suche einen einbeinigen Mann und eine einbeinige Frau.«

»Ich werd Sie's wissen lassen, wenn ich sie sehe«, brummte Gingell. Er drehte sich übellaunig auf dem Absatz herum und verschwand mit einem Blick auf Shemmys Schreibtisch. »Ich krieg ihn zuerst«, brüllte er noch die Treppen hoch. »Das werden Sie verdammt nochmal sehen!«

»Bitte verhindern Sie, daß der mich in die Finger bekommt, Dangerous«, flehte Shemmy, als er wieder hervorkroch. Sie hatten fünf Minuten gewartet, um sicherzugehen, daß Gingell das Gebäude verlassen hatte.

»Irgendwer muß Sie dingfest machen«, sagte Davies.

»Mir wär die Polizei lieber. Bringen Sie mich hin, ja? Sie kennen die. Sie wissen, was man da sagen muß.«

»Okay, ich bringe Sie hin, Shemmy.«

»Und was, glauben Sie, machen die dann?«

»Nach Costa Rica zurück schicken die Sie nicht, mein Lieber.«

»Ich bin Ihnen ja so dankbar, Dangerous. Ich kann Ihnen gar nicht sagen, wie sehr. Ich hoffe, ich kann mich eines Tages revanchieren.«

Sie hörten, wie Sophia die erste Treppe hochschnaufte, um ihren Salon zu öffnen. Davies rief, und sie keuchte auch die zweite Treppe hoch. Sie hatte erst den Treppenabsatz erreicht, als sie Shemmy sah. »Und wo bitte sind Sie gewesen?« fragte sie im Befehlston.

»Karibik, Panamakanal, San Francisco, Pazifik«, erwiderte Shemmy.

Sophia griff in eine Tasche ihres pinkfarbenen Overalls und gab Davies ein gefaltetes Blatt Papier. »Das hier«, sagte sie, »ist noch von meinem Freund gekommen.«

»Ich möchte aber erst nach Hause zu meiner Mutter, Dangerous«, bettelte Shemmy. »Bevor Sie mich hinbringen. Ich hab es noch nicht geschafft, sie zu besuchen. Bin direkt hierher gekommen.«

»Und was ist, wenn der Typ, der Sie sucht, bei Ihnen zu Hause schellt?«

»Dann geht meine Mutter an die Tür. Von dem läßt sie sich bestimmt nicht einschüchtern. Sie hat auch mal der Gestapo die Tür geöffnet. Sie hat denen erzählt, sie sollten sich verpissen, sie seien an der falschen Adresse. Dann ist die Familie zur Hintertür raus.«

»Gingell könnte hier in der Gegend rumlungern.«

»Ich übernehme das«, erklärte Sophia. »Ich geh und hol mein Auto. Ich hab noch ne Damenperücke, die Sie sich aufsetzen könnten, und wir hängen Ihnen einen Kittel um. Wenn Sie schnell einsteigen, sieht Sie keiner.«

Sie nahm einen äußerst dankbaren Shemmy bei der Hand. Davies ging hinter seinen Schreibtisch und faltete das Faxpapier auf. ›Polizeiministerium Florida‹ stand ganz oben; diagonal prangte der Stempel ›STRENG VERTRAULICH‹. Langsam ließ er sich in den Sessel zurückfallen. »Vertraulich. Bericht über Sestrina Maud Swanee, geborene Brant. 2. 7. 1982.« Während er las, hoben sich unwillkürlich seine Augenbrauen. »›Betreffende wurde psychiatrisch behandelt ... St. Petersburg Hospital, Petersburg, wegen starker psychotischer Tendenzen ... Sie hatte halluzinogene Drogen konsumiert; nach Meinung der behandelnden Ärzte könnten diese ihren Schub ausgelöst haben ... hat Mordphantasien, insbesondere mit Messern ...‹ Davies spürte, wie seine Augen größer wurden. ›Hat sie bei fachärztlichem Berater, Dr. Donald Yeo, ausagiert, der den Fall sofort abgab ... Eine intensive Langzeittherapie scheint geraten. Betreffende muß unter strikter Beaufsichtigung bleiben … In der Anlage die detaillierten Gutachten dreier Spezialisten …‹«

»Oh Gott«, murmelte Davies. Als habe er einen Schwächeanfall erlitten, legte er das Fax auf den Schreibtisch zurück. »Kein Wunder, daß sie einen Psychiater geheiratet hat.«

»Das ist alles, was ich schicken kann. Ist zu heiß«, hatte Sophias Freund aus Florida darunter gekritzelt, offenbar in Eile.

»Das Wetter hat er wohl nicht gemeint«, bemerkte Davies, als Sophia zurückkam.

»Die haben geheult wie die Schloßhunde vor Wiedersehensfreude. Shemmy und seine Frau Mama. Die Türschwelle war klatschnaß«, sagte sie und warf einen Blick über Davies' Schulter. »Das war alles, was er schicken konnte.«

»Also haben Sie beschlossen, ihn zu heiraten.«

»Ich habe ja gesagt. Deshalb hat er den Kram auch geschickt.«

Davies stieß einen Seufzer aus. »Das wäre doch nicht nötig gewesen.«

»Geht schon in Ordnung. Er kommt rüber. Vielleicht gefällt ihm Willesden ja sogar. Es hat sich herausgestellt, daß er nicht sein ganzes Leben in Florida verbracht hat. Er ist an einem Ort geboren worden, wo das Wetter fürchterlich ist, und wo es Stahlwerke und eine Gerberei gibt.«

Das Telefon klingelte. Sophia tat so, als wolle sie gehen, blieb aber an der Tür stehen. »Ja, Mr. Beauchamp«, sagte Davies gewichtig. Er lauschte. »Es tut mir schrecklich leid für Sie. Ich stehe mit der dortigen Polizei in Verbindung und habe es mehr oder weniger gewußt. Aber sie mußten die nächsten Angehörigen informieren … Ja, da haben Sie natürlich recht, ist wohl eine seltsame Ausdrucksweise. Man stößt sich nicht dran, wenn man es so in der Zeitung liest, wenn es nichts mit einem zu tun hat, aber natürlich schon, wenn man betroffen ist.«

»Sicher wird man den Fall untersuchen«, sagte Beauchamp. »Aber ich frage mich, ob man dabei herausfinden wird, was ihnen wirklich zugestoßen ist … was Anna zugestoßen ist.«

»Ich glaube schon, daß die Geschichte rauskommen wird«, erwiderte Davies vorsichtig. Von der Tür aus beobachtete Sophia ihn mit sanftem Gesichtsausdruck. »Aber wie auch immer, ich kann nur noch einmal wiederholen, wie leid es mir tut.«

»Ich bin sicher, daß Sie Ihr Bestes versucht haben. Es ist traurig, daß ich ihr jetzt nicht mehr die Wahrheit sagen kann, was ich eigentlich doch noch vorhatte.«

»Was für eine Wahrheit?«

»Sie hat ihre Tante immer verachtet, die, wie Sie wissen, mit mir wie eine Ehefrau zusammenlebt, weil …, naja, weil das eben so ist. Stella ist ihre Tante, und sie ist mit mir liiert. In Wahrheit aber, Mr. Davies, ist diese Frau sowohl ihre Tante als auch ihre Mutter. Deshalb ist meine Frau weggegangen und nie wiedergekommen. Sie verstehn?«

Davies nickte und legte schließlich auf. Man wußte ja wirklich nie! Offenbar lauerte da unten in Stockbridge unter der Oberfläche mehr als harmlose Forellen.

Einmal mehr versuchte er, seine Möglichkeiten gedanklich durchzuspielen. Was konnte er tun? Was beweisen? Er konnte mit allem, was er über Sestrina Swanee und Bertie Jenkins wußte, zur Polizei gehen, wie ein Informant, wie ein Denunziant. Er konnte sich gut vorstellen, wie er sich mit sogar dem allerfreundlichsten, allererfahresten Beamten zusammensetzte und ihm alles erzählte, was er wußte. Was würde dieser Mann dann unweigerlich denken? Vermutlich, daß er sein Versagen zu rechtfertigen versuche. Oder seine Honorare.

Er stand auf und streifte sich den Mantel über, als ihm ein Gedanke kam. Er ging zum Schreibtisch zurück, nahm das Fax, steckte es in eine seiner Innentaschen, gab einer Augenblickslaune nach, nahm den Herrenschuh und den Damenstiefel und steckte sie in die tiefen Taschen des Mantels. Man wußte ja nie. Als er zur Tür ging, löste sich erneut eine kleine Lawine von Shemmys Schreibtisch. Zumindest würde das Büro bald ordentlicher aussehen.

Willesden badete in der Wintersonne. Raschid stand draußen auf dem Bürgersteig und schnupperte hörbar in der kalten Luft. »Schnee, das ist es, was wir bräuchten, Mr. Davies«, sagte er, als ob Davies ihn herbeizaubern könne. »Das Stadtviertel könnte man zu einem Eldorado für Wintersportler machen, wissen Sie.«

»Wäre ne Idee«, nickte Davies. »Fragen Sie doch mal den Gemeinderat.« Mit zünftigem Schritt ging er zum Bali Hi. Dann wollte er Sestrina einen Besuch abstatten. Er wußte, daß es der letzte sein würde.

Auf dem Ständer im Flur lag ein an ihn adressierter Brief, auf dem eine Briefmarke von Martinique klebte und dessen Poststempel »Fort de France« verriet, daß er eine Woche zuvor aufgegeben worden war. Sie wollte ihm etwas mitteilen. Bis dahin hatte sie schließlich Ansichtskarten verschickt. Vorsichtig öffnete Davies den Brief.

»Dangerous, Darling«, las er. »Ich komme zurück. Wie du

Dir vielleicht denken kannst, hat hier überhaupt nichts geklappt, nichts habe ich klären können, und außerdem vermisse ich Dich und Willesden. Von hier aus fliege ich nach Puerto Rico und werde am 14. um 7.15 Uhr mit der BA 3508 in Gatwick landen. Wirst du da sein? Ich verspreche hoch und heilig, nie wieder abzuhauen.«

Er lächelte vor Freude. Alles würde besser laufen, wenn Jemma wieder da war.

Er wusch sich das Gesicht und kämmte sich flüchtig das Haar. Dann zog er sich den Mantel wieder an, dessen Taschen die Schuhe ausbeulten, und verließ das Haus, um seinen Wagen zu holen.

Kitty bellte um Aufmerksamkeit. »Ich komme zurück! Versprochen! Wir gehen dann zum Friedhof rüber.«

Er fuhr zum Fuß des Hügels und stellte seinen Wagen an derselben Stelle ab wie zuvor. Wutentbrannt kam eine Frau aus einer Tür von gegenüber gerannt. »Stellen Sie diese Schrottkarre jetzt schon wieder dahin! Ständig tun sie das! Und ich muß mir die vom Fenster aus angucken! Umweltverschandelung!« schrie sie.

»Diese Häuser hier werden doch sowieso alle abgerissen!« brüllte Davies zurück.

»Was? Wie meinen Sie das – abgerissen?«

»Abgerissen eben«, wiederholte er, während er den Wagen abschloß. »Es ist mein Job, die Entschädigungssummen zu schätzen. Hier wird ein Supermarkt gebaut.«

Die Frau schlug sich die Hände vors Gesicht und stürzte nach drinnen. Es tat ihm auf der Stelle leid. Er sah sie aus dem Fenster starren und winkte ihr zu. Wieder kam sie an die Tür. »Nur ein Scherz!« rief er.

»Scheißkerl!« zischte sie und knallte die Tür zu. Er begann den Hügel zu Sestrinas Haus hochzusteig.

Man konnte nicht sagen, daß er Vorfreude empfunden hätte. Sein Herz war ihm schwer, schließlich begegnete er nicht jeden Tag einer Frau wie ihr.

Die Gräfin öffnete die Tür, die Augenlider wie Blei. Er wünschte ihr einen guten Tag, sie jedoch antwortete mit einem Flüstern, das mehr wie ein Zischeln klang. Er betrat das ihm nun vertraute vornehme Haus und versuchte, die Beulen zu verbergen, die die beiden Schuhe verursachten.

Wie immer begrüßte ihn Sestrina in ihrer frischen, sorglosen Art. Sie erhob sich von einem Stuhl vor einem Sekretär, an dem sie geschrieben hatte. Sie trug ein graues Nachmittagskleid; ihr Blick war intensiver denn je, ihre Konturen schlanker und ihr Lächeln so verführerisch wie eh und je. Was für eine Frau.

»Ich habe es schon gehört, Mr. Davies«, sagte sie. »Ich nehme an, Sie ebenfalls.«

»Ja. Darum bin ich hier. Mein Beileid.«

»Sparen Sie's sich.« Die Gräfin schwebte hinter ihm, um ihm den Mantel abzunehmen, er jedoch erklärte, er werde nicht bleiben. Er wollte nicht, daß sie die Schuhe entdeckte.

»Ihr Beileid können Sie sich wirklich sparen«, wiederholte Sestrina. »Ich bin nie eine Heuchlerin gewesen. Sie sind gegangen, mein Mann und dieses Mädchen, und nun sind sie für immer gegangen.«

»Die Handbremse nicht zu aktivieren, wenn man oben auf einer Klippe steht, ist leichtsinnig«, bemerkte Davies und sah sie durchdringend an. »Besonders dann, wenn der Hang abschüssig ist.«

»Ah«, sagte sie. »Sie kennen die Details.«

»Ein paar. Es geht mich zwar nichts an, aber was wird jetzt aus Ihrer Entdeckung, diesem Medikament … ich meine den kommerziellen Aspekt?«

Sie wirkte überrascht, daß er es überhaupt erwähnt hatte. »Es wird einen kleinen Rückschlag geben, aber nicht langfristig, glaube ich. Es gibt Leute, die es auf den Markt bringen wollen. Ein verunglückter Carl ist besser als ein verschwundener.«

»Verstehe.«

»Aber wie Sie richtig sagten, ist das nicht Ihre Sache«, erklärte sie zuckersüß und wandte sich wieder dem Sekretär zu. »Ich nehme an, Sie haben Ihre Ermittlungen abgeschlossen, Mr. Davies. Ich bin angewiesen worden, Ihnen einen Scheck über 5000 Pfund auszustellen und Ihnen für Ihre Bemühungen zu danken.« Sie sah ihn spöttisch an. »Nun, da ich Witwe bin, geselle ich mich vielleicht zu Ihren Einsamen Herzen. Möglicherweise werde ich ja Mitglied bei Ihrem Happy Life Bureau … in, ja, Hammersmith. Haben Sie diese Fälle bereits gelöst?«

»Nein, diese Sache habe ich auch nicht klären können.«

»Unsere Sache immerhin ist – wie Sie es ausdrücken – geklärt.«

Er machte einen Schritt in den Raum. »Dürfte ich mir ein letztes Mal Ihr Bild anschauen?« fragte er. »Das Schiff.«

»Oh, ja. Die *Lonely Heart.*« Sie lächelte und machte eine einladende Handbewegung. »Bitte, natürlich.«

Er schritt den Teppich der Länge nach ab. Draußen vor dem Fenster war der Garten von winterlichem Grau; die Wolken hingen tief, und London entzog sich der Sicht. Vor dem Bild blieb er stehen. »Ich würde es Ihnen gern schenken«, sagte Sestrina. »Aber es ist ein Familienstück, wie Sie vielleicht verstehen.« Ihr Lächeln blieb kokett. »Vielleicht könnte ich Ihnen ja einen Druck davon besorgen.«

»Danke. Was für eine nette Idee.« Er blieb stehen und betrachtete das Bild mit den Händen auf den Schuhen in den Taschen. »Es war schon komisch, wirklich erstaunlich, daß das Bild den Titel *Lonely Heart* trägt, wo ich doch gerade mit diesem anderen Fall zu tun hatte.«

»Es gibt viele einsame Herzen«, erwiderte Sestrina. »Fragen Sie doch bloß das Happy Life Bureau in ...?«

»Hammersmith.«

Sie lächelte dünn. »Hammersmith«, wiederholte sie.

Mit einem letzten Blick auf das Bild wandte er sich um und verließ den Raum. Schon fast an der Haustür angelangt – die Gräfin war in Stellung gegangen, um ihn hinauszulassen – zog er die Schuhe aus seinen Manteltaschen hervor. »Schaun Sie sich die mal an«, sagte er. »Habe ich gefunden, da draußen. Lagen einfach auf der Straße.« Er beobachtete sie, wartete auf eine Reaktion. Vergeblich.

»Je einer«, murmelte Sestrina langsam. Es war ihm klar, daß ihr nichts über die Lippen kommen würde.

»Der Herrenschuh ist handgefertigt«, sagte er. »Hat eine Nummer innendrin. Ich wette, Sie könnten den Besitzer ausfindig machen oder den anderen Schuh.« Er lächelte. »Dann hätten Sie ein Paar. Es gibt heutzutage nicht mehr allzu viele Leute, die handgemachte Schuhe tragen.«

»Auf Wiedersehen, Mr. Davies«, sagte sie, reichte ihm eine schlanke Hand, und er nahm sie sanft zum letzten Mal.

»Auf Wiedersehen. War sehr interessant, Ihre Bekanntschaft gemacht zu haben, Sestrina.«

»Ein Vergnügen«, sagte sie.

»Olly hat beschlossen, der Polizei beizutreten«, erklärte Mrs. Fulljames stolz errötend, während sie die Abendsuppe auftischte. Davies kam es in den Sinn, daß die Röte in ihrem Gesicht nicht unbedingt von Stolz herrühren mußte; genauso gut kam der Küchendampf in Frage.

»Der Truppe auf Motorrädern«, ergänzte Olly.

»Wär ein gutes Leben für nen jungen Kerl wie dich«, sagte Davies. Die aufsteigenden Dünste der Selleriecremesuppe trieben ihm die Tränen in die Augen. »Frische Luft, Abenteuer, Verfolgungsjagden, ab und zu eine nette Prügelei, und schließlich eine Pension.«

Neu am Tisch war ein Wanderpriester. »Ich vertrete andere Priester«, hatte er erklärt. Sein Name war Pater Mulvany; er hatte äußerst schütteres Haar, eine glänzende randlose Brille und einen abgebrochenen Zahn. »Der Mann von hier, Pater Rourke, ist nach Afrika gegangen, um sich dort unten um ein paar Probleme zu kümmern. Das ist aber eine Leistung von dir, daß du die Aufnahmeprüfung bestanden hast«, sagte er zu Olly gewandt. Seine Wangen waren von Äderchen durchzogen und dunkelrot von der Frömmigkeit und vom rauhen Klima.

»Das habe ich noch nicht«, erwiderte Olly vom anderen Ende des Tisches her.

»Er hat sich noch nicht beworben«, sagte Mrs. Fulljames. »Aber er hat es vor.« Sie drehte sich Davies zu; ihr Löffel blieb waagerecht schwebend und zitternd unter ihrem Mund hängen.

»Olly meinte, vielleicht könnten Sie ihm eine Empfehlung schreiben, Mr. Davies.«

»Halte ich nicht für empfehlenswert«, sagte Doris.

»Wenn es soweit ist, mache ich das schon«, erwiderte Davies mit fester Stimme. »Den Motorradtest bestehst du locker, soviel ist klar.«

»Kann ich bei denen weiter meine eigene Maschine fahren?«

»Wohl kaum. Das würde der Seite des Gesetzes einen unfairen Vorteil verschaffen.«

Olly schien sich zu freuen. Ungewöhnlich spät stolperte Mod an die Tafel, eine Entschuldigung murmelnd. Davies sah, daß er die Krawatte des Cranium Club trug; auch Doris entging es nicht. »Sie tragen Ihr sogenanntes Indiz um den Hals«, bemerkte sie.

»Vom Cranium Club«, erwiderte Mod und versuchte, den Schlips über sein Mehrfachkinn hinweg zu betrachten. »Ich dachte, heute abend wäre sie angemessen. Die Proben für das Nationale Finale im Pub.«

»Wie?« fragte Doris. »Wettsaufen?«

»Das Nationale Quiz Finale, Mrs. Davies.«

Pater Mulvany bemerkte, er würde gern kommen, solange er nicht zuviel trinken müsse. Davies versicherte, dies sei nicht zwingend. Sein eigenes Rate- und Antwortspiel beherrschte seine Gedanken. Er ging mit ihnen ins Babe In Arms und nahm am Rand der Enthusiastenriege Platz, während Mod eine nervenaufreibende Runde gewann, indem er die fünf amerikanischen Bundesstaatshauptstädte nannte, die mit dem Buchstaben A begannen: Albany, New York; Austin, Texas; Atlanta, Georgia; Annapolis, Maryland; und, mit einigem Kopfkratzen, Augusta, Maine.

Der Prediger applaudierte stürmisch mit den anderen. »Eine inspirierende Vorstellung«, begeisterte er sich und hatte gegen einen weiteren kleinem Rum nichts einzuwenden. Auf dem Heimweg erklärte Davies, er werde noch in sein Büro gehen.

»Du willst alles aufschreiben und es denen dann quasi auf dem Tablett servieren?« fragte Mod.

»Ich werde alles aufschreiben.«

Davies schlenderte auf die Jubilee Clock zu, deren Zifferncheibe leuchtete wie der Mond, der sich jedoch in dieser Nacht nicht zeigte. Es war stockduster, und bösartige Windstöße pfiffen durch die Straßen. Er war froh, daß Jemma zurückkam. Er würde ihr die Nacht mit Sestrina beichten. Sie würde es ohnehin ahnen.

Er wünschte, sie wäre nun bei ihm, um ihm zu helfen. Sie wüßte, was zu tun wäre. Das Welsh Curry House war geschlossen; Raschid war nach Indien geflogen, sein erster Besuch dort. Davies schloß die Haustür auf und blickte wie immer durch die Fensterscheiben von Sophias Salon. Er war froh, daß ihr Freund aus Amerika kommen wollte und hoffte, ihm möge Willesden gefallen. Er schloß seine Bürotür auf, stieg die Treppe hoch, knipste seine einsame Schreibtischlampe an, nahm einen Stapel Papier, eine Flasche Scotch aus einer Schublade und ein trübes Glas aus einer anderen und begann mit dem Bleistift loszuschreiben; etwas anderes hatte er nicht griffbereit.

Es war anstrengend, und bald war die Spitze zu einem Stummel geschrumpft. Mürrisch durchsuchte er den Schreibtisch und fand zwei alte Kugelschreiber, von denen keiner funktionierte. Mit einer gewissen Resthoffung linste er zu Shemmys verschattetem Schreibtisch hinüber, den noch immer der Postberg bedeckte. Er ging hin und knipste die staubige Schreibtischlampe an. Einige der Schubladen waren verschlossen; freundlicherweise hatte Shemmy jedoch in einem Schlüsselloch einen Schlüssel stecken lassen, der in alle Löcher paßte. Mit einem Hauch von schlechtem Gewissen öffnete Davies eine Schublade. Er fand ein Kästchen mit einem Füller darin, einem teuren Modell mit Gold- und Emailleverzierungen. Er zog die Kappe ab und testete ihn auf der vorstehenden Schreibtischunterlage. Es war Tinte darin.

»Nur geliehen, Shemmy«, murmelte er und kehrte in den Lichtkegel seiner eigenen Lampe zurück. Jetzt erst entdeckte er eine eingravierte Widmung auf der Seite des Füllers. »Für Ihre Liebenswürdigkeit«, stand dort.

»Gut gemacht«, sagte Davies, schenkte sich einen weiteren Scotch ein und warf der Flasche einen vorwurfsvollen Blick zu, als er sah, wie weit der Whiskypegel inzwischen gesunken war. Wie lange würde Shemmy wohl kriegen, fragte er sich. Vermutlich käme er in den offenen Vollzug. Dort gab es mehr Möglichkeiten, an die frische Luft zu kommen als bei einer Kreuzfahrt.

Er widmete sich wieder dem Schreiben.

Ein Geräusch an der Tür weckte ihn. Er hob den Kopf vom Schreibtisch und sah winterliches Tageslicht durch das Fenster dringen. Gott, ging es ihm dreckig. Wieder hörte er ein Geräusch von der Tür her. Er stierte glasig auf die Blätter auf seinem Schreibtisch und ordnete sie notdürftig. »Komme«, krächzte er.

Es war Sophia. »Ich hab Shemmy draußen im Wagen sitzen. Er ist bereit, sich zu stellen. Er hat mit seiner Mutter gesprochen.« Sie bemerkte seinen Zustand. »Sind Sie die ganze Nacht hier gewesen?«

»Sieht so aus.«

Mit dem Versuch, halbwegs verstohlen zu wirken, kam Shemmy nach Sophia die Treppe hoch und gab ihr verlegen die blonde Perücke sowie einen geblümten Frisierkittel zurück. »Danke, Soph. Ich glaube nicht, daß mich jemand erkannt hat.«

Sophia tätschelte ihm die Schulter und tröstete ihn, alles werde wieder gut werden. Shemmy murmelte, das könne er nur hoffen, hege aber seine Zweifel. Sie brachte Davies dazu, eine Grimasse der Mißbilligung zu ziehen. »Sie möchten jetzt schlafen«, sagte sie.

»Ich habe bereits geschlafen«,sagte er. »Aber danke.« Er nahm Shemmys Füller vom Schreibtisch und reichte ihn Shemmy. »Ich habe ihn mir nur geliehen«, erklärte er. »Mein Bleistift hatte plötzlichen Bleimangel.«

»Jemand hat mir den geschenkt«, sagte Shemmy.

»Hab ich gesehen. Möglicherweise würde der- oder diejenige vor Gericht für Ihren Charakter bürgen.«

Shemmy seufzte. »Jetzt ist es ohnehin zu spät«, sagte er. Er fixierte die Tür. Sophia war schon hinuntergegangen und öffnete pfeifend ihren Salon.

»Sie ist nett«, sagte Shemmy. »Es überrascht mich, wieviel Freundlichkeit es hier noch gibt.« Er sah Davies traurig an. »Ich werde alles zurückzahlen, Dangerous. Sie sollten mich jetzt besser zur Polizei bringen.«

Er trug seinen besten Anzug und eine Krawatte, die ihn als Mitglied der Buchhalter-Gesellschaft auswies; und Davies in seinem zerzausten Zustand war sich darüber im klaren, daß ein Unbeteiligter möglicherweise nicht würde unterscheiden können, wer hier wen bei der Polizei ablieferte. Offen und ungeschützt schritten sie die frühmorgendliche Straße hinunter. »Niemand wird mich dumm anmachen, wenn Sie dabei sind«, sagte Shemmy. Er griff in seine Innentasche und zog den goldenen Füller hervor. »Bevor wir da sind«, sagte er. »Bevor sie mir alles nehmen, möchte ich, daß Sie den behalten, Dangerous«.

Davies schüttelte den Kopf. »Aber … das ist doch Ihrer … diese Inschrift da ist doch Ihnen gewidmet.«

»Die Inschrift wird es genauso für Sie tun«, beteuerte Shemmy. »Steht ja mein Name nicht drauf.«

Davies nahm den Füller. »Ich werde für Sie drauf aufpassen.«

»Danke, Dangerous, danke für alles.« Er streckte ihm seine Hand hin; und so schüttelten sie auf dem Gehsteig ihre Hände, was eine Passantin mit seltsamen Blicken quittierte. Dann machten sie sich zielstrebig auf den Weg zur Wache.

»Die werden Sie auf Kaution freilassen«, sagte Davies. »Das ist nicht das Problem. Ich werde für Sie bürgen.«

Shemmy holte vor dem Gebäude tief Luft; dann gingen sie hinein, wobei Davies sich mühte, seine Verlegenheit nicht offensichtlich werden zu lassen, als sie Hand in Hand das Gebäude betraten.

»Hallo Dangerous«, sagte der Wachhabende. »Was führt Sie her?«

»Er führt mich her«, sagte Shemmy.

»Weshalb das denn?«

»Er möchte gern mit einem Detective von der Kriminalpolizei reden, Cheery«, sagte Davies.

»Ah, verstehe. Wenn ich denn einen finde. Manchmal muß man ein Detektiv sein, um einen Detective zu finden. Was will er denn verbrochen haben?«

»Unterschlagung«, sagte Davies. »Vermögensveruntreuung«, ergänzte Shemmy. Er probte das Lächeln des Erfolgsverwöhnten. »Ich habe alles ausprobiert, was ich immer mal machen wollte im Leben. Ich hatte Geld, die Bewunderung von Frauen, Drinks satt, Reisen, Sonnenschein.«

»Klingt gut«, erwiderte der Sergeant. »Setzen Sie sich, und ich hole jemanden, der zuständig ist.«

Davies nahm Shemmy beim Ellenbogen und geleitete ihn zu einer polierten Bank, die, wie er sich entsann, mit den Hinterteilen der meisten elenden Missetäter Nordlondons vertraut war. »Eines bitte noch«, flüsterte der Buchhalter. »Ich möchte nicht, daß meine Mutter davon erfährt.«

»Sie haben ihr nichts gesagt?«

»Nein. Sie denkt, ich sei auf der nächsten Kreuzfahrt. Sie glaubt einfach, ich hätte eine Glückssträhne erwischt. Er schwieg schuldbewußt. »Sie hat immer gesagt, sie wisse, daß ich es mal zu was ganz Großem bringen würde.«

»Wird aber schon in der Zeitung stehen, zumindest in der Lokalzeitung.«

»Sie liest nur Hebräisch und geht ohnehin kaum raus.«

Ein magerer alter Mann kam herein, blieb stehen und blickte um sich. »Ich will nen Polizisten«, sagte er zu Davies, der mit dem Kinn auf den verlassenen Schreibtisch wies. »Nie sind die da, wenn man sie braucht.«

»Er ist in einer Minute wieder da«, erklärte Shemmy, als gehöre er zum Personal, und warf Davies ein nahezu selbstgefälliges Lächeln zu. »Ich bin froh, wenn ich helfen kann.«

»Ich komme wieder«, sagte der alte Mann, drehte sich langsam um und stolperte zur Tür. »Obwohl es dann schon zu spät sein könnte.«

»Bleiben Sie doch hier«, erwiderte Shemmy, wieder zu Davies' Überraschung.

»Können Sie denn was machen?« fragte der Mann.

Shemmy war bereits aufgesprungen, kauerte nicht mehr, sondern stand aufrecht, mit durchgedrückten Schultern. »Wo brennt's?« fragte er.

Davies vergrub das Gesicht in seinen Händen. »Dieser Schweinehund ist abgehauen, der Harriet vergiftet hat«, sagte der Mann. Davies blickte auf, und Shemmy warf ihm einen alarmierten Blick zu.

»Wer ist … war … Harriet?« fragte Davies.

Bevor er eine Antwort erhielt, kam der Sergeant mit einem jungen Mann zurück, dem man den Detective Constable schon von weitem ansah. Davies wies auf den alten Mann. »Jemand hat seine Harriet vergiftet«, erklärte er dem Sergeant.

»Mein Name ist Greg Sutton«, sagte der junge Beamte. Er war neu. Er blinzelte zu Davies hinüber. »Sie wollen sich wegen eines Verbrechens selber stellen?«

»Nicht ich. Er.«

»Ah, verstehe. Sie haben ihn nur herbegleitet.« Er gab Davies die Hand und stellte sich Shemmy vor, der ihm seinen Namen nannte, als würden sie miteinander ins Geschäft kommen. Sutton führte Shemmy dann in ein Verhörzimmer und ließ Davies allein auf der polierten Bank zurück. »Gehen Sie doch in die Kantine, Dangerous, und gönnen Sie sich ein Tässchen«, sagte der Sergeant. »Ich hab jetzt eh Pause. Bin in einer Minute soweit.« Er notierte sich die Adresse des Alten und vergewisserte sich, wie ›Harriet‹ geschrieben wurde. Davies ging die Treppe zur Kantine hinunter.

»Ich dachte, Sie wären pensioniert, Dangerous«, sagte die Frau an der Theke, als sie ihm den Tee reichte. Sie nickte und schaute auf die stabile Tasse. »Kostet noch immer fünfzehn Pence.«

Er ging in eine Ecke. Drei junge Constables saßen an einem weiter entfernten Tisch und lachten schallend über irgendeine Geschichte. Einen Augenblick lang packte ihn der Neid. Ein anderer Polizist starrte auf eine Seite seines Notizbuches, als habe er es mit einem unbekannten Code zu tun. Der Sergeant kam die Treppe herunter und setzte sich, nachdem er sich seinen Tee geholt hatte, neben Davies. »Wie kann man eigentlich einen Wellensittich vergiften?« murmelte er trübsinnig.

»Ich bezweifle, daß man das kann. Die picken immer nur ein Körnchen auf einmal.«

»Wir haben schon ne Kundschaft«, erwiderte der Sergeant. »Mensch, gestern hatten wir einen Anruf, da wollte jemand eine Leiche im Kanal gesehen haben, unter der Oberfläche. Direkt an der Brücke, wo die alte Zigeunerin ihren Wagen geparkt hat.«

»Ma Daliloquay.«

»Ja, die. Nun, es hat sich herausgestellt, daß da tatsächlich was unten war. Wir mußten es rausfischen. Und wissen Sie, was das war?«

»Keine Ahnung.«

»Ein großes Stück Teerpappe, wie man sie für Dächer braucht, so groß. Es war was drin eingewickelt; und als die Jungs sie aufrollten, was kam zum Vorschein? Ein altes Sofa, ein großes, in Stücke gehauenes Teil, das sie in die Pappe eingenäht hatten. Da fragt man sich doch – wer macht denn sowas?«

Langsam ging es auf Weihnachten zu; adventliche Dekorationen in den Schaufenstern von Willesden halfen grell und flimmernd, die kalten Straßen zu wärmen. Mit gesenktem Kopf und hochgeschlagenem Mantelkragen trottete Davies zu seinem Büro zurück. Shemmy hatte auf eine Kaution verzichtet; drinnen wähnte er sich sicherer. Davies hatte versprochen, seine Mutter anzurufen und ihr mitzuteilen, ihr Sohn sei wieder auf Kreuzfahrt. Raschid war von seiner Indienreise zurück und putzte gerade die Fenster seines Curryhauses. »Gräßliches Land«, antwortete er Davies. »Mensch, da möchte ich nicht leben müssen.«

In Sophias Salon drängten sich die Kunden; als sie ihn jedoch auf der Treppe sah, schoß sie theatralisch zur Tür. »Hat sich Shemmy gestellt?«

»Er spricht gerade mit ihnen.«

»Dieser Kerl war schon wieder hier, der nach ihm sucht.«

»Gingell.«

»Der, ja. Den habe ich nicht die Treppe raufgelassen.«

»Gut. Gut gemacht, meine Liebe. Wann kommt Ihr Freund rüber?«

»Henry? Nächste Woche. Ich weiß noch immer nicht recht, Dangerous. Wenn ich ihn hier sehe, ganz ohne den Sonnenschein, wird es mir hoffentlich klarer werden.«

Er stieg weiter die Stufen hoch und schloß seine Bürotür auf. Früher oder später würde dort jemand mit einer großen Tasche auftauchen und Shemmys Post einsammeln. Beweismaterial. Er ging zu seinem Schreibtisch, über dem er die halbe Nacht gepennt hatte; sein Anblick erinnerte ihn sofort wieder daran, wie müde er eigentlich war. Gähnend nahm er die beiden Pappmappen heraus, in denen die Seiten steckten, die er bis zum Morgengrauen verfaßt hatte, ging wieder hinaus und schloß die Tür hinter sich ab. Er machte sich auf den Weg zur Bibiothek.

Zu seiner Überraschung sah er Mod und Pater Mulvany murmelnd über einem aufgeschlagenen Buch hocken. »Wir interessieren uns beide für die alten Assyrer«, sagte Mod. »Vielleicht gelingt es uns gemeinsam, einige der Rätsel zu lösen, die sie umwittern.«

»Ich wünschte, ich könnte wenigstens meine lösen«, gähnte Davies. Die Bibliotheksassistentin ermahnte ihn aus der Distanz, leiser zu sein. Resigniert nahm er Platz. »Er hat sich mit seinen Ermittlungen in eine Ecke manövriert«, erklärte Mod dem Priester. Davies fiel auf, daß das linke Ohr des Priesters in nahezu rechtem Winkel von seinem Kopf abstand; wohl eine Folge, so vermutete er, der vielen Beichten. Er legte beide Ordner auf den Tisch. »Ich habe jedes noch so winzige Detail aufgeschrieben«, sagte er zu Mod. »Für beide Fälle. Auch noch das Letzte, was mir einfällt oder was ich zu wissen meine, alles. Woanders kann ich damit nicht hin. Mir bleibt nur die Polizei.«

»Die auch nicht weiter kommen wird als du«, bemerkte Mod.

»Es geht auch mehr darum, daß die Informationen dann da sind, wo sie hingehören. Vielleicht haben die längst ihre eigenen Ansätze. Früher oder später wird die Wahrheit ohnehin ans Licht kommen – die ganze Wahrheit. Ob sie nun was unternehmen, die Fälle aufklären, ist eine andere Frage. Aber ich bin die Sache endlich los, und andere tragen die Verantwortung.«

»Schade«, sagte Mod. »Nach all deinen Anstrengungen.«

»Was bleibt mir denn?«

»Folgen Sie Ihren Ahnungen«, schlug der Priester ruhig vor.

»Meinen Ahnungen? Welchen Ahnungen denn?«

»Machen Sie sich eine zurecht. Denken Sie sich was aus.« Pater Mulvany neigte sich über den Tisch. »Sie wissen doch, in Büchern, Filmen und im Fernsehen und so, da sagt der Detektiv oft, er sei einer Ahnung nachgegangen. So mogelt sich der Autor um ein Problem herum, das er nicht lösen kann. Wenn er sich in eine Ecke manövriert hat, wie Mod es nennt. Wenn er den Fall geklärt hat und den großen Helden markiert und erklären muß, wie er das nur gemacht hat, dann grinst er und sagt: ›Ich hatte da so eine Ahnung.‹« Das Rot seiner Wangen wurde dunkler, seine Brille glitzerte. »Warum machen Sie es nicht auch so?«

Mod nickte Davies zu. »Aber man kann sich doch nicht einfach eine Ahnung, nun ja, ausdenken«, sagte Davies.

»Das ist der springende Punkt«, entgegnete der Priester. »Solche Ahnungen sind immer ausgedacht. Wenn man anders aus der Geschichte nicht rauskommt, muß man es eben so machen.«

Schweigend saßen sie am Tisch, die gedämpften Bibliotheksgeräusche um sich herum. Schließlich zog Mod seine buschigen Augenbrauen hoch. »Und?«

Davies erwiderte seinen prüfenden Blick mit säuerlicher Miene. »Immer mit der Ruhe. Ich versuche ja, mir so eine Ahnung auszudenken.« Wieder entstand eine Pause. Es war, als nähmen sie an einer Séance teil. Die Bibliotheksassistentin irgendwo hinter ihnen hustete diskret, und es klang, als breche ein Ast. »Also gut«, sagte Davies, »ich glaube, wir sollten unserem Freund Bertie Jenkins noch einen Besuch abstatten und ihn mit ein paar Fakten konfrontieren.«

»Wann?« fragte Mod.

»Jetzt.«

»Einer Ahnung muß man spontan nachgehen«, bemerkte der Priester.

Sie erhoben sich vom Tisch. Mod war es untersagt worden, das Bibliothekstelefon zu benutzen, und Davies hatte nicht das Gefühl, er könne darum bitten, also tat Pater Mulvany es. Er versicherte dem Mädchen, dies sei ein Akt der Gnade, bestellte ein Taxi und bot an mitzukommen; Davies jedoch wäre das Erscheinen eines Priesters im Happy Life Bureau, Hammersmith, überdramatisch vorgekommen. Statt dessen gab er ihm seine beiden Privatakten und bat ihn, darauf aufzupassen. »Sollten wir nicht wiederkommen, händigen Sie sie bitte der Polizei aus.«

Mod warf ihm einen entsetzten Blick zu, schnaubte dann spöttisch und führte sie aus der Bücherei. Bald kam das Taxi; Davies und Mod stiegen ein. Pater Mulvany schlug ein flüchtiges Kreuz in ihre Richtung und wollte mit den Akten unter dem Arm die High Street hinunterspazieren. Olly, der breitbeinig auf seiner silbrigen Harley Davidson saß, hielt am Straßenrand neben dem Priester. »Ich fahre Streife«, sagte er. »Als Übung für die Polizei.« Er beobachtete, wie das Taxi davonfuhr. »Wohin wollen die?«

»Sie folgen einer Ahnung«, erwiderte der Priester und klopfte sich seitlich gegen die Nase. »Teil einer größeren Ermittlung, wenn ich das richtig verstanden habe.«

»Ich fahr los«, sagte Olly. »Da will ich dabeisein.«

Er ließ den Motor aufheulen und knatterte los, genau hinter dem Taxi her. Der Priester sah ihm nach. »Vielleicht folgt ja auch er einer Ahnung«, sagte er zu sich selbst.

Olly holte mühelos auf. Sie hörten seine Maschine und drehten sich um. Er sah sie und winkte ihnen zuversichtlich. »Der könnte uns noch nützen«, sagte Davies.

Es war bereits später Nachmittag; das Tageslicht nahm ab und der Verkehr zu. Es dauerte eine halbe Stunde, bis sie in Hammersmith waren. Davies bezahlte die Fahrt, und sie blieben auf dem Bürgersteig stehen, bis Olly aufkreuzte. »Ich möchte gern helfen«, sagte er. »Streife fahren ist so langweilig.«

»Bleib hier«, sagte Davies entschlossen. »Hol die Maschine von der Straße und bleib genau hier.«

»Wie lange?«

»Bis ich dir Bescheid sage.«

»Und wenn ich Schüsse höre oder sowas?«

Mod zog eine Grimasse. »Sei einfach hier, wenn ich dich brauche«, wiederholte Davies.

»Okay, Chief«, erwiderte Olly. Er begann das Motorrad von der Straße zu manövrieren.

»Blockier den Bürgersteig nicht«, bemerkte Mod. »Das ist verboten.«

Davies machte bereits einige Schritte auf die Tür des Happy Life Bureau zu. Als sie eintraten, tauchte sie das Neonschild über ihren Köpfen in sein verschwommenes Rotlicht. Oben auf der Treppe verharrten sie einen Moment. Durch die Tür konnten sie Gesprächsfetzen hören. Davies klopfte höflich, und eine Frauenstimme bat ihn einzutreten.

Sie saß an dem Schreibtisch, an dem dem einst Fenella gesessen hatte. Davies bemerkte ihren flüchtigen, bestürzten Blick, als sie zwei Männer in dicken Mänteln hereinkommen sah. Sie warf dem schwarzen jungen Mann einen Blick zu, der umgeben von einem Riesenknäuel weißer Kabel auf dem Boden saß. »Ist Mr. Jenkins da?« fragte Davies. »Mr. Bertie Jenkins.«

»Er hat sich den Rest des Tages freigenommen«, antwortete die Frau. Sie hatte ein spitzes, verschlagen wirkendes Gesicht, das nur das füllige dunkle Haar weicher machte.

»Oh, das ist aber schade. Wir wollten ihn sprechen. Sie sind die neue … junge Dame?«

»Die neue Neue. Die alte Neue ist gegangen. Ich habe erst gestern angefangen.«

»Es geht um meinen Bruder hier«, sagte Davies zu Mods Erstaunen. »Er ist zutiefst unbefriedigt.«

Der junge Schwarze schaute auf. »Wem geht das nicht so?«

»Mr. Jenkins wird morgen wieder da sein«, sagte die Frau. »Er ist früh gegangen, weil er abends eine Verabredung hat.«

»Oh, hat er die«, murmelte Davies. »Nun ja, ich bin mit meinem Bruder hergekommen, weil er das Formular ausgefüllt hat, ein Foto von sich hat machen lassen und auch die Gebühr bezahlt. Und seither ist nichts passiert.«

»Nicht das geringste«, sagte Mod.

»Wann war das? Wann hat er sich eingetragen?«

»Schon zwei Wochen her.«

»Oder länger«, sagte Mod.

»Hier herrscht zur Zeit ziemliches Chaos«, sagte die junge Frau. »Und alles ist schiefgegangen.« Sie zeigte auf den schwarzen Bildschirm auf dem Schreibtisch und den Kabelsalat auf dem Boden. Der junge Schwarze betrachtete die Enden zweier Kabel, in jeder Hand eines. »Null Chance«, sagte er.

»Mein Bruder möchte, daß Sie etwas unternehmen«, fuhr Davies fort. Er nickte Mod zu, der das Nicken erwiderte.

Mit Anzeichen von Ungeduld ging die Frau zu zwei Karteikästen, die in dieselben engen Schubladen gezwängt waren, von denen Davies wußte, daß der Nebenraum voll mit ihnen war. »Das ist das neuste Zeug«, seuftze die Frau. »Ich kenne mich hier noch nicht richtig aus. Wie ist Ihr Name?«

Mod sah Davies an, der wiederum nickte. »Lewis«, sagte er. »Vorname Modest.«

Die Frau musterte ihn, als frage sie sich, ob das ein Scherz sein sollte. »Cool«, sagte der junge Mann.

Sie machte einen Versuch, sich durch die Karten zu wühlen. »Die sollten alle in den Rechner«, schniefte sie. »Das sollten sie immer noch. Sollten sie jedenfalls sein. Es gibt noch eine andere Abteilung«, murmelte sie über ihre Schulter hinweg. »Sie sind aber nicht homo, oder?«

»Nein«, erwiderte Mod würdevoll. »Ich bin biblio.«

Sie sah ihn scharf an. »Ich kann nichts finden. Sie müßten wohl wiederkommen, wenn Mr. Jenkins da ist.«

»Morgen«, sagte Davies.

»Morgen.«

Mod war um die Kabel herumgestapft; und der junge Mann hockte noch immer mittendrin. Ein kleiner Stapel von Karteikarten lag auf einem kleinen Tisch, der seitlich neben den beiden langen Schubladen stand. »Könnten Sie mich nicht mit so einer wie der da zusammenbringen?« fragte er und zeigte auf die zuoberst liegende Karte. »Die würde mir schon passen.«

»Sie ist gerade erst ins Register aufgenommen worden«, erwiderte die Frau naserümpfend. »Ist heute morgen selbst vorbeigekommen. Und eine Verabredung hat sie schon.«

»Pech.« Mod nahm die Karte und das angeheftete Bild. »Guck dir das an«, sagte er zu Davies.

Davies dachte einen Augenblick, er würde zu Boden sinken. »Sestrina«, brachte er mühsam hervor.

Mod glaubte, Davies habe einen albernen Scherz gemacht. Als er sah, daß dies nicht der Fall war, sah er sich das Foto noch einmal an. »Ach du Schande.«

Der Frau ging auf, daß mehr hinter der Sache steckte. »Dies hier sind Privatangelegenheiten«, erklärte sie scharf. »Wer sind Sie überhaupt? Würden Sie bitte das Büro verlassen. Los, hinaus mit Ihnen.« Ihr Blick wanderte zu dem Jungen auf dem Boden, der plötzlich zwei Kabel gefunden zu haben schien, die zusammenpaßten.

Davies zog sein Handy aus der Tasche. Er wußte vorher, daß es nicht funktonieren würde, und so war es auch. »Ich möchte bitte kurz Ihr Telefon benutzen«, sagte er und nahm den Hörer ab. Sie machte einen halbherzigen Versuch, mit der Hand die Gabel herunterzudrücken, zog sie jedoch zurück und blieb steif und mürrisch hinter ihrem Schreibtisch hocken. Sie alle beobachteten, wie Davies wählte. Jemand nahm ab. Es war Hannah, die Gräfin. »Mrs. Swanee, bitte«, sagte er.

»Sie ist nicht zu Hause«, erwiderte sie mit ihrer trägen, traurigen Stimme. »Sie ist ausgegangen.«

»Mit den Hunden?«

»Nein, allein. Die Hunde wollte sie nicht mitnehmen. Es war schon dunkel.«

»Hannah, hier spricht Davies.«

»Ich weiß.«

»Wann hat sie das Haus verlassen?«

»Vor zwanzig Minuten«. Sie wolle es ihm sagen.

»Ja, Hannah?«

»Mrs. Swanee ist zu einer Verabredung gefahren.«

»Wohin? Zu wem? Hannah, es ist sehr wichtig. Es geht um Leben und Tod.« Er spürte, wie ihn alle anstarrten. Selbst der Schwarze packte sein Werkzeug vorsichtig und lautlos ein.

»Ich weiß«, erwiderte die Haushälterin. »Sie trifft um sechs jemanden. An einem Bahnhof.«

»An welchem Bahnhof, Hannah?«

»Das weiß ich nicht. Ich habe es nicht gehört.«

»Sicher?«

»Ganz sicher. Ich konnte es nicht verstehen. Ich würde es Ihnen sagen.«

Er legte auf und drehte sich der Rezeptionistin zu. »Wo sind sie verabredet?« fragte er. »An welchem Bahnhof?«

»King's Cross«, antwortete die Frau trotzig, ohne den Blick zu heben.«

Davies schaute auf seine Armbanduhr und wandte sich um. »Noch genau eine Stunde«, murmelte er und schoß mit Mod im Schlepptau aus der Tür.

»Wir sollten die Polizei rufen«, zirpte Mod hinter ihm, während sie am Fuß der Treppe beinahe übereinander stolperten. »Wenn du glaubst, er bringt sie um.«

Davies' Gesicht war leichenblaß geworden. »Mod«, sagte er. »Eher wird sie ihn umbringen.«

Kapitel 12

Olly wartete neben seinem Motorrad. Sie rannten über den Bürgersteig auf ihn zu. Es war Stoßzeit, und auf der verregneten Straße staute sich der Verkehr.

Die Menschen eilten mit gesenkten Köpfen heimwärts. Olly stand vor Eifer der Mund offen. »Was ist los?« rief er, als sie nur noch wenige Meter entfernt waren. Regenschirme wirbelten, als sich Passanten gereizt umdrehten.

»Alles«, sagte Davies. Er stoppte Mod, und die Leute drängelten sich hinter ihm. Es gab Gemurre und Zusammenstöße. Pendler strudelten um sie herum. Davies nahm das Handy und versuchte es nochmals. Er schüttelte es und schlug mit der Hand darauf, als wolle er sich rächen. »Scheißteil.«

»Geh irgendwohin, wo ein Telefon ist«, sagte er zu Mod, während er es in eine Manteltasche zurückrammte. »In einen Pub oder so. Bleib daneben stehen und rühr dich nicht vom Fleck. Wenn jemand es benutzen will, sag ihm, es sei kaputt.«

»Gut«, nickte Mod mit Musterschülergesicht. Er drehte sich um und begann sich seinen Weg durch die Menge zu bahnen.

»Halt!« brüllte Davies. Noch mehr Schirme wirbelten. Er starrte Mod wild an. »Ich hab dir noch nicht gesagt, was du machen sollst.«

Mod blieb stehen. »Tut mir leid. Ich bin schon völlig durcheinander.«

»Um viertel vor und nicht früher wählst du 999 und sagst der Polizei, sie könne den Mörder der Einsamen Herzen unter der Bahnhofsuhr von King's Cross verhaften. Kapiert? Nicht vor viertel vor.«

»Warum nicht?«

»Himmel nochmal! Mensch, ich hab jetzt die Zeit nicht. Ich will nur verhindern, daß da Schwärme von Polizisten anrücken

– wenn die Nachricht überhaupt richtig ankommt –; nicht jedenfalls, bevor ich da bin.«

»Du willst beim Showdown mitmischen.«

»Allerdings. Es ist mein Fall. Meine Fälle. Und jetzt los!«

Mod drehte sich in seinem riesigen Mantel und platschte schwerfällig durch den Regen und den stehenden Verkehr. »Wir werden schon als erste da sein«, sagte Olly.

»Wir versuchen's jedenfalls. Eine Stunde haben wir.« Er kletterte auf den Soziussitz der Harley. »Aber Sie haben keinen Helm«, brüllte Olly über seine Schulter hinweg, als er die Maschine startete. »Die werden uns anhalten.«

»Los jetzt!«

Olly grinste. »Okay«, brüllte er zurück. »Wohin?«

»King's Cross!« bellte ihm Davies ins behelmte Ohr.

»Wie kommen wir dahin?«

Davies fluchte, und aus der Haustür vor ihnen eilte die Neue vom Happy Life. Sie änderte die Richtung, zog sich eine Plastikkapuze über den Kopf und flitzte zwischen den Massen auf dem Bürgersteig davon. Dann erschien der junge Schwarze und drehte sich in ihre Richtung. Als er sie auf der Maschine sah, wollte er erst weiterrennen, zögerte jedoch und blieb stehen.

»Wohin geht sie?« fragte Davies.

»Irgendwohin. Sie wollte nur da raus. Ich auch. Und übrigens, Mann«, fügte er hinzu, bevor er weiterging. Seine Stirn glänzte in den nassen Lichtern. »Ich bin Baptist und halt nichts von diesem Scheiß.«

»Ich wünschte, ich wäre auch Baptist«, sagte Davies. Er versuchte auf dem Soziussitz die Balance zu halten.

»Aber ich verrat Ihnen was. Sie hat gelogen. Ich hab die unheimliche Stimme gehört, als sie telefoniert hat. Ich hab an der Tür gestanden. Es war nicht King's Cross, es war Waterloo. Er sagte, um sechs an Waterloo Station. Ich hab's gehört.«

Er sauste an ihnen vorbei durch den Verkehr. Davies öffnete

den Mund, aber er war schon fort. »Also dann Waterloo«, schrie Davies Olly zu.

»Wo das ist, weiß ich auch nicht!«

»Fahr einfach!«

Der Hammersmith Broadway war verstopft; jede Einfahrt, jede Ausfahrt. Mod konnten sie nicht mehr finden. Die Polizei würde zum falschen Bahnhof fahren. Dumm auch. Er dirigierte Olly auf dem Broadway und wies ihn an, die Fulham Palace Road hinunterzufahren, da er keinen Weg kannte, der ostwärts in die Londoner Innenstadt führte.

Olly wußte zwar nicht, wo er hinfuhr, aber er fand es offenbar aufregend. Er wuchtete die Harley durch den gestauten Verkehr, mal auf der einen, mal auf der anderen Spur. Es war ein einziges Getöse und Gerase, Risiko auf Risiko. Ein Motorradkurier schob sein Visier hoch und pfiff.

Mittlerweile waren sie auf der King's Road. Auch sie war verstopft. Dazu schüttete es wie aus Kübeln. Olly schlängelte sich innen an den Wagen vorbei. Fahrer hupten und fluchten. Einige beobachteten gespannt, was passieren würde. Davies klammerte sich an Olly und wagte kaum hinzugucken. Sie erreichten das Chelsea Embankment. »Alles zu!« brüllte Olly. Davies öffnete die Augen. Er wußte, daß es nur eine Frage der Zeit war, bis man sie anhielt. Er duckte sich tiefer in den Mantel. Kein Sturzhelm. Vielleicht merkten sie es ja nicht. Es war halb sechs.

Die Panik packte ihn; mit einer Hand versuchte er das Handy zum Funktionieren zu bewegen, während er sich mit der anderen festhielt. Er fluchte. Das Motorrad geriet heftig ins Schleudern; es gab eine Erschütterung, und Davies hätte es fast vom Sitz gerissen, er konnte sich jedoch festhalten und rutschte zur Seite. Das Handy glitt ihm aus der Hand und hüpfte auf die Straße. Olly brauste weiter.

Als sie direkt neben dem Bordstein standen und sich eine unüberwindliche Blockade vor ihnen abzeichnete, erspähte Davies ein Motorradgeschäft neben ihnen. Er rief Olly etwas zu und sprang vom Soziussitz. Olly erfaßte die Situation. Sie kamen ohnehin nicht weiter. Die Ampel leuchtete in der verregneten Ferne. Davies schoß in den Laden. Der Mann wollte gerade schließen. Davies nahm sich einen Sturzhelm von einem Ständer.

»Wieviel?«

»33 Pfund und fünfzig«, antwortete der Mann. »Ist ein gebrauchter. Wir haben auch noch andere Farben.«

Mit einem Blick zur Seite sah Davies, wie die Harley sich mit dem Verkehr zu bewegen begann. Olly schaute in seine Richtung, verzweifelt nach ihm Ausschau haltend. Davies knallte zwei Zwanziger auf die Theke und raste aus dem Laden. Der Mann starrte ihm hinterher und nahm langsam die Scheine.

Davies setzte sich den Helm im Laufen auf und sprang wieder auf den Soziussitz. Er war groß, aber er würde es schon tun. Noch immer steckten sie fest. Der Mann trottete aus dem Laden und hielt Davies eine Hand hin. »Ihr Wechselgeld.« Es war zwanzig vor sechs.

Sie würden niemals ankommen; und nun mußte er einfach die Polizei alarmieren. Drei Minuten später entdeckte er einen Constable am Straßenrand, der den Verkehr so fassungslos beobachete, als frage er sich, ob er überhaupt etwas machen könne. Dann begann der Stau sich zu bewegen. Als sie den Polizisten erreichten, peitschte Olly die Harley bereits wieder vorwärts. Aber noch immer waren sie an den Straßenrand gedrängt. Davies gelang es, sich seitlich vorzulehnen. »Waterloo – unter der Uhr! Der Mörder der Einsamen Herzen! Um sechs!« brüllte er.

Der Polizist machte einen erschrockenen Satz rückwärts. Als er sich erholt hatte, beschleunigte das Motorrad längst und entschwand zwischen den nassen, glänzenden Autos seiner Sicht. »Verrückte«, sagte der Polizist zu sich selbst. »Die Welt ist voller Verrückter.«

Als Big Ben in ihr Blickfeld rückte und wie ein bezifferter Mond im dunklen Londoner Abend schimmerte, war es zehn vor sechs. »Gucken Sie mal, wo wir sind!« rief Olly. »Das ist Big Ben!« Davies sagte ihm, er solle nach rechts abbiegen, über die Lambeth Bridge. Es sah nach ihrer letzten Chance aus.

Auf der Brücke stockte der Verkehr erneut, allerdings auf der anderen Straßenseite, und als sie erst einmal in Richtung Osten preschten, war die Straße wieder freier. Olly warf die Harley in furchteinflößender Weise nach links und nach rechts, während Davies sich so festklammerte, daß er fürchtete, ihm würden die Hände abfallen. Aber sie kamen näher. Sie würden es gerade noch schaffen.

Als sie den Waterloo-Kreisverkehr erreichten, war wieder alles zu. Es gab kein Hindurchkommen. Eingezwängt in den stehenden Verkehr hörten sie, wie Big Ben am anderen Ufer sechs schlug.

Sie brauchten noch zehn ewige Minuten, bis sie Waterloo Station erreicht hatten. Ein Bus war liegengeblieben; ein Polizeiwagen parkte auf der anderen Seite der Straße und verengte die Fahrbahn. Am Bahnhof jedoch war von Polizei keine Spur zu sehen. »Hier!« brüllte Davies Olly ins Ohr; Olly brachte die Maschine an einem Seiteneingang zum Halten. »Fahr nach vorne zum Haupteingang«, sagte Davies, als er abstieg. Er zeigte auch die Ecke vor ihnen. »Warte da.«

Mit wehendem Mantel rannte er in den Bahnhof; den Sturzhelm trug er wie einen Rugbyhelm in der Hand. Der Promenadenplatz war voller Menschen. Über ihnen allen leuchtete die Uhr. Es war zehn nach. Zu spät. Während er sich durch die Massen von Pendlern schleppte, die zu den Bahnsteigen strömten oder wie gebannt auf die Abfahrtsanzeigen starrten, kam er an einem Bücherstand und einigen Mädchen vorbei, die Nüsse verkauften, und stand endlich unter der Uhr. Nichts. Niemand. Alles um ihn drehte sich. Er stand da und beschrieb langsam einen Kreis, um alles in sich aufzunehmen. Niemand schien seine Pirouette zu bemerken, bis auf eine junge Frau, die Anteile an Ferienwohnungen in Spanien verkaufte. »Machen Sie das nochmal«, sagte sie. »Sieht gut aus.«

Mit drei Schritten war er bei ihr und nahm den angebotenen Prospekt. »Haben Sie vielleicht zwei Leute gesehen, die sich hier vor zehn, fünfzehn Minuten getroffen haben – unter der Uhr?«

»Sie scherzen wohl«, sagte sie und wies mit der Hand auf die Menge.

»Eine sehr attraktive Frau, blond«, beharrte er. »Und ein älterer Mann.«

»Warten Sie einen Moment. Tatsächlich. Vor etwa einer Viertelstunde. Ich habe ihnen einen Prospekt gegeben.«

Davies hielt den Atem an. »Wohin sind sie gegangen?«

Sie spürte, daß es ihm ernst war. »Ich habe mich noch gefragt, was die mit dem will«, erklärte sie. »Die paßten überhaupt nicht zusammen. Ich habe gehört, wie er etwas von einem Taxi sagte, und weg waren sie.«

»Danke«, sagte Davies und strebte schon dem Taxistand zu.

Sie sah ihn davoneilen. »Komisch«, murmelte sie, bevor sie einen neuen Prospekt in die Menge hielt.

Olly war draußen; er saß auf seinem Motorrad. Ein Mann verkaufte den *Evening Standard* und ein etwas jüngerer *The Big Issue*. »Haben Sie ein Paar hier herauskommen sehen«, fragte Davies den älteren Verkäufer. »Eine gutaussehende Blondine und ein älterer Mann – vor etwa zehn Minuten?«

»Ich merk mir keine Blondinen, Freund«, erwiderte der Mann, während er jemandem eine Zeitung aushändigte. »Das ist mir nicht gestattet.«

Davies blickte wild um sich. »Ich hab sie erwischt«, sagte der Jüngere beiläufig, der *The Big Issue* verkaufte.

Davies sprang fast auf ihn zu, so daß sein Zeitschriftenstapel ins Rutschen geriet und er sie mit einer recht uneleganten Bewegung daran hindern mußte, von seinen Knien zu Boden zu fallen. Eilfertig versuchte Davies zu helfen. »Sie haben sie gesehen?«

»Klar, so wie Sie gesagt haben, vor etwa zehn Minuten. Sie ist mir aufgefallen. Die fällt sowieso jedem auf. Ich konnte nicht anders als mich fragen, was sie mit dem Mann wollte. Sie sind in ein Taxi gestiegen. Ich hab den Kerl auch sagen hören, wohin sie wollten.«

»Wohin?«

»In das Rosamunde Hotel in der Baywater Road«, erwiderte der junge Mann. »Meine Freundin heißt Rosamunde.«

Mit einer Bewegung winkte Davies Olly und gab dem Mann sein gesamtes Wechselgeld vom Helmkauf. »Danke.«

»Danke«, sagte der junge Mann. Der andere, der den *Standard* verkaufte, warf ihm einen bösen Blick zu. »Zur Bayswater Road«, sagte Davies, als er das Motorrad bestieg.

»Wo ist das?«

»Ich zeig's dir.«

Plötzlich fiel ihm die Polizei wieder ein. »Sagen Sie der Polizei, sie sollen zum Rosamunde Hotel fahren«, rief er dem jungen Mann zu, als Olly den Motor anließ.

»Schon wieder n Spinner«, sagte der Verkäufer des *Evening Standard*.

»Schon wieder einer«, nickte der junge Mann.

Sie brauchten 35 Minuten. Der Stoßverkehr verstopfte noch immer die Londoner Innenstadt, und Davies kannte den Weg nur ungefähr. Bei Marble Arch, wo sie wieder unbeweglich im Verkehrschaos steckten, guckte Olly hinter sich, um sicherzugehen, daß Davies noch immer da war. »Ich kenne nur Willesden«, rief er. Davies konnte nicht antworten. Seine Lippen und seine Hände waren steifgefroren. Er konnte aus Angst, vom Motorrad zu fallen, seine Hände nicht in die Manteltaschen stecken, nicht einmal eine.

»Das hier ist die Baywater!« brüllte er, als sie den lähmenden Verkehrsbrei bei Marble Arch hinter sich gelassen hatten und links abgebogen waren. Der Verkehr wurde flüssiger. Olly gab ordentlich Gas. »Nein!« rief Davies. »Es ist irgendwo hier.«

Wie ein Echo auf seine Worte erschien das Hotel zwischen all den anderen. »Rosamunde House« stand in Neonbuchstaben über einer viktorianischen Stuckvorhalle. Davies zeigte auf das Haus, kniff die Augen zusammen, als Olly die Harley mitten auf der Straße tollkühn wendete und mit quietschenden Reifen und wütendem Hupen als Begleitmusik in die Straße neben dem Hotel einbog. »Hab Sie ordentlich abgeliefert«, sagte Olly.

Trotz der Dringlichkeit konnte Davies sich kaum vom Soziussitz erheben. Olly war bereits abgestiegen und wollte Davies helfen; der jedoch stand inzwischen wieder auf seinen Beinen, wenn er auch torkelte wie ein Betrunkener. »Schon gut«, sagte Davies. Er stampfte mit den Füßen auf und machte Flatterbewegungen mit den Händen. »Bleib hier draußen. Wenn ich dich brauche, geb ich dir Bescheid.«

»Ich werde hier sein, Dangerous«, sagte Olly, der noch immer kaum einen Schimmer hatte, worum es eigentlich ging. »Und bringen Sie sich nicht in Schwierigkeiten.«

»Schwierigkeiten«, wiederholte Davies, während er zum Hotelempfang ging. »Himmel! Schwierigkeiten!«

Ein verstaubt wirkender Mann saß am Empfangstisch. Er trug eine schmuddelige grüne Jacke. Seine Augen schienen wie zugeklebt. »Ja?«

»Ja«, erwiderte Davies mit entschlossener Stimme. »In der letzten Stunde ist hier ein Paar abgestiegen, blonde Frau, älterer Herr …«

»Wer will was von denen?«

»Die Polizei«, antwortete Davies wahrheitsgemäß.

Er fürchtete, der Mann könne sich halbwegs wieder berappeln und nach seiner Polizeimarke fragen, aber er wirkte nur leicht beunruhigt. »23«, sagte er. »Die Treppen rauf.«

Davies' Hand steckte in einer Manteltasche. Sie umklammerte den Spanienprospekt, den ihm das Mädchen in Waterloo

Station gegeben hatte. Nun zog er ihn so abrupt heraus, daß der Mann am Empfang sich unter den Tisch zu ducken begann. Davies war überrascht, den Prospekt in seiner Hand zu finden. Er legte ihn auf den Tisch, woraufhin der Mann ihn nahm und zu lesen begann. Davies ging zur Treppe.

Nummer 23 lag ein paar Schritte vom düsteren, mit Teppichboden ausgelegten Flur entfernt. Er blieb vor der Tür stehen, die Zimmernummer auf Augenhöhe. Das war es nun.

Er preßte sein Ohr ans Holz und horchte. Er hörte kein Geräusch. Er versuchte den abgenutzten Türknauf zu drehen, aber die Tür ging nicht auf. Er klopfte, verhalten zunächst, dann nachdrücklicher.

Was dann geschah, vergaß er nie. Er hörte einen Ton, ähnlich dem Miauen einer Katze, das Scheppern eines Schlüssels, und dann öffnete sich die Tür langsam.

Sestrina stand vor ihm, ihr Gesicht aschfahl, die Augen trübe, Blut auf Stirn, Wange und weißem Hals. Sie fiel fast in den Raum zurück. Es schien sie nicht zu überraschen, daß er es war. Sie trug einen weißen Seidenslip, und als sie die Tür losließ, konnte er einen großen Blutfleck auf ihrem Bauch erkennen.

Voller Furcht und Schrecken stolperte Davies ins Zimmer. Sestrina wich fast höflich zur Seite. Schweigend zeigte sie aufs Bett. Da war jemand, etwas, im Bett. Wer das war, wußte er. Seine Knie zitterten und wurden ihm weich, als er darauf zuging. Der Mann war ziemlich tot; er lag bäuchlings unter einem Laken, das gierig sein Blut aufsog. Selbst in dieser Stellung erkannte er Bertie Jenkins. Als Davies das Laken zurückzog, wußte er, welcher Anblick ihn erwartete. Er irrte nicht.

Aus dem schwammigen Rücken des Mannes vom Happy Life Bureau ragte der glänzende Griff des Messers, mit dem Davies Bekanntschaft gemacht hatte, als es in Sestrinas Bett auf seinen eigenen Rücken gezielt hatte. Er wandte sich ab, so übel war ihm vor Grauen, und sah sie mitsamt ihrem auf dem Körper verschmierten Blut an. Sie schien sich leicht zu schämen.

»Mr. Davies«, brachte sie schluchzend hervor. »Dieser Mann hat versucht, mich zu erwürgen.«

Es war ein Abend des vielfältigen Feierns im Babe In Arms. Mod hatte knapp das Nordwestlondoner Weihnachtsquiz gewonnen, ein einmaliges Ereignis, bei dem 100 Pfund zu gewinnen waren, nachdem die letzte entscheidende Frage ihn beinahe den Sieg gekostet hatte. (Welcher Impressionist ist auf einer ehemals dänischen – heute amerikanischen – Insel in der Karibik geboren worden? Camille Pissarro, geboren auf St. Thomas.)

Jemma war wieder da. Davies war in der Willesdener Dunkelheit aufgebrochen und im ersten winterlichen Morgengrauen in Gatwick gewesen, um sie zu begrüßen und seinen Anspruch auf sie zu erneuern. Sie waren sich in die Arme gefallen und hatten sich innig geküßt. Sie entzog sich ihm leicht und richtete ihren Blick auf ihn, der trotz der frühen Stunde noch immer klar und verblüffend intensiv war. »Willst du mich noch?« fragte sie. »Nachdem ich weggelaufen bin?«

»Klar will ich dich.«

Sie ließ sich gegen seinen Mantel fallen. »Ich bin so erleichtert, Dangerous.«

»Und ich erst.«

»Ich werde versuchen, sowas nie wieder zu tun.«

Er küßte sie noch einmal, verständnisvoll. »Bitte versuch das.«

Er nahm ihren Gepäckwagen, und sie bewegten sich auf den Ausgang zu. »Ist irgendwas passiert?« fragte sie.

»Das eine oder andere.«

Auch Sophia war an diesem Abend mit ihrem steifgesichtigen Verlobten aus Florida im Pub gewesen. Er hatte verkündet, Willesden bereits zu mögen. Sie hatten Mods Triumph gefeiert, und Pater Mulvany, Olly und selbst Raschid vom Welsh Curry

House waren gekommen, um dem Philosophen dabei zu helfen, sein Preisgeld in angemessener Weise auszugeben.

Nun, einen Morgen später, hockte Davies mit Mod, zwei vollen Bierkrügen und Kitty noch dort, der sich durch eine Chipstüte zu nagen versuchte. Davies ließ den Blick durch die morgendlich leere Bar schweifen. Die Weihnachtsdekorationen hingen traurig herab.

»Was«, fragte Mod schließlich, »geschieht nun mit dieser Sestrina?«

Davies dachte eine Weile darüber nach. »Sie wird eine längere Zeit irgendwo in einer psychiatrischen Anstalt verbringen, nehme ich an. Sie ist nicht verhandlungsfähig.«

»Da gäbe es eine Menge Stoff zum Nachdenken«, bemerkte Mod. »Und was ist mit dem Mann, der dir diesen piekfeinen Tee spendiert hat, dieser John Swanee?«

»Sie fahnden nach ihm, soweit ich weiß. In Kanada.«

»Kanada ist aber groß. Eisbären und Eis und so.«

»Wahrscheinlich hält er sich im Savoy versteckt«, seufzte Davies. »Und das Happy Life Bureau hat seine Pforten zum Reich der günstigen Gelegenheiten geschlossen.«

»Glaubst du, sie haben das mit Bertie gewußt?«

»Vermutet, vermute ich. Aber die Familie ist immer die letzte, die es wirklich weiß – oder es zugibt. Wie auch immer.«

»Es müßte in der Geschichte der Detektion doch etwas Einmaliges sein, daß der Mörder im einen Fall vom Mörder im anderen Fall umgebracht wird, obwohl die beiden Fälle nicht das geringste miteinander zu tun haben.«

»Ungewöhnlich ist es.«

»Also hast du zwei Fälle auf einmal gelöst. Nicht schlecht für einen Privatdetektiv. Und schon gar nicht für den Anfang.«

»Die Polizei wird sagen, die Fälle hätten sich gegenseitig gelöst, und daß Verhaftungen unmittelbar bevorgestanden haben. Jemand wird befördert werden, und die Statistik der aufgeklärten Fälle wird sich ein bißchen schöner lesen.«

»Aber diejenigen, die an dem Ganzen beteiligt waren, wissen, daß es allein dein Verdienst war.«

»Danke.«

»Das war wirklich eine Bravourleistung, Dangerous. Der Fall Sestrina, die Einsamen Herzen. Dann war da Ollys Harley Davidson. Und Shemmy … die Sache hast du letztlich auch geklärt. Sogar das mit dem kleinen Harold.«

»Er nennt sich jetzt Wolfgang«, erwiderte Davies. »Er hat mir eine Weihnachtskarte geschickt. Er möchte Detektiv werden. Wenn er alt genug ist, will er rüberkommen und sich ein paar Tips geben lassen, wie man das macht.« Er wirkte geschmeichelt.

Mod guckte erst nachdenklich, dann schadenfroh. »Wenn ich genauer drüber nachdenke«, bemerkte er, »ist der einzige Fall, in dem du versagt hast, die Suche nach Sophias Vater.«

Davies warf ihm einen finsteren Blick zu. »Für wen hältst du mich eigentlich?« fragte er. »Für Inspector Morse aus dem Fernsehen?«

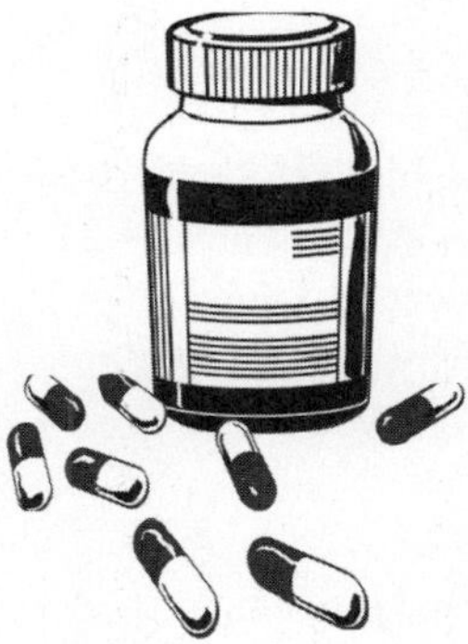

Nachwort

Leslie Thomas, geboren 1931, einer der erfolgreichsten Autoren Großbritanniens, setzt seine von ihm ebenso sporadisch wie liebevoll gepflegte Serie um den Detektiv Dangerous Davies fort. In »Dangerous Davies, der letzte Detektiv« (DuMonts Kriminal-Bibliothek Bd. 1028, im englischen Original 1976 erschienen) hat er seine Neuschöpfung vorgestellt und schon im Titel angemessen charakterisiert. »Dangerous« ist sein Spitzname, hinter dem sein Vorname längst für immer verschwunden ist, und er hat ihn sich redlich verdient: Niemand ist harmloser, liebenswürdiger und unbeholfener als er. Gefährlich ist er nur für sich selbst, daher rührt das »letzte« in seinem Namen. Er ist der Letzte, dem man einen schwierigen Auftrag anvertraut, und was ihm anvertraut wird, ist regelmäßig das Letzte, entweder sterbenslangweilige Routinerecherchen mit tagelangem Klinkenputzen oder gefährliche Einsätze, bei denen keine Lorbeeren zu verdienen sind. Kein anderer Detective – so weit hat er es immerhin bei der Polizei gebracht – ist so oft im Dienst zusammengeschlagen worden, so oft Treppen hinunter geworfen worden wie er. Im Krankenhaus ist er Stammgast und hat dort ein Stammbett, in das ihn gelegentlich auch sein riesiges yakähnliches Ungetüm von Hund aus mißverstandener Liebe oder auch einfach aus schlechter Laune befördert.

Privat hat er eine feste Beziehung zu einer hinreißend schönen schwarzen Sozialarbeiterin aus der Karibik, die allerdings in ihrer Heimat Mann und Sohn hat, die sie zu Beginn des neuesten Werks gerade besucht. Dangerous selbst hat auch eine Ehefrau, von der er weder geschieden noch eigentlich säuberlich getrennt lebt, denn Doris und er leben in verschiedenen Zimmern der Pension Bali Hi, von Mrs. Fulljames ebenso streng wie sparsam geführt.

Natürlich würde einer so dubiosen Figur, wie Davies sie in

den Augen seiner Vorgesetzten darstellt, niemals ein Mordfall anvertraut; im ersten wie im zweiten Roman (»Dangerous Davies … Bis über beide Ohren«, DuMonts Kriminal-Bibliothek Bd. 1045) muß er sich die Fälle heimlich selbst besorgen, im dritten (Dangerous Davies … Auf eigene Faust, DuMonts Kriminal-Bibliothek Bd. 1065) löst er in nicht genehmigter Nebentätigkeit einen Fall außerhalb seines Polizeibezirks Willesden im schäbigen Nordwesten Londons.

Schon in den ersten drei Romanen konnte sich Davies so nie wirklich der Möglichkeiten des Polizeiapparats bedienen, aber die braucht er so wenig wie Simenons Jules Maigret, mit dem er bei aller fraglosen Originalität unter den großen Detektiven am ehesten zu vergleichen ist. Seine von den Vorgesetzten meist ignorierten Erfolge verdankt er einer hohen analytischen Intelligenz, seiner stupenden Milieukenntnis und seinem hohen Einfühlungsvermögen, dem nichts Menschliches fremd ist.

Davies' viertes Romanabenteuer – eine Erzählung mit ihm als Helden findet sich in der Anthologie »Mord als schöne Kunst betrachtet«, DuMonts Kriminal-Bibliothek Bd. 1060) – beginnt mit einem Paukenschlag, der für den Autor zugleich ein Befreiungsschlag ist: Nach einer abermaligen, diesmal von seinem Hund Kitty verursachten ambulanten Krankenhausbehandlung fällt Davies, der den Arm in der Schlinge trägt, auf der Wache ein Fremder auf, der alle beobachtet und sich Notizen macht – und beim nächsten Betriebsfest findet sich Davies unvermutet und viel zu früh unter den Pensionären wieder.

Was soll er jetzt tun? Mrs. Fulljames im Bali Hi duldet tagsüber keine Gäste in den Zimmern. Rat weiß die entfernte Geliebte – Davies wird Privatdetektiv, was seinem Autor die Akquisition lohnender Fälle beträchtlich erleichtert. Sein berufsarbeitsloser Freund, der dank seines Dauerbibliotheksaufenthalts universal halbgebildete Mod Lewis, zitiert Chandlers berühmtes Wort vom Helden der armseligen Straßen, nur daß Thomas' Held noch armseliger ist als seine Vorbilder bei Hammett oder Chandler. Sogar das legendäre schäbige Büro muß er sich mit einem dubiosen Buchhalter teilen; es liegt auf der zweiten Etage über einem Frisiersalon und einem intensiv duftenden Welsh Curry House – der Betreiber ist ein Inder aus Cardiff. Und in der legendären Schreibtischschublade findet sich keine Whiskyflasche, wie Davies hofft, sondern gut abgelagerte Möbelpolitur. Auch verfügt er ganz gelegentlich über eine genregemäß überaus üppige Blondine als Sekretärin – immer dann, wenn die fette Friseurin von der ersten Etage für ihn ans Telefon geht.

Kurz nach dem Schalten der ersten Anzeigen häufen sich die Fälle geradezu. Ein bekannter Chemiker hat ein geriatrisches Mittel entwickelt, nach dem man Alzheimer glatt vergessen kann, wie es sehr anschaulich heißt, und ist danach zusammen mit einer Geliebten verschwunden, gerade als Unsummen Geldes fließen sollten. Dangerous soll diskret nach ihm suchen, damit die Geschäftspartner nicht alarmiert werden.

Mit derselben Bitte um Diskretion beauftragt ihn eine Agentur für Ehe- und Partnervermittlung: Schon mehrfach sind Damen ermordet worden, die als Einsame Herzen in der Kartei von Happy Life standen. Sollte es hier einen Zusammenhang geben und sollte er publik werden, bedeutete das das Aus für die Agentur, ganz abgesehen von den Schuldgefühlen der Inhaber.

Davies fühlt sich schnell überfordert. Was soll er als Einzelner bei Fällen ausrichten, an denen die ganze britische Polizei seit langem arbeitet? Oder wie soll er von Willesden aus ein Paar finden, das in die ganze Welt entsprungen sein kann? Da ist ihm ein dritter Fall, den er aus Hilfsbereitschaft übernimmt, schon eher auf den Leib geschrieben. Dem Neffen von Mrs. Fulljames, einem Nachwuchsarbeitslosen und leidenschaftlichen Motorradfahrer, ist vor dem Sozialamt seine Harley-Davidson gestohlen worden. Hier kommen Dangerous Davies seine traditionell guten Beziehungen zu Hehlern und Kleinkriminellen zugute. Sie lassen ihn den Weg der Maschine schnell durch die diversen kriminellen Kanäle – teils im Wortsinn! – verfolgen, bis sie äußerst turbulent wiederbeschafft werden kann.

Die anderen Fälle will er niederlegen und die durchaus nennenswerten Honorare, die ihn verpflichten sollten, zurückzahlen. Doch wieder erweisen sich seine Hartnäckigkeit und seine Geduld bei seinen Recherchen als erfolgreich. Sie führen ihn in eine Kleinstadt in Hampshire und in die eindrucksvoll geschilderte Szenerie der Waliser Berge.

Schließlich hat er, was er nie für möglich gehalten hätte, die Lösung beider Fälle – aber keine Beweise. Das einzige, was er jetzt noch tun könnte, ist genau das, was ein standesbewußter Privatdetektiv niemals zuvor getan hat und auch niemals tun würde – er müßte zur Polizei gehen.

Statt dessen rät ihm ein katholischer Geistlicher und Mitbewohner des Bali Hi zu dem, womit Detektive und vor allem Autoren von Detektivromanen sich stets aus epischen Sackgassen zu retten pflegen: Sie gehen einer Ahnung nach.

Davies' Ahnung auf Grund des priesterlichen Rates führt zu einer rasanten Verbrecherjagd durch das vom abendlichen Berufsverkehr verstopfte London und zu überzeugenden und unwiderlegbaren Lösungen seiner Fälle. Der bunt belesene Mod bemerkt zu Recht, daß diese Lösungen sowohl in der Geschichte der Kriminalistik wie in der des Genres Kriminalroman einzigartig sein dürften.

Ein origineller Antiheld als Detektiv, ein gerade in seiner Armseligkeit mit Humor und Liebe gezeichnetes Milieu, ein gut konstruierter Plot und eine fulminante Lösung sind die Merkmale eines guten Detektivromans, und sie stellen auch die Merkmale von Leslie Thomas' neuestem Davies-Opus dar.

Am Ende kehren alle nach Willesden zurück, das keinen mehr losläßt – Sophias amerikanischen Verlobten so wenig wie den entlaufenen Buchhalter oder Davies' karibische Freundin.

Und hoffentlich auch unseren Autor nicht, dem Dangerous Davies' neuer Status als Privatdetektiv mehr Freiheit zum Finden und Erfinden neuer Fälle gibt.

Möge er noch oft nach Willesden zurückkehren und seinen Helden als neuen Marlowe durch dessen armselige Straßen schicken.

Volker Neuhaus

Band 1082	Lee Martin	**Keine Milch für Cameron**
Band 1083	William L. DeAndrea	**Schneeblind**
Band 1084	Charlotte MacLeod	**Rolls Royce und Bienenstich**
Band 1085	Ellery Queen	**... und raus bist du!**
Band 1086	Phoebe Atwood Taylor	**Kalt erwischt**
Band 1087	Conor Daly	**Mord am Loch acht**
Band 1088	Lee Martin	**Saubere Sachen**
Band 1089	S. S. van Dine	**Der Mordfall Benson**
Band 1090	Charlotte MacLeod	**Aus für den Milchmann**
Band 1091	William L. DeAndrea	**Im Netz der Quoten**
Band 1092	Charlotte MacLeod	**Jodeln und Juwelen**
Band 1093	John Dickson Carr	**Die Tür im Schott**
Band 1094	Ellery Queen	**Am zehnten Tag**
Band 1095	Michael Innes	**Appleby's End**
Band 1096	Conor Daly	**Tod eines Caddie**
Band 1097	Charlotte MacLeod	**Arbalests Atelier**
Band 1098	William L. DeAndrea	**Mord live**
Band 1099	Lee Martin	**Hacker**
Band 1100	**Jubiläumsband**	**Mord als schöne Kunst betrachtet – Noch mehr Mord** (September 2001)
Band 1101	Phoebe Atwood Taylor	**Zu den Akten**
Band 1102	Leslie Thomas	**Dangerous Davies und die einsamen Herzen**
Band 1103	Steve Hamilton	**Ein kalter Tag im Paradies**
Band 1104	Charlotte MacLeod	**Mona Lisas Hutnadel** (September 2001)
Band 1105	Edmund Crispin	**Heiliger Bimbam** (November 2001)
Band 1106	Steve Hamilton	**Unter dem Wolfmond** (November 2001)
Band 2001	Lee Martin	**Neun mörderische Monate** (3 Romane)
Band 2002	Charlotte MacLeod	**Mord in stiller Nacht** (Sonder-Doppelband)